美丽生灵

[美] 卡米·加西亚 & 玛格丽特·斯托尔 著 陈彬彬 译
Kami Garcia & Margaret Stohl

Beautiful Creatures

CNS PUBLISHING & MEDIA 中南出版传媒
湖南文艺出版社 HUNAN LITERATURE AND ART PUBLISHING HOUSE
博集天卷 CS-BOOKY

黑暗不能赶走黑暗，只有光明才能驱散黑暗。
仇恨不能赶走仇恨，只有爱才能化解仇恨。

——马丁·路德·金博士

目录

Contents

Contents

引子

茫茫荒地

我们镇上只有两种人，“愚笨的”和“固执的”。我爸爸总爱把邻居分为两类：“有些注定要留下来；有些是笨到不知道要离开。其他人早就找到别的出路了。”可想而知我爸爸是属于哪一种人，但我没有勇气问他为什么。我爸爸是作家，我们住在南卡罗来纳州的盖林镇。早在美国内战时期，我的曾曾曾曾祖父艾力·魏特在桑蒂河对岸奋战而死，魏特家族就一直住在这里。

住在这里的人不说“美国内战”。六十岁以下的居民会说那是“邦联战争”，而六十岁以上的居民称做“北方侵略战争”，就好像北方硬拉南方蹚入战争的浑水，污染了一捆捆雪白的棉花。只有我们家是唯一的例外，我们一向称这场战事为“美国内战”。

这是我等不及要离开小镇的另一个原因。

盖林镇不像大家在电影中看到的那种美国小镇，除非那是一部五十年前的老片。此地离查尔斯顿市太远了，没有星巴克或麦当劳，我们只有一家“乍奚王”，因为金特利买下炸鸡王快餐店时，没有钱再更新招牌，所以“炸鸡王”就变成了“乍奚王”。

镇上的图书馆依然使用纸卡的目录，高中教室用的是传统黑板。镇上的公立游泳池是墨翠湖那池温热黄浊的湖水。这里是有一家电影院，不过 DVD 都已经发行了，才等到电影上映，想去看电影还得先搭便车，经由小区大学到桑莫市去。这里的商店都在同一条主街，好房子都是面对河岸的，至于其他人则住在九号公路南面，附近的路面崎岖干裂，走起来很不方便，随地可捡的碎石正好可以用来丢负鼠，那是此区最“凶狠”的小动物。这些都是电影里没有的景象。

这里不复杂，盖林镇就是盖林镇，居民总是坐在门廊乘凉，不管酷热眺望外面的“风景”。但这里真的没啥好看的，小镇不曾改变。明天是石墙中学的开学日，我就要升高二了。我完全知晓会是什么情景。我知道我会坐在哪个座位，和谁说话，我知道——我们会讲哪些笑话，谈论哪些女孩，知道谁的车子会停在何处。

盖林镇没啥新鲜事，我们似乎处在茫茫荒地之中。

至少我这么认为。我合上那本破破烂烂的《第五号屠宰场》[①]，关掉 iPod 音乐，熄灯准备入睡，告别暑假最后一夜。

事实上我大错特错。

有个诅咒。

还有个女孩。

而且到了最后，这里还添了一个坟墓。

我根本无法预料到会发生这些事。

---

①《第五号屠宰场》（*Slaughterhouse-Five*）是一部独特的反战小说，是当代美国黑色幽默小说家库特·冯内古特（1922—2007）的巅峰之作，被视为 20 世纪最重要的经典作品之一。作品以“二战”为背景，描述一名凡人，在一天晚上，做了一个内容十分复杂多变的噩梦，梦中经历了纳粹集中营与未来星球世界的生活，在过去和未来之间，想到了很多的问题，并在过去和未来的世界里去找寻答案。

九月二日　梦境

坠落。

我以自由落体的速度向下直坠，在空中瑟瑟发抖。

“伊森！”

她在叫我，光是声音就让我心跳加速。

“救我！”

她也在坠落，我伸长胳膊想抓住她，却只抓到空气，我的双脚踩空，两手在泥泞中乱抓，我们的指尖短暂接触了一下，接着就看到绿光消失在黑暗中。

她从我的指尖滑掉了，我感到无比失落。

我还能闻到她身上的味道，那是柠檬和迷迭香。可是我抓不住她。

没有她，我无法活下去了。

我猛然坐起来，有些喘不过气。

“伊森·魏特！快点起床！别开学第一天就给我迟到！”爱玛在楼下扯开嗓门大吼。

我在黑暗中瞥见一抹微弱的光线，也听到雨点打在农庄百叶窗上的声音。今天八成是雨天，现在应该天亮了，而我应该在自己的房间没错。

因为下雨，我的房间又冷又湿，为什么窗户没关呢？

我头疼不已，旋即又倒回床上，梦境来得快去得也快，我依旧在这栋古老大宅，依旧安然躺在我的房间里，我的红木老爷床依旧发出嘎吱嘎吱的声音。在我之前恐怕有六代魏特家族成员睡过这张床，但是没有人掉进泥泞的黑洞，这一切都不是真的。

我瞪着刻意漆成蓝色，防止花蜂前来筑巢的天花板，想不通自己是怎么了。

几个月以来，我不断地做着这个梦。虽然内容几乎全忘了，但我记得的部分都一样，有个女孩在往下坠，我也是，我一定要紧紧抓住她，但是我做不到。如果我松开手，她会发生相当可怕的事，所以我不能放手。我不能失去她。就好像她是我深爱的女孩，可是我根本就不认识她，这有点像一见钟情，只是我还没见过她就已经爱上她了。

这么说似乎很疯狂，毕竟她只是我梦到的女孩，我甚至不知道她的长相，虽然几个月来都做着相同的梦，但我不曾看过她的脸，或者我不记得了，我只知道每次在梦中失去她，我就难过得快死掉了。当她滑出我的指尖，我总觉得胃部一阵翻腾，简直快吐出来了，感觉很像坐过山车突然俯冲的那一刻。

人们常形容陷入恋爱中人的忐忑不安是“胃里有蝴蝶在飞”[①]，这种比喻可真不怎么样，那种感觉才不像蝴蝶在飞，说是杀人蜂[②]在飞还比较贴切。

也许我迷糊了，也许我只是需要冲个澡。我的耳机还挂在脖子上，iPod 就掉在旁边，上面出现一首陌生的歌。

十六个月亮

那是什么？我按下播放键，听起来很耳熟，我说不出是谁唱的，但感觉以前听过。

十六个月亮，十六年岁月。
十六年最深刻的恐惧。
十六次你梦见我的泪水。

---

① 原文是德语 Schmetterlinge im Bauch（英语：have butterflies in one's stomach）。形容陷入恋爱的人的感觉时，就会说胃里有蝴蝶，它就像是刚刚破茧而出。当你看见那个心仪的人，胃里就像是有一只扇动着翅膀的蝴蝶，说明你真的爱上了。

② 杀人蜂，又叫非洲蜜蜂、胡蜂。因为这种蜂种是由非洲普通蜜蜂跟丛林里的野蜂交配发育繁殖出来的新品种，对人畜具有较大的杀伤力。

坠落，坠落这些年的穿越……

歌曲有些忧郁、令人毛骨悚然，甚至有点催眠的味道。

“伊森·劳森·魏特！”爱玛的嗓门盖过了音乐。

我关掉音乐从床上坐起来，与此同时把被子拉开，感觉身下的床单都是沙子，但我知道那是什么。

那是泥土，我的指甲缝也塞满污泥，上次做梦也是这样。

我扯下床单丢进洗衣篮，将它塞到昨晚换下的臭运动服下面，就去冲澡，试着忘掉整件事，我拼命刷洗手指，让指甲缝隙的脏污逐渐流进排水孔。我尽量不去想它，假装这一切不曾发生，过去这几个月以来都是这么做的。

但是我忘不了她，就是忘不了。我不断地想到她，不断地回到相同的梦境，连自己也无法解释。这就是我的秘密。我今年十六岁，爱上一个不存在的女孩，感觉自己慢慢步入疯狂之中。

然而不管我怎么用力刷洗，我的心依旧怦怦狂跳，虽然满身是象牙香皂和洗发精的味道，但我依稀闻到另一股香味，很淡，不过我知道那股香味依然存在。

那是柠檬和迷迭香的味道。

我走到楼下，只想确认一切如常。爱玛照例在餐桌摆上蓝白花纹的古老瓷盘（我妈妈以前说这叫“龙纹餐具”），此刻餐盘上有炒蛋、熏肉、奶油烤面包片和玉米粉。爱玛是我们的管家，不过更像我的奶奶，只是她比我真正的奶奶更聪明，也更顽固。我算是爱玛一手养大的。尽管我的身高将近一米八八，但是她认为她的职责就是让我再长高一点。今天早上我觉得特别饿，就好像一个星期没吃东西似的。我囫囵吞下炒蛋和两片熏肉，这才觉得好了些。我塞了满嘴食物，对着爱玛满足地微笑。

“别再拼命喂我了，爱玛，今天是我开学第一天呢！”爱玛又把一大杯橙汁和更大一杯全脂牛奶推到我面前。我们全家都喝这种牛奶。

“没有巧克力牛奶了？”我喝巧克力牛奶的方式，就像某些人狂灌可乐或咖啡一样。即使在一大早，我也总是迫不及待地补充糖分。

“适——应——力。”爱玛最爱玩填字游戏，越困难的越好，而且她超级喜欢运用这些词儿。她总是一个字、一个字大声念，好像在拍打你的头似的。“就是这样，习惯吧！还有，如果没有喝完我刚给你的牛奶，你休想踏出大门一步。”

“遵命，女士。”

“看来你已经打扮好啦！”其实没有，我就是平常的穿着，牛仔裤配上退色的T恤。我有各式各样的T恤，今天这件印的是哈雷摩托，而我脚上那双黑色球鞋已经穿三年了。

“不是说要去理发吗？”爱玛的大嗓门真像在骂人，但我知道这只是她“爱之深”的方式。

“我什么时候这样说了？”

“难道你不知道眼睛是心灵之窗吗？”

“也许我不想让人看透我的心灵呢！”

爱玛罚我再吃掉一盘熏肉。她身高大概一米五〇，虽然她每年过生日都说自己刚过五十三，但她的年纪说不定比那套龙纹餐具更老。总之，爱玛就是一个温和善良的老太太，她在我们家可是有十足的权威性。

“嗯，反正这种天气，你不准顶着湿头发出门。我不喜欢这场暴风雨，感觉风中有什么坏东西，而且一整天刮个不停，好像它有自己的意志似的。”

我忍不住翻了翻白眼。爱玛凡事都有一套看法，当她情绪一来的时候，我妈妈总说她又要开始“怪力乱神”了。这是南方才有的神神道道，反正只要爱玛一搞起这套，最好离她远一点。千万别去动她贴在窗台的符咒，以及她亲手缝制、放在抽屉的布娃娃。

我抓起满满一匙炒蛋，干掉一份重量级的早餐：一个夹满鸡蛋、果酱、熏肉的烤面包片三明治。我一边吃，一边习惯性地望向走廊那头，书房的门关上了。老爸习惯在晚上写稿，白天就在书房的旧沙发睡一整天。自从去年四月我妈妈过世之后，老爸的作息一直是这样，真像吸血鬼，去年春天卡罗琳阿姨陪我们住了一阵，忍不住这样形容老爸。看来我今天已经错过和他碰面的机会，只好等明天了。书房的门一旦锁上，就不会再打开了。

街上有人在按喇叭，那是林克（昵称）。我抓起破烂的黑色背包，打开门冲进雨中，早上七点的天色居然和晚上七点一样黑，这么奇怪的天气已经持续好几天了。

林克的破车停在街上，引擎发出低沉的吼声，车上的音乐更是震天响，我从幼儿园开始就和林肯一起搭车上学，那时他分了半条海绵夹心蛋糕给我，从此我们成了最要好的朋友。后来我才发现那半截蛋糕是掉到地上，他才捡起来送我的。我们今年夏天一起考到驾照，林克马上去弄了辆汽车，只是那样的破车实在很难说是“汽车”。

至少这辆破车的引擎声可以压过外面的暴风雨。

爱玛站在门廊两手抱胸，一副不以为然的样子。“在这里不准把音乐开那么大声。韦斯利·杰弗里·林肯，否则我就打电话给你妈，告诉她你九岁那年整个夏天躲在地下室都在干些什么。”

林克眨了眨眼，很少有人这么连名带姓地喊他，大概只有他妈妈和爱玛例外。“是，夫人。”爱玛随即进屋，纱门砰的一声又关上了。林肯咧嘴一笑，随即加足马力扬长而去，好像我们在逃命似的。他开车一直都是这副德行。只是我们从来不曾逃去哪里。

“你九岁的时候到底在我家地下室做了什么？”

“九岁的时候，我在你家地下室什么事没做过？”林克将音乐调小声一点，这样好多了，不然实在很恐怖，音乐难听，偏偏他又要问我喜不喜欢，这几乎天天都要上演一遍。他组的乐团“谁杀了林肯”也是一样惨，每个团员根本就不是玩乐器或唱歌的料。但林克老是嚷嚷毕业后要搬到纽约去打鼓，幻想唱片公司会找上门。我觉得这个概率就好像眯着眼睛喝到半醉，还妄想从体育馆的停车场投进三分球一样。

林克不打算念大学。但他有一点胜过我，就是他很清楚自己要什么，尽管机会渺茫。我有的只是满满一鞋盒的大学简章，我不能拿给我爸爸看，也不在乎这些大学在哪里，只要离盖林镇至少一千五百公里就行。我不想落得和我爸爸一样的下场。我不想住在相同的祖宅，住在从小生长的小镇，每天面对一群不曾梦想离开此地的人。

街道两旁都是维多利亚式旧房子，这些房子从一百年前盖好后几乎不曾改变。我住的街道叫做棉田街，因为这些旧房子的后方曾是绵延不绝的棉花田。不过现在这些棉花田都变成九号公路了。这大概是此地唯一的改变。

我从车内盒子里拿出一个不太新鲜的甜甜圈：“昨晚你是不是下载了一首怪歌，放到我 iPod 里面？”

“哪首歌？你觉得这首怎么样？”林克播放他新录的试唱带。

“我认为还需要修一下，就像你做的其他歌曲一样。”我每天都这么告诉他。

“是啊，等我揍你一顿之后，你的脸也需要好好修一下。”他每天都是这样回答我。

我浏览播放清单，“那首歌好像叫《十六个月亮》。”

“我不知道你在说什么。”

歌不见了。

iPod 里面找不到那首歌，但我今天早上才听过的，我知道这不是我的想象，因为那首歌还在我脑海里萦绕。

“如果你想听歌，我放首新歌给你听！”林克低头去挑选歌曲。

“嘿，老兄，眼睛看路啦！”

但是他没有抬头。我从眼角看到一辆奇怪的车子超到我们前面——

有那么一瞬间，路上的声音、暴风雨和林克完全静下来，好像慢动作的画面。我的视线无法离开那辆车子。那种感觉我无法形容，其实那辆车只是超车经过我们，然后就转弯走另一条路。

我不认得那辆车，以前从没见过。这简直是不可能的事，因为镇上每一辆车我都认得，这个季节也没有游客，谁会冒险在飓风季节来啊！

那是一辆黑色的长型轿车，很像灵车，事实上我确信那就是一辆灵车。

也许这是一个征兆，也许今年比我想象中更糟。

“这里，这首《黑色头巾》将会让我声名大噪。”

等林克抬起头来，那辆车子已经不见了。

九月二日　新来的女孩

从棉田街到石墙中学只要过八条街。我的人生就在这八条街之间来来回回，当我们穿过这八条街，足以让我把那辆奇怪的黑色灵车抛诸脑后。或许就是因为这样，我并没有向林肯提起这件事。

车子行经“得速购”，我们称之为“得速偷”，这是镇上最接近 7-11 的商店，所以每次和朋友在店门口闲晃，都要祈祷不要碰见某人的老妈出来采买晚餐，最重要的是别遇到爱玛。

一辆熟悉的跑车停在店门口。“糟糕，费提已经出来驻守了。”他坐在驾驶座上看《星条旗日报》。

“也许他没看到我们。”林克从后视镜里紧张地观察。

“也许我们完蛋了。”

费提是石墙中学专抓逃学的督察，也是盖林镇警局最得力的一员，他的女朋友阿曼达在“得速购”当店员，费提几乎每天早上都守在门口，等着现烤的食品送来。对于像林肯和我这种经常迟到的学生来说，这实在很不方便。

要到石墙中学上课，就不能不知道费提的习惯，必须像记课表一样记得清清楚楚才行。今天费提心情不错，他忙着看体育版的新闻，挥挥手要我们过去，连头也不抬一下。

“他的心思都在运动版和小圆面包上，你懂吧！”

“我们还有五分钟。”

我们把车子停在学校停车场，希望偷偷溜进去不要被教官发现。但外面还是倾盆大雨，等我们跑到教室大楼时，全身早就湿透了。球鞋也因为浸水发出啾啾声，声音之大，让我们很想停在原地不要跑了。

“伊森·魏特！韦斯利·林肯！”

我们湿淋淋地在办公室罚站，准备接受处罚。

“上学第一天就迟到，你妈肯定会骂你一顿，林肯同学。你也别得意，魏特同学，爱玛绝对会好好修理你的。”

海丝特小姐说得不错。爱玛要是知道我上学迟到五分钟，肯定会揍我一顿。事实上她应该已经知道了。我妈妈曾说邮差卡尔顿会偷看寄来的信件，不管内容是不是有趣都照看，甚至懒得再把信封粘好。这个小镇没有新鲜事，每户人家都有秘密，但街上每个人都知道你的秘密。就连这点也早就不是秘密。

“海丝特小姐，我只是因为雨下得太大，所以刻意开慢点。”林克试图辩解，海丝特小姐把眼镜拉低一点，挂眼镜的颈链来回晃动起来，她回头看着林克，完全不为所动。

“我没时间听你们胡扯。我正忙着填写处罚单呢 ，你们今天下午就留下来劳动服务吧！”说完，她就把蓝色的留校单递给我们。

没错，她可忙了，我们走到转角的时候，还能闻到指甲油的味道呢！唉！又开始学校生活了。

盖林镇开学第一天总是老样子。从小时候上教堂，那些老师就认识我们了。在我们上幼儿园的年纪，他们就已经认定哪个小孩聪明，哪个小孩愚笨。我是聪明小孩，因为我的爸妈都是教授，林克被归类为笨小孩，因为他小时候把《圣经读本》撕得稀烂，有一次还把《圣经》丢向圣诞剧的演出人员。由于我被归类为聪明学生，我的作业总是拿高分；林克是笨学生，成绩就很差。我猜根本没有人会认真看我们的作业，有时我在作业中段乱写一通，就是为了测试老师会不会说什么，结果老师果然什么都没有发现。

可惜考多选题不能用这种方式。第一堂英文课我才发现老师——她刚好也姓“英”，而且老得就像几百岁的“老寿星”，要我们在暑假读《梅冈城故事》[①]。因为没读这本书，我第一堂课的考试就不及格了。这下可好！其实我在两年前就看过这本书，那是我妈妈最喜欢的小说之一，只是时间一久，很多细节都忘光了。

介绍一下我自己好了：我无时无刻都在看书。书本是唯一让我逃离盖林镇的法宝，哪怕只是短暂片刻。我的墙上贴了一张大地图，每次在书中读到令我向往的地方，我就在地图上标示出来。《麦田守望者》让我想去纽约，之后是《阿拉斯加之死》[②]的阿拉斯加，看过《在路上》之后，我又在地图上标出芝加哥、丹佛、洛杉矶及墨西哥市。凯鲁亚克[③]的作品总能让人神游各地。每隔几个月我就会把地图上标示的地点连成一条线，想象我要趁上大学之前的暑假离开这个小镇，沿着地图上的绿线来趟公路旅行，地图和阅读算是我私底下的兴趣，在这个小镇，书本和篮球是格格不入的。

化学课也没有好到哪里去，霍老师让非常痛恨我的爱米莉·亚瑟和我同组做实验。自从去年舞会的事件，她就再也不理我了。我只不过误穿了球鞋配燕尾服，又让我爸爸开着那辆生锈的沃尔沃汽车送我们到学校体育馆罢了。那辆车有扇车窗故障关不起来。爱米莉特地弄了一头完美卷翘的金发，沿路被风一吹自然全毁了。等我们抵达体育馆，她看起来就像法国玛丽皇后[④]，头发有如竖立的屏风那样。那一整晚爱米莉完全不和我说话，只派了莎凡娜·史诺出面，把我从三级阶梯高的鸡尾酒平台推了下去，从此我们两个就算吹了。

这件事成了同学之间的笑谈。大家都在猜测我们什么时候会和好，但是他们并不知道爱米莉不是我喜欢的类型。她是很漂亮，但就只是这样而已。光是欣赏她漂亮的脸蛋，并不足以弥补她的言语乏味。我要的是另一种女孩，一个

---

① 原书名 *To Kill a Mockingbird*（《杀死一只知更鸟》）。作者哈泼·李（Harper Lee）于 1960 年所写的小说，1961 年获得普利策文学奖，故事借由六岁小女孩的眼睛来看各种人性、隐私、哀愁和喜乐。

② 原书名 *Into the Wild*，也译为《荒野生存》，是美国畅销书作家乔恩·克拉考尔（Jon Krauer）的散文集，是一个真实事件。1992 年，在美国阿拉斯加地区的一个废弃公交车车厢里，人们发现了一具腐烂的尸体，经调查，证实这位死者的全名叫克里斯多弗·约翰逊·麦克肯多斯（Christopher Johnson McCandless）。乔恩·克拉考尔沿着他的足迹奔走于美国西部，走访与他的旅途曾有交集的人，阅读他留下的谜样日记、照片、书籍和信件，并毫无保留地讲述自己年轻时的“魔指”峰冒险，以及使他醉心户外探险的家庭、心理因素，试图解开这个“阿拉斯加之谜”。

③ 杰克·凯鲁亚克（Jack Kerouac，1922—1969），美国小说家、诗人。是美国“垮掉的一代”的代表人物。代表作有《在路上》《达摩流浪者》等。

④ 玛丽·安托瓦内特（Marie An-toinette，1755—1793），法国国王路易十六的王后，以挥霍奢侈出名，被称为“赤字王后”，在法国大革命中被送上断头台，是著名的“断头王后”。

不是满口聚会，只关心如何在冬季舞会赢得后冠的“花瓶”，而是可以天南地北无所不聊的女孩。我要的女孩必须风趣、聪明，至少必须是在实验室容易相处的伙伴。

或许这种女孩只有梦中才有。但美梦总好过噩梦，爱米莉就算穿上可爱的拉拉队短裙，还是可怕的噩梦。

我总算熬过开学第一天的化学课了。但接下来更糟，显然今年又要学美国史，石墙中学的历史课只教美国史，所以这个名称实在多余。我必须继续上李老师的“北方侵略战争”，李老师和南北战争著名的李将军①并没有关系。但是大家都知道，他的个性和李将军还真是一模一样。李老师是少数几个真正痛恨我的老师之一。去年我和林肯打赌，大胆交了一篇“南方侵略战争”的作业，李老师只给我六十分，看来有些老师确实会看我们写的内容。

我在教室后面找到一个空位，刚好就在林肯旁边，林克上一堂课一定都在睡觉，现在忙着向同学借笔记来抄。但是我一坐下来他就停止抄写了。

“听说了吗？”

“听说什么？”

“学校来了新女孩。”

“刚开学，学校当然有一箩筐新生啊！笨蛋！”

“我不是在说新生，是我们班来了一个新女孩。”对其他中学来说，高二转来一个新同学也没什么，但这里是石墙中学，上一次有转学生是小学三年级的事了。当时凯莉·威克斯的老爸在盐湖市的自家地下室经营非法赌场，她爸被捕入狱后，凯莉只好搬来这里和爷爷奶奶住。

“是谁啊？”

“不知道，第二节公民课我和乐团成员一起上，他们知道的也不多，只听说她拉小提琴之类的，不知道她热辣不？”林克马上就想到这个，其实多数男孩也一样，只不过林克很直接，心里想什么就马上说出来。

“所以她也是玩乐团的？”

“不是，她是音乐家，也许我们能一起欣赏我喜爱的古典音乐。”

“古典音乐？”林克唯一听过的古典音乐大概是牙医诊所放的。

---

① 罗伯特·爱德华·李（Robert Edward Lee，1807—1870），南北战争期间南方邦联最出色的将军，最终以总司令的身份指挥邦联军队，以寡击众、以少胜多但最终不敌。战后，他积极推动重建，成为大学校长。

“你知道的啊，就是那些经典嘛！平克·弗洛伊德[①]、黑色安息日[②]、滚石乐队[③]之类的。”

我开始大笑。

“林肯同学、魏特同学，抱歉打扰你们聊天。如果你们同意，我要开始上课了。”李老师讲话和去年一样尖酸讽刺。那一头抹油梳成条形码状的头发、身上的汗渍也和去年一样糟。李老师发下一模一样的讲义复印件，这套教材他可能已经用了十年了，不想也知道。老师还要求我们必须参加一次美国内战的重演活动，不过我可以轻易向亲戚借到军服，他们也会为了好玩，利用周末去参加战役重演活动，这点我还算是幸运的。

下课铃响之后，我和林克留在走廊的储物柜旁边闲聊，希望有机会瞅到新同学，照林克的说法，这个女孩已经是他将来的心灵伙伴、乐团伙伴和其他眼花缭乱的活动伙伴，我连听都懒得听了。但是等了半天，我们只看到夏洛特·崔斯穿着小了两号的牛仔裙经过。

这表示我们要等到午餐时间才能继续打听新同学了。因为下一节是手语课，上课期间严禁说话，没有人的手语好到可以比出“新女孩”来，尤其上这堂手语课的人多半是石墙中学的篮球队员。

我从初中二年级就加入了篮球队。那一年暑假我突然长高十五厘米，比班上其他同学至少高出一个头，况且父母都是教授，就必须参加一些正常活动才不会被当成怪胎，结果我成了“篮球高手”。我就是知道对方球员会往哪里传球。会打篮球的人在石墙中学很吃得开，每次到学校餐厅吃饭，总会有人帮我留好位子。

今天的餐厅座位更是超值，因为大家都围着我们的控球后卫肖恩·毕肖普，他是亲眼看过新女孩的人。林克问了大家最关心的问题。

“她热辣吗？”

“相当热辣。”

“有莎凡娜·史诺那么热辣？”

莎凡娜是我们用来衡量学校女生的标准。此时她刚好和爱米莉手牵手走进

---

① 平克·弗洛伊德（Pink Floyd），英国摇滚乐队，1965 年创立于伦敦，最初以迷幻与太空摇滚音乐赢得知名度，而后逐渐发展为前卫摇滚音乐，以哲学的歌词、音速实验、创新的专辑封面艺术与精致的现场表演闻名。

② 黑色安息日（Black Sabbath），英国重金属摇滚乐队，代表作有《妄想狂患者》《现实之王》《大破坏》等。

③ 滚石乐队 (The Rolling Stones)，1962 年成立于英国，是音乐史上最杰出的乐队之一，摇滚史上最有影响、最成功和最长寿的乐队之一。

来，大家全盯着她看，莎凡娜身高一米七三，有一双修长的美腿，爱米莉和莎凡娜简直就像一对姐妹花，即使不穿拉拉队制服，两人的相似度还是很高，她们都是金发，仿晒的麦色肌肤，穿夹脚凉鞋，牛仔裙短得几乎像腰带。莎凡娜是美腿傲人，爱米莉则是胸前“伟大”，夏天去湖里游泳时，每个男孩都在瞅她的比基尼上围。她们上学似乎不带书，手上那只小小的亮面皮包大概只放得下一部手机，不过她们很少把手机放里面，总是不时拿在手上发短信。

但她们在拉拉队的位置就完全不一样了。莎凡娜是队长，位置在底部，负责支撑上面两排的队员，她们最有名的队形就是野猫金字塔，爱米莉是飞跃者，也就是站在金字塔顶端的队员，她会被抛高一两米，来个空翻或其他疯狂的拉拉队特技再落地，爱米莉不怕摔断脖子，她愿意付出一切代价保持金字塔顶端的位置。当爱米莉被抛到空中，整个金字塔队形少了她也依旧挺立，但如果莎凡娜动了一下，整个金字塔就会摇晃倒下了。

爱米莉发现我们都在瞅她们，就狠狠瞪我一眼，大家都笑了。艾默里·瓦金斯拍拍我的肩。“想开点，魏特，你知道爱米莉的，她瞪得越凶，表示她越在乎你。”

我今天根本不愿想起爱米莉，只对和爱米莉相反的人有兴趣，自从林肯在历史课提起，我就一直想象这位新来的女孩。她可能非常独特，可能来自别的地方，她的生活经历可能比我们都丰富，我猜至少比我丰富。

也许她就是我梦寐以求的女孩。我知道我想太多了，但我愿意这样相信。

“你们都听说新来女孩的事了吧？”莎凡娜坐上厄尔·派提的大腿，厄尔是我们的篮球队队长，也是莎凡娜分分合合的男朋友。现在是他们和好的时期，他抚着女友麦芽色的大腿，两人腻味得要命，让人不知眼睛该往哪里看。

“肖恩正在告诉我们。听说她很热辣，你们要让她参加拉拉队吗？”林克从我的餐盘抓了几个薯球吃。

“应该不会，你们应该看看她的穿着打扮。”一好球。

“而且她太苍白了。”两好球。女孩绝对不能太胖或太白，这是莎凡娜最在意的。

爱米莉在艾默里身边坐了下来，身体还刻意往前倾，“你们知道她是谁吗？”

“什么意思？”

爱米莉停顿了一下，制造悬疑效果：“她是雷老头的外甥女。”

她根本不需制造效果，光是这句话就够戏剧性了。四周空气突然为之冻结，有几个男孩开始大笑，以为她在开玩笑。但我看得出来她没有。

三好球，这个新来的女孩被“三振出局”了。事到如今，我无法再想象她的样子，她是我梦中女孩的可能性已经微乎其微，我甚至还没开始想象我们的第一次约会呢！未来三年我注定只能和爱米莉牵扯不清了。

这么说好了，麦坎·雷是镇上最孤僻的怪老头。

如果以我看过的《梅冈城故事》来说，书中孤僻的布芮德和雷老头一比，简直就成了“社交蝴蝶”。雷老头住在一间残破不堪的老房子里，那是盖林镇最古老、最臭名昭著的庄园。从我出生以来镇上就没人看过他，说不定他离群索居的时间还更早。

“你说的是真的？”林克问。

“当然，卡尔顿昨天送信到我家时，亲口告诉我妈妈的。”

莎凡娜点点头：“我妈妈也是这样听说的。她几天前搬来和雷老头住，之前不知是住在弗吉尼亚州还是马里兰州，我不记得了。”

他们继续谈论这个新女孩，关于她的穿着、头发，还有她舅舅，谈论她可能也是怪胎一个。这也是盖林镇最让我痛恨的一点。不管你说了什么，做了什么，镇上的人总有话说，像这个新女孩连穿衣服都要被批评。我只好盯着眼前那盘浸在橘色酱汁中的面条，而那种稀稀的酱汁一点也不像奶酪酱。

还有两年八个月，我心中暗自盘算，之后我一定要离开这个镇。

放学后拉拉队在体育馆进行排练。雨总算停了，所以篮球队可以到户外场地练球。

只不过干裂的水泥地积了不少水，必须小心避开裂缝，免得像大炮发射一样被污水溅了一身。从户外操场可以看到学校停车场，我们在做热身运动的同时，几乎就看遍石墙中学的社交活动。

今天我的手感很好，站在三分线投七球进七球，但厄尔也一样，两人成绩不相上下。

嗖，投进第八球！似乎我只要盯住篮筐，球就会自动导航进去一样，有时投篮就是这么顺手。

嗖，第九球，厄尔有点生气，看得出来他不太高兴，因为每次我投进一球，他运球就特别用力。他是队上的焦点人物，事实上我们有个不成文的默契：我让他在球队当老大，他则放我一马，如果放学练完球，我不想和队员去“得速偷”①消磨时间，他就不来啰唆。

他们再怎么聊也就是那几个女孩子，再怎么吃也是那几样零食，我实在兴趣不大。

嗖，第十球。今天我百发百中。也许我是天生好手，也许有别的原因，我也想不通，但自从我妈妈去世，我也没心思去想这些，反正这就是我创下的投篮奇迹。

嗖，第十一球，厄尔在我身后低声咒骂，球拍得更用力了，我转身又投出一球，转头望向停车场，尽量不笑出来，结果我看到一头卷曲的黑色长发，有个女孩开着一辆加长型的黑色礼车。

是那辆灵车，我愣住了。

接着她转过了头，透过打开的车窗，我可以看到那个女孩朝我这边看过来。我觉得是这样。我听到篮球碰到篮筐的声音，然后弹跳到球场上。

嗖，第十二球没进。厄尔可以放心了。

等那辆车开走，我转身回到球场，发现大家都站在那边像见鬼了一样。

“那……”

比利·瓦兹点点头，他是我们的前锋，“雷老头的外甥女。”

肖恩把球丢给他：“对，就像他们说的，开他的灵车来学校。”

艾默里摇摇头：“她是很热辣没错，真是可惜啊！”

大家又回去练球，可是轮到厄尔投球的时候又开始下雨了，三十秒之后我们全淋成落汤鸡，这是今天以来雨下得最大的时候，雨水噼里啪啦打在我身上，湿发贴住眼睛，阻挡了我的视线，我看不到学校，也看不到场上的队员。

坏征兆并不是那辆灵车，而是那个女孩。

几分钟之后，我要自己保持希望。这表示今年会有些不同，不再像往年总是一成不变。我会有个说话对象，有个真正了解我的人。

目前只是在球场上有不错的表现，这对我来说远远不够。

---

① 便利店的名字。

九月二日　天空的破洞

炸鸡、土豆泥、肉汁、四季豆、面包，从煮好就一直搁在炉子上，此刻已经冷冰冰地冻成一团。通常爱玛会帮我保温晚餐，等我练完球回家就可以吃。今天居然没有，看来我麻烦大了。爱玛正在气头上，她一边吃红色的肉桂糖，一边填写《纽约时报》的填字游戏。我爸爸偷偷帮她订了周日版，因为《星条旗日报》的填字游戏拼错太多字，而《读者文摘》的填字游戏又太短，我不知道他是怎么瞒过邮差卡尔顿的，否则邮差早就告诉全镇的人，说我们家有多么“高人一等”，居然不屑看《星条旗日报》。不过为了爱玛，我爸爸愿意做任何事来讨她欢心。

她把餐盘向我推过来，面无表情地看我一眼。我知道爱玛不喜欢剩下食物，只好把冷掉的土豆泥和鸡肉往嘴里塞。试着不去看她手中的二号铅笔，那是她专门用来玩填字游戏的。她把铅笔削得很尖，尖到可能真的划破皮肤，我看今晚很可能会发生这样的流血事件。

雨滴持续拍打着屋顶，屋里静悄悄的，只有

爱玛拿铅笔轻敲桌面的声音。

“五个字，一弄错就走进死胡同，真是痛苦。”她看了我一眼。我把一匙冷土豆泥再送进嘴里，我知道接下来是什么，五个横向字。

“恨——铁——不——成——钢——五个字。是啊，该罚你的，如果你不能准时到校，就不必离开这间屋子了。”

真不知是谁告诉爱玛我迟到的事。我猜镇上每个人都打过电话。爱玛又开始削铅笔，其实铅笔已经很尖了，但她还是把笔放入老旧的手摇式削铅笔机，看也不看我一眼就继续削了起来。

我走到她身边紧紧抱了她一下：“求您，爱玛，别生气嘛！今天早上雨下得很大，您不喜欢我们在雨天开车太快，对不对？”

爱玛瞪我一眼，但表情柔和多了：“看来你一天不去理发，就一天不会放晴，所以你最好想办法给我准时到校。”

“是的，遵命。”我再给她一次拥抱，然后走回去吃那盘冷土豆泥，“您一定不相信今天发生什么事，我们班上有个新来的女同学。”我不知道为什么要说这个，大概是心里还一直记得这件事吧！

“你以为我不知道蕾娜·杜凯的事？”我差点儿被面包噎住，以南方口音念，这名字还颇合雨声的节奏，爱玛的卷舌音总会多念一个音节，所以就变成“杜凯亚”。

“她叫蕾娜？”

爱玛推过来一杯巧克力牛奶：“不管是不是，都不关你的事。你不该搅和你不知道的事，伊森·魏特。”

爱玛讲话总是像谜语一样，她一向不多作解释。她家在瓦溪村那边，我只在小时候去过，但我知道镇上的人常去拜访她。爱玛是盖林镇方圆百里内最受敬重的塔罗牌专家。

就像之前她的母亲和外婆一样，她们是相传六代的塔罗牌算命师。盖林镇住的都是敬神的浸信会①、卫理会②和五旬节教派③的基督徒，但他们都无法抗拒塔

① 浸信会，基督新教主要宗派之一。17 世纪上半叶产生于英国以及在荷兰的英国流亡者中。当时属清教徒中的独立派。反对给儿童行洗礼，主张教徒成年后方可受洗，且受洗者须全身浸入水中，称为“浸礼”，故名。

② 卫理会（Methodists），因其创始人是英国神学家卫斯理（John Wesley），在中国称为“卫理会”或“卫斯理宗”。该教派主张按《圣经》的教训，过循规蹈矩的生活，其信徒因而被称为“循规蹈矩的人”（Methodists），后来 Methodists 成为该教派的正式称谓，也译作“循道会”。

③ 五旬节派（Pentecostals），基督教新教派别，又称灵恩派。自 19 世纪晚期于美国发起，后遍及全世界和基督教各宗派。相信圣灵的第二种作用，就是让信徒与神更加接近。

罗牌的魅力，都想改变自己的命运。他们相信厉害的塔罗牌专家可以做到这点，而爱玛就有这样的灵力。

有时我会在放袜子的抽屉里找到她自制的符咒，有时则是挂在我爸爸书房的门上。我只问过一次那是什么东西，我爸爸每次找到一个就要取笑爱玛，但是他并没有把符咒拿下来。

“宁可安全，也不要有遗憾。”我想他的意思是这样才不会惹着爱玛，否则一定安全堪虑，她绝对会让你抱憾不已。

“关于她的事您还听到哪些？”

“你管好你自己，总有一天你会把天空捅出一个大洞，让宇宙万物坠落无底深渊。到时候我们麻烦就大了。”

老爸穿着睡衣走进厨房，我看到他还塞着黄蜡耳塞。他替自己倒了一杯咖啡，从橱柜拿出一盒麦片，这表示他的一天才开始。

我靠到爱玛身边耳语：“您到底听到什么？”

爱玛抽走我的餐盘拿到水槽边，冲洗了一些骨头，看起来很像猪肩胛骨，这就怪了，今晚吃的明明是鸡肉。接着她把骨头放在一个盘子上：“那不关你的事，我倒想知道你为什么这么感兴趣？”

我耸耸肩：“没什么，只是好奇。”

“你知道太好奇会怎么样吧？”她把叉子叉在我的黄油奶油派上，意味深长地瞪了我一眼就走开了。

就连老爸都注意到厨房门被她甩上的震动。他拿下一边耳塞：“学校还好吧？”

“还好。”

“你怎么惹爱玛生气了？”

“我今天上学迟到了。”

老爸打量我，我也看着他。

“二号铅笔？”

我点头。

“削得很尖？”

“一开始就很尖，但是她又继续削得更尖。”我叹了一口气。

老爸几乎要笑出来，那真是罕见，这让我觉得比较放心，甚至有些成就感。

“你知道我小时候有多少次坐在这张老餐桌前面，被她拿铅笔戳吗？”老爸虽然这样问，但并不是真的在问我。这张餐桌老旧斑驳，上面又是漆又是黏胶，是整个屋子最古老的家具，也是当年最早一代的魏特祖先做的。

我露出微笑。老爸端起麦片碗，对着我挥挥汤匙。我爸爸也是爱玛养大的。小时候如果我想对爱玛不礼貌，她就会拿这个事实来提醒我。

“蓬——勃——大——量。”老爸把吃完的空碗拿去水槽，同时念出填字游戏的字。

“过，剩。”这个字简直就是在形容我了，伊森·魏特。

等老爸再次走到厨房的灯光下，脸上的笑意已经消失了。他看起来甚至比平常更糟。他比以前更瘦削，几乎是皮包骨了。老爸很久没离开这间屋子，肤色显得苍白许多，几个月过去了，现在的他看起来就像活僵尸。很难想象这和当初带我去湖边钓鱼，坐下来一聊数小时的老爸是同一个人。以前我们总是坐在湖边吃鸡肉色拉三明治，老爸会教我怎么抛钓竿：“前后甩，就像指针的十点钟和两点钟方向。”过去这五个月他很难熬，因为他真的很爱老妈，我也一样。

老爸端起咖啡准备走回书房。该面对现实了，我以为这个小镇容不下两个离群索居的布芮德，麦坎·雷或许不是镇上唯一孤僻的怪人，这是我和老爸几个月来最接近谈话的一次，我不想让他离开。

“新书写得怎么样？”我脱口而出，其实我心里想说的是：留下来陪我说话。

老爸似乎很惊讶。他耸耸肩：“还在写，还有许多工作要做。”他其实想说的是：他写不出来。

“麦坎·雷的外甥女刚搬到镇上来。”我话才出口，老爸正好把耳塞戴回去，感觉真没默契，我们的时机总是抓不准。想到这里，最近我和其他人也常有抓不准时机的问题。

老爸叹了一口气，再度把耳塞拉下来：“你说什么？”他已经往书房的方向走过去，这表示我们的谈话时间所剩无几。

“麦坎·雷，你知道他是谁吧？”

“就是大家知道的那样，他是一个隐居者。好几年没离开家了，我只知道这样。”

他推开书房的门，跨过门槛，但我没有跟上去，只是站在走廊上。

我不进老爸的书房。从小到大我只进去过一次，那时我才七岁，老爸发现我在读他还没有修改好的小说。他的书房暗暗的，很吓人。墙边有张破破烂烂的维多利亚式沙发，上方的墙面有一幅画，但老爸总是用床单遮盖起来。我知道绝对不能去问老爸床单底下是什么。沙发再过去的窗边摆着老爸的红木书桌，那是屋里另一件传承好几代的老家具。

还有一堆皮面装订的古老书籍，这些书又厚又重，所以有专门放置的大型木架，以便支撑书本翻开时的重量。这些书籍记载了我们家和盖林镇密不可分的关系，以及我们和一百多年来的祖先一样，离不开这间魏特古宅的复杂历史。

桌上放着老爸的手稿，他一向把手稿放在桌上打开的纸盒里，我就是必须知道里面到底写了什么。我爸爸写的是哥特式恐怖小说，其实并不适合七岁男童阅读。但盖林镇的每栋古宅都是充满秘密的，美国南方一向如此，我们家自然也不例外，即使在我七岁时也是一样。

老爸发现我蜷缩在书房的沙发里，四周是散落一地的书稿，好像放书稿的纸盒发生了爆炸。我显然还不懂要掩饰偷看的行为，那次之后我很快就学会这一点。我记得老爸当时对着我大吼，后来老妈在后院找到我，我躲在老树下哭得很伤心。“有些东西是很私人的，伊森，就连大人也是这样。”

我只是一定要知道故事写了什么。这一直是我的毛病，就算到现在也一样。我想知道老爸为什么不肯离开书房，我想知道为什么我们不能离开这间一文不值的老屋，就算有多少代魏特家的人住过又怎样？特别是老妈已经去世了，为什么我们就不能离开？

但今晚我没有追根究底的心情，我只想记住鸡肉三明治，记住两点钟和十点钟方向的甩竿动作，只想记住老爸在厨房一边喝早餐麦片，一边和我说笑的情景。睡觉之前，我满脑子想的都是这些。

隔天上课铃响之前，石墙中学的每个人都在讨论蕾娜・杜凯，虽然昨天镇上又是暴风雨，又是不时停电，但显然莎凡娜的母亲萝瑞塔及爱米莉的母亲尤金妮还是有办法准时端出晚餐，同时打电话给镇上那些三姑六婆，确保她们都知道雷老头的“亲戚”正开着那辆灵车在盖林镇横冲直撞。她们都相信疯狂的雷老头曾利用那辆车载运尸体，只是没有人亲眼看过，谣言却越传越离谱。

盖林镇有两件事是不会改变的。第一，你可以与众不同，甚至疯癫反常，而只要深居简出，大家就不会认为你是手持斧头的杀人狂。第二，如果镇上有什么精彩故事，一定有人会到处去讲。镇上来了一个新女孩，还住进阴森古宅，这可能是自从我妈妈意外身亡之后，盖林镇最惊人的故事了。所以我不知道为什么会感到惊讶，大家都在谈论她是很正常的。我们几个男孩例外，我们有更重要的事要谈。

“结果怎么样？艾默里。”林克关上储物柜的门。

“数过拉拉队甄选了，大概有四个八分、三个七分，剩下一堆都是四分的水平。”低于四分以下的新生女孩，艾默里是懒得去算的。

我关上储物柜：“这算什么新闻？这些女孩不就是我们每个周末在‘乍奚王’看到的同一批吗？”

艾默里笑着拍拍我的肩膀：“但现在她们是拉拉队了，伊森。”他看着走廊上的女孩，“我准备大展身手了。”艾默里只会说大话。去年我们还是高一新生，就听他一直说哪几个学姐特别迷人，等他加入球队就要追她们，结果一年过去了也没看到他行动。他就像林克一样充满幻想，却没有林克的好脾气，瓦金斯一家向来惹不得。

肖恩摇摇头：“简直就像从藤蔓上摘桃子，唾手可得啊！”

“桃子是长在树上的。”我已经有些不耐烦。这些家伙上学途中已经先在“得速偷”的杂志区讨论过同样话题。厄尔在翻阅杂志的比基尼女郎时，我们就有过几乎相同的对话。

肖恩一脸困惑地看着我：“你在说什么？”

我不知道自己为什么不耐烦，这些对话一向很蠢。每个星期三早上我们上学前会先碰头，这就像篮球队的点名一样，身为篮球队的一员不能缺席。这是不成文的规定之一，其他例如吃午餐时要坐在一起，莎凡娜的聚会务必参加，冬季舞会要邀请一位拉拉队员当舞伴。还有期末最后一天，要到墨翠湖玩水。只要这些“点名时间”出席了，其他活动怎样缺席都没关系。只不过我越来越不想参加这些球队聚会，我也说不上为什么。

直到她在走廊出现时，我都还没想通自己为什么会变这样。

即使我还没看到她本人，也知道她人已经来到学校走廊。平常这里总是挤满学生，大家匆匆忙忙开取储物柜，赶在第二次铃响前冲到教室，几秒钟后走廊就空无一人。可是现在学生突然自动分站两旁，整个走廊几乎让给她一个人经过，仿佛她是什么摇滚明星一样。

或者当她是麻风病人。

我看到一个穿灰色长洋装的漂亮女孩。她上半身套了一件绣着“慕尼黑”的白色运动外套。脚上是一双破烂的黑色球鞋。胸前有一条银色长项链，上面挂满叮叮当当的小配饰，像是泡泡糖贩卖机的塑料套环、安全别针，还有一堆别的，我站得太远看不出是什么东西。她看起来和盖林镇格格不入，我就是没有办法将目光从她身上移开。

她是雷老头的外甥女！我到底哪根筋不对了？

她的黑色鬈发别在耳后，手上的黑色指甲油闪闪发亮，而且手背有黑黑的墨印，好像写了什么，她走过长廊，把旁人全当做空气。我从没看过那么绿的眼珠，绿到让人觉得这是某种新的颜色。

“对，她是很热辣。”比利说。

我知道他们在想什么。有那么一刻他们全想甩掉现在的女朋友，希望有机会追到她。有那么一刻她会是大家都想交往的对象。

厄尔打量她一番，然后用力关上储物柜：“如果忽略她是个怪胎，她是很热辣没错。”

他的语气怪怪的，这不难理解。因为她不是盖林镇的人，她没有报名拉拉队甄选，因为她连看都不看厄尔一眼，所以她成了怪胎。

平常我才不在乎厄尔说什么，但今天忍不住要回嘴：“她立刻变怪胎了？为什么？就因为她没有金发，没穿拉拉队制服和短裙？”

厄尔的脸上藏不住情绪，这种情况我应该附和队长的看法才对，但今天我没有遵守这项不成文的规定。

“因为她是雷老头的外甥女。”

答案很清楚了，她是很热辣，但想都不用想，她已经出局了。不过这不妨碍大家继续偷看她，事实上走廊全部的人都在看她，每个人都是屏气凝神、目不转睛地看着，好像她是被枪口瞅准的一只鹿。

可她不以为然，任由长链的坠饰继续叮叮当当，旁若无人地走过长廊。

几分钟后我站在英文课的教室门口，蕾娜·杜凯就在那里，那个新来的女孩。也许往后五十年大家还是会叫她“新来的女孩”，要不然就是“雷老头的外甥女”。她把粉红色的转学单拿给英老师，老师眯起眼睛来研究。

“他们弄错我的课表，我没有英文课，”新来的女孩解释，“却有两堂美国史，我在以前的学校修过美国史了。”听起来她有点沮丧，我忍着没笑出来。她一定没上过这样的美国史，至少没领教过李老师教的方式。

“没问题，自己找空位坐下。”英老师递给她一本《梅冈城故事》，感觉那本书根本没人翻过，或许小说拍成电影之后就没人去翻阅了。

新来的女孩一抬头，就发现我在看她，我连忙转开目光，但已经太迟了。我试着不笑出来，但因为很尴尬，更让我傻笑起来，幸好她似乎没注意到我的窘态。

“没关系，我自己有。”她抽出一本精装本，封面是大树形状的蚀刻纹，看起来古老破旧，好像不止翻阅过一次。“这是我最喜欢的小说之一。”她就是这样脱口而出，好像爱看书一点也不古怪，现在我真是目瞪口呆了。

我感觉背后有股排山倒海的压力，接着爱米莉挤开我进入教室，无视我站在门口，这是她打招呼的方式，意思是希望我跟随她到教室后排的座位，我们的朋友都坐在那一区。

新来的女孩在第一排找了空位坐下，刚好正对着英老师的讲桌，这里一向是无人区域，她真是选错位子了。大家都知道绝对不要坐在那里，英老师有一边的眼睛是义眼，而且她的听力很差，仿佛她家是全美唯一的枪击练习场，才造成那样的重听程度。总之只要不坐在讲桌正前方，英老师就不会看到你，自然也不会叫你起来回答问题，看来这堂课要由蕾娜包办老师的发问了。

爱米莉经过她身边似乎觉得很有趣，故意踢掉蕾娜的书包，里面的书全掉在座位间的走道上。

“哎呀！”爱米莉弯身捡起一本破破烂烂的笔记本，这个笔记本只要稍微扯一下就会散开。

爱米莉拿在手中，好像那是一只死老鼠：“蕾娜·杜凯，那是你的名字？我以为你姓雷。”

蕾娜抬头，慢慢地说：“还我好吗？”

爱米莉开始翻阅，假装没听见她的话：“这是你的日记吗？你是作家？真酷！”

蕾娜把手伸出来：“请还给我。”

爱米莉把笔记本合起来，藏在身后不给她：“可以借我一下吗？我想拜读你写的大作呢！”

“我要你立刻还我。”蕾娜站了起来，情况似乎越来越有趣了。雷老头的外甥女即将掉入万劫不复的深渊，因为爱米莉的记性无人能及。

“那也要你读得懂才行。”我从爱米莉手中抽走笔记本，把它还给蕾娜。

然后我在蕾娜旁边的空位坐下。没错，就是无人区域的空位，是英老师看得见的那一区。爱米莉难以置信地看着我，我不知道为什么这样做，我自己也和爱米莉一样震惊。

我这辈子从来不曾坐在教室第一排呢！爱米莉还来不及说什么，上课铃声就响了，不过这不重要，我知道我迟早要为此付出代价。蕾娜打开她的笔记本，压根儿不理会我们两个。

“可以开始上课了吧？各位。”英老师从讲桌前抬起头来。

爱米莉溜到后面最遥远的座位区，那里整年都不会被老师问到问题，也远离雷老头的外甥女，远离我。这让我稍微松了口气，只是接下来五十分钟上课时间，我必须在没有预习的情况下分析杰姆和司各特[①]的关系。

下课铃响后我转头看着蕾娜，不知道自己要说什么，也许只是期待她会开口谢谢我，但是她什么都没有说，只是把书本放回书包，她写在手背上的并不是文字。

那是一个数字。

蕾娜那天并没有和我说话，事实上之后整个星期都没有，但我还是一直想到她，甚至到哪里都看到她，好像避都避不掉似的。其实让我困扰的并不是她这个人，不是她的样子。她确实很不会搭配衣服，球鞋也总是破破烂烂的，但她真的很漂亮。困扰我的也不是她在上课时所说的话。她说的话往往都是我们意想不到的，要不然就是我们虽然知道却没有胆子说出口的。她和石墙中学的女孩完全不一样。不过这也不是困扰我的地方。最主要的，是她让我了解到，尽管我总是假装自己与众不同，但其实我和石墙中学的其他人并没有什么两样。

外面一整天都在下雨，我坐在陶艺课教室里。这堂课又叫“营养课”，因为保证每个人都能拿到高分。这也是我在去年春天选陶艺课的原因，一来我需要修满艺术学分，二来我只想远离楼下的乐团练习，负责指导乐团的斯派德老师身材瘦小，但热情过度，每次乐团练习真是吵死人了。我是陶艺课唯一的男生，莎凡娜就坐在我旁边，我不知道接下来该怎么办。

“今天让你们自行体验，老师不会打分数，只是要你们去感受陶土，自由拓展你们的想法，同时别去在意楼下的音乐。”艾老师听到楼下荒腔走板的音乐，眨眨眼又加了最后一句，“挖深一点，探索你的灵魂深处。”

我启动拉坯机，看着陶土开始旋转，忍不住叹了一口气，这也没比乐团好到哪里去。然而等教室静下来，只剩拉坯机嗡嗡旋转的时候，我听到楼下乐团的音乐为之一变。

那个声音好像来自小提琴，或者是再大一号的中提琴。那段旋律很优美，

---

①《梅冈城的故事》里的人物。

又很哀伤，让人感到激动不安，比斯派德老师以往指导的音乐好太多了。我环顾四周，四周没有人注意到音乐，但这段音乐让我浑身起鸡皮疙瘩。

我记得这个旋律，心里随即浮现了歌词，字字句句就像之前听 iPod 那样清晰。只不过这次歌词改变了。

十六个月亮，十六年时光。
耳边传来轰雷巨响。
十六里，她的芳踪将至。
十六年的探寻，十六年的恐惧……

我凝视眼前旋转的陶土，那团陶土开始模糊起来，我越是专注凝视，陶土中央的空洞就越大，到最后好像陶土围着整个教室在旋转，我的桌椅全被包围在中间，我们仿佛陷入一团持续旋转的风暴。教室渐渐消失了，我慢慢伸出手，将指尖伸入陶土中。

我眼前一花，旋转的教室融入另一个画面……

我在坠落。

我们在坠落。

我又回到那个梦境，看到她的手，看到我紧紧抓住她的手，手指深深掐进她的皮肤、她的手腕，好像拼命要抓牢她。但是她又快滑掉了，我可以感觉她的指间滑过我的手掌。

"别放手！"

我想帮助她，想抓牢她，这种渴望胜过一切。然而她还是溜出我的指尖……

"伊森，你在做什么？"艾老师的声音充满关切。

我睁开眼睛，努力让自己回到现实，自从老妈死后我就不断地做这个梦，不过这还是头一次在白天就坠入梦境。我瞪着沾满半干泥土的双手，只见拉坯机上的陶土清楚印出一个掌形，仿佛我刚才把手掌压印在上面。但是我凑近一看，那个掌印不是我的，它太小了，应该是女孩子的手。

那是她的掌印。

我的指甲缝隙都是陶土，那是我为了抓紧她的手腕，拼命在泥中乱抓才留下的。

“伊森，你至少试着创作一些东西吧！”艾老师把手放在我的肩膀上，我吓得跳了起来。外面雷声大作，从教室窗户可以看到雷电交加。

“艾老师，我想伊森忙着探索他的灵魂呢！”莎凡娜咯咯笑着，靠过来仔细看了一下，“也需要剪指甲了，伊森。”

四周的女同学都笑了。我一拳毁掉陶土上的掌印，拉坯机上又是一团什么也不是的陶土。

下课铃响了，我站起来在牛仔裤上揩净双手，随即拿起书包冲出教室，完全没发现球鞋的鞋带松了，害我转弯时差点儿绊倒。我只是急着冲到楼下的音乐教室，因为我必须知道这一切是否出自我的想象。

我推开音乐教室的厚重大门，舞台已经空无一人，成群的学生从我身旁经过，我的方向刚好和大家相反，每个人都准备离开教室，只有我往里面冲，我做了一次深呼吸，知道自己会闻到熟悉的香味。

柠檬和迷迭香。

斯派德老师在舞台下方收拾散落在椅子上的乐谱，她就是用这些乐谱来指导石墙中学这个惨兮兮的乐团的。我走到她身边：“对不起，老师，刚刚是谁在演奏——那首歌？”

她对我微笑：“我们的弦乐部有了新成员，是一名中提琴手，她刚刚搬到镇上……”

不，不会吧！不会是她。

还没等到老师说出她的名字，我转身就跑。

第八节下课铃响，林克在储物柜旁边等我，同时忙着以手指梳理那颗刺猬头，拉直身上那件“黑色安息日”的退色T恤。

“林克，我需要你的车钥匙。”

“那练习怎么办？”

“我不行，因为我有事要处理。”

“喂，你到底在说什么？”

“车钥匙给我就对了。”我必须离开这里。这些日子以来我不断做梦，不断听到怪歌，如今大白天上课还“失去意识”，我甚至不知道这种说法对不对，我不知道自己怎么了，但我知道这绝对不是什么好事。

如果老妈还活着，我可能会把这些事都告诉她。她是我可以无话不谈的对象。但是她死了，老爸又成天把自己关在书房，如果告诉爱玛，她准会把盐巴撒满我的房间，而且整整撒上一个月。

如今我只能靠自己。

林克拿出钥匙，“教练会杀了你的。”

“我知道。”

“爱玛会发现的。”

“我知道。”

他扬手丢出钥匙，我一把抓住。

“爱玛准会把你踢到九霄云外，你别傻了。”

我转身往外就跑。太迟了。

九月十一日　撞击

等我跑到车子旁边已经全身湿透。这场暴风雨已经酝酿了整整一星期。每个广播电台都在播气象预报。听起来好像很多，不过林肯这辆破车只能收到三个电台，而且全部是调频频道。天空一片漆黑，加上现在又是飓风季节，天气完全没有转好的迹象，但是没关系，我需要理清思绪，找出这究竟是怎么回事。

我虽然上了车，却不知道该往哪里去。

尽管只是要把车子开出停车场，我还是不得不打开车头灯，前方的能见度不到一百米，这实在不是开车的好天气，漆黑的天空还不时划过闪电。我心中暗数“一、二、三”，接着就是轰然雷响，这是很久以前爱玛教我的，表示暴风雨就在不远处，根据爱玛的算法，数到三差不多就是三里远。

我在学校前面的红绿灯停下来。盖林镇只有三个红绿灯，这就是其中的一个。大雨噼里啪啦打在车上，几乎听不见收音机的声音，但我似乎听到什么，于是把声音开到最大，破烂的喇叭里传来了音乐声。

十六个月亮。

从 iPod 播放清单消失，没人听过的一首歌，蕾娜却能以中提琴演奏，就是这首歌快把我弄疯了。

绿灯了，我开车上路，只是不知道要往哪里去。

天空再次出现闪电，我暗数“一、二”，暴风雨又近了一些，我启动雨刷但根本没用，甚至看不清前方接近十字路口了没有。接着又来一次闪电，我才数到“一”，雷声就在车顶隆隆响起，雨水几乎成了平行横扫的，雨刷发出轧轧怪声，好像随时要解体了，而以这辆老爷车的破烂程度来看，这也是很可能的事。

不是我要追逐暴风雨，而是暴风雨在追我，而且它已经追到了。我只能勉强让车子在滑溜的路面不失控，可这辆老爷车已经开始打滑甩尾，我在两线道的九号公路以怪异的蛇行路线前进。

我完全看不到路况，只好拼命踩刹车，整辆车滑行冲进黑暗中，车前灯闪了一下，刹那间我看到马路中央有双绿色的大眼睛瞪着我。一开始我以为那是一只鹿，但是我错了。

有个人站在马路上！

我两手紧抓方向盘奋力急转，身体因而撞上侧门。

她张开手，我闭上眼睛，准备承受撞上去的冲击，然而并没有发生什么事。

车子及时停住，离她大概不到一米的距离。车前灯在雨中映出淡淡的光圈，照在药房卖的那种十元塑料雨衣上。那是一个女孩，她慢慢拉下雨衣的头罩，大雨洒在她的脸上。她有一双绿色眼眸和一头黑发。

是蕾娜·杜凯。

我无法呼吸，我知道她是绿眼珠，之前就看过了。但今晚她的眼睛看起来不一样，我从没看过这样的眼眸，她的眼睛大得出奇，而且绿得很不自然，好像是电子绿光，像暴风雨中的闪电一样。她戳在雨中的样子几乎不像人类。

我下车察看，但是没有关掉引擎，车门也没关上。我们两个都没有开口说话，只是顶着倾盆大雨站在九号公路当中，这么大的风雨，大概只有飓风季节或东北风暴来袭才会有。我的肌肉紧绷，心脏狂跳，就好像身体还在等待车子的撞击。

蕾娜的黑发在强风中飘动着，发梢不时滴着雨水。我向前一步靠近她，就被她的头发甩到，潮湿的柠檬，潮湿的迷迭香，突然间那个梦排山倒海地回来了。只不过那个总是溜出我指尖的女孩，这次终于可以看到她的脸庞。

黑发绿眼，我记起来了，是她，她就站在我的面前。

我一定要确定才行。我抓起她的手腕，没错，上面有细小的半月形抓痕，正是我在梦中紧紧抓住她所留下来的掐痕。我碰触她的那一刻全身好像触电了，接着闪电击中距离不到三米的大树，几乎把树劈成两半，还冒出阵阵白烟。

“你疯了吗？还是根本不会开车？”她往后退开，绿色的眼眸在冒火。她是在生气，还是有其他原因？

“你想杀了我啊！”

“你是真的。”我脱口而出，含糊说出一句奇怪的话。

“真的差点儿没命啦！这多亏了你！”

“我没疯，虽然我以为自己疯了，但我没有，真的是你，你就站在我的面前。”

“不会站太久了。”她转身背对我朝路上看，这和我原本想象的情景完全不一样。

我跑过去抓住她：“是你不知从哪里冒出来，突然出现在公路上的啊！”

她用力朝公路挥手，我这才看到那辆黑色灵车就停在暗处。

“我是想找人帮忙，你这个天才。我舅舅的车子抛锚了。你可以开过去不理我，但不必企图撞死我。”

“我梦到的女孩就是你，还有那首歌，我 iPod 上面那首奇怪的歌曲。”

她很快转过了身：“什么梦？什么歌？你喝醉了，还是在开什么玩笑？”

“我知道是你。你手腕上有抓痕。”

她把手腕翻转过来，困惑地看了一下：“这些？我养狗，就是这样而已。”

但我知道我没弄错。我现在能清楚地记起梦中那张脸庞了。会不会她并不知情呢？

她重新戴上雨衣兜帽，准备冒雨走回雷老头家。我赶了上去：“提醒你一下，以后遇到暴风雨，别下车戳在马路上。打电话给 119。”

她继续往前走：“我不想找警察，我不该开车的，因为我只是才学习开车，没有驾照。再说，我的手机也打不通。”她显然不是本地人，除非开错方向逆向行驶，这个镇的警察是不会在路上拦车临检的。

暴风雨更强了。我必须放声大吼才能压过雨声：“我载你回家吧！你不该在路上走。”

“不必了，我宁可等下一个差点儿撞死我的家伙。”

“不会再有下一个人经过的，说不定你要等上好几个小时呢。”

她继续往前走："没问题，那我就走回去。"

我不能让她在倾盆大雨中走路。我妈妈可不是这样教我的。"我不能让你在这种天气走路回家。"好像在配合我的话，轰隆隆的雷声就在我们头上响起，她的雨帽被吹开了。

"我会像我奶奶开车一样小心的，就像你奶奶开车的速度一样。"

"如果你认识我奶奶就不会这样说了。"风雨再度增强，她也扯开嗓子大吼。

"走吧。"

"什么？"

"上车，上我的车。"

她看了我一下，我不太确定她是否打算妥协。

"我想就算是你开车，坐车还是比走路安全吧！"

林克的车子湿透了，他看到恐怕会抓狂。一旦进入车内，暴风雨的声音就不一样了。一方面变得更吵，另一方面也变得更安静。我听见雨点打在车顶，但我的心跳和牙齿打战的声音几乎盖过一切。我开车上路，蕾娜就坐在我旁边的副驾驶座上，我忍不住偷偷瞅她一眼。

虽然她让人头痛，但她真的很漂亮，绿色眼眸大得惊人，我想不通今晚她的眼睛为何特别不一样？我从没见过那么长的睫毛。她的皮肤很白，配上一头黑发对比更强烈。她左眼下方的颧骨有个淡棕色的小小胎记，形状很像弯弯的新月。她和石墙中学的学生完全不同，我从没看过像她那样的人。

她脱掉十元雨衣，身上的黑色T恤和牛仔裤全粘在身上，整个人好像掉进游泳池一样。她的灰色背心不断滴水，形成一股小涓流，流到塑料皮椅上头。

"不要一直盯着我。"

我连忙转移目光看路，不敢再偷瞅她，"或许你该脱掉背心，否则只会更冷的。"

我可以看到她冷得发抖，连灰色背心上的银纽扣都微微抖动着。她的手更是抖到无法控制，我伸出手，她僵住了，好像以为我胆敢再碰她似的。

"我来打开暖气。"

她开始解开银纽扣。

"谢——谢谢。"

她的手被雨淋湿之后，原本写在手背上的字都糊掉了。我能辨识出几个数字，好像有个数字1或7，还有5和2。152，那是什么号码？

我瞅了一下后座，想找林克放在那边的军毯，后座放了一个破烂的睡袋，可能是林克上次在家里闯祸，只好睡在车上留下来的。睡袋闻起来有露营的烟熏味，还有地下室的潮霉味，我把它拿给蕾娜。

“嗯，这样好多了。”她闭上眼睛，我可以感觉她放松下来享受暖气的热风。看她这样我也放心了。没多久她的牙齿不再咯咯打战，之后我们保持沉默，一路都没有交谈。四周只有风雨声、车子行进声，以及驶过路面积水的喷溅声。蕾娜随手在起雾的车窗上乱画着，我尽量盯着前方路面，努力回想梦境的其余细节，想借此证明她就是我梦见的女孩。我也不知道，反正我就是非追根究底不可。

可是我越努力回想，梦境就越模糊。到最后眼前只见滂沱大雨的公路，以及两旁连绵不尽的烟田，还有散落其间的旧农具和谷仓。我们已经来到小镇外围，前方就是岔路，如果我往左走，那就是通往我家的路，沿路会经过桑蒂河，还有河岸那排内战前的老房子。这条路也是离开小镇的主要道路，每次来到岔路我总是习惯性地向左转。雷老头的庄园是在右边的岔路，平常根本没有人会走那条路。

“不，等等。这边右转。”她说。

“哦，对，抱歉。”我很尴尬，连忙开车上坡，开往雷老头那栋老旧的大房子。我太专心想找出她到底是谁，却忘了她是雷老头的外甥女。频频出现在梦中，让我一直无法忘怀的女孩就是雷老头的外甥女，此刻我正要载她回“鬼屋”。我们总把雷氏庄园当成鬼屋。

她低头看着自己的手。我并非镇上唯一知道她住在鬼屋的人。不知道她在学校走廊是否听到大家在窃窃私语？从她不自在的神情来看，想必很清楚大家的看法。不知道为什么，我就是无法忍受她这种神情，于是，我打破尴尬的气氛找话题，和她聊天：“你为什么搬来和舅舅住？通常人们都想搬离盖林镇，没人想搬来住。”

她仿佛松了口气：“我住过很多地方，新奥尔良、沙瓦纳、佛罗里达、弗吉尼亚都住过几个月，我甚至还住过一阵子巴贝多。”

我知道她并没有回答我的问题。但我忍不住想象起来，如果我能去这些地方，哪怕只住上一个暑假该有多好！“你的爸妈呢？”

“他们去世了。”

我胸口一紧：“对不起。”

“没关系，我两岁就失去父母了，我完全不记得他们。我寄宿过许多亲戚家，不过一般跟着外婆住。这次她必须到外地好几个月，所以我过来和舅舅住。”

“我妈妈也去世了，车祸。”我不知道自己为什么说这个，多半时间我总是避免谈论这件事。

“我很遗憾。”

我没有回答“没关系”，我觉得像她这样的女孩会了解我的心情。

我们停在一道饱受风吹雨打的黑色铁门前面。眼前位于山丘上的古宅正是盖林镇最古老，也最臭名昭著的南方大宅——雷氏庄园。过去我不曾这么接近这栋房子。我停车熄火，暴风雨已经转小，现在只是绵绵细雨。

“看来大雷雨已经结束了。”

“我确信远处还是雷雨交加。”

“也许吧，但今晚不会了。”

她好奇地看着我：“嗯，我认为今晚已经下够了。”她的眼睛看起来不太一样，那种过于明亮的绿色减弱了，眼珠好像也变小了——或许不是变小，而是看起来正常多了。

我打开车门下车，打算送她到门口。

“不必了。”她看起来有些发窘，“我舅舅有点害羞。”还真是保守的说法。

我的车门半开，她那边也是，所以我们又淋湿了。但我们只是坐在车上，什么话也没说。我知道自己想说什么，也知道我说不出口。那干吗还在雷家鬼屋前面呆坐，任由自己淋成落汤鸡呢？这一切都没道理。但有件事情是确定的，一旦我掉头下山再转回九号公路，一切又会恢复正常，应该会是这样吧？

她先开了口：“嗯，我想我该谢谢你。”

“谢谢我没撞死你？”

她笑了：“对，没错。也谢谢你载我一程。”

看到她对我微笑，感觉我们就像朋友了，这简直是不可能的事。我突然觉得自己得了“幽闭恐惧症”，一心只想快点离开。“这没什么，别放在心上。”我学艾默里把篮球运动衫的兜帽拉上来盖住头，每次他的前女友在学校走廊想找他讲话，他就用这一招闪人。她看着我摇摇头，然后把睡袋丢还给我，力道还不小，脸上的笑容也消失了。

“随便，那就再见了。”她转身离开，穿过那道铁门走上陡峭泥泞的车道，朝主屋的方向前进。我关上车门准备离开。

睡袋就放在旁边的座位，我把它拿起丢到后座，那上面依旧有露营的烟熏味，但现在还闻得到淡淡的柠檬和迷迭香，我闭上眼睛，等我再次睁开眼睛时，她已经走到半路了。

我摇下车窗："她有一只玻璃眼。"

蕾娜回头望着我："什么？"

我探出头大叫，雨水从打开的车窗滴进来："我是说教英文的英老师，她装了一只义眼，你必须坐在另一边，不然她会一直叫你起来回答问题的。"

她笑了，雨水打在她的脸上。"也许我喜欢回答老师的问题呢！"接着她就快步向前跑，躲进雷老头家的门廊。

我掉头开回岔路，以便转弯走回那条我走了一辈子的道路。突然间我看到旁边的座位缝隙有东西在发亮，我伸手一摸，是一颗银纽扣。

我把纽扣收进口袋，心里想着不知道今晚会梦见什么。

九月十二日　破碎的玻璃

什么也没有。

好久没有这样一夜无梦，睡个长长的好觉了。

隔天一早醒来，窗户是关着的，床上没有泥巴，iPod 里面也没有神秘的歌曲，我还特地查了两次。就连早上淋浴的时候，我闻到的也只有肥皂味而已。

我躺在床上看着蓝色天花板，想着雷老头的外甥女，想着蕾娜·杜凯的绿眼黑发，她的名字和雨声的节奏挺配的。

有哪个家伙会像我这么胡思乱想吗?

林克开车来接我时，我已经站在路旁等他。我一上车就踏到潮湿的地毯。车上的气味因此更难闻了。林克不以为然地摇头。

“抱歉，兄弟，今天放学我会努力把车子弄干。”

“你看着办吧！只是求求你别再发神经，否则以后同学谈论的怪胎就是你，而不是雷老头的外甥女了。

我一度考虑要保守这个秘密，但我怎么也得找个人谈谈才行：“我看到她了。”

“谁？”

“蕾娜·杜凯。”

他看起来一脸茫然。

“就是雷老头的外甥女。”

等我们在学校停车场停好车子，我已经把整个故事告诉林克了。嗯，也许不是整个故事，就算对最好的朋友还是会有所保留。我不敢保证他会全盘相信我的故事，但话说回来，谁又会相信呢？连我自己都很难相信了。就算林克不清楚细节，在我们走进学校加入那群死党之前，他已经确定了一件事，那就是灾害的控管。

“其实没发生什么事，你只是载她回家。”

“没发生？你到底有没有听到我说的？几个月来我一直梦到她，结果她出现……”

林克打断我的话：“你又没和她搭讪，你也没进去那栋鬼屋，对吧？你也没看到——没看到他，不是吗？”就连林克都不想提到雷老头的名字。扯上漂亮的女孩是一回事，扯上雷老头又是另外一回事。

我摇头：“是没有，但是……”

“我知道，我知道，你搞砸了，我只是说这件事你知我知就好，兄弟。其他人只需要知道最基本的就好，没必要宣传这种事。”

我也知道要保密很难，但我没想到这会是根本不可能的事。

我推开英文教室的门，心里还在想这些——关于蕾娜，关于我们之间“什么事都没发生”。

也许是因为她总是戴着那条挂满杂物的疯狂项链，好像上面每一个坠饰对她都很重要。她脚上那双破球鞋也一样，不管她穿牛仔裤或洋装，总是搭配那双球鞋，仿佛这样随时可以拔腿就跑。当我看到她，感觉就离盖林镇远了一点点。

可能是因为我在胡思乱想，所以就忘了继续前进，感觉后面有人撞上我，只不过这次不是爱米莉故意把我挤开，这次的力道强多了，就像海啸来袭一样。我们重重撞在一起，当我们碰触到彼此时，天花板的日光灯短路了一下，在我们头顶爆出一串火花。

我低头闪躲，但是她没有。

“不过才短短两天，你又想杀我啊？伊森。”

整个教室一片死寂。

“什么？”我几乎说不出话来。

“我说，你又想杀我吗？”

“我不知道你在那里。”

“你昨晚也是这么说的。”

昨晚，这两个字会彻底改变一个人在石墙中学的命运。虽然教室依然有足够的灯光，但感觉就像聚光灯打在我们两个身上，我们变成全班的焦点，我感觉脸上开始热了起来。

“抱歉，我是说……嗨。”我语无伦次，十足像个白痴。她似乎觉得很有趣，但继续前进，将书包放在她已经坐了一星期的座位上，就是那个英老师视力所及的区域。

我学到教训了。看来提醒蕾娜该坐哪里，不该坐哪里根本没用。不管雷老头的评价如何，不得不佩服蕾娜的性格。我溜到她的旁边坐下，同样是在无人区域的正中央。

我已经坐在这里一个星期了，今天是她第一次和我说话。这让一切变得不一样，倒不是变糟，而是吓坏我了。

她开始微笑，但自己发现后又收起笑容。我想说些有趣的话，至少别让自己像个白痴。但在我还没想出妙语之前，爱米莉已经在我的另一侧坐下，旁边还跟着“左右护法”依登和夏洛特，我们的距离一下子拉近了六排座位，看来今天就算坐在“好视力区”也救不了我。

英老师从讲桌抬起头来，似乎有些狐疑。

“嗨，伊森。”依登转头对我微笑，好像我也是她们的一分子，“一切还好吧？”

看到依登成了爱米莉的跟班，我一点也不惊讶。她也是班上的美女之一，虽然比不上莎凡娜的美丽，但她在拉拉队和平日生活中都称得上“美女二军”。她不是底部的支撑者，也不是顶端的飞跃者，有时甚至轮不到上场表演。不过依登一直努力想突破这点，她想要与众不同，但我猜石墙中学没有人是与众不同的。

“我们不想让你一个人坐在这里。”夏洛特咯咯笑着。如果依登是“美女二军”，那夏洛特只能算“三军”，任何有自尊心的拉拉队成员都极力避免变成夏洛特那种身材。她有些胖胖的，怎么也甩不掉“婴儿肥”，虽然她一直在节食，但就是减不掉多出来的五公斤。这不是她的错，她一直都在努力。她吃派的时候，会舍弃酥皮不吃；吃双份松饼时，会减少一半的肉汁淋酱呢。

“这本书真是无聊到极点了。”爱米莉连看也不看我一眼。这是一种主权争夺，虽然她已经甩了我，但她仍然不希望雷老头的外甥女靠近我，“我干吗读一本全镇都是疯子的小说？我们这里的疯子还不够多啊？”

经常坐在“好视力区”的艾比·波特，今天坐在蕾娜的另一边，对蕾娜微微一笑，蕾娜也微笑回礼。艾比本来打算开口和她打招呼，却被爱米莉瞪了一眼，那个意思很明显，不必拿南方人的热诚对待蕾娜，谁敢和爱米莉唱反调，就等着被全校抵制吧！艾比连忙拿出班联会活页夹，整个头埋进活页夹里面，避开蕾娜的目光，这意思表达得够清楚了。

爱米莉不以为然地看了蕾娜一眼，她以专业的眼光在挑剔蕾娜没有挑染的头发，没有晒出健康肤色的苍白脸颊，以及没有涂上粉红色指甲油的十指。依登和夏洛特坐在位子上，眼睛只盯着爱米莉，全然无视蕾娜的存在。这个女孩完全被孤立在外，今天的气氛特别紧张。

蕾娜打开那本破烂的笔记本开始写了起来，爱米莉拿起手机开始发短信，我回头看着自己的笔记本，同时把漫画《银色冲浪手》[1]夹在里面。坐在最前排想偷看漫画的难度也变高了。

“好了，各位同学，看来其他盏灯都没问题，算你们运气不好，我们开始上课吧！希望大家昨晚都念了书。”英老师在黑板上拼命写字，“我们花点时间来讨论书中小镇的社会冲突吧！”

课才上到一半，教室里的冲突已经大过书中的小镇冲突。真该有人告诉英老师这个情况才对。爱米莉正打算发动全面攻击呢！

“谁知道处在一个狭隘、充满种族歧视的小镇，阿提克斯为什么愿意替汤姆·鲁宾森辩护？”

“我猜蕾娜·雷同学一定知道。”依登对英老师甜甜一笑。蕾娜只是低头看着她的笔记本，一句话也没说。

“住口。”我忍不住小声呵斥，但声音显然大了点，“你知道她不姓雷。”

“她和那个疯子住在一起，应该也差不多啦！”夏洛特说。

“你说话要小心一点，我听说他们可是一对呢！”爱米莉炮火全开。

“够了。”英老师用那只好的眼睛瞪了我们一眼，所有人全都闭嘴。

蕾娜变了一下身体姿势，椅脚摩擦地板发出尖锐的声音。我身体往前倾，

---

① 《银色冲浪手》（*Silver Surfer*，又译《银魔》），是一种惊奇漫画（Marvel Comics）。

把自己当成一面墙，希望能挡在蕾娜和爱米莉那伙人之间，仿佛这样就能挡住她们的毒舌似的。

你无能为力的。

什么？我瞠目结舌，左看右看，没有人和我说话。事实上根本没有人在说话。我看着蕾娜，她依然埋在笔记本里。这下好了，看来梦到一个真实女孩，听到想象的歌曲还不够，现在我还多了幻听！

蕾娜的事确实让我很困扰，我觉得自己要负一些责任。如果不是因为我，爱米莉和其他人或许不会那么恨她才对。

你错了，她们还是会的。

又来了，我又听到某人在说话，那个声音很小，小到我只能勉强听见。感觉像是从我后脑勺发出的。

依登、夏洛特和爱米莉继续出言挑衅，但蕾娜眼睛眨也不眨，好像继续写笔记本就能自动把她们隔绝在外。

“作者哈泼·李表示，除非设身处地走一遭，否则无法真正了解一个人。谁有什么看法吗？要不要说说？”

那是因为哈泼·李不住在盖林镇。

我环顾四周，忍不住笑了出来。爱米莉看我无故发笑，八成以为我成了神经病。

这时候蕾娜举手了：“我认为这表示你必须给别人一个机会。不该先入为主就憎恨，你不这么想吗？爱米莉？”蕾娜看着爱米莉微笑。

“你这小怪胎。”爱米莉冷笑一声。

你恐怕难以想象。

我凑近看了一下蕾娜，她已经停止抄写笔记本，现在她正以黑笔在手背上写字。我不必看也知道那是什么，是另一个数字151。不知道那是什么意思。为什么她不把数字写在笔记本上？我回头继续看我的《银色冲浪手》。

“再来谈谈布芮德。你们认为他为什么留下礼物给芬奇兄妹？”

“他就像雷老头一样。或许他想引诱那些小孩去他家，以便杀害他们。”爱米莉放低声音以免让英老师听到，却维持能让蕾娜听到的程度，“然后他就可以把小孩的尸体放上灵车，载到鸟不生蛋的荒地掩埋起来。”

闭嘴。

我的脑中又出现了奇怪的声音。这次还有别的，好像是什么东西裂开的微弱声音。

“而且他有个疯狂的名字，就像布芮德一样。你知道是什么吗？”

“没错，一个可怕的《圣经》古名，现在没人用这个名字了。”

我僵住了，我知道她们在说雷老头，也在影射蕾娜。“爱米莉，你闭嘴行不行？”我出言反击。

她眯起眼睛：“他是个怪胎，他们都是，每个人都知道这一点。”

我说闭嘴。

碎裂的声音比刚才又大了一点，这次更像噼啪作响的声音，我环顾四周，想看看到底是什么声音？怪的是其他人似乎都没听到，就像刚才脑海中的说话声一样，只有我一个人听见。

蕾娜直视前方，紧咬双唇，有些不自然地盯着前方某个点，好像看不到其他东西，只是专注在那个点。感觉教室越来越小，压迫感越来越大。

我又听到蕾娜拖动椅子的声音，她离开座位走到窗户下方的书柜区，大概是假装去削铅笔，借此躲开石墙中学的无情批判。

她开始转动削铅笔机。

“麦坎麦基瑟德·雷，没错，那就是他的全名。”

住口。

我还能听见削铅笔机的声音。

“我奶奶说那是个邪恶的名字。”

住口！住口！住口！

“倒是挺适合他的。”

够了！

这次说话的声音非常大，我捂住耳朵，削铅笔的声音停了。玻璃四散飞溅，有扇窗户莫名其妙地破了，那是最靠近第一排座位的窗户，蕾娜刚好就站在窗户下面削铅笔。

破裂的窗户离我、夏洛特、依登和爱米莉最近，她们放声尖叫躲到桌子底下。此刻我终于知道刚才听到的碎裂声是什么，那是压力，玻璃窗布满破裂的细纹，接着好像拉动一条细线，整片玻璃窗就往教室内部碎裂飞散了。

教室里一阵混乱，女同学都在尖叫，每个人都逃离座位，就连我也跳了起来。

“别惊慌，大家都没事吧？”英老师试图控制班上秩序。

我转头朝削铅笔机的方向看过去，想确定蕾娜是否没事，结果却不是这样，她就站在破掉的窗户旁边，四周都是碎裂的玻璃。她的样子很惊慌，脸色比以往更加苍白。她的眼睛更大、更绿了，就像昨晚雨中的情形一样。只不过她的眼神有些不同，此刻她很惊恐，看起来不再那么勇敢了。

她伸出双手，其中一只手被玻璃割伤流血了，鲜血滴到地板上。

我无意要……

玻璃是她打破的，还是玻璃破掉的时候，划伤了她的手？

"蕾娜——"

我还来不及问她的伤势，她已经冲出教室了。

"你们看到没有？她打破窗户！她走到那边，不知道用什么东西打破窗户！"

"她用拳头打破窗户，我亲眼看到的！"

"那她怎么没有大量流血？"

"你又知道了！你是 CSI① 鉴识小组啊？她想杀了我们。"

"我要马上打电话给我爸爸，她疯了，就像她舅舅一样！"

她们就像一群冒火的街头混混在那里大吼大叫。英老师试图维持秩序，但那是不可能的，"大家冷静，不要惊慌。意外是难免的，也许只是因为窗户太老旧，风又太强了，这没什么。"

没有人相信这套说辞。大家宁可相信是雷老头的外甥女在作祟。绿眼珠风暴已经席卷全镇，威力强大的蕾娜飓风。

有件事情是肯定的。天气又变了，没错，盖林镇从没见过像这样的暴风雨。

突然冲出去的蕾娜大概没注意到又开始下雨了吧！

---

① *Crime Scene Investigation*，简称 CSI，中国大陆译为《犯罪现场调查》，台湾译为《CSI 犯罪现场》，港澳译为《灭罪鉴证科》，是一部受欢迎的美国刑事系列电视剧，描述一组刑事鉴识科学家的故事。

九月十二日　绿屋

别这样。

我在脑中听到她的声音，至少我认为我能听到。

不值得的，伊森。

值得。

当我把椅子往后推，起身去追赶她，我在脑海中听到这些话。我知道我做了什么，我已经选了方向。我现在有不一样的麻烦，但是我不在乎。

因为蕾娜已经不是第一个了。我这辈子看过她们这样对付不少人。爱莉森·贝奇患严重湿疹时，午餐的时候没有人肯和她同桌吃饭。还有可怜的斯考特·理奇曼，就因为他是石墙古典乐团有史以来最糟的伸缩长号手，同样遭人冷眼抵制。

我不曾拿签字笔在别人的储物柜写上“差劲”的字眼，多数时间只是冷眼旁观。但这两者同样困扰我，我不曾有足够的勇气走出现场。

总要有人做点什么。全校的学生不能这样抵制一个人，全镇不能这样抵制一个家庭。他们却真的可以，而且一直都是这样。也许这就是为什么雷老头早在我出生以前，就不曾离开过他的房子。

我知道我在做什么。

你不知道，你以为你知道，但你并不知道。

我的脑中又出现她的声音，好像她一直在那里。

我知道明天终究要面对现实，但此刻我完全不在意，我只想找到她。我说不上这是为了她，还是为了我自己，但不管是为了谁，我都没有选择。

我在生物实验室前面停下来，跑得上气不接下气。林肯看了我一眼，一句话也没说，只是摇摇头把车钥匙抛给我，我伸手接住又继续狂奔，我很确定去哪里找她。如果我猜得没错，她应该去了大家都会去的地方，换作是我也会这样。

她一定回家了，即使那是雷老头的鬼屋，她也只能回去投靠盖林镇的怪人布芮德。

雷氏庄园就矗立在前方山丘的顶端，让人望而生畏。我不是说我在害怕，“害怕”不是正确的形容。我妈妈去世的那晚，警察来敲我们家的门，那才叫做害怕；或者我爸爸又躲进书房，我了解他可能再也走不出来，那才叫害怕；或者是小时候爱玛又开始作法，我发现那些小娃娃原来不是玩具，那才叫害怕。

我并不怕雷氏庄园，虽然它看起来有些阴森，但南方向来有个不争的事实，每个城镇都会有间鬼屋，如果问问镇上的人，至少有三分之一的居民发誓他们看过一两个鬼。

况且我和爱玛一起住，她的迷信包括把百叶窗漆成青蓝色，以避免鬼魂上门；或是把马毛和泥土装在小袋子里，用作护身符。所以我对这种不寻常的乡野传说已经习惯了。

不过如果遇上雷老头本人，那又是另外一回事了。

我走到庄园门口，有些迟疑地拉了拉那道破烂生锈的铁门，大门嘎吱一声打开，什么事也没有。没有闪电，没有熊熊火焰，也没有暴风雨。我不知道自己在期待什么，但就我目前对蕾娜的了解，还以为会有一些不寻常的事情需要小心应付的。

如果一个月以前有人说我会穿过那扇大门，走上山丘，踏入雷老头家的土地，我一定会说他疯了。像盖林镇这种平凡单调的地方，几乎看得到未来会发生什么事，但我没料到这一天。上一回接近这里，我只走到庄园的铁门外，等我往里面走，才真正看清楚里面的残破不堪。雷家这间古宅就是南方传统的庄园，也就是北方人看了《乱世佳人》之后，经过这么多年还希望看到的往日风情。

雷氏庄园确实令人印象深刻。至少它的规模还是如此。车道两侧种了小棕榈和丝柏树。要不是这房子残破到快散开了，要不是这里是雷老头的家，从外观看起来还真像人们会整天坐在门廊乘凉、喝薄荷酒、玩扑克牌的富丽庄园。

这是一栋希腊复兴式建筑，这样的房子在盖林镇很不寻常。镇上清一色是联邦式农庄，这让雷老头的庄园更显得突兀。白色的希腊多利克列柱原本应是宏伟壮观的，却因为常年没有整修，油漆都斑驳脱落了。屋顶也严重倾斜，让人觉得这栋歪斜的房子简直就像得了关节炎的老太太。而且大门前面那个有屋檐遮蔽的门廊都快和房子主体分开了，好像一踏上去就会整个垮掉一样。房子的外墙爬满厚厚的常春藤，有些地方甚至看不到底下的窗户。仿佛整栋房子已经被藤蔓吞噬，即将回归自然大地，回到当初还没有盖房子的模样。

大门上方有一段门楣是重叠的，从这段横梁就可以看出这是一间多么古老的房子。我看到门楣上面刻着一些符号，一些圆圈和新月形的图案，或许代表月亮圆缺的变化。我试探性地踏上一级嘎吱作响的楼梯，以便看得更清楚一点。我对门楣还有一点了解。我妈妈是专攻美国内战时期的历史学家，以前她常开车带我去作一天往返的小旅行，她会指出每个历史景点的细节，表示某些刻纹来自英国和苏格兰的古屋和城堡。有些人从欧洲迁移至此，自然就把这些装饰也带过来了。

但我以前不曾看过这样的图案。很像某种象形文字，这些象形文字围绕着一个我看不懂的字，应该是外文，但看起来就是一个字，或许在这栋房子还没有分崩离析之前，这个字对雷家有特别的意义吧！

我做了一次深呼吸，三步并两步爬上其余阶梯，心想只要少踏几级，应该可以减少门廊垮掉的机会。我来到大门前方，上面有个狮头装饰，狮嘴叼着一个铜环，想来就是敲门的扣环了。我伸手握住敲了一下、两下、三下。她不在家，看来我猜错了。

然后我听到熟悉的旋律，《十六个月亮》。显然她就在附近。

我拉住已经钙化的金属门把，门把发出嘎吱声，同时门后出现拉开门闩的声音。我做好心理准备，准备见见从没见过的雷老头本尊。不只从我出生以来就没见过他，镇上的人也不曾见过他。可是里面的人只是拉开门闩，并没有打开大门。

我抬头看看大门的门楣，好像有什么东西在劝我试试看。我是说，最糟的情况会是什么呢？门打不开吗？我本能地伸手碰触门楣上的中央刻纹，那是一个新月图案，当我触压到它，感觉底下的木头动了动，这个新月就像某种开关似的。

大门就这样悄然打开了，并没有发出什么怪声，我跨进门槛，现在要回头已经太迟了。

光线从窗户透进来，感觉真是不可思议。因为从房子外观判断，那些藤蔓绿叶已经把窗户盖得密密麻麻，但屋里居然光线充足，而且崭新明亮。这里没有任何古董家具或雷氏家族的古老画像，也没有南北战争之前的传家宝物，这地方有点像家饰展示厅，里面放了太多沙发、椅子、各式玻璃桌，上面堆放各种居家休闲书。感觉非常现代、非常新潮，新到我觉得送家具的货车应该停在门外还没走。

“蕾娜？”

大厅有座回旋楼梯通往二楼，但我看不到楼上。

“雷先生？”我只听到自己的声音在大厅内回荡。屋里没有人，至少没有人响应我。但我听到后面有杂声，吓得我跳了起来，差点儿被一张皮椅绊倒。

那是一条乌黑的大狗，也许是一只狼，是可怕鬼屋才会有的宠物，因为它戴着粗厚的皮质颈圈，上面挂着一个叮咚摇晃的银色月亮。它一直盯着我，好像在思考下一步的行动，它的眼睛很古怪，感觉太圆，太像人类了。

那条狼狗对着我咆哮，露出白森森的牙齿。它的吠叫越来越凶狠吓人，简直就像狼嗥一样。

我做了每个人都会做的事。

拔腿狂奔。

我等不及眼睛适应外面的光线，就跌跌撞撞冲下楼梯。我不停地跑，沿着碎石路拼命跑，跑离雷氏庄园，跑离那只可怕的古屋恶狗，跑离大门上方的怪异图腾，回到安全、光线昏暗的真实午后，这条碎石路蜿蜒穿过杂乱的田野和未经修剪的树丛，两旁尽是有刺灌木和杂草。我不在乎小路通往哪里，反正离鬼屋越远越好。

最后我停止奔跑，弯下来两手撑住膝盖，胸口喘得快爆炸了。我的双腿发软，等我再度抬起头来，才发现前方有一道破旧的石墙。石墙后面露出一排树木，我无法从树梢辨识那是什么树，但是我嗅到熟悉的味道。那是柠檬树，她在这里。

我告诉过你不要跟来的。

我知道。

虽然我们没有开口讲话，却在彼此交谈。就像在教室的时候一样，我的脑海会浮现她的声音。就好像她站在我身边，对着我的耳边低语一样。

我感觉自己正朝着她走过去。墙内是一座花园，也许还是个秘密花园，就像我妈妈小时候住在沙瓦纳时读过的小说。这个地方一定相当古老了，石墙有好几处残破不全，另外几处则是完全坍塌了。当我拨开藤蔓之后，看到石墙间有扇腐烂古老的木头拱门，依稀听到里面有人哭泣，我搜寻四周的杂草、树丛，但是没有看到她的身影。

“蕾娜？”没有人回答。我的声音在石墙灌木间回荡，听起来有点怪，好像不是我自己的声音。我拨开最靠近的灌木枝丫，是迷迭香。这就对了，而我头上是结实累累的黄色柠檬，既奇怪又完美的组合。

“我是伊森。”啜泣声变大了，我知道我比刚才更接近她了。

“我说过了，请你走开。”她的声音像是感冒鼻塞了，显然她从离开学校就哭到现在。

“我知道，我听见了你的声音。”这是实话，我无法解释，我小心穿过杂乱的野生迷迭香，避免被过长的根茎绊倒。

“真的吗？”她似乎很感兴趣，暂时忘了让她难过的事。

“是真的。”就像梦里一样，我可以听见她的声音，只不过现在她人真的在这里，她在一个不知名的荒废花园，没有溜出我的手掌，只是在这里哭泣。

我拨开一丛较大的枝丫，她就在那里。蕾娜躺在草地上望着蓝天，一只手臂搁在头上，另一只手紧紧抓住野草，好像以为一放手就会飞上天空似的。她的裙摆浸在草地的水坑中，已经湿了一小块，脸上更是爬满泪水。

“那你为什么不听？”

“什么？”

“走开，别理我。”

“我想确定你没事。”我在她身边坐下，地上比我想象中还硬，我伸手摸了摸，发现原来我坐在一块平滑的石板上，只是刚才被过长的杂草遮住看不到。

我才在蕾娜旁边躺下，她刚好坐起来，然后我决定坐起来，可她在同一时间又躺回草地。这实在很怪，好像我的每一个动作都牵动到她的动作。

最后我们终于同时躺下来仰望蓝天。天色渐渐转灰了，盖林镇在飓风季节的天空就是这种颜色。

“他们都恨我。”

“不是全部，至少我没有，我最好的朋友林肯也没有。”

四周一片安静。

“你甚至还不认识我。再过一段时间，你也可能会恨我。”

“我差点儿撞死你，记得吗？我必须对你好一点，以免你报警抓我。”

很冷的笑话，但我看到一个这辈子不曾见过的微弱笑容。“这是我每天列为第一优先的事，我要把你做的好事告诉那个整天坐在超市前面的胖子。”她回头再度望着天空，我看着她。

“给他们一个机会，他们不全是那么坏。我是说，他们现在是这样，因为他们在嫉妒，你知道吧？”

“对，当然。”

“他们真的是这样。”我透过长长的杂草望着她，“至少我就很嫉妒你。”

她摇摇头：“那么你一定是疯了，真的没什么好嫉妒的，除非你也想自己一个人孤单坐着吃午餐。”

“你住过那么多地方。”

她看来一脸茫然：“所以呢？你可能必须上同一所学校，一辈子住同一间房子。”

“没错，这就是我的问题所在。”

“相信我，这不是问题，我的问题才多呢！”

“你去过好多地方，我特别渴望的。”

“对，但我只有自己一个人，你有个好朋友，我只有一条狗。”

“但你不怕任何人，你有话就说，你勇敢做自己，这里的人总是害怕诚实做自己。”

蕾娜抠着食指的黑色指甲油：“有时候我真希望能表现得像其他人一样，但是我无法改变自己，我试过了。我老是穿错衣服，说错话，我总是会出错。我真希望可以做自己，还能交到朋友，一个会注意我有没有到学校的朋友。”

“相信我，他们都注意到了。至少今天一定注意到了。”她几乎笑了出来，但只是几乎而已。

“我没别的意思。”我转开目光。

我会注意。

什么？

你有没有到学校。

“那么你一定疯了。”感觉她说这话的时候，唇边似乎带着笑意。

看着她，我完全不在乎以后午餐时间是否还有人帮我留座位。我无法解释，但她值得这一切。我无法袖手旁观别人欺压她，不能是她。

“一直都会这样的。”她对着天空说话。一片云飘到正在转暗的灰蓝色天空。

“阴天吗？”

“我在学校的情况。”她举起手挥了一下。那片云似乎随着她的挥动而旋转起来。

她用袖子擦干脸上的泪水。

“我不是真的在乎她们是否喜欢我，我只是不希望她们自动就恨起我了。”现在那片云成了一个圆。

“那群白痴？再过几个月，爱米莉会得到一辆新车，莎凡娜会赢得另一顶后冠，依登又会把头发染成另一种颜色，至于夏洛特嘛，我不知道，她可能会去生个小孩或刺青之类的，反正到时候这些都会成为过去。”

蕾娜很清楚我在说谎，又挥了挥手，现在那团圆圆的云出现微凹的弧形，看起来有点像月亮。

“我知道她们是白痴，我当然知道，只有白痴会全部跑去染金发，然后拿一个小小的亮皮包，真是可笑极了。”

“没错，愚蠢极了，谁在乎她们啊？”

“我在乎，我会受她们干扰，所以我很笨。这让我比她们笨上好几倍。面对笨蛋我只会变得更笨。”她挥挥手，月亮形状的云朵飘走了。

“那是我听过最蠢的事了。”我以眼角余光偷看她，她正忍着不要笑出来。我们就这样静静躺着，静默了大约一分钟。

“你知道什么才叫笨吗？我的床底下有许多书。”我随口这样说，好像经常挂在嘴边一样自然。

“什么？”

“小说。托尔斯泰、塞林格[①]、冯内古特，我读他们的小说，因为我喜欢。”

---

① 杰罗姆·大卫·塞林格（Jerome David Salinger，1919—2010），美国作家，他的《麦田守望者》被认为是20世纪美国文学的经典作品之一，这本小说用纽约16岁逃学少年的语言写成。其他作品有《故事九篇》（*Nine stories*）、《弗兰尼和左伊》（*Franny and Zooey*）。

她翻个身，以手撑着头趴着："是吗？你的篮球队友有什么看法？"

"这么说吧，我一直没让别人知道这件事，我没有张扬。"

"嗯，我注意到你在学校只看漫画。"她试着轻描淡写，"事情发生之前，我注意到你在看《银色冲浪手》。"

你注意到了？

我可能刚好注意到了。

我不知道我们算不算在交谈。或者这整件事只是我的想象，我并没有疯，至少还没有疯。

她改变话题："我也喜欢看书，大部分是诗集。"

要想象她住在雷老头家是有点困难，但我可以想象她躺在床上读诗的样子。

"是吗？我读布考斯基[①]的诗。"我说的是真的，如果只读过两首也算。

"他的书我每一本都有。"

我知道她不想谈起课堂发生的事，但我实在忍不住了，我就是必须追根究底："你到底要不要告诉我？"

"告诉你什么？"

"之前发生的事。"

接下来是一段长长的静默。她坐了起来，拉扯身旁的杂草。然后她转身趴下直视我的眼睛，她离我很近很近，我僵在那边不敢乱动，试着专心听她说话。

"我真的不知道，我常发生这种怪事，有时候就会这样，我无法控制。"

"就像那些梦。"我注视着她的脸，希望找到一丝她清楚我在说什么的表情。

"对，就像那些梦。"她想也不想，随口就说出来了，然后才惊觉说错话，心虚地看我一眼。我就知道！我一直都是对的。

"你记得那些梦。"

她把脸埋进手中。

我坐了起来："我知道梦中的女孩是你，你知道是我，你从头到尾都知道我在说什么！"我拉开她掩住脸庞的手，一碰到她的手就有一阵电流传到我的手臂。

你就是梦中那个女孩。

"为什么你昨晚不说呢？"

---

① 查尔斯·布考斯基（Charles Bukowski，1920—1994）：美国当代最著名的作家之一，美国后现代主义诗歌大师，被尊为"新海明威"的"酒鬼诗人"。生前长住洛杉矶。著有诗集、小说数十种。代表作《花朵、拳头和野兽的哀号》、《诗与画》、《与猎物一起狂奔》、《我心遭劫》。

我不想让你知道。

她不肯看我。

“为什么？”置身在安静的花园中，我的声音显得很大。当她终于看着我，我可以看到她满脸苍白，整个人看起来有些不一样。她吓坏了，她的眼睛就像暴风雨来袭之前的一片汪洋。

“我没想到会在这里遇见你，伊森，我以为那些只是梦，我不知道真的有你这个人。”

“但你知道是我以后，为什么还是不肯说呢？”

“我的生活很复杂，我不想让你——不想让任何人蹚浑水。”我不知道她在说什么。

我依然握着她的手，感觉如此真实，我也能感觉到我们底下坐着的石板，我伸手想抓住石板边缘取得身体平衡，却摸到一个圆圆小小的东西卡在边缘，可能是一只甲虫或一块石头，接着这个小东西从石板上松脱，然后就滚到我的手心。那一瞬间我全身一颤，感觉蕾娜也同时紧紧握住我的手。

怎么回事？伊森。

我不知道。

我的四周整个改变了，好像我变成另一个人，我还是在花园里，但不是刚才那个花园，而且柠檬的味道改变了，现在是呛人的烟熏味——午夜时分，但天空却一片通红，熊熊的火焰直达天际，一阵阵的浓烟吞没了花园小径，甚至也吞没了月亮。地面变成一片沼泽地，火烧的灰烬因为地上的雨水全湿透了。

吉妮薇被浓烟呛到无法呼吸，她的喉咙干得非常难受。地上的湿泥全粘在她的裙摆上，让她举步更加困难，但她还是强迫自己继续走下去。

这是世界末日，是她的世界末日。

她可以听到枪声中夹杂着尖叫声，还有火焰无情的怒吼。她听见士兵嚷嚷着杀人的指令。

“烧了那些房子，让南军知道造反的代价。把房子全烧了！”

接下来北军就烧了一间又一间的庄园，用的还是浸满南方煤油的床单和窗帘。吉妮薇看着邻居、朋友和亲戚家一间间被火焰吞没。情况如此惨重，许多亲友也被大火吞噬了。他们就在小时候出生的屋子里，活生生地被大火烧死了。

所以她才要逃跑，跑进浓烟、火焰之中，跑进敌军的虎口中。她必须抢在

北军之前先抵达绿屋，而且她的时间不多了。北军行事讲究条理顺序，他们正沿着桑蒂河烧毁一间间的庄园。他们刚烧了黑井庄园，接下来就是白鸽庄园，紧接着就会是绿屋和雷氏庄园。谢尔曼将军和他的军队在抵达盖林镇之前，就已经开始实施这种烧掠行动。他们将哥伦比亚镇夷为焦土，然后继续朝东走，沿路的村镇无一幸免。当他们来到盖林镇外围，南方邦联的旗帜还在迎风飘扬，正好给他们烧村的第二个借口。

她从气味知道自己还是迟了一步。是那些柠檬树，柠檬的酸混合了灰烬的焦，他们放火烧了柠檬树。

吉妮薇的母亲很爱这些柠檬树，所以小时候她父亲去佐治亚州参观农庄的时候，就替母亲买回两棵柠檬树。每个人都说在这里种不活，南卡罗来纳州的冬季冷风会冻死这些柠檬树的。但是吉妮薇的母亲不听，她把树种在棉花田的正前方，自己亲自照料，在寒冷的冬季夜晚，她会替这些树包上羊毛毯子，还在边缘堆上泥土防止水分流失。这些树真的长大了，而且这些年来长得很好。吉妮薇的父亲陆续又替母亲买了二十八棵树。

镇上一些太太也开始央求她们的先生买柠檬树，有几位还真得到了一两棵树，但是她们想尽办法就是养不活。只有绿屋的柠檬树在母亲的照料下总是一片欣欣向荣。

再怎么恶劣的天气这些柠檬树都熬过了，却熬不过今天。

“刚才是怎么回事？”感觉蕾娜抽回她的手，我睁开眼睛，看到她在发抖，我低头看着刚才无意间从石板底下摸到的东西。

“我想应该和这个东西有关。”躺在我掌心的是一个黑色椭圆形的老旧饰品，上面有象牙和珍珠贝的浮雕，是一个女子头像，雕刻得非常精致。它的一侧有个小突起。

“你看，我觉得这是一个项链坠饰。”

我压下突起的弹簧，项链坠饰的正面就打开了，里面刻了细小的文字。“上面只写了绿屋，还有一个日期。”

“一定是这样，这不是雷家的东西，是绿屋的，就是隔壁的庄园。”

“还有那个画面，那个大火，你也看到了？”

我点点头，那个情景实在可怕到难以启齿：“这大概是绿屋的人掉的。”

“让我看看那个坠饰。”我小心地把东西交给她。它看起来历经风霜，是有段历史的老东西，或许它经历过刚才那场大火。

蕾娜拿在手上翻转检视："一八六五年二月十一日。"她失手把坠饰掉到地上，脸色苍白无比。

"你怎么了？"

她低头看着草地："二月十一日是我的生日。"

"所以这只是一个巧合，一个提早出现的生日礼物。"

"我的人生没有巧合这回事。"

我捡起坠饰翻过来看，坠饰背面刻了两个缩写，"ECW & GKD，这个坠饰一定是他们其中一个人的。"我顿了顿，"奇怪，跟我的姓名缩写 ELW 只差一个字。"

"我的生日、你的姓名缩写，你不觉得这已经不只有点怪了吗？"也许她说得对，可是……

"我们应该再试一次，找出到底发生什么事。"对我来说，这就像身上有个痒处，不伸手去抓痒实在很难过。

"我不知道，这可能很危险。感觉好像我们真的在那里。我的眼睛还因为烟熏不舒服呢！"她说得对，我们没有离开花园，但感觉我们刚刚就在那场大火中，还感觉肺里吸进浓烟。但是这无所谓，我就是必须追根究底。

我握着坠饰，同时对蕾娜伸出手："来吧！你不是很勇敢吗？"这是激将法，她转着眼珠，最后还是伸出了手。她的指尖划过我的手，我可以感觉她手上的温度传到我身上，就好像一阵让人起鸡皮疙瘩的电流，除此之外我实在不知道该怎么形容。

我闭上眼睛等着——什么事也没有。我睁开眼睛："也许一切只是出自我们的想象。也许它没电了。"

蕾娜看着我，神情有些困惑："也许你无法命令它怎么做，或什么时候做。"她站起来拍拍身上的灰尘，"我要走了。"

她停了一下，低头看了我一眼："你和我期待的不一样。"她转身穿过那排柠檬树，往花园出口走去。

"等等！"我在她后面大叫，但是她继续往前走，我试着追上去，却被地上的根茎绊了一跤。

她经过最后一棵柠檬树时停下脚步："不要。"

"不要什么？"

"不要管我，趁还没有发生任何事之前，离我远一点。"

“我不懂你在说什么。说真的，我正在努力弄清楚。”

“忘了吧！”

“你以为你是全世界唯一复杂的人？”

“不，但是——这算是我的特长。”她转身要走，我迟疑了一下，把手搭在她的肩上，她在夕阳的照射下显得很温暖。我可以感觉她衣服下的肩胛骨，在那一刻，她好像是一件非常脆弱的东西，就像在我梦中一样。这实在很怪，因为当她面对着我，我觉得她是不会受到任何打击的，这或许和她那双眼睛有关。

我们就这样站着，最后她终于妥协回头来面对我。我又努力着：“听着，这里有些不寻常的事，那些梦、那首歌、那个味道，现在又是这个项链坠饰，好像我们注定要当朋友似的。”

“你刚刚提到味道？同一个句子又说到朋友？”她看起来吓坏了。

“就技巧上来说，应该算两个句子。”

她瞪着我的手，我松开她的肩膀。但我实在很不想放手，我直视她的眼睛，这算是我第一次真正凝视她。她的绿色眼睛是如此深邃，好像她的心思飘到很远的地方，远到我这辈子怎么也无法触及。不知道爱玛那套“眼睛是灵魂之窗”的理论要作何解释。

太迟了，蕾娜，你已经是我的朋友了。

我不能。

我们一起经历这些。

求你了，你必须相信我，我们并没有。

她别开头靠着身后的柠檬树，看起来很悲惨：“我知道你和其他人不一样，但我有一些事情你并不了解。我不知道为什么我们可以这样沟通。我不知道为什么我们会做相同的梦。我和你一样并不清楚。”

“但我想弄清楚这是怎么回事……”

“我再过五个月就十六岁了。”她举起手，手背上照旧写着数字 151。“再过一百五十一天。”原来写在她手上不断改变的数字，是在倒数她的生日。

“你不知道那代表什么意思，伊森。你什么也不知道，在那天之后，我甚至可能不在这里了。”

“但你此刻还在。”

她的眼光跳过我，朝雷家望过去。她开口对我说话，但仍然不看着我：“你喜欢布考斯基的诗？”

“对。”我有点困惑。

“别再尝试了。”

“我不懂。”

“那是刻在他墓碑上的话。”她离开花园，消失在石墙之外。五个月，我完全不懂她在说什么，但我知道我心中的感觉。

我感到一阵惊慌。

等我穿过花园拱门，她早就不见人影，好像不曾来过一样。只留下淡淡的柠檬和迷迭香的味道。说来有趣，她越是逃开我，我越是想追上去。

别再尝试了。

我很确定将来我的墓碑一定会留下不一样的文字。

九月十二日　三姐妹

厨房餐桌上还摆着餐具。幸好我回家没错过晚餐，不然爱玛准会杀了我。只是我没料到自己才踏出英文教室，家里的电话就响个不停。等到我终于回家，镇上恐怕有一半以上的人都打过电话来向爱玛报告了。

“伊森·魏特，是你吗？因为如果是你，你的麻烦就大了。”

我听到熟悉的砰砰声，事情比我想的更糟糕。我从大门溜进去，悄悄闪进厨房。爱玛站在厨房角落，穿着那件工业用的单宁[1]围裙，上面有十四个口袋可以装铁钉和四组工具。她手中握着中式切肉刀，料理台上堆着胡萝卜、卷心菜和其他我不认识的蔬菜，在爱玛的蓝色[2]食谱中，春卷是最需要拼命剁食材的料理。如果她要做春卷，不代表她喜欢吃中国菜，这只代表一件事。

我试着想个能被接受的理由，但是想不出来。

---

① 牛仔布。
② 忧郁。

“教练下午打电话来，英老师也打来了，还有哈波校长、林肯的母亲，女儿会一半以上的太太都打来了。你知道我最讨厌和那些女人讲话，她们每一个都充满罪恶。”

盖林镇有一堆妇女团体，但“美国革命女儿会”是历史最悠久的始祖。就如同这个组织的名字，想申请成为会员还必须证明自己和参与美国大革命的烈士有关。成为会员在镇上就高人一等，你可以告诉整条街的邻居他们家房子该漆什么颜色，你可以指使、打扰或批评镇上的每一个人。只有爱玛不吃这套，我倒想看看爱玛接到电话的神情。

“他们说的都一样，都说你上课上到一半跑出学校，去追那个叫蕾娜的女孩。”又一根胡萝卜滚到砧板上。

“我知道，爱玛，但是……”

卷心菜被一切为二，“我告诉他们，不，我们家小孩不会没有得到允许就离开学校，他不会缺席球队练习，一定是搞错了，一定是其他男孩假冒他的名字欺骗老师。不可能是那个我一手拉大，住在这间房子里面的男孩。”绿洋葱被剁得飞溅起来。

我犯了最严重的错误。我让爱玛丢脸，更糟的是让她在林肯太太、在美国革命女儿会那些太太面前丢脸。那可是她视为“眼中钉”的敌人啊！

“你有什么话要说？为什么像火烧屁股似的跑出学校？我不想听到你说是因为一个女孩。”

我做了一次深呼吸，要怎么说才好呢？几个月以来，我一直梦到一个神秘女孩，结果她出现在镇上，就是雷老头的外甥女？除了这些梦很吓人，我还产生异象，看到另一个我肯定不认识的女人，因为她是南北战争时期的人物？

对，这就像太阳爆炸或太阳系毁灭一样，可以解除我眼前的麻烦。

“事情不是您想的那样。班上同学在欺负蕾娜。拿她舅舅的事取笑她，说他用那辆灵车载运尸体等，她难过得跑出教室了。”

“你给我解释清楚，这和你又有什么关系？”

“您不是一直告诉我要‘跟随上帝的脚步’吗？您觉得他会要我在同学受到欺压时袖手旁观吗？”我终于硬着头皮扯了。

爱玛眼中闪着怒火：“你自己违反了校规。不准拿上帝的话来强辩，否则我发誓会出去拿柳条在你背上烙个印，我才不管你现在几岁，你听到没有？”爱玛不曾用任何东西打过我，不过她确实拿柳条追过我几次，那只是要严正表明立场。但此刻不是提这件事的时候。

事情变得越来越严重，我需要想个办法让她分心，那个项链坠饰还在我的后口袋，甚至还把口袋烧出一个洞。爱玛一向喜欢神秘的事物，我才四岁她就教我读犯罪小说，还背着我玩填字游戏，等我上幼儿园的时候，我是全班唯一能念出写在黑板上“检验”这两个字的人。因为它看起来很像“医疗检验员”，我就念出来了。链坠应该可以转移话题，只是我必须略过碰到它却看到战争异象的那段。

“您说得对，爱玛，我很抱歉。我不该离开学校的。我只是想确认蕾娜平安无事，因为教室的窗户突然破了，她刚好就站在旁边，还割伤流血了。我只是去她家看看她是否平安无恙。”

“你跑进那间屋子？”

“对，但她人在外面，我想她的舅舅真的很怕生。”

“你不必告诉我麦坎·雷是怎样的人，好像我完全不知道似的。”爱玛又火大起来。

“神——经——迟——钝。”

“什么？”

“我在说你根本没概念，伊森·魏特。”

我拿出链坠握在手心，走到正在炉边做菜的爱玛身旁：“我们在房子后面还找到一个东西。”说完我打开手心，让她能看清楚链坠，“这里面还有刻字哦！”

爱玛脸上的表情让我僵在原地，她倒抽一口气，仿佛惊吓过度。

“爱玛，您还好吗？”我怕她晕倒，连忙伸手想扶住她的手肘。但她很快抽开手不让我碰，好像我是烫人的热水壶。

“你从哪里拿来的？”她的声音小到像是在低语。

“我们在泥地上找到的，就在雷家后面。”

“这不是雷家的东西。”

“您在说什么？您知道这是谁的吗？”

“站在这里不要动。”她命令我，随即冲出厨房。

但是我不理会爱玛的话，也跟着进了房间。她的房间更像药房，完全不像一间卧室。里面有张白色单人矮床，床上则是成排的柜架，里面整齐堆放着报纸，那全是爱玛的填字游戏，她即使作答完毕也不肯丢弃。此外还有许多玻璃罐，里面装的是制作符咒的材料，有些是爱玛惯用的老东西，像盐巴、彩色石头、草药等。还有一些是不太寻常的收集品，像一罐树根、一个枯干的空鸟巢等，而顶层的架子放了瓶瓶罐罐的泥土。虽然她是爱玛，但今天她的举动实在很奇怪，我只晚了她几步进房间，但她已经拉开好几个抽屉了。

“爱玛，您是怎么……”

“我不是叫你待在厨房吗？不准把那个东西带进这里！”我才往前走一步，爱玛立刻尖声大叫。

“您为什么这么不安？”她把一些东西塞进工作围裙的口袋。我看不到是什么，然后她急忙离开房间，我随着她又回到厨房。“爱玛，究竟发生什么事了？”

“拿着这个。”她递给我一块破旧的手帕，小心避免碰触到我的手，“现在你把那玩意儿包起来，马上就做，快点。”

这已经不是黑暗迷信的问题，她完全陷入疯狂激动中了。

“爱……”

“照我说的去做，伊森。”她一向连名带姓叫我，只有今天例外。

等我把坠饰安全包在手帕里面，爱玛才冷静了一些。她在围裙口袋里摸索了一下，拿出一个小皮囊，还有一小瓶粉末，我从小看到大，知道爱玛又要做符咒了。她的手微微颤抖，把黑色粉末倒进那个小皮囊：“你把那东西紧紧包住了吗？”

“对。”我随口应了，期待她会纠正我漫不经心的回答态度。

“你确定？”

“确定！”

“现在你把它放进来。”那个小皮囊摸起来温暖平滑，“快点照做。”

我把那个显然是亵渎神明的链坠放进皮囊。

“用这个把袋子绑紧。”她递给我一条看起来很平常的麻绳。不过我知道爱玛的符咒绝对不用普通绳子，“现在你把这个东西放回原处，你在哪里找到的，就在原地埋起来，马上把它拿走。”

“爱玛，这到底是怎么回事？”

她向前几步托住我的下巴，拨开遮住我眼睛的头发，从我拿出那个坠饰到现在，这是她首次正眼注视我。我们就这样站在原地，感觉那是我这辈子最长的一分钟。她的表情很陌生，那是犹豫不安的神情。

“你还没准备好。”她松开手低声说。

“准备好什么？”

“照我说的去做，把这个袋子拿回原地，把它埋起来。然后你立刻回家。我不想你再和那个女孩在一起，听到了没有？”

她说出原本就打算说的话。或许不只如此。我从来不知道爱玛还有这个特长。原来她不只会看塔罗牌，会玩填字游戏，更厉害的是她很会保守秘密。

“伊森·魏特，你起床了吗？”

现在几点了？星期六,九点半，我应该早就要起床的，但是我累坏了。

昨晚我在外面乱晃了两小时，好让爱玛相信我回到绿屋埋链坠了。

我下床蹒跚出了房间，踢倒一盒过期的“奥立奥”饼干。我的房间总是乱成一团，里面堆了乱七八糟的东西。老爸虽然很少到我房间，但他以前常说总有一天我会引起火灾，然后把整个家烧个精光。我的房间除了地图，天花板和墙壁还贴满各地的海报，都是我日后想去看看的地方——雅典、巴塞罗那、莫斯科，甚至还有阿拉斯加。房里还堆了许多鞋盒，有的地方甚至堆到一米高，虽然看似杂乱无章，但我可以清楚说出每个鞋盒的位置。白色的阿迪达斯鞋盒装的是我从八年级以来所收集的打火机，绿色的新百伦鞋盒装的是一些弹壳和一面破掉的旗子，那是我和老妈去商特堡捡到的。

我正在找的是黄色的耐吉鞋盒，让爱玛惊慌抓狂的链坠就放在里面。我打开鞋盒拿出那个柔软的皮囊，昨晚我觉得把它藏在鞋盒是个好主意，但为了以防万一，我又把它放进我的口袋里面。

爱玛从楼梯间大喊：“快点下楼，不然你要迟到了。”

“我马上下去。”

每个星期六我有半天时间要陪伴盖林镇最长寿的三位老太太，她们是我的姨婆梅西、普登丝和葛瑞丝。镇上的人都叫她们“三姐妹”。好像她们三个人是一体的，不过她们确实到哪里都是形影不离。她们每一个都是百岁人瑞了，老到记不得到底谁是大姐，她们三个都结过几次婚，但是都活得比历任丈夫要久，最后一起搬到葛瑞丝姨婆家住。这三位老太太简直是越老越疯狂。

我十二岁那年，老妈开始在星期六载我去她们家帮忙，这一帮就帮到现在，最惨的是还要陪她们上教堂，她们都是南方浸信会的信徒，周六、周日都要上教堂，甚至连平日也去。

但今天例外，我起床就自己去冲澡，不用爱玛三催四请。我等不及去见姨婆了，她们三姐妹知道曾经住过盖林镇的所有居民，这是可想而知的事情，在她们历经几次婚姻之后，镇上有半数居民或多或少都和她们有亲戚关系，在我看到那个异象之后，链坠缩写的GKD，G显然代表我看到的吉妮薇，但如果想知道另外两个缩写字母可能代表什么，恐怕只能问镇上最长寿的三姐妹了。

当我打开最上层抽屉想抓双袜子时，注意到有个布娃娃摆在那边，看起来很像袜子做的猴子布偶，布偶手里握着一小袋盐巴和一颗蓝色石头。又是爱玛的平安符，她做这些布偶是为了避掉邪灵或霉运，甚至用来预防感冒。自从老爸星期天不再上教堂，只窝在书房工作时，爱玛就在书房的门梁上放了一个布娃娃。虽然老爸上教堂也是心不在焉，但爱玛表示我们有没有出席上帝都看在眼里，几个月以后老爸上网买了一个厨房巫婆的吊饰，挂在炉子上，爱玛气坏了，整整一星期只给老爸吃冷掉的玉米粉和烧焦的咖啡。

平常如果发现爱玛藏了符咒娃娃，我不会想太多。但这次似乎和那个链坠有关，有些事情爱玛不想让我知道。

到达三姐妹家中的情景，只有一个字可以形容，那就是“乱”。梅西姨婆来应门，她的头发还上着卷子。

“谢天谢地你来了，伊森，我们发生了紧——急情况呢！”她的“紧”发音很重，有大半时间我都听不懂她们说的话，除了口音太重，文法也很糟糕，但以前盖林镇的乡下人讲话就是这样，从说话大概就能猜出他们的年龄。

“姨婆？”

“阿隆的脚受伤了，我怕大概不行了。”她说“不行了”这三个字特别小声，好像怕被上帝听到，真的把阿隆送上天堂。阿隆是普登丝姨婆的约克夏小狗，那是根据她最后一任丈夫的名字起的。

“怎么回事啊？”

“我来告诉你怎么回事。”普登丝姨婆手里提着急救箱，不知从哪里冒出来，“葛瑞丝想杀了可怜的阿隆，它只剩半条命了。”

“我才没打算杀它。”葛瑞丝姨婆从厨房出来大声嚷嚷，“你别乱说，普登丝，那只是个意外！”

“伊森，你快点打电话给威克斯先生，告诉他我们这里有紧急情况。”普登丝姨婆指示我，然后从急救箱拿出一罐嗅盐，以及两个特大号的“创可贴”。

“它快不行了！”阿隆躺在厨房地板，看起来是受到惊吓，但离快死掉还差了十万八千里。它的后腿缩在身体下面，当它打算站起来时，那只腿显然有些无力地拖着。

“葛瑞丝，上帝为证，要是阿隆死了……”

“它不会死的，普姨婆，我想它只是腿断了，到底发生什么事？”

“葛瑞丝拿扫帚想打死它。”

“才不是那样，我只是没戴眼镜，它看起来就像只跑过厨房的大棕鼠。你这辈子没看过码头棕鼠，所以是不会知道的。”

于是，我开着姨婆家那辆一九六四年的凯迪拉克，载她们去找威克斯先生。三位姨婆已经濒临歇斯底里的状态，阿隆待在车上大概巴不得自己死了。威克斯先生在镇上开饲料店，这已经是最接近兽医的人了。幸好阿隆只是断了一条腿，这对威克斯先生来说应该不算难事。

等我们再回到姨婆家，我开始觉得自己一定是疯了，才会想从这三姐妹身上问出任何线索。黛玛的车子停在屋外，她是我爸爸十年前请来照顾葛瑞丝姨婆的。因为那次姨婆把柠檬蛋白派放进烤炉就出门，整个下午都待在教堂，房子差点儿烧了起来，从此老爸就请黛玛照顾她们的起居。

“几位小姐跑到哪里去了？”黛玛的声音从厨房传来。

她们三个争先恐后想挤进厨房告诉黛玛今天悲惨的遭遇。厨房有几张感觉不搭配的椅子，我在葛瑞丝姨婆旁边一屁股坐下，她看起来似乎很沮丧，再度被当成坏人的感觉想必不好受。我从口袋拿出链坠，拉着绑住手帕的细绳在手上转了几圈。

“你手上是什么东西？小伙子。”黛玛从窗台上拿起烟盒，挤了点烟丝抹在下唇里面。这实在很怪，因为黛玛一向举止优雅迷人，就像多莉·巴顿[①]一样。

“只是一个项链坠饰，我在雷氏庄园捡到的。”

“雷家？你发什么神经跑去那里？”

“我朋友住在那边。”

“你是指蕾娜·杜凯？”梅西姨婆问我，她当然知道蕾娜，全镇的人都知道。这就是盖林镇的特色。

“对，姨婆，我们在学校是同学。”我吸引了她们的注意力，“我们在雷家后面的花园发现这个链坠，不知道是谁的，但看起来真的很古老呢！”

“那里不是雷家的土地，是绿屋的一部分。”普姨婆似乎很确定。

---

① 多莉·巴顿（Dolly Parton，1946— ），美国老牌乡村歌手、电影演员、流行摇滚乐歌手兼作曲者，相貌甜美。

“让我看看。”梅西姨婆从家居袍的口袋拿出老花眼镜。

我把还包在手帕里的链坠交给她：“上面还有刻字。”

“我看不到字，葛瑞丝，你看得清楚吗？”她把链坠递给葛瑞丝姨婆。

“什么也看不到。”葛瑞丝姨婆眯着眼睛用力看。

“上面有两组缩写，就在这里。”我指着金属凹槽的部分，“ECW 和 GKD，如果翻到背面，还有一个日期是一八六五年二月十一日。”

“那个日期感觉很熟。”普登丝姨婆说，“梅西，那天是什么日子？”

“不是你的结婚纪念日吗？葛瑞丝。”

“是一八六五年，不是一九六五年，”葛瑞丝姨婆纠正她，她们的听力和视力一样糟糕，“二月十一日，一八六五年……”

“就是北军差点儿把盖林镇烧成平地的那年。”葛瑞丝姨婆说，“我们的曾祖父在那场大火中失去一切，你们不记得那个故事吗？姐妹们？谢尔曼将军[①]领北军肃清南方，烧毁沿路行军经过的城镇，盖林镇也在其中。他们称那天为‘大焚毁’。盖林镇每户庄园至少有一部分受到大火波及，只有雷家例外。我爷爷总是说埃布尔·雷那天晚上一定和魔鬼达成交易。”

“什么意思？”

“要不是和魔鬼打交道，他们家怎么可能安然无恙？北军沿着河边一家烧完再烧一家，他们却跳过雷家直接去烧下一家，好像压根儿没看到那里还有一处庄园似的。”

“爷爷说到这故事的时候，还提到那天晚上发生不少怪事。”普姨婆边说边拿片熏肉喂阿隆，“埃布尔有个兄弟和他住在一起，那天晚上他就这么失踪了，之后再也没有人看过他。”

“那不会很怪啊！也许他被北军杀了，或是困在某间屋子被烧死了。”我说。

葛瑞丝姨婆睁大眼睛：“可是他们一直没找到尸体，所以是有点奇怪。”我这才明白大家经常说雷家古怪，原来从雷老头的祖先就开始了。不知道三位姨婆还知道什么。

“那现在的麦坎·雷呢？知道他的事吗？”

“那个可怜的男孩是个私生子。”在盖林镇私生子就像无神论者一样引人侧

---

① 威廉·特库姆塞·谢尔曼（William Tecumseh Sherman，1820—1891），美国南北战争中的联邦军（北军）将领，在南北战争中军功卓著。他指挥的火烧亚特兰大和“向海洋进军”血腥残酷，被称为“魔鬼将军”。

目，“他的父亲西拉在老婆离开他之后，认识了麦坎的母亲，很漂亮的女孩，好像是从新奥尔良来的，总之没多久麦坎的哥哥和他相继出生，但西拉一直没娶她，后来她也离开了。”

普姨婆打岔，“葛瑞丝，你真不会讲故事，西拉・雷是个怪人，而且非常坏，那栋屋子常有奇怪的事。晚上总是灯火通明，而且隔三差五就有一个戴黑色高帽的人在那边出没。”

“还有那匹狼，告诉伊森狼的事情。”我不需要她们告诉我那只狗或狼的事，因为我自己亲眼看过了，但不可能是同一只才对，不管是狗是狼，都不可能活那么久。

“那栋房子里有一匹狼，西拉把它当宠物养！”梅西姨婆摇摇头。

“但那两个男孩一直来来去去的，有时和父亲住，有时和母亲住，当他们待在西拉家时，他对待他们的方式很糟糕，一天到晚打他们，不让他们离开视线范围，甚至也不让他们去上学。”

“也许就因为这样，麦坎・雷才不曾离开他的屋子。”我说。

梅西姨婆乱摇着手，好像这是她听过最蠢的事情：“他会离开家里啊！我看过他出现在美国革命女儿会的大楼，就在晚餐过后的时间。”她当然看过了。

这三姐妹有个特点，她们有半数时间相当清醒，但另外一半的时间就迷迷糊糊。我很怀疑麦坎・雷会跑去女儿会挑选装潢用的色卡，或是和林肯太太聊天。

葛瑞丝姨婆眯起眼睛在灯光下仔细研究那个链坠，“我可以确定一件事，这条手帕是苏拉・楚朵的。大家都说苏拉是先知，她可以用牌算出别人的未来。”

“塔罗牌？”我问。

“不然还有别的牌吗？”

“嗯，还有扑克牌、欢迎牌，以及宴席上摆的名牌……”梅西姨婆絮絮叨叨起来。

“您怎么知道这是她的手帕？”

“手帕右下角绣了她的姓名缩写，看到没有？”她指着绣在姓名缩写下方的一只小鸟，“那是她的标记。”

“她的标记？”

“那个时代多数算命师都有自己的标记。他们的牌都有标记，这样别人就无法把牌偷偷换掉了。一个好的算命师也需要一副好牌，这些我很清楚。”黛玛说完就像神枪手一样，把烟渣精准地吐到房屋角落的瓷缸里。

楚朵，爱玛的姓氏就是楚朵。

“她和爱玛有亲戚关系吗？”

“当然有啊！她是爱玛的曾曾曾祖母。”

“那链坠的姓名缩写呢？ ECW 和 GKD？知道可能是谁吗？”我知道机会渺茫，就我印象所及，三位姨婆神志清楚的时间不曾维持这么长。

“你在逗老太太开心啊？伊森·魏特。”

“没有啊，姨婆。”

“ECW 就是伊森·卡特·魏特，你的曾曾曾伯公，还是曾曾曾曾伯公？”

“你的算数一向不好。”普登丝姨婆插嘴。

“总之，他是你曾曾曾曾祖父艾力的哥哥。”

“艾力的哥哥叫劳森，不叫伊森，所以我的名字中间才有个劳森啊！”

“艾力有两个哥哥，一个叫伊森，一个叫劳森，你是根据两位伯公的名字命名的，伊森·劳森·魏特。”我试着回想我们家的族谱，之前我看过好几次了，南方人向来重视族谱，我记得挂在餐桌边的那张族谱里面并没有伊森·卡特这个人。我显然高估了葛瑞丝姨婆的记忆力。

大概我的表情充满怀疑，因为普姨婆起身说：“我有魏特家的族谱，我一直在追踪邦联姐妹会的整个家系。”

邦联姐妹会就像美国革命女儿会一样，只是规模比较小，但同样惊人，那也是自南北战争之后就成立的缝纫妇女会。这些会员多数时间都在追踪内战时期的家族史，以便提供纪录片或《南北军魂》(*The Blue And The Gray*)[①] 那种迷你电视剧集作为拍片参考。

“在这里。”普姨婆抱着一本厚重泛黄的剪贴簿，拖着沉重的脚步走回厨房。剪贴簿是皮封套，里面贴了密密麻麻的文件和旧照片，有些边缘都突出到封套外面了。她一页翻过一页，许多剪贴的文件和旧报纸飞散一地。

“他——我的第三任丈夫柏顿佛利，他是我嫁过的老公中最帅的一个吧？”她拿起那张残破的照片给我们看。

“普登丝，继续找啊！这小子在考验我们的记性呢！”葛瑞丝姨婆有些不耐烦。

“就在这里，在史塔汉族谱后面。”

---

① 由格里高利·派克主演的影片。

我看着这张熟悉的族谱，因为我家餐厅也挂了一张。我太清楚内容了。

不过姨婆提到的名字就在这张魏特族谱上面，伊森·卡特·魏特。为什么三姐妹的族谱和我们家挂的那张不一样？这显然才是正确的一张。而我手中握住的链坠就是证明。此刻这个证明包在手帕之中，手帕的主人还是一百五十年前的女先知。

“为什么他不在我们家的族谱中？”

“绝大多数南方族谱都是骗人的。但我很惊讶他居然没有被所有魏特家的族谱除名。”葛瑞丝姨婆合上厚重的剪贴簿，激起一团灰尘。

“只有这本靠着我精确记录的族谱还留着他的名字。”普姨婆得意地微笑，露出两排义齿。

我必须让她们集中精神：“为什么要把他从族谱除名，普姨婆？”

“因为他是个逃兵。”

我一时没听懂：“什么意思，逃兵？”

“天哪！现在的高中到底在教什么？”葛瑞丝姨婆忙着从什锦干果中挑出所有的椒盐脆饼。

“逃兵，就是内战时期逃离了李将军率领的南军。”我八成一脸困惑，让普姨婆觉得有必要详细解释，“内战时期的南军大致可以分为两类，一种是支持南军理念才从军的，另一种则是父母要他们入伍的。”普姨婆站起来，在厨房料理台前面走来走去，就好像历史老师在上课一样。

“到了一八六五年李将军的军队溃败，士兵人数过多，又没东西吃，有些士兵失去信心就离开军队了。这些逃离军团的人就是逃兵，伊森·卡特就是其中之一，他是南军的逃兵。”三位姨婆同时低下头，好像这实在很羞耻。

“所以他被族谱除名，就是因为他替错误的一方打仗，不肯饿死，不肯打一场正在失败的战争？”

“我想那是另一种看待内战的角度。”

“那是我听过的最愚蠢的事。”

葛瑞丝姨婆以九十几岁老太太的速度从椅子上跳起来表达立场：“别对我们无礼，伊森，在我们出生之前，他就已经被族谱除名了。”

“对不起，姨婆。”她顺了顺裙子，这才重新坐回去。

“为什么我爸妈帮我取名字的时候，会用这位让家族蒙羞的祖先名字呢？”

“嗯，你爸妈有他们自己的想法，他们读了许多关于内战的书，你也知道他

魏特家族族谱

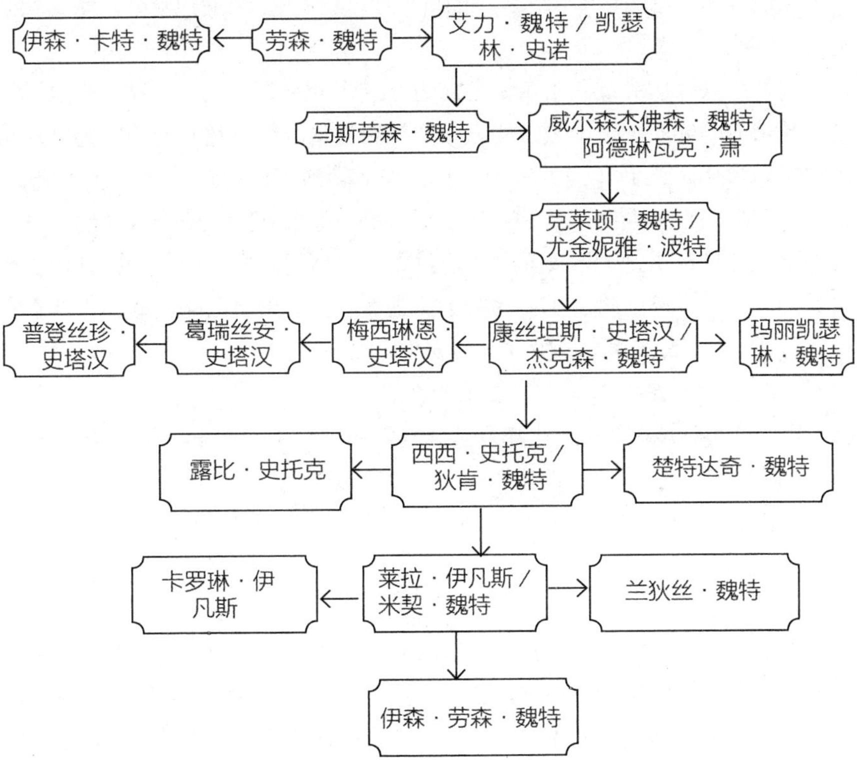

伊森·卡特·魏特
劳森·魏特
艾力·魏特/凯瑟林·史诺
马斯劳森·魏特
威尔森杰佛森·魏特/阿德琳瓦克·萧
克莱顿·魏特/尤金妮雅·波特
普登丝珍·史塔汉
葛瑞丝安·史塔汉
梅西琳恩·史塔汉
康丝坦斯·史塔汉/杰克森·魏特
玛丽凯瑟琳·魏特
露比·史托克
西西·史托克/狄肯·魏特
楚特达奇·魏特
卡罗琳·伊凡斯
莱拉·伊凡斯/米契·魏特
兰狄丝·魏特
伊森·劳森·魏特

们两个一向是自由派的。谁知道他们在想什么？这就要问你爸了。”说得简单，好像我有机会问我爸爸似的。但我了解爸妈的感情，老妈甚至可能以伊森·卡特为荣。我也一样。

我轻轻抚过普姨婆那本退色的棕色剪贴簿。

“那另外一个缩写 GKD 呢？我认为 G 可能代表吉妮薇。”这是我已经知道的事实。

“GKD，你不是和一名姓名缩写是 GD 的男孩交往过吗，梅西？”

“我不记得，你记得什么 GD 吗？葛瑞丝。”

“GD—GD？我没印象。”显然她们开始迷糊了。

“我的天哪，姐妹们，看看几点了，我们该上教堂了。”梅西姨婆说。

葛瑞丝姨婆指指车库门口：“伊森乖孩子，你去把凯迪拉克开过来，我们要整装一下。”

我开车载她们经过四条街，参加南方浸信会下午的礼拜。我帮忙把梅西姨婆的轮椅放到碎石车道上。这比直接开车到教堂门口更花时间，因为每走两三步轮椅就会卡进碎石车道的缝隙，我必须从轮椅侧边拉抬一下才能继续前进，这几乎要把坐在上面的姨婆摔到地上了。等牧师听到第三位老太太的见证，发誓耶稣基督拯救了她的玫瑰花丛，逃过日本金龟的攻击，或是治好她的关节炎之类的，我已经神游物外了。我把手插进裤袋，摸摸里面的链坠，为什么它会让我看到那个异象？为什么它又突然停止了呢？

住手，伊森，你不知道你在干什么。

蕾娜的声音又在我脑海中出现。

把它拿开！

四周的房间消失了，我可以感觉蕾娜的手紧紧抓住我，好像她就坐在我身边——

吉妮薇完全没有心理准备会看到绿屋陷在熊熊大火中。火舌先从侧边的格子窗冒出来，随即吞没了整个阳台。士兵把古董和字画搬出屋外，俨然一般小偷的行径。大家都到哪里去了？他们也像她一样躲在树林里吗？她听到落叶被踩碎的声音，有人在她背后。她还来不及转身，一只沾满污泥的手已经捂住她的嘴。她双手紧紧抓住那个人的手腕，希望能摆脱他。

“吉妮薇，是我。”捂住她嘴巴的手松开了。

“你怎么会在这里？你还好吗？”吉妮薇伸手抱住那名士兵，他身上穿着南军制服，那是他曾经引以为傲的灰色军装。

“我没事，亲爱的。”伊森这样说，她知道他在说谎。

“我以为你可能……”

自从伊森入伍以后，吉妮薇只在前两年战况还不错的时候收过几封信。不过莽原之役以后她就不曾再收到伊森的信了。吉妮薇知道许多跟随李将军的士兵再也无法活着走出弗吉尼亚，她已经准备这辈子要当个老处女了。她很确定自己已经失去伊森了。很难想象他居然还活着，而且今天晚上他就站在面前。

“你们军团其他的人呢？”

“我最后一次看到他们，是在一座山顶的外围。”

“什么叫你最后一次看到？他们都死了吗？”

“我不知道，我离开的时候他们还活着。”

“我听不懂。”

“我逃走了，吉妮薇。在我看了那么多之后，没办法为了我不相信的理念再多打一天仗了。大部分男孩根本不了解这场战争是为什么。他们就这样抛洒热血，染红了我们的棉花田。”

伊森握住她冰冷的双手，他的手上有许多粗糙的伤口，“如果你现在不能嫁给我，我可以理解，我没有钱，现在连名誉都没有了。”

“我才不在乎你有没有钱，伊森·卡特，而且你是我看过最高贵可敬的男人。我也不在乎我爸爸认为我们之间差距太大无法克服，他错了，既然现在你回来了，我们就结婚。”

吉妮薇紧紧抱住他，很怕自己一松手他又会消失在空气中。但那股味道让她回到现实，那是柠檬烧焦的酸臭味，是他们生活燃烧殆尽的味道。“我们必须朝河边跑，我妈妈应该会往那边去，她往南去玛格丽特姑妈家了。”但是伊森还来不及回答，又有人过来了。她听到树枝被踩断的声音，有人穿过树丛朝这头走来。

“到我后面。”伊森把吉妮薇拉到身后，另一手紧紧抓着他的来复枪。结果从树丛钻出来的是艾维，绿屋的厨娘。她的脚步踉跄，身上熏黑的睡袍还冒着烟。她一看到军服就尖叫，显然是吓坏了，根本没注意到这是南军的灰色军服，不是北军的蓝色军服。

“艾维，您还好吧？”吉妮薇连忙上前去扶住这位快要软倒的老妇人。

“吉妮薇小姐，您在这里做什么？”

“我想回绿屋警告大家。”

“太迟了，孩子，而且根本没有用。那些士兵破门而入，大剌剌地走进屋里好像自己家一样。他们把屋里看了一遍，拿走他们想要的东西，就开始放火了。”艾维陷入歇斯底里，很难听得懂她在说什么。她说话不时咳嗽几声，咳出的不只是黑烟，还有她的泪水。

“我这辈子没见过这样的魔鬼！里面还有女人呢，他们就放火烧屋！他们每一个人将来都要接受上帝的审判，每一个都要！”艾维激动到说话都结巴了。

吉妮薇过了一会儿才意识到艾维的话。

“您说里面还有女人，他们就放火烧房子是什么意思？”

“我很遗憾，孩子。”

吉妮薇双腿一软跪在泥地里，雨水滑过她的脸庞，其中混合着她的泪水。

她的母亲、妹妹，绿屋的人无一幸存。

吉妮薇仰头看着苍天：“将来上帝必须回答我一个问题。”

异象消失的速度就像它席卷而来一样快速。我照样两眼盯着牧师，但蕾娜不在了，我能感觉她溜出我的指尖。

蕾娜？

她没有回答我，我坐在梅西姨婆和葛瑞丝姨婆中间，全身冒着冷汗。她们忙着翻皮包找零钱投入捐献篮。

烧毁一间里面有女人的房子，一间外面有成排柠檬树的庄园。我敢打赌吉妮薇就是在那里丢掉链坠的。那个链坠刻着蕾娜出生的日期，却是一百多年前的事。难怪蕾娜不想看到这些异象，我开始同意她了。

这一切绝不是巧合。

九月十四日　真正的布芮德

星期天晚上我在睡前重读《麦田守望者》，只是一直没有睡意，也不太能读下去，感觉就是不一样，我无法让自己融入书中霍尔顿·柯菲尔的世界，无法迷失在故事中。我没办法专心看书去成为另外一个人。

我满脑子都是链坠、大火、声音，一些我不认识的人、我不了解的画面。

不过，还有别的，我放下书躺下。

蕾娜？你在那里，对不对？

我瞪着蓝色天花板。

没有用的，我知道你在那里，或是说这里。反正我知道你在。

我等待着，然后听到她的声音出现，仿佛在我内心深处最黑暗的角落，突然有个微小灿烂的记忆亮了起来。

不，不算是。

你在的，你一直都在，整个晚上都在。

伊森，我在睡觉，我是说，我本来在睡觉。

我露出微笑。

不，你没有，你在倾听。

我没有。

承认吧！你有。

男孩就是这样，你以为所有的事都和你有关？也许我只是喜欢那本书。

你现在可以随心所欲地出现在我脑海中了？

接下来是一阵长长的沉默。

通常不行，但今晚就这么发生了。我还是不明白我是怎么做到的。

也许我们可以请教别人。

请教谁啊？

我不知道，我想我们必须自己找出答案，就像其他的谜团一样。

又是一阵静默。我尽量不去想“我们”这个字可能吓到她，因为她可以读出我的想法，也许是这样，也许是其他因素。她不想让我发现一些事，一些和她有关的事。

别再尝试了。

我笑了，眼皮重得张不开。

我正在尝试。

我关上电灯。

晚安，蕾娜。

晚安，伊森。

我希望她不要洞悉我全部的想法。

篮球，我一定要多花点时间想想篮球。正当我开始构想整个战术时，我感觉自己闭上眼睛，向下沉没，失去了控制……

淹没。

我在水中快淹死了。

我在绿色河水中挣扎，波浪打在我头上。我的脚踢到河床的污泥，也许是桑蒂河，但底下什么也没有。我可以看到一点光，看到河水的浮渣，但是我无法浮到水面。我要沉下去了。

“是我的生日，伊森，一切正在发生。”

我伸出手，她抓住我的手，我死命抓住她。但她很快就漂走，我再也抓不住了。看到她苍白的小手被卷入河底的深渊，我忍不住想尖叫，但我口中全是水，根本叫不出声来。我感觉自己呛住了，陷入昏迷。

“我一直警告你，你必须放手让我走！”

我从床上坐了起来，我的上衣都湿了，枕头是湿的，头发也是。而且我的房间又黏又潮湿，我想昨晚的窗户又没关。

“伊森·魏特！你听到没有？你最好赶快给我下楼，否则这个星期你都别想吃早餐。”

我刚坐下来，三个嫩煎的荷包蛋正好放上我的餐盘，旁边照例堆着面包和肉汁。

“早上好，爱玛。”

她背对着我，没正眼瞧我一下：“现在你知道那没什么好处吧！所以少在我背后吐口水，还想骗我是下雨。”她还在生我的气，只是我不确定她还在气我逃课，还是在气我把链坠带回家。或者两者都有吧！这也不能怪她，我通常不会在学校惹事的，这是从来没有的情况。

“爱玛，我很抱歉星期五从学校跑掉，我保证以后不会再发生了，一切都会恢复正常的。”

她在我的对面坐下，表情柔和多了：“我可不这么认为。我们都会作出选择，而那些选择会导致一定的后果。我希望你回到学校会受到应得的惩罚，那样你也许就会听我的话了。总之离蕾娜·杜凯远一点，离那栋房子远一点。”

爱玛并非支持镇上其他人的看法，她常觉得他们是错的。我看得出来她是在担心我，因为她不断搅拌她的咖啡，即使牛奶都融了她还是搅个不停。爱玛总是担心我，我也喜欢她的关心，不过自从我拿链坠给她看过以后，总觉得情况有点不一样。我走到她身边给她一个拥抱，就像往常一样，她身上有笔芯和红豆软糖的味道。

爱玛摇摇头：“我不想听到什么绿眼睛、黑头发的事，今天的云看起来特别不祥，你最好小心一点。”

爱玛又开始怪力乱神起来，其实我自己也有一种乌云压顶的感觉。

林克开车来接我时，车上照样放着震天响的可怕音乐，可是等我一上车他就把音乐调小声了。这不是一个好现象。

“我们有麻烦了。”

“我知道。”

“今天早上会有一群镇民跑来学校吵。”

“你听到什么风声？”

“星期五晚上就传出消息了。我从我妈妈那里听来的，本来打算打电话告诉你，你到底跑到哪里去了？”

“我假装去绿屋埋一个被诅咒的链坠，否则爱玛不准我回家。”

林克笑了。他已经很习惯我提到爱玛那些诅咒、灵符和邪恶之眼的玩意儿。“至少她没让你在脖子上挂洋葱袋。那真是臭死人了。”

“那是大蒜，我妈妈丧礼那一次。”

“还是很臭。”

这就是林克。从他分我一半海绵夹心蛋糕那天开始，我们就是好朋友，不管我说了什么或做了什么都一样。即使在那么小的时候，就很清楚谁是自己的朋友，在盖林镇就是这个样子。一切在十年前就已经定型了。对我爸妈那一代来说，则是在二十或三十年前就已经定型。这个小镇百年来似乎都是这样，完全不曾改变。

我有一种感觉，这种情况很快就要改变了。要是老妈还在一定会感到很高兴，因为她喜欢有所改变，不像林克的母亲。林肯太太脾气暴躁，偏偏又在传教团，有整个社团脉络，这样的组合是很危险的。我们念八年级的时候，林肯太太发现林克在看电影《哈利·波特》，气得把有线电视的线路盒从墙上扯了下来。她甚至发动团体施压，要盖林镇图书馆收掉此系列的书籍，因为她认为那是在鼓吹巫术。幸好林克总有办法，他一向溜到厄尔家去看音乐录像带、《谁杀了林肯》（*Who Shot Lincoln*）这些石墙中学不可能播放的影片，我说的音乐录像带，指的是他最爱的那种摇滚乐团。

我一直不了解林肯太太。就连我妈妈还在的时候也会忍不住翻白眼说：“林克也许是你最好的朋友，但是别指望我参加美国革命女儿会，穿上蓬蓬裙参加历史重演活动。”然后我们总会一起大笑。我妈妈是那种可以在泥泞的战场走上好几公里，只为了寻找旧弹壳的女性。她修剪头发用的还是园艺剪刀，和那些女儿会成员完全是两种人。她们通常忙着烤糕饼义卖，要不然就是告诉每个人应该如何装饰他们的家。

林肯太太在美国革命女儿会很活跃。她负责文书，同时和莎凡娜、爱米莉及其他学生的母亲一样，都是校委会的委员。只有我妈妈多数时间都待在图书馆，埋首在那些缩微胶片中。

只是老妈已经不在了。

林克还在滔滔不绝，我听了一下就知道大概了。“我妈妈、爱米莉的母亲，还有莎凡娜的母亲——她们前几个晚上真是热线不断。我偷听到我妈妈提到英文课窗户破掉的事，还有雷老头外甥女手上流血的事。”

林克看也不看就转弯了，“她们还说你女朋友刚从弗吉尼亚的精神病院出来，也提到她如何变成孤儿，说她有精神分裂症之类的。”

“她不是我女朋友，我们只是朋友。”我很自然地这样说。

“闭嘴，你也太听话了，我应该买个马鞍给你的。”只要我和哪个女生说过话，甚至只是提过哪个女生、瞅过哪个女生，林克都会这样说。

“她真的不是，我们什么也没发生，只是在一起打发时间。”

“胡说，真是越描越黑。你喜欢她，魏特，承认吧！”林克不是很细腻的那种人，我想除非那个女孩刚好弹吉他，他大概很难想象和女孩做普通朋友、单纯相处是什么情况。

“我没说我不喜欢她，但我们就只是朋友而已。”这么说也是事实，不管这是不是我想要的，反正问题不在这里。但是我可能微笑了一下，这真是错误的举动。

林克假装弯身呕吐，车子转弯差点儿擦撞到一辆货车。他只是和我闹着玩，其实他不会在乎我喜欢谁，只要我有对象让他揶揄就好了。“所以呢？是真的吗？她真是那样？”

“她怎样？”

“她真的有那么疯狂吗？”

“只是一扇窗户破了，就这么简单，没什么疯狂神秘的事。”

“亚瑟太太说是她伸手打破玻璃的，要不然就是拿什么东西砸玻璃。”

“真好笑，我记得亚瑟太太没有和我们一起上英文课吧！”

“对，我妈妈也没有。但她说她今天要来学校。”

“真棒，记得午餐时替她留个座位。”

“也许在她待过的每所学校都发生过这种事，所以她才会被送进医院之类的。”林克的语气很认真，这表示自从窗户破掉的意外后，他听到不少关于蕾娜的事。

我突然想起蕾娜说过她的生活很复杂。也许这是其中一点，或者还有其他成千上万她不想谈的事情。如果爱米莉她们说对了呢？如果我才是那个支持错了的人呢？

"你小心一点，兄弟，她可能真是疯人院出来的。"

"如果你真相信这个，你就是笨蛋。"

我们默默地把车子停在学校的停车场，两人都没说话。我有点生气，虽然我知道林克是为我好，但我就是忍不住，今天所有的一切都让我觉得不对劲，我下车用力关上门。

林克叫住我："我实在替你担心，兄弟，你最近怪怪的。"

"怎么，你和我现在是一对吗？也许你该花点时间担心自己吧！不管你怪不怪，为什么你到现在还找不到可以聊聊天的女孩？"

林克下车，他抬头望着行政大楼："不管怎样，也许最好叫你'朋友'今天小心一点。你看。"

林肯太太和亚瑟太太正在和哈波校长说话，爱米莉缩在母亲身边，装出一副很可怜的样子。林肯太太正在对校长说教，哈波校长猛点头，好像每句话都听进去了。哈波校长或许是掌管全校的人，但他知道掌管全镇的是谁，其中两位正站在他的面前。

当林克的母亲好不容易说完后，轮到爱米莉活灵活现地述说窗户破掉的事件版本，林肯太太把手放在爱米莉肩上，好像在安慰她。哈波校长听得猛摇头。

看来今天果真是不祥的一天。

蕾娜坐在黑色灵车里面忙着在那本破烂的笔记本上写什么。汽车的引擎还没关，我敲敲车窗，她吓了一跳。她回头看着行政大楼，当然也看到那几位太太了。

我示意她开门，但她摇头。我走到乘客座那侧，车门是上锁的。不过她想摆脱我可没那么容易，我坐上引擎盖，把书包丢在旁边的碎石地上，我哪里也不去。

你在做什么？

等待。

你可有得等了。

我有的是时间。

她隔着风挡玻璃看着我，我听到开锁的声音。

“有人说你疯了吗？”她下车走到我面前，两手抱胸，就像爱玛准备开骂的姿势。

“就我听到的，我应该还没有你疯。”

她的头发绑了一条黑色丝巾，上面印了许多鲜艳亮丽的粉红色樱花。我可以想象她站在镜子前端详自己，一定觉得像是要去参加丧礼，于是她绑上这条丝巾，想让自己开心一点。她今天穿了一件黑色衣服，我说不上那是加长的T恤或短洋装，底下配了牛仔裤和那双黑色球鞋。她皱眉看着行政大楼，那些太太此刻可能坐在校长办公室了。

“你可以听到他们说话吗？”

“并不能。”

“那昨晚呢？”

“我告诉过你，我不知道为什么会那样。我们似乎能……感应。”就连她说出这个词，感觉都很吃力，她甚至不肯看着我，“我以前不曾和别人有这种感应。”

我想告诉她我了解她的感受，我想告诉她即使我们相隔两地，我们的心灵还是相通，还是可以用这种方式沟通，我感觉从没和任何人这么接近过。

但是我不能说，甚至也不能想，免得被她看穿。我只能想着篮球战术、学校餐厅的菜单，想着等一下会经过的青绿色走廊，想什么都好，我只能胡思乱想，让她不会读到我的心思。“对，女孩子常说我疯了。”真是白痴，我越是紧张，我的笑话就越糟糕。

她虚弱地笑笑：“别费心逗我了，没有用的。”但多少起了作用。

我回头望着大楼阶梯：“如果你想知道他们在说什么，我可以告诉你。”

她一脸怀疑地看着我：“你怎么知道？”

“这里是盖林镇，在这里是没有秘密的。”

“情况有多糟？”她别开头，“他们认为我疯了吗？”

“差不多是这样。”

“对学校会造成危险？”

“有可能，我们对陌生人向来不客气，而且恕我直言，这里除了麦坎·雷，还真的没有什么陌生人。”我对着她微笑。

第一节上课铃响了。她担忧地抓住我的袖子：“昨晚我做了一个梦，你是否……”

我点点头。她不必说，我知道梦中她和我在一起。“我醒来头发都是湿的。”

“我也是。”她伸出手，手腕上有个印痕，正是她快沉到无底深渊时，我拼命想抓紧她才留下来的。希望她没有梦到最后那个部分。但是从她的表情判断，我很确定她也梦到最后的景象。

“我很抱歉，蕾娜。”

“这不是你的错。”

“我真希望知道那些梦为什么那么真实。”

“我警告过你，你应该离我远一点的。”

“没关系，算我收到警告了。”不知怎地，我知道我不能那样做，我没办法远离她。即使我即将踏进学校，面对巨大的同学压力我也不在乎。有个能说话的朋友感觉很好，和蕾娜谈天很自在，不必修饰我所说的每句话。我们坐在绿屋草地的时候，感觉可以像那样聊上几天几夜，但前提是她愿意和我说话。

“你的生日是怎么回事？为什么你说那天之后你可能就不在这里了？”

她很快改变话题：“那个链坠呢？你是否也看到了我看到的画面？那场大火？还有其他的异象？”

“有，我当时坐在教堂，差点儿从长椅上摔了下来。但我从三姐妹那边问到一些事，那个 ECW 的缩写是我曾曾曾曾伯公。三位姨婆表示我是根据他的名字命名的。”

“那你为什么不认得链坠上的缩写？”

“这是最奇怪的地方，我不知道有这位祖先，他被我们家的族谱除名了。”

“那 GKD 呢？ G 应该是吉妮薇吧？”

“她们好像不知道，不过一定是。异象画面中的人就是她。而D应该代表杜凯，我本来打算问爱玛的，但是当我把链坠拿给她看时，她的眼珠子都快掉出来了。好像这个链坠曾浸在巫毒药瓶里，充满邪恶诅咒似的。偏偏我爸爸的书房是禁地，不然我妈妈那些关于盖林镇和内战时期的古书都放在那边。”我有些语无伦次了，“也许你可以问问你舅舅。”

“我舅舅什么都不知道。现在那个链坠呢？”

“在我的口袋，包在爱玛给的魔法袋里面。她一看到链坠就坚持要我包起来，她以为我已经把链坠埋回绿屋花园了。”

“她一定很恨我。”

“应该和恨我其他的女朋友差不多吧！我是说，女的朋友。”我不敢相信自己净说蠢话，“我想我们应该快点进去上课了，免得惹出更多麻烦。”

“事实上，我考虑先回家了。我知道我终究要面对他们，但我还想多逃避一天。”

“你这样不会有麻烦吗？”

她笑了：“我舅舅可是臭名昭著的麦坎·雷呢！他认为上学根本就是浪费时间，而盖林镇那些善良居民他唯恐避之不及，我不来学校他才开心呢！”

“那你为什么要来？”我知道林肯要不是天天被老妈逼着上学，他才不肯来呢！

她把玩着项链上的一个七星坠饰：“我以为这里会不一样，也许我能交到一些朋友，参加校刊编辑之类的，我也不知道。”

“我们的校刊？《石墙学子》？”

“我在以前的学校曾试图加入校刊编辑，但他们说所有的职缺都满了。其实他们一直缺少写稿的作者，导致每次都无法准时出刊。”她尴尬地别开头。“我该走了。”

我替她打开车门：“我认为你该和你舅舅谈谈那个链坠。他知道的可能比你想象中还多。”

“相信我，他不会的。”我关上车门，虽然很想要她留下来，但知道她要回家，我内心多少也松口气，今天我要应付的事已经够多了。

“要我帮忙交作业吗？”我指指放在乘客座的笔记本。

“不，那不是功课。”她打开前方的置物箱把笔记本丢进去。“这没什么。”又是她不打算告诉我的事。

“你最好快点进去，免得费提开始巡视点名。”她发动汽车，我还来不及说什么，她已经挥挥手开走了。

我听到狗吠声，转头竟看到雷家那条巨大的黑狗。它站在不远处对某人咆哮着。

是林肯太太，她微笑看着我，那条狗背上的毛都竖了起来，林肯太太嫌恶地看着它，就好像它是雷老头本人。要是打起来，我还真不知道谁会胜出。

“野狗常有狂犬病，应该有人去通知相关单位来处理。”

“是，林肯太太。”

“刚才是谁开着一辆奇怪的黑色轿车离开？你好像和对方谈了很久。”她根本就知道答案，她不是真的在问我，而是在指控我。

“林克太太。”

“说到奇怪，哈波校长刚刚告诉我，他打算请雷家的女孩转学到其他学校，她可以从本郡的三所学校挑选一个，反正不能是石墙中学就对了。”

我没说什么，甚至没看她一眼。

“这是我们的责任，伊森，这是哈波校长、我，以及盖林镇每位家长的责任。我们必须确保镇上的孩子远离伤害，远离不对的人。”意思就是和她不一样的人。

她伸手拍拍我的肩膀，就好像刚刚对爱米莉那样，“我确信你知道我的用意。毕竟你也是我们的一分子。你爸是在镇上出生的，而你妈又葬在这里。你属于这里，但不是每个人都属于这里。”

我呆呆地望着她的背影，看着她上车离开，一句话也说不出来。

这一次林肯太太不是烧几本书就了事的。

当我一进入教室，发现这天居然出奇的正常，我没有再看到其他家长，他们大概全跑去办公室关切了。午餐的时候我吃了三碗巧克力布丁，而且照样和篮球队的哥儿们坐在一起。但是我们显然避免谈起某人。上英文课和化学课的时候，爱米莉依旧狂发短信，完全就和以往一样，只不过我知道她的短信内容大概在讨论谁。除此之外，一切真是正常得太奇怪了。

到最后球队结束练习，林肯载我回家，我反而因此决定要做一件疯狂的事。

爱玛站在门廊处等我，这当然不是什么好征兆。

“你看到她了吗？”我应该知道她一定会问的。

“她今天没有上学。”技术上来说这是事实。

“也许这样是最好的。那女孩会带来麻烦，就像麦坎·雷的狗一样。我不要它跟着你进入家里。”

“我要去洗个澡。晚餐快好了吗？林肯和我晚上要写报告。”我从楼梯间朝楼下喊，尽量让语气显得自然。

“报告？什么报告？”

“历史报告。”

“你们要去哪里，打算几点回来？”

我先关上浴室门再思考该怎么回答。我有个计划，但需要编个故事，而且要编得很好。

十分钟后我回到厨房餐桌旁，也想好说辞了，虽然不是很完美，但这么短的时间只能想到这个，现在我只需要表现自然。我不擅长说谎，况且爱玛也不是傻子。“晚餐后林肯会来接我。我们会去图书馆，直到图书馆关门吧！我想大概是九点或十点。”我在烤猪肉上面挤了一团卡罗来纳黄金酱。这是一种黏黏的芥末烤肉酱，也是盖林镇唯一和内战无关的名产。

“图书馆？”

对爱玛说谎总让我很紧张。所以我总是尽量避免。今晚我真是紧张到胃不舒服，我最不想做的就是吃下三盘烤猪肉丝，但是我别无选择。爱玛知道我的食量，吃两盘只会增加她的怀疑。要是只吃一盘，她会叫我直接回房间，然后带着体温计和姜汁汽水上来看我。于是我点点头，开始扫光第二盘烤肉。

“你很久没去图书馆了，自从……”

“我知道。”自从我妈妈死了以后。图书馆是我妈妈的第二个家，对我们而言也是这样。小时候我们全家经常在图书馆消磨星期日的午后。我们流连在书架之间，抽出每一本有海盗船、骑士、士兵或航天员的图画书。我妈妈总说：“这里是我的教堂，伊森，这是我们家度过安息日的方式。”

盖林镇图书馆的馆长玛丽安·阿什克罗夫特是我妈妈的老朋友，她是镇上仅次于我妈妈的优秀历史学家。她们是研究伙伴，两人在杜克大学念研究所，玛丽安拿到美国黑人研究的博士学位以后，就跟着我妈妈到盖林镇，完成她们的第一本著作。在我妈妈发生意外之前，她们的第五本书刚写到一半。

之后我就不曾再踏进图书馆一步，我还没准备好。但我知道爱玛不可能阻止我去那里。她也不会打电话去查勤，玛丽安就像家人一样，爱玛和玛丽安一样喜欢我妈妈，她最重视的就是家人。

“你要注意礼貌，在那边不要大声喧哗。你知道你妈是怎么说的。每一本书都是上帝的恩赐，存放书本的地方就像上帝的圣殿。”我说过了，像我妈妈这种思想永远也不可能加入美国革命女儿会。

林克按了喇叭，他要去乐团练习顺便载我一程。我飞快地离开厨房，内心自责得要命。就像六岁时偷偷吃光橱柜里的果冻一样，我有股冲动想投入爱玛的怀抱，向她忏悔所做的一切。也许爱玛说得对，我可能在天空捅了一个大洞，宇宙万物就要因此崩落了。

我走到雷家大门前面，手里紧紧抓着光滑的蓝色活页夹，这是我不请自来的借口。

我要拿蕾娜的英文功课给她，这是我事先想好的说辞。我离家的时候觉得这个理由很有说服力。但此刻站在雷家门口就不是那么确定了。

通常我是不会做这种事的，但显然蕾娜不会主动邀请我上门。可是，我觉得她的舅舅可以帮助我们，他可能知道一些事情。

或许还有其他原因，也许我纯粹就是想见她。少了“蕾娜风暴”，度过石墙中学沉闷漫长的一天以后，我开始纳闷没有她带来的纷扰刺激，我是如何熬过这单调乏味的八堂课？少了她给我带来的所有麻烦，我反而来自找麻烦了。

我从爬满藤蔓的窗户缝隙看到里面有灯光透出来，还听到屋内传出音乐，都是些沙瓦纳老歌，像《在那个凉爽夜晚》[①]，那是我妈妈以前很喜欢的佐治亚作曲家。

我还来不及敲门，另外一边的侧门就传来吠叫声，门随即开了，蕾娜赤脚站在那里，她特别打扮过，看起来很不一样。她穿了一件绣着小鸟图案的黑色洋装，好像要外出参加时髦的晚宴。我的穿着就像要去"乍奚王"吃快餐，只是简单的T恤和牛仔裤。她走到阳台随手关上大门："伊森，你在这里做什么？"

我心虚地拿出资料夹："我帮你带功课过来。"

"我不敢相信你就这样跑来。我说过我舅舅不喜欢陌生人。"她推我走下阳台阶梯，"你必须马上离开。"

"我只是认为，我们可以和他谈谈。"

我们身后传来清喉咙的声音，我一抬头就看到雷老头的狗，站在它旁边的竟是麦坎·雷本人。我试着不露出吃惊的表情，但我确信自己一定露出了胆战心惊的样子。

"哟，我倒是不常听到这种话。我可是南方绅士，怎么可以让人失望呢？"他的南方腔很重，虽然说话的节奏拖得很慢，但发音非常清楚，"很高兴终于见到你，魏特先生。"

我不敢相信我就站在神秘的麦坎·雷面前，我一直把他想成《梅冈城故事》中的布芮德，某个成天在屋里蹒跚而行，口中只能发出喃喃单音，嘴角甚至会滴口水，活像石器时代尼安德塔人[②]的家伙。但是他一点也不像布芮德，反而比较像《梅冈城故事》中的律师阿提克斯·芬奇。

麦坎·雷的穿着简直是无可挑剔，只不过那应该是1942年左右的风格。他的白色衬衫浆得笔直，用的还是老式的银质饰钉，不像现在都改成纽扣了。他的黑色西装整洁无瑕，一条条折缝是那么完整熨帖。他的眼珠深邃有神，几乎是黑色的，让人觉得黑暗阴沉，就像那辆灵车的隔热玻璃一样，黑得完全看不透。这双眼睛似乎看不到任何人，也没有任何反射，就是一双突出于苍白面容

① In the cool cool cool of the evening，抒情歌曲，由著名歌手迪恩·马汀（Dean Martin，1917—1995）演唱。

② 尼安德塔人（Homo neanderthalensis），简称尼人，也译为尼安德塔人，常作为人类进化史中间阶段的代表性居群的通称。因发现于德国尼安德特河谷的人类化石而得名。

的黑眼珠。他的脸色白得像雪或是白色大理石，嗯，长期幽居家中的人应该就是这种肤色。他的头发有些斑白，靠近脸的部分是灰色，但发根和蕾娜的一样乌黑。

他很像美国以前的电影明星，就是还没有彩色电影那个年代的风格，或者像是来自某个欧洲小国的皇室贵族，但麦坎·雷是当地人，这才是让人困惑的地方，麦坎·雷应该是盖林镇民用来吓小孩的怪胎，我从幼儿园起就是这样被吓唬大的。现在看到他本人，却觉得他比我更不像这里的人。

他合上手中的书，眼睛一直没离开我。他是看着我，但感觉更像直接看穿我，想探寻什么似的。也许这家伙有透视眼，经过这一个星期以来的怪事，任何事情都是有可能的。

我的心跳得很快，我确定他一定听到了。麦坎·雷着实吓我一跳，他很清楚这一点。我们两个脸上都没有笑容，他的狗威猛地站在一旁，好像等主人一声令下就要发动攻击。

“我的礼貌到哪里去了？快点进来，魏特先生。我们正要坐下来吃晚餐呢！你一定要加入我们，晚餐在雷家可是一大盛事。”

我看着蕾娜，希望她给我一点指引。

告诉他，你不想留下来。

相信我，我不想。

“不用了，先生，我不想打扰你们。我只是把功课转交给蕾娜。”我二度举起那个蓝色活页夹。

“胡说，你一定要留下来。我们饭后要享用几根古巴雪茄，还是你比较喜欢小雪茄烟呢？或者你觉得进来我家不自在？如果是那样我完全能理解。”我看不出他是否在开玩笑。

蕾娜伸手抱住她舅舅，我可以感觉他的表情立刻变了。就好像太阳从乌云中露出脸来。“麦坎舅舅，您不要逗伊森了。他是我在这里唯一的朋友，如果您把他吓跑了，我只好去和黛阿姨住，您就少了一个折磨的对象了。”

“我还有布芮德啊！”

那条狗疑惑地抬头看着雷老头。

“我要带它一起走，阿布可是跟着我在城里到处跑，不是跟着您哦！”

我非问不可了：“布芮德？那条狗真的叫布芮德？”

麦坎·雷脸上出现不易察觉的笑容：“它叫这名字，总比我叫这名字好吧？”

说完仰头大笑。我目瞪口呆，怎么也想象不到这位神秘怪胎会有开怀的一面。他敞开身后的大门："真的，魏特先生，请加入我们，我太喜欢有人陪伴了，雷家已经有好几代没有接待过来自盖林镇的客人了。"

蕾娜的笑容很古怪："别这么酸溜溜的，麦坎舅舅，这不是他们的错，是您自己不肯和他们任何一个人说话的。"

"我只是注重良好教养、中上智商和过得去的个人卫生，不要太一板一眼，这样也有错吗？"

"别理他，他今天心情不好。"蕾娜一脸抱歉。

"让我猜猜，是不是和哈波校长有关？"

蕾娜点点头："学校打电话来，虽然意外事件还在调查中，但是我被留校察看了。"蕾娜翻了个白眼，"再一次违反校规，他们就要我停学了。"

麦坎·雷轻蔑地冷笑，好像我们在谈一件微不足道的琐事，"留校察看？多有趣啊！这个词居然还意味着权威呢！"他推着我们两个进入客厅，"一个勉强才从大学毕业的过胖校长，一帮家世比不上布芮德的愤怒主妇，有资格谈什么留校察看！"

我跨过门槛，当场停在原地动也不动，雷家大厅是如此高耸气派，完全不像我几天前踏入的那间郊区样品屋。只见客厅挂了一幅巨大的油画，画中是一位非常美丽，眼睛灿烂金黄的年轻女子。油画就从楼梯间垂挂下来，现代的房子已经没有这种古典的螺旋梯了，感觉无须任何支撑就腾空架在大厅中央。让人觉得郝思嘉[①]很可能穿着蓬蓬裙从楼梯翩然而下。豪华的水晶吊灯从天花板垂挂下来，大厅有许多维多利亚时代的古董家具，有成套刺绣精美的椅子，还有大理石桌面和优雅的蕨类植物。屋里每一个平台都点上温暖的蜡烛，高耸的百叶门全推开了，微风吹送着一阵阵花香，因为屋内的大理石桌面都摆了细长的银花瓶，里面插满雅致的鲜花。

我一度以为自己又看到那些异象了。我摸摸口袋，确信手帕包住的链坠还在。这不是幻影，那条让人毛骨悚然的狗还在楼梯下方看着我。

但是这没道理啊！雷氏庄园和我上次闯进来时完全不一样。我上次也站在同一个地方，这实在不可能，感觉我好像回到过去了。虽然很不真实，心里还是希望我妈妈能看到这里，她一定喜欢极了。原来昔日繁华的南方庄园是这样。

---

① *Gone with the Wind*（《乱世佳人》，又名《飘》）的女主角，郝思嘉又译作斯佳丽。

这必须亲眼见到才会知道，就像石墙花园、绿屋，以及蕾娜给我的感觉一样。

为什么这里看起来和之前不一样？

你在说什么？

你知道我在说什么。

麦坎·雷走在我们前面，我们走过转角，来到上星期我踏入的舒适小客厅。但现在这里竟是一个华丽的宴会厅，里面有张爪形脚的宴会长桌，上面摆放了三个人的餐具，好像他知道我会来一样。

角落有架自动演奏的钢琴，我猜这是那种电钢琴，整个情景相当诡异，感觉雷家正在举行盛大的年度聚会，房间充满玻璃杯互碰的清脆声音和宾客的笑声，我却是唯一的宾客。

麦坎·雷继续说个不停，这里有巨幅的湿壁画和浮雕的圆顶天花板，麦坎·雷的声音在大厅产生一阵阵回音，“我想我是自命不凡的家伙，我厌恶城镇，厌恶城里的人。他们总是心胸狭小，臀部却肥大壮硕。这样说好了，他们内心缺乏的东西，全堆到后面了，他们就像让人发胖的垃圾食物，但实在无法满足口腹之欲的享受。”他脸上带着笑容，但不是什么友善的微笑。

“那您为什么不搬走呢？”我脱口而出，也让自己跌回现实，虽然我自己常取笑盖林镇，但是听到麦坎·雷这样说又是一回事，来自另一个地方的批评还是让我有些生气。

“少荒谬了，雷氏庄园是我的家，盖林镇可不是。”

“别这么夸张，麦坎舅舅。”

“别这么圆滑，蕾娜。你为什么要和那些无知的镇民打交道呢？我实在搞不懂。”

他说的有道理。

你是说你不希望我去上学？

不……我只是说……

麦坎·雷看着我：“当然，我们这位同伴例外。”

他说得越多，我越是好奇，谁知道雷老头居然是镇上第三聪明的人呢？他的才智大概仅次于我妈妈和玛丽安，嗯，或许排到第四，就看我爸爸是否打算继续躲在他的小天地了。

我注意到麦坎·雷手中握着一本书，“那是什么书？莎士比亚？”

“贝蒂·克罗克[1]，很了不起的女性。我正在回想本地镇民晚餐都吃些什么。今晚想吃点地方菜，所以我决定弄烤猪肉丝。”又是烤猪肉丝，我光是想就快吐了。

麦坎·雷替蕾娜拉开椅子：“说到款待，你的表亲在团聚日都会到盖林镇来，我们要记得通知厨房和客房，多准备款待五个客人。”

蕾娜有点恼怒：“我会告诉厨师和管家，您应该是这个意思吧！麦坎舅舅。”

“什么是团聚日？”

“我们家很奇怪，团聚日只是庆祝丰收的一个节日，有点像提早过感恩节，没什么。”

我不知道有人曾经拜访过雷氏庄园，不管是他们的家人或客人，我这辈子还没看过一辆汽车开上那条岔路。

麦坎·雷似乎觉得很有趣：“随你高兴怎么说。不过讲到厨房，我还真是饿坏了。我去看看她在替我们煮什么好菜。”他说话的同时，我能听见远处某个房间传来锅碗瓢盆的碰撞声。

“别太过分了，麦坎舅舅。”

我看着麦坎·雷穿过一间小客厅，然后消失在尽头。但我还能听见他的皮鞋踩在光洁地板上的声音。这间房子太夸张了，白宫和它比起来简直成了森林小木屋。

“蕾娜，这是怎么回事？”

“什么意思？”

“他怎么知道多摆一份餐具给我？”

“他一定是看到我们在走廊说话，所以就先准备了。”

“那这个地方呢？我进来过，就是我们发现链坠那天，当时屋里的摆设完全不是这样。”

告诉我，你可以信任我。

她把玩着衣服的折边，顽固地否认：“舅舅很迷古董，屋里的陈设一天到晚在改变，这有什么重要的？”

不管究竟是怎么回事，此刻她并不想告诉我就是了。“好吧，那你介不介意我四处看看？”她皱了皱眉，但没有说什么。我起身走到隔壁的小客厅，那里的摆设像个书房，有几张长沙发、一个壁炉、几张小型写字桌。布芮德躺在壁炉

---

① 贝蒂·克罗克（Betty Crocker），一个闻名遐迩的商标人物，诞生于 1921 年，是美国通用面粉公司的领导品牌名称。是个可亲可爱的女性形象，并以这个名称出版了许多美食书。

前面，我踏进房间的时候，它发出低沉的怒吼。

“乖狗狗。”它叫得更大声了。我一退出房间，它就停止吠叫，头又搁回壁炉前的地板上。

最靠外面的写字桌上放了一个包裹，是棕色的包装纸，上面还绑着绳子。我把包裹拿起来，布芮德马上又吠叫了。包裹上印着“盖林镇图书馆”，我太熟悉这个印章了，老妈以前收到过上百个这样的包裹，只有玛丽安会把书籍包成这样。

“你对图书馆很感兴趣，魏特先生？你认识玛丽安馆长吗？”麦坎·雷出现在我旁边。

他把书从我手上拿走，以愉悦的眼光看着书本。

“是的，先生。阿什克罗夫特博士是我妈妈最好的朋友，她们也一起工作。”

麦坎·雷的眼睛亮了一下，然后那抹光彩消失了：“当然了，我怎么这么鲁钝，伊森·魏特，我认识你母亲。”

我愣住了，麦坎·雷怎么可能认识我妈妈？

他脸上闪过一种奇怪的表情，好像想起某件事：“只是通过作品认识她。她写的书我都看过。事实上如果仔细看《园艺与植栽：分隔的花园》书中的备注，你会发现她们的一些参考数据都来自我个人的收藏。你母亲真是一位才女，她的事真让人遗憾。”

我勉强笑了笑：“谢谢。”

“我很荣幸带你参观我的图书馆，很高兴能和莱拉·伊凡斯的独生子分享我的藏书。”

我看着他又愣住了，很难想象雷老头这样叫我妈妈，“魏特，莱拉·伊凡斯·魏特。”

他的笑意更深了：“当然，最重要的是先吃饭，厨房已经没有声音，我想晚餐已经准备好了。”他拍拍我的肩膀，我们走回宴会厅。

蕾娜点燃一根被晚风吹熄的蜡烛，站在餐桌旁等我们。桌上摆满了丰富的食物，但我想不出这些菜是如何上桌的。除了我们三个以外，我在屋里没有看到其他人，先是一栋突然改观的房子，再是一条像狼的大狗，现在又是这个，之前我还以为今晚最古怪的状况，大概会是见到雷老头本人呢！

桌上的食物足够喂饱整个美国革命女儿会的成员了，甚至也够镇上每一所教堂的信徒，外加整个篮球队的队员分享。只不过我在盖林镇不曾见过这种菜色。桌上有一整只烤猪，烤猪的嘴里还塞了一个苹果。还有一整块烘烤肋排，每只肋排尾端还包着小小的锡箔。旁边是一盘黄澄澄的栗子烧鹅。此外还有好几碗肉汁、淋酱、奶油等作料，外加卷饼、面包、甘蓝、甜菜，以及一堆我叫不出名字的菜肴。当然也没有漏掉烤猪肉丝三明治。只是摆在其他菜色旁边感觉特别不搭配。想到我必须吃下多少东西才不会显得失礼，我面有菜色地看着蕾娜。

“麦坎舅舅，这实在太多了。”布芮德盘腿卧在蕾娜的椅脚，摇着尾巴期待着。

“胡说，这是为了庆祝啊！你交了新朋友，这是厨房的心意。”

蕾娜担忧地看着我，好像怕我起身冲到厕所去吐。我耸耸肩开始替自己装盘，也许爱玛会允许我明天不吃早餐。

等麦坎·雷倒了第三杯威士忌之后，此刻正是提起链坠的好时机。我正在想着如何提问，才注意到麦坎·雷虽然替自己装了满满一盘食物，却没看到他吃任何东西，好像盘中的食物自动消失了，从盘中只剩两三口的分量看来，布芮德大概是镇上最享福的狗吧！

我折好餐巾：“先生，介意我问一个问题吗？因为您好像对历史很熟，我又不能问我妈妈了。”

你在做什么？

只是问个问题。

他什么也不知道的。

蕾娜，我们必须试试。

“当然没问题。”麦坎·雷啜了一口酒。

我从口袋拿出装着链坠的皮囊，再打开手帕把它拿出来。结果房间的蜡烛同时熄灭，电灯先是变弱，接着噼啪几声就不亮了。就连钢琴的音乐也停了。

伊森，你在做什么？

我什么也没做啊。

黑暗中我听到麦坎·雷的声音：“你手上拿着什么东西？孩子。”

“是一个链坠。”

“你介意把它放回你的口袋吗？”他的声音听起来很镇静，但我知道不是这么回事。感觉他在尽力保持镇静，麦坎·雷的能言善道不见了。虽然他极力掩饰，但我听得出来他的声音很紧张。

我把链坠塞回小皮囊，然后放回我的口袋。坐在我对面的麦坎·雷伸手摸了一下烛台，桌上的蜡烛又一根根亮了，但整桌佳肴全消失了。

在烛光下，麦坎·雷的表情显得很凶恶。他安静下来，从我在阳台见到他开始，他还是头一次静默不语。好像在权衡该怎么处置我们。蕾娜说得对，这个主意糟透了。或许麦坎·雷不曾离开屋子是有理由的。

“很抱歉，先生。我不知道会这样。我们的管家爱玛——当我把链坠拿给她看的时候，她的反应很激动，好像这是什么力量很强的东西。但是我和蕾娜发现链坠的时候，并没有发生什么不好的事。”

其他的事别说。别提那些异象。

我不会的。我只想知道吉妮薇的事是否就像我猜测的一样。

她不必担心的，我不打算告诉麦坎·雷那些事，我只想快点离开这里。我起身准备离开，“我想我最好快点回家，先生。时间有点晚了。”

“你可以形容链坠的样子吗？”他的语气更像是命令，而不是请求。

我没有说话。蕾娜开口了：“是一个老旧的链坠，正面有珍珠贝的浮雕。我们在绿屋找到的。”

麦坎·雷转动手上的银戒指，神情相当激动：“你应该告诉我你跑到绿屋去了。那里不是雷家的土地，我无法保证你的安全。”

“我在那里很安全的，我可以感觉得到。”什么安全？她要防范什么？听起来不像父母过度保护子女那种情况。

“你在那里不安全，那里已经超出结界的范围，没有人能控制的，你不知道的事还很多，况且他……”麦坎·雷指着我，“他什么也不知道。他不能保护你，你不该让他牵扯进来的。”

我必须挺身发言，否则他提到我就好像我不在现场似的：“这和我也有关系。链坠的背面有姓名缩写ECW，那是伊森·卡特·魏特，我的曾曾曾曾伯公。另外还有一个缩写是GKD，我们很确定D是指杜凯。”

伊森，别说了。

但我停不下来：“您没有必要瞒我们，因为不管是什么，事情已经发生在我们两个身上。不管你喜不喜欢，目前看来似乎就是这样。”一只插着栀子花的花瓶突然飞过房间，然后砸在对面墙壁上。

这才是我们从小听说的雷老头。

“你不知道你在说什么，年轻人。”他直视着我，那种阴森的感觉让我后颈的汗毛直竖。他现在有些控制不住情绪，我把他逼得太紧了。布芮德站起来在他身后踱步，好像在跟踪猎物，它的眼睛变得又大又圆，就是上次吓我的那个样子。

别再说任何一句话了。

雷老头眯着眼睛，原先的明星风采不见了，取而代之的是邪恶黑暗的神情，我很想拔腿就跑，但是我吓得呆在原地，动也动不了。

我错估雷氏庄园和麦坎·雷了，这两者都让我害怕。

他终于再度开口说话，不过更像是自言自语："五个月，你知道我要花多少力气保护她未来五个月的安全吗？我要付出什么代价？我会耗损多少力量？甚至完全被毁灭？"蕾娜没有说话，只是靠过去把手放在他的肩膀上。他眼中的狂暴很快就消退，随即又恢复原本的泰然自若。

"听起来爱玛是个聪明人。我会建议你听她的话，把那个东西放回原来的地方。请不要再把它带进我家。"麦坎·雷把餐巾丢在桌上站起来，"我想我们的图书馆巡礼只能等下一次了，对不对？蕾娜，你可以载你朋友回家吗？这真是一个特别的夜晚，实在太精彩了，你一定要再来拜访我们，魏特先生。"

然后整个房间就漆黑一片，雷老头也不见了。

我想以最快的速度离开，我想快点逃离蕾娜令人毛骨悚然的舅舅，还有这间古怪的屋子。刚才到底是怎么回事？蕾娜催促我快点走到门口，好像我不快点离开，她担心又会发生什么事。但是当我们经过楼下大厅时，我注意到之前没注意到的地方。

那个链坠。画中黄色眼睛的女孩就戴着那个链坠。我抓住蕾娜的手臂。她看到也僵住了。

以前没有。

你说什么？

这幅画从我小时候就挂在这里了。我经过它不下上百次，她以前并没有戴项链。

九月十五日　岔路

开车回家的路上我们两人都没说话。我不知道要说什么，蕾娜似乎因为我没说话而松了一口气。她让我开车，这样也好，我需要让自己分心一下来平复心情。车子开过了我住的那条街，但我不在乎，我还没有回家的心理准备。我不知道蕾娜怎么了，或者说她的家、她的舅舅怎么了，但是她必须告诉我。

“你开过头了。”这是我们离开雷家之后，她开口说的第一句话。

“我知道。”

“你和别人一样，以为我舅舅是疯子。你就说出来吧！那个疯狂的雷老头。”她的声音相当苦涩，“我必须回家了。”

我没有说话，只是开车沿着将军绿道绕圈子。那是盖林镇唯一会列在旅游书中的景点。一个草地稀疏的圆环，圆环中央立着内战时期的厄尔利将军雕像。我看到将军一如往常地站在那边，突然觉得这个雕像不对劲。因为一切都改变了，我所熟悉的一切都在改变中。我不一样了，我现在的看法、感受和行为和一个星期以前的我几乎判若两人。

所以我觉得将军雕像应该也要有所改变才对。

我把车子开到多弗街，然后在路边停车，刚好就停在“欢迎光临盖林镇”的招牌下。招牌上还写着广告“美国南部最独特的历史庄园重镇，全世界最美味的黄油奶油派。”我不确定黄油奶油派的事，但另一项绝对是真的。

“你在做什么？”

我让引擎熄火，“我们必须谈谈。”

“我不和男孩停车乱来的。”这是玩笑话。但听得出来她非常恐慌。

“快说吧。”

“说什么？”

“你还在装傻？”我试着不对她大吼。

她拉起身上的项链，抚摸上面的汽水拉环：“我不知道你要我说什么。”

“就解释一下刚才发生的事吧！”

她看着漆黑的窗外：“他只是生气了，有时他会控制不住脾气。”

“控制不住脾气？你是指凭空让物体飞过房间，还是不用火柴就能点亮蜡烛？”

“伊森，我很抱歉。”她轻声说。

但我的声音可不是这样。她越是回避我的问题，我的火气就越大：“我不要听你抱歉。我要你告诉我这究竟是怎么回事？”

“你要我说什么呢？”

“就说说你舅舅和那栋奇怪的房子。为什么他在短短几天就能重新装潢整间屋子？为什么食物会突然出现又消失？或者谈谈什么是保护你的结界？你自己挑一个吧！”

她摇摇头：“我不能说。况且你也不会明白。”

“你不给我机会明白，又怎么知道呢？”

“我们家和别的家庭不一样。相信我，你应付不来的。”

“什么意思？”

“面对现实吧！伊森。你说你不像他们，但其实你也一样，你希望我与众不同，但只能是一点点不同，而不是全然不同。”

“你知道吗？你和你舅舅一样疯狂。”

“你没有受邀就跑到我家，现在你生气了，因为你不喜欢自己看到的东西。”

我没有回答，我无法看穿窗外，也无法理智思考。

“你生气是因为你在害怕。你们全是这样。在你内心深处，你和别人并没有什么不一样。”蕾娜的声音听起来很疲倦，好像已经放弃了。

“不。”我看着她，“是你在害怕。”

她苦笑了一下：“对，我在害怕的事情是你无法想象的。”

“你因为害怕而不敢信任我。”

她没有说话。

“你害怕和某人太过熟识，因而注意到他们有没有去上学。”

她伸出手指在车窗玻璃的雾气画了一条线，但线条颤抖，简直像锯齿线。

“你害怕和人深交，不知道结果会怎么样。”

车窗上的锯齿线如今看起来像一道闪电。

“你不是本地人，没错，和我们不是只有一点点差异。”

她还是盯着车窗，但外面什么也看不见。我倒是能清楚看穿她，“你绝对、完全、铁定、百分之百和我们不一样。”我伸手轻触她的手臂，指尖立刻传来一阵温暖的电流，“我知道的，因为在我内心深处也一样。所以请你告诉我，究竟你有多么不同？”

“我不想告诉你。”

泪水滑过她的脸庞，我用指尖替她拭去温热的泪滴：“为什么？”

“因为即使我处在充满敌意的盖林镇，这也很可能是我最后一次当普通女孩的机会。你又是我在这里唯一的朋友。如果我告诉你，你不相信我呢？万一你真的相信，那可能是更糟的情况。”她睁开眼睛看着我，“不管是哪一种情况，你都不会愿意再和我说话了。”

车窗传来一阵敲击声，我们两个都吓了一大跳。一道手电筒的灯光往车里照，我把车窗摇下来，心里暗自咒骂。

“找不到路回家啊？孩子。”费提咧嘴而笑，好像在路边捡到两个甜甜圈那么高兴。

“不是的，先生，我们正要回家。”

“这不是你的车，魏特。”

“不是，先生。”

他拿着手电筒往蕾娜的方向照，看了她好一阵子：“那就快点回家，别让爱玛等你。”

“是，先生。”我发动车子重新上路，当我从后视镜看过去，费提的女朋友阿曼达正坐在警车前座咯咯直笑。

我甩上车门，蕾娜坐回驾驶座，在我家门口暂停，“明天见。”

“当然。”

但我知道我们明天不会见面。我知道如果她就这样开车离开，一切就到此为止。这是一条岔路，就像通往雷氏庄园和盖林镇的岔路一样，必须选择一边才行。如果她现在不选择这条路，就会忽略过我开往另一个方向，就像那天早晨我第一次看到这辆灵车时一样。

如果她不选择我，我们从此就形同陌路了。

无法同时选择两条路，一旦选择其中一条，就再也不能回头了。我听到车子开动的声音，但我继续往门口走。车子开走了。

她并没有选择我。

我躺在床上看着窗外。皎洁的月光透了进来，这实在有点讨厌，因为月光让我无法入睡，但我现在只想赶快结束这一天。

伊森。那个声音很轻，轻得我几乎听不见。

我看着窗户，确定窗户是锁上的。

伊森，别这样。

我闭上眼睛，窗户的锁扣咯咯作响。

让我进去。

木头百叶窗打开了。我很想说是被风吹开的，但今晚根本连一丝微风都没有，我爬下床到窗边看个究竟。

蕾娜穿着睡衣站在我家门前的草坪。这下子邻居会通通跑出来看热闹的，爱玛可能会心脏病发作，“你下来，或者我上去。”

先是心脏病发作，然后是中风。

我们坐在前门阶梯。我穿着牛仔裤，因为我没有穿睡衣的习惯。况且爱玛要是走出来看到我穿着四角内裤和女孩在一起，明天一早我可能就被埋在后院草地了。

蕾娜靠着阶梯，抬头看着门廊剥落的白色油漆：“我差点儿要掉头开回你家这条街，但我实在太害怕这么做。”在月光下我可以清楚看到蕾娜穿了一件中国式紫绿色睡衣。

“等我回到家，我又很害怕没有那样做。”她赤着脚，还不自觉地抠弄脚上擦的指甲油。我知道这表示她有话想说，“我实在不知道该怎么说，我以前从来没告诉过别人，所以不知道要怎么告诉你。”

我揉揉一头乱发：“不管是什么事情，你都可以告诉我。我知道有个疯狂家庭是什么感觉。”

“你以为你了解什么是疯狂，但还差得远呢！”

她做了一次深呼吸。不管她打算说什么，显然这是一件很难开口的事情，但看得出来她努力要找个合适的说法。

“我们家人都有法力，包括我在内。我们可以做到凡人做不到的事，我们生来如此，这是没有办法改变的事。”

我花了点时间才了解她在说什么，或至少以为听懂她在说什么。

魔法。

我需要爱玛的时候，她在哪里呢？

我不敢问，但又必须问：“所以你到底是什么？”听起来很疯狂，我几乎说不出口。

“巫师。”她平静地说。

“巫师？”

她点点头。

“像咒术师那种？”

她又点头。

我瞪着她，或许她是疯了，“像巫婆？”

“伊森，你别夸张了。”

我吐了口气，暂时放松下来。当然啊，我真是个白痴，我到底在想什么？

“那个名词真蠢，就好像黑客或技客[①]一样，全是愚蠢的刻板名称。”

我的胃翻腾起来，有部分的我想冲上阶梯，锁上大门躲回我的棉被里，另外一部分的我却想留下来，而且想留下的意愿更强。其实我不是隐约知道一点了吗？我也许不知道她是何方神圣，但我早就知道她有些不同。她总是戴着乱七八糟的项链，总是穿一双烂球鞋，但我早就觉得她没有那么简单。对于一个

① 技客，是英文单词 geek 的音译，也叫“互换技能”。geek 这个词在美国俚语中意指智力超群，善于钻研但不懂得与人交往的学者和知识分子，含有贬义，一般也可理解为“技术怪人”。近年来随着互联网文化的兴起，又用来形容对计算机和网络技术有狂热兴趣并投入大量时间钻研的人。

能招来倾盆大雨的人来说，我还能期待她是怎样的人呢？她人不在我的房间，却能和我讲话，有谁能办得到？谁能控制天空的云朵飘动？我房间的百叶窗，又有谁能从前院的阳台打开呢？

“你能想出一个更好的名称吗？”

“没有任何名称可以形容我们全部的家人。你可以找到一个词形容你的家庭吗？”

我想打破紧张的气氛，假装她就是一般的女孩。为了说服自己一切没事，我故作轻松：“有啊！疯癫一家。”

“我们是巫师，这是最宽泛的定义。我们都有法力，这是与生俱来的。就像有些家庭很聪明，有些很有钱，有些则是很漂亮，很有运动细胞。”

我知道自己还有一个问题，但是我不想开口，我已经知道她内心一动就能打破窗户。我不确定是否想彻底了解她还有哪些能力。

总之，我开始觉得我们只是在谈论另一个疯狂的南方家族。雷氏庄园和盖林镇的每个家族一样历史悠久，凭什么要求他们就该正常一点？至少我是这样告诉自己的。

蕾娜看我静默不语，大概以为不是什么好现象，“我知道我不该告诉你这些的。我说过要你离我远一点的。现在你可能以为我是个怪胎了。”

“我认为你有特别的才能。”

“你觉得我家的房子很古怪，你自己都承认了。”

“所以你们彻底改变了装潢。”我努力找话说，希望让她保持笑容。我知道她一定是挣扎很久才有勇气告诉我。我不能因此丢下她，我环顾四周，指着杜鹃花丛上方的房间，灯光从百叶窗的缝隙透出来，“看到那边的窗户吗？那是我爸爸的书房，他整晚工作，等到白天才上床睡觉。自从我妈妈死了之后，他不曾离开过这个屋子。他甚至不肯让我看看他到底写了什么。”

“那实在很浪漫。”她静静地说。

“不，是很疯狂。但没人说什么。因为家里也没有我说话的对象了。除了爱玛，但她只会偷偷把符咒藏在我的房间，还有在我把链坠拿回家时，对我大吼大叫而已。”

她差点儿笑了：“也许你才是怪胎。”

“我是怪胎，你也是。你家的屋子让房间凭空消失，我家的屋子却让人凭空消失。你的舅舅足不出户，确实像个疯子。而我那个足不出户的老爸，简直就是个狂人。所以我们也没有太大的不同。”

蕾娜如释重负地笑了："我会尽量把这句话当成赞美。"

"是赞美，没错啊！"看着她在月光下微笑，那是真切的笑容。当她注视我的时候，我想象自己靠过去吻她。但随即起身往上挪了一级阶梯，不敢坐在她身边。

"你还好吧？"

"嗯，我很好。只是累了。"但我并不累。

我们就那样待在阶梯上聊天。这一聊就是好几小时。我躺在高她一级的阶梯，她躺在下面一级的阶梯，我们看着漆黑的夜空一直聊，然后是清晨的微光，最后还听到小鸟的叫声。

当她开车离去时，太阳都升起来了。我看到布芮德拖着脚步慢条斯理跟着车子走回去。照它的速度看来，等它回到雷家太阳都要下山了。我不知道这条狗为什么让我觉得怪怪的。

真是一条笨狗。

我伸手握住房间的黄铜门钮，但几乎无力打开它。一切都颠倒过来了，房里没有任何东西能改变这点。我的心情很乱，就像爱玛做的一大锅炒蛋，这样的心情已经持续好几天了。

心——惊——胆——战。爱玛一定会这样说我，四个字，四个横幅拼字谜题。这个字也代表我是懦夫，我在害怕。我告诉蕾娜她和她的家庭也没什么大不了的。他们究竟算什么？巫师？法师？这些玩意儿可不像老爸教我的甩竿技巧。

是啊，没什么。

我真是说谎不打草稿，我敢打赌就连那条笨狗也感觉得到。

九月二十四日　最后三排

有个形容极度惊吓的说法叫“三魂掉了两魂”，从蕾娜开车回来找我，到她穿着紫色睡衣离开我家门廊阶梯，我对她的感觉就是这样。

我知道会有这一天，却没想到会是这样的感觉。

从此以后，我只有两个地方想去，一个是有蕾娜的地方，另一个是能独处的地方，让我理清心中的一团乱。我不知道我们两个算什么，她不是我的女朋友，我们甚至没约会过。上个星期她甚至还不承认我们是朋友呢！况且我也不能请莎凡娜去帮我探听，不管我们现在算是什么关系，我都不想冒险躁进。但为什么我无时无刻都在想着蕾娜呢？为什么我一看到她，就觉得特别快乐呢？我觉得也许我知道原因，但我怎能确定？我不知道，我也找不到方法去确认这点。

男孩子是不会去讨论内心感觉的，只会把它藏在灵魂深处。

“你在写什么？”

她合上那本随身携带的笔记本。星期三篮球队不用练习，所以蕾娜和我又坐在绿屋的花园里。我多少觉得这里是我们的秘密基地。但我只是暗地这样想，这不是我会对任何人承认的事情，甚至对她也不行。我们就是在这里发现链坠的。在这里我们可以独处，不用担心其他人的眼光和耳语。本来我们应该念书的，但蕾娜一直在写笔记本，而我已经把讲解原子内部构造的那段看了九遍。我们肩靠着肩，但彼此面对不同方向。我趴在夕阳底下看书，蕾娜躲在树荫底下奋笔疾书。

“没什么，随便写写。”

“没关系，你不必告诉我。”我尽量不要流露失望的语气。

“这……这很傻。”

“你就说说看嘛！”

她沉默了一分钟，只是拿黑笔涂那双破球鞋的橡胶鞋缘：“有时候我会写些诗。我从小就喜欢写诗，我知道这很怪。”

“我不觉得奇怪，我妈妈是作家，我爸爸也是。”虽然没有看着她，但我可以感觉到她在微笑，“好吧，这个例子举得不好，因为我爸爸真的很怪。但是这不能归咎于写作。”

我等着看她会不会把笔记本拿给我看，结果当然没这种好运，“也许改天我可以欣赏一首你的作品。”

“我很怀疑。”她又把笔记本打开。我也打开化学课本，继续复习已经看了一百遍的段落。花园只有我们两个人，太阳渐渐西下，她继续写她的诗。如果我打算有所行动，现在就是时候。

“改天你想不想一起出去走走？”我尽量装得若无其事。

“我们现在不就是这样了？”

我咬着在背包找到的一把塑料汤匙，可能是之前吃布丁剩的，“对，我是说，你想不想一起去别的地方走走？”

“现在？”她咬了一口杂粮棒，盘腿坐起来面向我，同时把杂粮棒递给我。我摇摇头拒绝。

“不是现在，是星期五之类的，我们可以去看电影。”我把汤匙夹在化学课本合起来。

“你真恶心。”她扮个鬼脸，翻了一页笔记本。

“你是什么意思？”我觉得脸颊发烫。

我只是找你看场电影而已啊！

你这白痴。

她指着我那把肮脏的汤匙书签："我是指这个。"

我松了一口气笑了："对，坏习惯，我遗传我妈妈的习惯。"

"你妈妈对餐具有偏好？"

"不，对书，她可能一次看个二十本，我们家到处都放着她看了一半的书本，像厨房、她的床边、我们的车上、她的袋子等，甚至每一级楼梯都放着一些书。而且她会随手拿个东西当书签，我乱丢的袜子、一个苹果核、她看书用的眼镜、另一本书、叉子等。"

"例如用过的塑料汤匙？"

"没错。"

"我猜，爱玛一定很受不了。"

"她简直快抓狂了，不，等等，她会说自己……"我深深吸了口气，学爱玛一字一句吐出填字游戏的词句，"焦——虑——不——安。"

"再来是四个直行的填字空格？"她笑了。

"可能吧。"

"这是我妈妈。"她拉起那条总是戴在身上的银项链，给我看其中一个链坠，是一只金色小鸟，"是一只乌鸦。"

"代表雷家？"

"不是，乌鸦是法力最强的鸟类。传说它们可以吸取能量，然后将能量以别种形式释放。正因为它们有很强的法力，有时甚至让人有些害怕。"我看着她放下项链，金色小鸟微微碰撞两旁的链坠，一个是两面刻着奇怪文字的圆碟，另一个则是黑色玻璃珠。

"你的项链有很多护身符啊！"

她将一绺头发拨到耳后，低头看自己的项链："这些其实不是护身符，只是一些对我有意义的东西。"她拿起其中一个汽水罐的拉环，"这是我喝过的第一罐橘子汽水。那天我从学校哭着回家，因为全班只有我没有收到情人节礼物，所以外婆买了汽水。我们坐在沙瓦纳家中的门廊一起喝。"

"真可爱。"

"应该是真可悲吧！"

"我是说，你还把它保留下来，真可爱。"

"我会把所有东西都保留下来。"

“这个是什么？”我指着那个黑玻璃珠。

“泰拉姑婆给我的。是巴贝多某个遥远地区的石头做的，姑婆说会带来好运。”

“你的项链真酷。”从她对每个坠饰小心翼翼的程度，看得出这条项链对她意义重大。

“我知道看起来像一串垃圾，但我在每个地方都住不久，我没有在同一间屋子、同一个房间住上好几年，有时我觉得项链上这些小东西，就是我仅有的东西。”

我叹了一口气，伸手拔了一根杂草：“真希望我能到别的地方住上一住。”

“但是你的根在这里，你交到一辈子的好朋友，你的家、你的房间永远都属于你。你家可能还有一根门柱，上面标示你历年来的身高。”我确实有。

你确实有，对吧？

我朝她点点头：“如果你愿意，我可以帮你把身高记录在我家的门柱上。你的身高就会永远留在魏特庄园了。”她笑了笑背转身体，低头继续写。我眼角的余光瞥见夕阳余晖映在她的侧脸、笔记本、黑色鬈发，和黑色球鞋的鞋尖上。

关于看电影的事，可以约星期五。

接着她把吃了一半的杂粮棒夹在笔记本中间，合上它。

我们两人映在地面的影子，足尖的部分刚好碰触在一起。

我一想到星期五晚上就紧张。我知道这不算正式约会，问题就出在这里，因为我希望这是正式约会。如果知道自己对某个女孩有感觉，但对方勉强才愿意承认你是她朋友，这该怎么办呢？如果这个女孩的舅舅还把我赶出他们家，而我们家也不是挺欢迎她呢？再加上我认识的每一个人都讨厌她，这又该怎么办？这个女孩和我有相同的梦境，但也许她对我没有相同的感觉呢？

我真的不知道，所以我才没有采取行动。但我还是忍不住想到蕾娜。甚至在星期四还想开车去她家。可惜她家在盖林镇郊外，我又没有自己的车，她舅舅又是雷老头，这么多“可惜”让我没有真的去做蠢事。

以前我每天的生活就和其他人一样，没什么特别的事发生。但现在所有的一切都发生在我身上。我指的“一切”其实是指蕾娜。认识她之后，一小时像是过得更快，又像过得很慢。就好像吸入一个巨大气球的空气，脑袋有缺氧的感觉。天空的云朵变得更有趣了，学校餐厅也不再那么令人作呕，音乐变得更悦耳，就连一些老笑话听起来都比较好笑了。原本只是几栋灰绿色建筑的石墙中学，如今却成了标记时间和地点的图表，记录着我可能见到她的机会。我发现自己会不自觉地微笑。我常戴上耳机阻绝外面的声音，心中却一再重温我们的对话。

我以前见过像这样的情况，只是不曾亲身感受过而已。

到了星期五晚上，我感觉心情好极了，虽然白天上课我的表现是全班最差的，但练球的时候我的表现又比任何人都好。感觉我有用不完的能量在场上奔驰，就连教练都注意到了，还把我留下来谈话：“继续保持下去，魏特，这样你明年就有可能被球探相中了。”

球队练习结束后，林克载我到桑莫市，球队的伙伴也打算去看电影，我应该老早想到这一点的，因为这是附近唯一的电影院，但现在已经太迟了，我也管不了这么多。

当林克停好车，我就发现蕾娜避开明亮的电影院大门，独自站在外面的暗处，她穿了一件紫色T恤，外面又套了一件紧身的黑色洋装，好像在提醒别人她也是拥有好身材的漂亮女孩，但脚下依然是那双烂球鞋，于是立刻又让人忘记她的美丽。

电影院里面照例挤满桑莫小区大学的学生，那些拉拉队女孩都聚集在大厅的拱廊和男孩子聊天，我的好心情开始蒸发了。

“嗨。”

“你迟到了，我已经买好票了。”黑暗中我看不到蕾娜的眼神。我跟着她进去，好戏立刻就上场了。

“魏特！过来这边！”艾默里扯开喉咙喊我，他的声音盖过拱廊的声浪和大厅八十只播放音乐的喇叭。

“魏特，你有约会啊？”现在轮到比利对我开炮。厄尔没说什么，不过这只是因为他对任何事向来都保持沉默。

蕾娜不理他们，只是揉揉额头直接走在我前面，好像看也不看我一眼。

“这才叫生活嘛！”我也扯足嗓子吼回去。星期一我恐怕就会成为学校话题了，但我还是赶上去对蕾娜说：“嘿，很抱歉他们这样闹。”

她转身看我：“如果你是那种想跳过电影预告的人，那我们可能合不来。”

我等你。

我微笑：“开演前的预告、片尾的演职员表，还有爆米花，三者缺一不可。”

她望向我身后那群人，过去他们就像我的朋友。

别理他们。

“要不要加奶油？”看得出来她有些心烦，我迟到了，害她必须单独面对石墙中学的“抵制大军”，现在该轮到我替她分担一些。

“加奶油的。”我知道这可能是错误的选择，蕾娜扮个鬼脸。

“但是我会拿奶油口味和你交换盐味爆米花一起吃。”我补了一句。蕾娜的目光先飘到我身后那群人，然后才转回来看我。我可以听见爱米莉的笑声越来越近了。但我才不管呢！

你一句话，我们就走，蕾娜。

“不加盐，也不加奶油，我要洒上巧克力牛奶软糖，你会喜欢的。”她说完似乎放松了一点，肩膀也不再那么紧绷。

我已经喜欢上这种口味了。

拉拉队和那些男孩走过我们身边。爱米莉故意不看我，莎凡娜离得远远的，好像蕾娜会隔空传染病菌给她。我可以想象等她们回家后，会如何向她们的母亲报告今晚的事情。

我抓住蕾娜的手，一股电流立刻传了过来。但这次没有暴风雨那晚强烈，感觉只是有些混乱，就像在沙滩被海浪打到，同时又像在雨夜盖上电毯。我让这种感觉传遍全身。

莎凡娜注意到我的动作，还以手肘碰了碰爱米莉叫她看。

你不必这么做的。

我紧紧握住她的手。

什么？

“嘿，两位，看到那些家伙没？”林克拍拍我的肩，手中拿着特大号奶油爆米花，还有一杯巨无霸的思乐冰[①]。

戏院今天演的是谋杀悬疑片，是爱玛会喜欢的片子类型，她一向对神秘事物和死尸颇感兴趣。林克早就跑到前面加入篮球队中，顺便一路偷瞅那些大学女孩。倒不是他不想和蕾娜一起坐，而是他觉得我们应该想独处才对。没错，至少我是这么希望的。

“你想坐在哪里？靠近一点，还是中间的位置？”我让她决定。

“后面这边。”我跟着她走到最后一排的位置。

盖林镇的孩子会来电影院，主要都是来交友约会的，因为电影在本地上映

---

① 思乐冰（Slurpee），是一款由 7-11 便利商店研制的碎冰饮品，在 1967 年首次推出。

的时候，DVD 早就发行了，和女孩亲热才是躲到电影院最后三排的原因。除了电影院，镇上就只有水塔、夏天的湖边、少数几间洗手间和地下室可以让青少年亲热，选择实在不多。我知道我们不是来亲热的，但就算我们真是情侣，我也不会带她来电影院亲热。蕾娜不是那种带到后三排的女孩，她对我的意义不只这样。

但是她仍然选择最后面的位置，原因我很清楚，她想躲开爱米莉，最远的位置就是最后一排了。

也许我该事先警告她的，因为电影还没开始播放，就已经有人亲热起来了。我们两个看哪里都不是，只能盯着爆米花。

你怎么不先说一声呢？

我不知道啊！

骗人。

我是十足的绅士，我保证。

我丢掉所有的胡思乱想，只敢想一些天气、篮球等无关紧要的事。然后我伸手去抓爆米花，蕾娜刚好同时伸手拿爆米花，我们的手短暂接触了一下，手臂又传来一阵电流，感觉又冷又热，让人心中一跳。掩护走位、区域防守、长驱篮下，石墙中学的篮球战术就这几种而已，比我想象中难多了。

电影很难看，才开演十分钟我就知道结局了。

“是他做的。”我小声说。

“什么？”

“那家伙，他是杀人凶手。我不知道他会杀掉谁，但人就是他杀的。”这也是林克不爱坐在我旁边的原因之一。因为电影才开演没多久，我往往就知道结局。而且就是没办法忍住不说，这就像是我的填字游戏一样。所以我也很擅长电玩游戏、嘉年华游戏、和老爸下棋。我总能从一开始的动作就猜出全盘结果。

“你怎么知道？”

“我就是知道。”

最后的结局是什么？

我知道她的意思，但这是生平第一次我不知道答案。

从此过着幸福快乐的生活。

骗人。把巧克力牛奶软糖递过来吧！

她伸手按压我的口袋想找糖果，只是找错口袋了。蕾娜摸到意料之外的东西，就是那个小皮囊，里面装着那个链坠。

蕾娜立刻坐直，拉出那个袋子，像捏着一只死老鼠似的拎着它："为什么你还把它放在口袋到处跑呢？"

"嘘！"我们吵着旁边的人了。想想挺有趣的，他们根本没在看电影。

"我不能把它放在家里，爱玛以为我把它埋回去了。"

"也许你是该埋回去。"

"这不重要，这玩意儿有它自己的意志。它几乎不会再制造异象了，该看的你都看过了。"

"请你们闭嘴好吗？"坐在我们前面的情侣突然出声斥责。蕾娜吓了一跳，捏在手上的链坠也掉了。我们两个都伸手去接，我看到手帕散开了，感觉一切像慢动作一样。

我在黑暗中几乎看不到前方的电影画面。整个大银幕化成微弱的光线，我们又闻到烟味……

烧毁一栋妇孺在里面的房子。

这不是真的。母亲和伊万杰琳（意为天使），吉妮薇心中转过百种念头。也许还不会太迟，她拔腿狂奔，扎人的灌木丛挡在前方，好像在劝她快点回头。她听见伊森和艾维在后面喊她。

她跑到灌木丛外面了，眼前站着两名北军，还有绿屋仅剩的焦黑残骸。爷爷盖的那栋房子已经不见了，只见那两名士兵把一个银餐盘塞入政府发放的背包。她冲进黑色烟雾中，那是被强风吹起的火灾灰烬。

"做什么……"

"抓住她，埃米特。"第一个年轻士兵对同伴大叫。

吉妮薇三步并作两步跑上台阶。从大门蹿出的浓烟呛得她猛咳嗽。想到母亲和伊万杰琳，她简直快疯了。她的肺部很难受，感觉自己快要倒下去了。是烟的关系吗？她要昏倒了吗？不，是别的东西，有只手抓住她的手腕，将她从楼梯拖下来。

"你想去哪里？女孩！"

"放开我！"她放声尖叫，声音划破浓浓的黑烟。紧接着她被硬拖下了楼，背部重重撞上每一级台阶，然后是头部撞上去，撞得她眼冒金星，有种热热湿湿的东西流到她的领口。她昏昏沉沉的，既迷惑又绝望。

一声枪响划破黑暗，声音之大，让她又恢复了清醒。抓住她的手松开了，她努力睁大眼睛想看清楚眼前的一切。

又是两声枪响。

上帝，请保佑母亲和伊万杰琳吧！但是到头来，她似乎多此一问。或者她的请求根本弄错对象。因为当她听到第三个人倒地的声音，她努力聚焦，看到了伊森的灰色军服染上鲜血。

他拒绝上战场对抗的北军，如今却一枪杀了他。

鲜血的味道混合了火药味和燃烧的柠檬味。

电影演完了，银幕上正在跑演职员名单。电影院的灯光纷纷亮起，蕾娜依然闭着眼睛，她靠在椅背上，头发凌乱不整，我们两个都吓得喘不过气来。

“蕾娜，你还好吗？”

她睁开眼睛，然后把我们之间的扶手往上拉，没说一句话就把头埋在我的肩膀上。

我可以感觉她全身发抖，抖得说不出话来。

我知道，我也在那里。

当林克和其他同学走过来的时候，我们还在位子上保持那个姿势。林肯对我眨眨眼，作势要给我一拳。每次我投出一记好球他总是和我击拳相碰。

但是他错了，他们全想错了。我们也许坐在最后一排，但我们并不是在亲热。我还能闻到血腥味，我的耳朵因为枪响还耳鸣不已。

我们刚刚目睹一个年轻人死去。

十月九日　团聚日

经过“电影院之夜”，消息就传开了。大家谈论的话题都是雷老头的外甥女和伊森·魏特在交往。如果不是因为我妈妈去年才过世，传言的速度可能更快、更残忍。就连篮球队的队友最后也忍不住加入讨论。他们只是比平常多沉默一段时间，或许也因为我没有给他们机会了解情况。

我是那种连续三天不吃午餐就活不下去的人。但自从看完电影后我就跳过大半的午餐，或者说是跳过和队友在餐厅吃午餐，一个人跑到运动场看台区啃三明治，学校实在没有太多地方可以躲，我知道终究还是得回餐厅吃饭。

学校真的无处藏身，石墙中学就像小型的盖林镇，根本没什么地方可去。我在午餐时间玩失踪，没多久队友就会注意到了。我以前也说过，有些不成文的点名时间必须出现。如果因为某个女孩违例，偏偏这女孩又在爱米莉和莎凡娜的黑名单上，事情就会变得很复杂。

尤其蕾娜又来自雷家，大家对她的印象已经根深蒂固，更让一切没有了回转余地。我必须勇敢面对，该是踏入学校餐厅的时候了。我们是否真是一对并不重要，在石墙中学就算只是把车子停在水塔后面和女生一起吃午餐，任何人都会认定他们是躲起来亲热。当蕾娜和我首度一起现身学生餐厅，她几乎要掉头逃走，我必须抓住她的背包把她留下来。

别发神经了，不过是一顿午餐嘛！

“我有东西忘在储物柜了。”她转身想走，但我抓住她的背包不放。

朋友总是一起吃午餐的。

他们不是，我们也不是，我是说，在这里不是。

我拿起两个橘色的塑料餐盘。“餐盘？”我把其中一个餐盘推到她的面前，再替她拿了一块比萨放上去。

我们现在要一起吃，胆小鬼。

你以为我以前没试过？

你没有和我一起试过。我认为你希望这里和你的旧学校不一样。

蕾娜怀疑地看看四周。她深深吸了口气，拿了盘胡萝卜和芹菜放到我的托盘上。

你吃掉这些，不管你坐哪个位子我都奉陪。

我看看餐盘上的胡萝卜，再看看队友，他们已经坐在我们惯常的座位上了。

哪个位子好呢？

如果这是一部电影，我们可能会过去和队友一起坐，然后他们会学到宝贵的一课。例如不要以貌取人，与众不同并没有关系。而蕾娜也会了解并非所有的运动员都是愚蠢肤浅的。电影不都是这么演？只不过这里是盖林镇，这里确实有严重排外的情况。我才走向我们惯常的座位，林克就对我使眼色，然后摇摇头，意思就是绝对不行，蕾娜落后我几步，一副随时准备逃走的样子。我开始看清眼前的情势，没有人学到什么宝贵的一课。在我打算转身找其他座位之前，厄尔意味深长地看了我一眼。

他的表情说明了一切——如果你敢带她来这一桌，你就玩完了。

蕾娜一定也看到了。因为等我转身找她，她已经走了。

那天球队练习结束之后，厄尔指名要和我谈谈。这实在很好笑，因为他一向不善言辞。他坐在我更衣室储物柜前面的长凳，这是计划好的，因为只有他自己一个人，我们的篮球队长很少单独行动的。

他开门见山：“别这么做，魏特。”

"我又没做什么。"我面向储物柜说。

"明白点儿，这不像你。"

"是吗？如果我就是这样呢？"我穿上我的变形金刚T恤。

"大家都不喜欢，你真要这样做，就没法回头了。"

如果蕾娜没有离开学校餐厅，厄尔就会知道我根本不管他们怎么想。这种想法已经有一阵子了。我甩上储物柜的门，可惜还来不及表明我的想法，他已经离开更衣室了。

这是对我的最后警告。我不怪厄尔，有史以来我第一次同意他的看法。我和他们这群人已经分道扬镳了。难道不是吗？

不过林克还是没有离弃我，不管他们在更衣室说什么（其实他们多半什么也没说），我照样去练球，队友甚至还会把球传给我，我球打得比以前更好了。当我和队友在一起，我试着不去表现出我的世界已经和他们的不同了，就连天空看起来都不一样。我也不在乎我们能否打进州决赛。蕾娜一直在我心中，不管我人在哪里，和谁在一起都一样。

当然，练球的时候我不会提到这种感觉。练完球之后我和林克去加油，顺道去"得速偷"晃晃，结果发现队上伙伴也在那边，为了不让林克为难，我尽量融入球队和他们打成一片。吃得满嘴都是甜甜圈的糖粉，当我一踏出打开的自动门时，差点儿就被糖粉呛住。

她就在那里，我这辈子见过第二漂亮的女孩。

她可能比我大一点，看起来有些眼熟。不过我不曾在盖林镇见过她。这一点我很确定。她是那种会让男孩过目不忘的女孩。她开一辆黑白款的迷你奥斯汀敞篷车，车上放着我从未听过的音乐。她慵懒地坐在驾驶座上，似乎没注意到停车格的划分就随意乱停，导致车子停在两个停车位的分隔线上。她嘴里咬着一根樱桃棒棒糖，好像在抽烟似的。

她的双唇饱满红艳，被棒棒糖的色素一染显得更鲜红了。

她看到我们，然后把音乐调得更大声了。只见一双长腿腾空一跃，她已经咬着棒棒糖站在我们面前了。"弗兰克·扎帕[①]的《淹死的女巫》（*Drowning*

① 弗兰克·扎帕（Frank Vincent Zappa，1940—1993），美国作曲家、创作歌手、电吉他手、唱片制作人、电影导演。他是美国60年代摇滚乐发展史上的先锋人物之一，音乐作品涵盖了摇滚、爵士、电子、管弦乐和具体音乐等风格。

Witch）[1]，这首歌的年代比你们早一点，男孩们。”

她慢慢走近我们，好像要给我们足够的时间打量她。我承认我们确实都在打量她。

她有一头金色长发，不过用粉红发带绑成侧边马尾，脸上戴着相当大的黑色墨镜，但黑色百褶裙超短，就像黑色野性版的拉拉队员。上半身那截白色短背心非常小，几乎可以看到部分黑色胸罩，其他几乎一览无余。还有黑色摩托车长靴、肚脐环，肚脐周围有一圈刺青，很像黑色的部落图腾，但我看不出是什么部落，也不好意思盯着人家看。

“伊森？伊森·魏特？”

我停住脚步，半个篮球队的队友都挤过来推我。

“不会吧！”肖恩惊讶极了。我从她口中听到自己的名字同样惊讶不已，肖恩才是那种想让她勾引的男孩。

“漂亮啊！”林克嘴巴张得大大的，眼睛睁得非常大，“第三级的热辣！”这是他对女孩的最高评分，甚至比莎凡娜等级更高。

“看起来像是麻烦人物。”

“热辣妹一向麻烦，就是这么回事啊！”

她走向我，嘴里仍舔着棒棒糖：“哪个幸运男孩是伊森·魏特？”林肯把我推上前。

“伊森！”她双手环住我的脖子，我发现她的手出奇冰冷，好像刚刚拿过棒冰似的。我打了个冷战后退一步。

“我认识你吗？”

“不认识，我是莱德莉，蕾娜的表姐，但我真希望你先认识我……”

一提到蕾娜，那群家伙立刻投以古怪的目光，然后不情愿地散开回他们的车上。

在我和厄尔谈过之后，我们对蕾娜达成一个共识，也是男孩子唯一的处理方式。也就是说，我不要主动提起蕾娜，他们也不会提到她。这是我们保持相安无事的默契。他们不问，我也不说。但这样的和平似乎无法持续太久。特别是蕾娜的古怪亲戚开始在镇上出现。

“表姐？”

---

① 弗兰克·扎帕在 1982 年的排行榜前 30 名的专辑 *Ship Arriving Too Late to Save a Drowning Witch*（船到得太迟了没能挽救淹死的女巫）。

蕾娜提过这个叫莱德莉的表姐吗？

“我们来过节的。黛阿姨？和死亡同音的黛阿姨？想起来了没？”她说得对。上次晚餐的时候，麦坎·雷确实提到什么表亲的。

我笑了，感觉松了口气，只是胃部还在紧张痉挛，所以我肯定没有完全放松下来。

“对，抱歉，我忘了。蕾娜的表亲。”

“亲爱的，你看到的是表姐本尊，其他几个只是我妈妈在生下我之后，不小心又生下的孩子。”莱德莉跳进那辆迷你奥斯汀。她真的是从车外跳上驾驶座，连车门都不用开。

我说她像拉拉队可不是在开玩笑，她的腿真是挺厉害的。

林克站在他的老爷车旁边，依旧看傻了眼。

莱德莉拍拍她身旁的座位：“上车吧！男朋友，我们要迟到了。”

“我不……我是说，我们不是……”

“你真可爱，现在快点上车，你不希望我们迟到吧？”

“迟到？”

“家庭晚宴啊！最神圣的团聚日。不然他们干吗大老远派我来这个鸟镇找你？”

“我不知道，蕾娜没有邀请我。”

“嗯，这样说好了，黛阿姨坚持要看看蕾娜第一个带回家的男朋友，所以她要召见你。加上蕾娜忙着弄晚餐，麦坎舅舅照例又在睡觉，所以苦差事就落到了我头上。”

“她没有带我回家，我只是有一次带作业给她。”

莱德莉从车内帮我打开车门：“进来吧，我的苦差事。”

“如果蕾娜希望我去，她会打电话给我的。”虽然我嘴上这样说，但似乎知道自己终究会妥协的。

“你一向都是这样吗，还是在和我调情？因为如果你要装出一副难办的样子，我现在就把车子停到沼泽区，和你大办特办一下。”

我上了车：“好，我们走。”

她靠过来，用冰冷的手指帮我拨开遮住眼睛的头发：“你的眼睛很漂亮，男朋友，不该把它们遮住。”

等我们抵达雷氏庄园，我还是搞不懂刚刚路上发生什么事。她不停地播放一些我从没听过的音乐。然后我开始说个不停，把许多只告诉过蕾娜的事情通通告诉她。我无法解释，就是克制不住自己的嘴巴。

我告诉她有关我妈妈的事，提到她是怎么过世的，我以为我不会和任何人提起这件事的。我也告诉她爱玛的事，谈到她会看塔罗牌，说她现在就像我妈妈，只不过我妈妈不会弄那些符咒、布娃娃和自然灵力的玩意儿。我告诉她林克和他妈妈的事。提到林克的老妈最近变了很多，好像她什么时候都在指责蕾娜和雷老头一样疯狂，说她会让石墙中学的学生陷入危险等。

我也告诉她我爸爸的事。说他总是把自己关在书房，书房里有一堆书，还有一幅不准我看的秘密挂画。虽然不幸的意外已经发生，但我总觉得还需要保护我爸爸。我也说了蕾娜的事。谈到我们如何在雨中相遇，也谈到我们在还没见面之前，就好像已经认识似的，还有学校那次的窗户事件。

她一路开车都在吸吮那根棒棒糖，我觉得自己就像那根棒棒糖。我的想法也快被她吸光了，必须极力克制才不会把链坠和梦境的事通通告诉她。也许因为她是蕾娜的表姐，所以和她容易熟稔起来，也许是因为别的原因。

我才刚开始纳闷，车子就抵达了雷氏庄园。太阳已经下山了。她关掉收音机，棒棒糖也吃完了。我总算闭上嘴巴。刚才到底是怎么回事?

莱德莉靠了过来。从她的墨镜可以清楚看到我的脸。我闻到她身上的味道，有点甜甜潮潮的，和蕾娜完全不一样，但感觉又很熟悉。

“你不必担心的，苦差事。”

“对，为什么？”

“因为你是真心的。”她对着我一笑。我看到墨镜下方的眼睛闪了一下。就像漆黑池塘冒出金鱼那样金光一闪。即使她戴着墨镜，那双眼睛仍然有催眠作用。或许这就是她戴墨镜遮住眼睛的原因。然后金光又不见了，她揉揉我的头发：“可惜在你见过我们这些亲戚后，你可能再也不想看到她了。我们有点怪。”

“比你还怪吗？”

“怪多了。”

这下可好了。

她再次揽住我的手臂，我们踏上台阶。“对了，男朋友，蕾娜在五个月内就会和你分手，到时候你随时给我电话，你会知道怎么找我的。”她挽着我的手臂，感觉突然变得非常正式，“请进吧？”

我以另一只手做出请的手势。“好啊，女士优先。”我们走上阶梯，因为同时承受两人的重量，阶梯发出嘎嘎声。我领着莱德莉走到大门口，真担心阶梯会因此垮掉。

我敲了门，但没有回应。于是伸手摸摸门梁上的新月浮雕，大门就缓缓打开了……

莱德莉似乎有些犹豫。等我们走进大门，我发现屋里一切都安排妥当，屋里的气氛似乎微妙地改变了。

“嗨，老妈。”

一名圆滚滚的妇人原本忙着把南瓜和金叶装饰放在壁炉架上，却吓得掉了手中的白色小南瓜，南瓜在地上爆了开来。她伸手扶着壁炉架稳住自己，身上好像穿着一百年前的衣服，看起来很奇怪，“茱莉亚！我是说莱德莉，你在这里做什么？我一定弄错了，我以为，我以为……”

我知道事情不太对劲，这不太像一般母女之间的问候。

“莱儿，是你吗？”一个大约十岁的小莱德莉进来了。阿布跟在她的脚边。它的背上披着一条闪亮的蓝色披风。把家里的狼狗打扮起来，这也是很正常的，这个小女孩就像光明的象征。她有一头金发和灿烂的蓝眼珠。小女孩先是微笑，然后皱起眉头，“他们说你走了。”

阿布开始咆哮。

莱德莉张开手臂，等着小女孩投入她的怀抱，但小女孩动也不动，所以莱德莉继续张开手臂伸直，然后摊开两手的手掌，其中一边出现红色棒棒糖，另一边则出现一只同样披着蓝色披风的小灰鼠，好像要和布芮德配成一对似的，看起来真像嘉年华会的蹩脚魔术。

小女孩谨慎地向前一步，仿佛她姐姐无须碰触也能把她从房间这头拉过去，我自己也感受过这种难以言喻的力量，就好像月亮和潮汐变化一样。

莱德莉说话的声音就像蜂蜜一样厚重沙哑：“别这样，莱儿，妈妈只是逗逗你，看你会有什么反应。你最亲爱的大姐离开过你吗？”

莱儿笑了，然后奔向莱德莉，好像要飞扑到她的怀中一样。阿布吠叫不已。莱儿在半空停留了一下，就像卡通人物在冲出悬崖时，总是会腾空几秒钟再往下掉。然后，好像撞上一道隐形的墙，还没碰到莱德莉就突然掉到地上。屋内的灯光突然大亮，仿佛这栋房子是个舞台，灯光的转变是用来提示闭幕换场。在明亮的灯光下，莱德莉的表情蒙上一层冷冷的阴影。灯光会让事物变得不同。莱德莉把手遮在额前挡光，朝屋里大叫：“拜托，麦坎舅舅，有必要这样吗？”

阿布往前挡在莱儿和莱德莉之间低吼，同时越来越逼近莱德莉，背上的毛全竖了起来。这个样子更像一只狼了。显然莱德莉的魔法对布芮德起不了作用。

莱德莉把我挽得更紧，嘴里冷笑一声，那个笑声并不友善。我试着保持镇定，但我的喉咙好像塞了湿袜子，完全说不出话来。

莱德莉一手挽着我的手臂，另一只手高举指着天花板："好，如果你要这么无礼，那我也不必客气了。"说完屋里的灯全暗了。整栋房子好像停电一样。

麦坎·雷的声音从上方的阴影处传出，听起来很冷静："莱德莉，亲爱的，好个惊喜啊！我们没料到你会来呢。"

没料到？他在说什么？

"我才不会错过团聚日呢！而且你们看，我还带客人来了呢。或许你们会说我才是他的客人吧。"

麦坎·雷从楼梯间走下来，两眼盯着莱德莉不放。我仿佛看到两头狮子在打量对方，而我就站在狮子中间。我被莱德莉耍了还傻傻地配合，真是白痴到家了。我简直就像被她吃得死死的棒棒糖。

"我认为这不是个好主意，应该有别的地方等着欢迎你。"

她"啵"的一声抽出口中的棒棒糖。"我说了，无论如何我都不会错过这个节日的。况且你不会希望我直接就送伊森回家吧？那我们在路上可以聊的事就多了！"

我很想建议就此离开，但说不出半句话。全部的人都站在大厅你瞪我，我瞪你，莱德莉靠在其中一根柱子上。

麦坎·雷率先打破沉默："你何不带伊森到餐厅就座呢？我确定你还记得在哪里。"

"但是麦坎……"那个我猜是黛阿姨的妇人看起来既慌张又困惑，好像不知道该怎么办。

"没事的，小黛。"麦坎·雷的表情似乎想弄清这一切，他下了楼梯朝我们走来。在我不清楚自己陷入什么麻烦的时候，看到他居然觉得安心多了。

我最不想去的地方就是餐厅，心里真想立刻冲出屋子。但这是不可能的，莱德莉不肯放开我的手臂，只要她触摸到我，我就觉得自己必须任由她摆布。她领着我进入正式的宴客厅，我就是在这里第一次惹恼麦坎·雷的。我看着紧紧抓住我的莱德莉，这次的情况恐怕比上次更糟。

数百个黑色小烛台照亮了整个宴会厅，还有成串的黑色玻璃珠挂在吊灯上。一个黑色羽毛编成的巨大花环挂在通往厨房的门上，桌上摆放着银器和珍珠白的盘子，就我所知，那些盘子真的是用珍珠做的。

厨房的门打开了。蕾娜倒退着走进宴会厅，手上端了一个特别大的银制托盘，上面堆满异国风味的水果，一看就知道不是南卡罗来纳州的产物。她穿了一件拖地的长外套，腰部还有饰钉，完全看不出是哪个年代的服装，我不曾在美国，甚至在这个世纪看过这种服装。但是她照样穿着那双烂球鞋，她看起来比我上次来吃饭时更漂亮——那是什么时候？才几个星期前的事吧？

我的脑袋一片浑浊，好像半睡半醒似的。我试着深呼吸，但闻到的都是莱德莉的味道，很像麝香混合了某种特浓的甜味，像煮滚的糖浆那么甜，味道强烈到令人窒息。

“差不多准备好了，只要再过几分钟……”蕾娜僵住了，厨房的门还没完全关上，蕾娜的表情像是看到鬼一样。我不知道她是因为看到莱德莉才如此惊吓，还是看到莱德莉和我手挽着手站在一起。

“你好啊，表妹，好久不见了。”莱德莉拉着我上前几步，“你不给我一个吻吗？”

蕾娜手中的托盘整个摔在地上，“你来做什么？”声音小得像蚊子叫。

“怎么？当然是来看看我最亲爱的表妹啰！我还有男伴呢！”

“我不是你的男伴。”我用尽力气才勉强吐出一句话，莱德莉仍然紧紧黏着我的手臂。她伸手从香烟盒抽出一根，再点燃它，全用一只空出来的手就完成了。

“莱德莉，请不要在屋里抽烟。”麦坎·雷说完，香烟自动熄灭了。莱德莉笑着把烟丢到碗中，碗里装着很像土豆泥的东西。

“麦坎舅舅，你对屋里的规矩还是这么坚持。”

“规矩很早以前就定下了，莱德莉，这不是你或我可以改变的。”

他们直视对方，麦坎·雷做个手势，餐椅自动拉开。“我们大家都坐下吧？蕾娜，麻烦你告诉厨房，我们多了两个客人。”

蕾娜只是站在那里：“她不能留下来。”

“没事的，这里没有任何事能伤害你。”麦坎·雷向她保证，但蕾娜看起来不是害怕，而是非常愤怒。

莱德莉笑着说：“你确定吗？”

“晚餐准备好了，你知道厨房不喜欢食物变冷的。”麦坎·雷走进宴会厅，其他人尾随着他进来。怪的是他说话的声音不大，我们在宴会厅的四个人算是勉强才听得见，但其他在别的房间的人居然也能听见跟进来。

阿布带头进入宴会厅，随后是黛阿姨，手里挽着一个灰发男子，差不多是我爸爸的年纪，但是他的穿着打扮活像是从我妈妈的书中走出来的人物。他穿着及膝的长靴、有褶边装饰的衬衫，还有歌剧里的那种古怪的斗篷，他们两人真像从史密森尼博物馆展区走出来的人物。

一名看起来很像莱德莉，但年纪大一点的女孩走进来。她的穿着没有莱德莉那么暴露，感觉也没那么危险。她有一头又直又长的金发，头发同样扎成一束，但看起来比莱德莉整齐多了。她更像是抱着一堆书走在耶鲁或哈佛那种古老大学的女孩。她一进来也是盯着莱德莉看，好像能看透莱德莉脸上的墨镜似的。

“伊森，容我向你介绍我的姐姐安纳贝尔，哦，抱歉，应该是莱丝。”谁会忘记自己姐姐的名字？

莱丝笑了笑，她说话很慢，好像在思考该怎么措辞：“你在这里做什么？莱德莉。我以为今晚你有约了。”

“计划改变了。”

“所以回到亲人身边了。”莱丝伸出手在莱德莉面前挥了一下，她的手势夸张而戏剧化，就好像魔术师对着高礼帽挥挥手，就能变出什么东西。我畏缩了一下，以为她会把莱德莉变不见，或者最好是把我变不见，真不知道自己在胡思乱想什么。

莱德莉没有消失不见，只是畏缩地别开头，好像如果直视莱丝的眼睛就会疼痛不舒服似的。

莱丝凑近看着莱德莉的脸，仿佛她的脸是一面镜子：“真有趣，为什么呢？莱德莉，当我看着你的眼睛时，却只能看到她的眼神，你们两个真是形影不离啊！”

“你又在唠叨了，姐姐。”

莱丝闭上眼睛专注凝神，莱德莉坐立不安，活像一只被钉住的蝴蝶。莱丝又挥挥手，莱德莉的脸孔瞬间变成另一个人的脸，她看起来很面熟，只是我想不起来在哪里见过。

麦坎·雷在莱德莉肩上重重一拍，这是除了我以外第一次有人和她做肢体上的接触。莱德莉的脸孔扭曲了一下，从她紧紧捏住我的力道来看，她大概很痛。麦坎·雷显然是不容小觑的人物。

“不管怎样，团聚日开始了。我不会让任何人毁了这个神圣节日，在我的屋顶下可不行。莱德莉显然很希望能受邀加入我们，那就不必再多说了，请各位都入座吧！”

蕾娜坐了下来，目光紧紧盯着我们。

黛阿姨的神情甚至比我们刚进门的时候还担忧，穿着歌剧斗篷的男子拍拍她的手背要她放心。一个年纪和我差不多大的高个子男孩走进来，他穿着黑色牛仔裤和退色的黑色T恤，脚上穿了一双磨损严重的摩托车皮靴，一副很无聊的样子。

莱德莉帮我介绍："你见过我妈妈了，这位是我爸爸巴克雷·肯特，还有我弟弟拉金。"

"很高兴认识你，伊森。"巴克雷上前一步，好像要和我握手似的。但是他一看到莱德莉紧紧抓住我的手臂就退回去了。拉金揽着我的肩膀，只是当我转头去看，他的手臂居然变成一条蛇，还不停吐着芯子。

"拉金！"巴克雷呵斥了一声，那条蛇马上又变成拉金的手臂。

"我只想炒热一点气氛嘛，你们真是大惊小怪。"拉金的眼睛随之一变，狭长的黄色眼珠就像蛇眼一样。

"拉金，我说够了。"他父亲瞪了他一眼，就是那种一直对儿子感到失望的眼神，拉金的眼睛又变回绿色。

麦坎·雷在餐桌的主位坐了下来："我们大家都坐下来吧。厨房准备了最拿手的节庆佳肴，蕾娜和我为此忙了好几天呢。"大家都在长形宴会桌旁坐下来。这张长桌的颜色很深，几乎接近黑色。上面还有一些很像葡萄藤的浮雕饰纹，一路延伸到桌脚的部分。

桌面中央点上巨大的黑色蜡烛。

"过来和我坐，伊森。"莱德莉领着我走到空位。对面坐的就是蕾娜，她根本就是故意的。

我试着和蕾娜眼神交会，但她一直盯着莱德莉看，眼睛都快冒火了。我只希望她的怒火是因为莱德莉，不要连我也算上一份。

桌上满满的菜肴比上次还丰盛。每次我望向桌面，就有更多的食物跑出来。一整块皇冠烤肋排、迷迭香牛排，还有许多我从没看过的异国料理。有一只中间塞满填料，搭配酱汁和水梨的禽鸟，旁边还放满孔雀羽毛，整道菜就像孔雀开屏一样。希望那不是真的孔雀肉，但是看到那些羽毛装饰，我几乎确定这道菜就是孔雀肉。还有一些闪亮的糖果，外形简直就像真的海马一样。

但是席上除了莱德莉，没有人在吃东西，她挺自得其乐的："我真喜欢这些海马糖。"她把两块小小的金色海马丢进嘴里。

黛阿姨咳了好几次，她拿起桌上的大玻璃瓶，给自己倒了一杯黑色饮料，像是某种葡萄酒。

莱德莉望着坐在对面的蕾娜："表妹，你的生日有什么大计划吗？"那盘但愿不是孔雀肉的旁边有一碗咖啡色肉汁，莱德莉伸出手指浸到里面，然后挑逗性十足地吸吮她的食指。

"我们今晚不讨论蕾娜的生日。"麦坎·雷出言警告。

莱德莉很享受这种紧绷的气氛。她又吃了一个海马糖："为什么不讨论？"

蕾娜的眼神气得发狂，"你不必担心我的生日，反正你又不会受邀。"

"你应该担心的。毕竟这是非常重要的一次生日。"莱德莉笑着说。蕾娜的头发开始自动弯曲，变直，好像屋里有风在吹，但宴会厅并没有风。

"莱德莉，我说够了。"麦坎·雷已经失去耐性了。我记得这种说话口气，上次我拿出那个链坠，他的语气也变成这样。

"您为什么站在蕾娜那边？麦坎舅舅。我从小和您一起住的时间也不输给蕾娜啊！怎么她突然变成您的最爱了？"她一度露出颇受伤的神情。

"这不是偏爱谁的问题，你已经转化了。这不是我能控制的。"

转化？什么转化？他在说什么？四周让人窒息的薄雾使我昏昏沉沉的，我不确定自己有没有听错。

"但你和我是一样的。"她在强辩，活像一个被宠坏的小孩。

桌子开始摇晃起来，桌上玻璃瓶中的黑色液体也跟着晃动着。然后我听到屋顶传来规律的拍打声，外面开始下雨了。

蕾娜抓住桌子边缘，用力到关节都泛白了："你才不一样。"她声色俱厉地说。

我感到莱德莉的身体僵硬了，但仍然像条蛇一样紧紧箍着我的手臂。"你以为你比我好很多，蕾娜……你甚至不知道你真正的名字。你不了解你和这一切的关系都是命中注定的。等你转化那天就知道了。"她的笑声邪恶又带点苦涩，"你根本不知道我们是否一样。再过几个月你的下场可能和我一样。"

蕾娜面色惊惶地看着我。桌子摇晃得更厉害了。盘子在桌上嘎嘎作响，外面雷声大作，窗外的雨像泪水般潸然而下："住口！"

"告诉他，蕾娜。你不觉得该让这个小子知道一切吗？你完全不知道你将属于光明或黑暗的一边。你根本没有选择，不是吗？"

蕾娜气得猛站起来，身后的椅子都被推倒了："我说住口！"

莱德莉又轻松起来："告诉他我们以前如何睡同一个房间，如何情同姐妹。告诉他一年前我就像你一样，而现在……"

麦坎·雷从餐厅主位那一头站起来。他两手抓住桌子边缘，苍白的脸庞似乎比以往更苍白。“莱德莉，真的够了！你再多说一句话，我立刻把你逐出屋外。”

“您没办法赶我出去，舅舅，您的法力没有那么强。”

“别高估自己的能力。这世界上还没有一个黑暗巫师的法力可以强到自行闯入雷氏庄园。我亲自替这个地方封印了结界。我们一向如此。”

黑暗巫师？听起来不太妙。

“哦，麦坎舅舅，您忘了南方人热忱的待客之道了。我可没有闯入哦，我是受邀进入的。我挽着这位盖林镇帅哥呢！”莱德莉转头对我一笑，然后把墨镜摘下来。她的眼睛完全不对，人的眼睛不会散发那种着火般的金光。她的眼珠很像猫眼，中间有黑色的狭缝，从她眼中射出的光芒让周遭一切都变了样。

她带着邪恶的笑容看着我，脸孔开始扭曲变化。原本她散发出诱人的女性魅力，现在却全是黑暗阴影，她的面容变得锐利凶狠，这一切就在我眼前发生变化。她的皮肤渐渐拉紧，简直像是紧贴着骨头，让皮肤下的血管特别明显，几乎可以看到血管在底下流动。此刻的她看起来像头怪兽。

我带了一头怪兽进入蕾娜的家。

这时候整个房间剧烈晃动起来。天花板的水晶吊灯晃得非常厉害。灯光不停闪烁，窗外的木头百叶窗开开合合，发出砰砰的声音，屋顶则传来噼里啪啦的雨声。屋里变得非常嘈杂，几乎听不到彼此说话。简直就像我差点儿撞到蕾娜的那个暴风雨夜晚一样。

我的手臂被莱德莉的冰冷手指紧紧扣住。我试着挣脱却动弹不得。她手上的冰冷渐渐传到我身上，我的整只手臂几乎麻木没知觉了。

坐在对面的蕾娜惊慌地看着我：“伊森！”

黛阿姨重重踩着地板走过房间，她走过的地板几乎快掀起来了。

冰冷的感觉接着从手臂蔓延到全身。我的喉咙冻住了，我的双脚麻痹了，我甩不开莱德莉的手，而且我无法告诉其他人发生什么事。再过几分钟我可能就无法呼吸了。

我听到黛阿姨的声音飘了过来：“莱德莉，我告诉你别过来的，孩子，我们对你实在无能为力，真的很抱歉。”

麦坎·雷的声音很严厉：“莱德莉，一年的时间可能改变很大。你已经完成转化，在万灵法则之中找到自己的位置，你不再属于这里，你必须离开。”

一眨眼，他已经站在她的面前。要不然就是我已经迷迷糊糊，搞不清楚发生了什么事。感觉四周的声音和人影都在旋转，我几乎喘不过气。我很冷，但是我的下巴冻得无法打战。

“快走！”麦坎·雷大吼。

“不！”

“莱德莉！懂事点！你必须离开这个地方。雷氏庄园不是黑暗巫师能待的地方。这里是圣灵结界，是光明的地方。你在这里无法生存，你撑不久的。”黛阿姨的声音很坚定。

莱德莉对此嗤之以鼻：“我不走，妈妈，您不能逼我。”

麦坎·雷打断使性子的莱德莉：“你知道这不是真的。”

“我的法力更强了，麦坎舅舅，您无法控制我。”

“没错，你的法力在增强。但还没有办法压过我。我会竭尽所能保护蕾娜，甚至不惜让你受伤，或导致更糟的后果。”

莱德莉受不了这样的重话：“您会这样对我吗？雷氏庄园本来就是黑暗魔法的地盘，从亚伯拉罕[①]以来一直都是。他也是我们其中之一。雷氏庄园应该是我们的。你为什么要把这里封为光明结界呢？”

“雷家现在是蕾娜的家了。”

“您该和我在一起的，麦坎舅舅，和**她**一起。”

莱德莉站起来，也把我拉起来。蕾娜、麦坎·雷和莱德莉三个站在那里形成对峙的三角形，感觉很可怕。

“我才不怕你们。”

“也许吧，但是你在这里无法施展黑魔法，你无法对抗我们全体和一位自然师。”

莱德莉咯咯笑着：“蕾娜是自然师？这是整晚听到最好笑的事。我亲眼看过自然师的能力，蕾娜永远不可能是其中之一。”

“黑魔师和自然师是不一样的。”

“有那么不一样吗？黑魔师不过是投入黑暗魔法的自然师罢了，就像铜板的正反两面。”

她在说什么？我已经晕头转向了。

我感觉自己的身体被拉了起来。我知道我快昏过去了，我大概会死在这里。感觉我全部的生命都随着血液温度被吸走了。我听到雷声，在心中默数“一”，

① 上帝为了考验他，命他将爱子以撒作为牺牲。后来，上帝授命亚伯拉罕为世上的代理人。

窗外立刻又是闪电和树枝断裂的声音。暴风雨就在这里，就在我们头上。

“你错了，麦坎舅舅。蕾娜不值得保护。她也绝对不是自然师。在她生日之前你不会知道她的命运。你会这样想只是因为她现在甜美天真，这样就会转化成光明巫师？

“那不代表什么，我在一年前不也一样吗？而且从这个愣小子告诉我的事情来看，她很可能转化成黑暗巫师吧？大雷雨？威吓整个高中？”

风刮得更强了，蕾娜更加生气，她的眼中冒出熊熊怒火。其中一扇窗户开始发出咯咯声，就像在英文教室一样，我知道接下来会怎么样。

“闭嘴！你不知道你在说什么！”大雨灌进宴会厅，接着强风把玻璃和碗盘扫到地上，黑色饮料全洒在地板，但没有人因此移动一下。

莱德莉转头看着麦坎·雷：“您太看重她了，她什么也不是。”

我想摆脱莱德莉的掌握，亲自把她拉出屋外，但是我动弹不得。

又一扇窗户破了，紧接着一扇又一扇的窗户通通破了。屋里的玻璃、瓷器、酒杯、相框的玻璃面都无一幸免。所有家具全砸到墙上，好像一阵龙卷风把所有东西全吸进这个房间。四周吵得要命，我完全听不到其他人讲话。桌布也飞起来了，放在上面的蜡烛、餐盘也飞到墙上，整个房间都旋转了起来。这股旋风吸附了所有的东西，然后朝前厅开始移动，往大门的方向呼啸而行。阿布尖叫起来，就像人类受到惊吓的尖叫声。莱德莉抓着我的手好像松开了些，我用力地眨着眼睛，希望自己不要晕过去。

蕾娜站在这股乱流的中央一动也不动，任由长发在风中狂舞，这到底怎么回事？

我觉得双腿一软，就在我快失去意识的时候，感觉有一股强风把我拉离莱德莉的手臂，她则是被吸出房间，朝大门的方向飞了出去。我瘫倒在地板上，同时好像听到蕾娜在说话，或者我自以为听到了。

“放开我男朋友，你这巫婆！”

男朋友。

那是在说我吗？

我很想笑一笑，却晕了过去。

十月九日　墙上的裂缝

等我清醒过来，完全不知道自己在哪里。我试着辨识周围看到的东西，结果映入眼帘的是一些字，一些手写的句子，床铺上方的天花板都是以签字笔工整写下的文字。

交会的时刻，没有时空距离。

房间的其他地方也写满文字，有些像句子，有些像诗词，还有一些就是文字的随意组合，衣橱一边的门上写着由命运决定，另一边写着直到受命运挑战，衣橱门的上下两侧则写了一些字，像绝望、残酷、诅咒、法力，镜子上则写着睁开眼睛，窗框上写着仔细看。

就连白色素面灯罩也写上了文字，照亮黑暗照亮黑暗，这几个字写了一次又一次，不断重复下去。

我终于有机会看到蕾娜的部分诗句了。撇开房里的特殊文字不谈，这个房间和整栋屋子的风格也截然不同。整个房间小巧舒适，刚好位于屋檐正下方。我头上的天花板有一个风扇，扇叶正缓慢转动着。房间看得到的地方堆满破烂的笔记本，床边的小桌子则摆了一摞诗集，普拉斯[1]、艾略特（Eliot）、布考斯基、弗罗斯特（Frost）[2]、肯明斯（Cummings）[3]——至少我还认得这些诗人的名字。

我躺在一张小小的米色床铺上，两脚已经伸出床尾。这是蕾娜的房间，我躺在她的床上。蕾娜缩在床脚旁边的椅子上，以手枕着头在休息。

我坐了起来，头还有些昏昏沉沉的："嘿，发生什么事了？"

我很确定昏了过去，但是细节很模糊。我最后记得的一件事就是全身逐渐冰冷，喉咙紧闭，以及蕾娜说话的声音。我记得她好像说我是她的男朋友，但那个时候我快要晕倒了，我们之间又没有什么进展，我很怀疑是自己听错了，也许那只是我满怀期待的想象。

"伊森！"蕾娜从椅子上跳起来，连忙跑到床边来看我，但似乎小心避免碰到我，"你还好吗？莱德莉不肯放开你，我不知道怎么做。你看起来好像很痛苦，我一急就自然反应了。"

"你是说晚宴厅那个龙卷风？"

她别开头，样子很难过："就是那样，只要我感觉不对，一生气或是害怕——就会发生这种事。"

我把手搭在她的手背上，一阵温暖传了过来："像玻璃破了那样？"

她回头看我，我握住她的手。在她身后的破旧墙角有一道很普通的裂缝，此刻似乎越裂越大，一直延伸到天花板，还绕了吊灯一圈又继续往下裂开，看起来好像女生常画的心形，一个巨大、流线型的爱心图案出现在蕾娜卧室的天花板。

"蕾娜。"

"嗯？"

"你的天花板会掉下来砸中我们的手吗？"

她抬头看到裂缝，然后咬着嘴唇，脸颊微微出现红晕："应该不会，那只是灰泥墙上的裂缝而已。"

---

① 西尔维娅·普拉斯（Sylvia Plath，1932—1963），是继艾米莉·狄金森和伊丽莎白·毕肖普之后最重要的美国女诗人。自白派诗人代表，主要作品有诗集《巨人及其他诗歌》（*The Colossus and Other Poems*），自传体长篇小说《钟形罩》（*the Bell Jar*）。

② 弗罗斯特 (Robert Frost,1874—1963)，美国诗人，生于美国西部的旧金山，后迁居东北部的新英格兰。一生中共出了 10 多本诗集，其中主要的有《波士顿以北》《西流的小溪》《见证树》以及《林间空地》等。弗罗斯特的诗可分为两大类：抒情短诗和戏剧性较强的叙事诗，都脍炙人口。

③ 爱德华·艾斯特林·肯明斯（Edward Estlin Cummings，1894—1962），是美国现代派运动中最具有创新精神的诗人之一，也是一位卓越的画家。代表作《正是春天》《爱情比忘却厚》等。

“是你做的吗？”

“不是。”她满脸通红，连忙转头避开我。

我很想问她是不是心里想到什么，就会产生相应的反应，但我不想让她觉得尴尬，只是想到我在昏倒前依稀听到的话，很希望这个心形是因为我握住她的手而产生的。

我怀疑地看着那条裂缝。现在那条裂缝形状又改变了。

“你可以复原之前所做的举动吗？这些事情——就这样自动发生？”

蕾娜因为我转变话题而松了一口气：“有时候可以，要看情况。有时候我过于激动而失控，就没有办法复原。即使事后我想修补也不成，学校那扇窗户我就无法修补。还有我们初次相遇那天的暴风雨，我也没办法阻止它的来袭。”

“我认为这不是你的错，你不能为了盖林镇的每一个飓风感到自责。飓风季还没结束呢！”

她趴到床上直视我的眼睛，我们彼此凝视，谁也没有移开目光。我的身体因为她的碰触而感到一阵阵温暖。

“你没看到今晚发生的事吗？”

“有时候飓风就只是飓风而已，蕾娜。”

“只要我在这里，盖林镇就永远是飓风季。”她试着想抽开手，我反而握得更紧。

“真有趣，对我来说，你就是一个女孩而已。”

“对，但我不是，我是完全失控的风暴系统，大部分巫师到了我这个年纪都能控制他们的法力，但是有大半时间我都觉得是我的法力在控制我。”她指着墙上镜中的自己，镜中的她旁边又出现一行签字笔写的字：

这女孩是谁？

“我试着想弄清楚，但有时觉得我永远办不到。”

“所有的巫师都有相同的法力或天分吗？”

“不，我们都能做些简单的事，像隔空移物之类的，但每个巫师会因为各自的天分拥有自己专精的法力。”

此时我真希望可以上一堂“巫师必修 101”的课，这样才能听懂蕾娜的话。要不然我实在听得迷迷糊糊，在我所认识的人之中，唯一拥有特殊能力的是爱玛，她能预卜未来，还能驱走邪恶。这应该也算吧？说不定爱玛也会隔空移物，因为她只要看我一眼，我就会乖乖走过去。

“那黛阿姨呢？她有什么法术？”

“她是时光师。”

“她会判读时间？”

“例如你和我在一个房间，我们看到的是现在。黛阿姨可以看到各种不同时间的现场。她走进一个房间，看到的不光是房间今天的样子，还能同时看到十年前、二十年前，甚至五十年前的样子。有点像我们摸到那个链坠的情况。所以她总是很困惑，因为她无法确定自己到底在哪一个年代。”

我想象自己如果一直看到这些异象会是什么感觉。“真是厉害。那莱德莉呢？”

“莱德莉是女妖。她有说服别人的法力，可以给别人洗脑，要别人告诉她所有秘密，或指使别人去做任何事。如果她对你施法，要你去跳悬崖，你就会真的跳下去。”

我想起和她在车上的情形，难怪我几乎把所有的事情都告诉了她。

“我不会跳的。”

“你会的，你必须跳。凡人无法抵挡女妖的法力。”

“我不会跳的。”我看着她，她的头发在微微飘动着，只是房里并没有打开的窗户。

我试着从她眼中寻找相同的情感：“当我已经坠入情网，怎么会再去跳别人的悬崖？”

我就这样脱口而出，但一说完就后悔了。我在心里想的告白比这个好多了。她凝视着我，好像想确定我是不是认真的。我是认真的，但是我再也说不出口，所以我改变话题：“那么，莱丝有什么特别的法力？”

“她是先知，会看面相。她只要看着你的眼睛，就能知道你看过谁，做过什么事。她可以辨读你的脸，就像看书一样。”蕾娜还在打量我的脸。

“嗯，还有一个人是谁？当莱丝盯着莱德莉的时候，突然有另一个女人的容貌浮现在莱德莉脸上，你有没有看到？”

蕾娜点点头：“舅舅不肯告诉我，但一定是某个法力很强的黑暗巫师。”

我不断地问问题，因为我就是必须追根究底。这就像我和一桌的外星人吃饭，我就必须了解他们的一切。“那拉金呢？他是弄蛇人？”

“拉金是幻术师，有点像是变形师，但巴克雷姨丈是我们家唯一的变形师。”

“两者有何不同？”

“拉金可以施咒制造幻象，把人、物品或地方幻化成他要的样子。但那些只是幻象，并不是真的。巴克雷姨丈的法力是变形，也就是说他真的可以把某件物品变成另一种物品，时间长短全由他决定。”

“所以你的表哥能改变事物的外观，你的姨丈能改变它们的本质？”

“对，差不多是这样，外婆说他们的法术太接近了，有时父母和子女会遗传相似的能力。他们两个太像了，所以总是吵得很厉害。”我知道她在想什么，那是她和爸妈永远不能有的互动，她的脸上蒙上一层阴影。

我笨拙地想逗她开心，“那莱儿呢？她有什么天分？狗狗服装设计师？”

“现在判断还太早了，她才十岁。”

“那麦坎·雷呢？”

“他就是——麦坎舅舅，麦坎舅舅没有做不到的事。为了我他什么都肯做。我小时候和他住过很长一段时间。”她别开头闪躲我的问题，我知道她有些事没说。但蕾娜不说，我就猜不到是怎么回事。“他就像我爸爸一样，我想象中的老爸就和他一样。”

她不必再说其他的，我知道失去亲人的感受，没有机会认识他们就失去双亲，那种感觉是否更加痛苦？

“你呢？你有什么法力？”

这样问好像她只有一种法力，好像从我第一天在学校看到她，就不曾看过她施展法力一样。自从那天她穿着睡衣出现在我家门口，我就一直提不起勇气问她这件事。

她停顿了一下，试图整理思绪，或许是在决定要不要告诉我。反正我不会知道她在想什么。最后她用那双绿色眼珠看着我：“我是自然师，至少麦坎舅舅和黛阿姨是这么认为的。”

自然师，我松了一口气，听起来不像女妖那么坏，否则我大概不知该怎么办了，“那到底是什么意思？”

“我也不是很清楚。我想那不是指一种法术，自然师似乎比一般巫师拥有更多的法力。”她说得很快，好像希望我不要听得太清楚，但我全听进去了。

比其他的巫师更厉害。

更多法力，我不确定对此该有什么反应，如果是更少的法力，我应该能应付吧！

更少的法力似乎比较好一点。

“但是，你今晚也看到了。我甚至不知道我能做什么。”她手里抓着我身上盖的拼布被，神情显得很紧张。我单肘撑起身体，把她拉过我身边躺下。

“这些我都不管，我就喜欢现在的你。”

“伊森，你对我几乎一无所知。”

一股让人很想放松安睡的温暖传遍我的全身。说实话，我根本不在意她说什么。有她在身边的感觉太棒了。我握着她的手，我们的身体只隔着一床白色的拼布被，“这不是真的，我知道你会写诗，我知道你项链上的乌鸦是什么，我知道你喜欢橘子汽水，你喜欢外婆，你还喜欢在爆米花里面加巧克力奶油软糖。”

我还以为她会报以微笑。

“这些都不算什么。”她用那双透绿的眼睛凝视我的蓝眼睛，“你甚至不知道我的名字。”

“你的名字是蕾娜·杜凯啊！”

“嗯，首先你该知道，这并不是我的真名。”

我整个人坐了起来，松掉她的手：“你……在说什么？”

“这不是我的名字，莱德莉没有说谎。”我开始想起稍早的对话片段。我记得莱德莉提到蕾娜甚至不知道自己的名字。我还以为她有别的意思。

“那你的真名是什么？”

“我不知道。”

“这是巫师的某种文化吗？”

“也不算是。大部分的巫师都知道自己的名字，但我们家族例外。我们家的人要等到十六岁才会知道自己的真名。到那个时候我们会有另一个名字。莱德莉以前叫茱莉亚，莱丝以前是安纳贝尔，我暂时叫蕾娜。”

“那么蕾娜·杜凯是谁？”

“我是杜凯家的人，我只知道这样。一开始是外婆开始叫我蕾娜的。因为她觉得我太瘦，就像蕾娜·贝纳（Lena Beana）[①] 一样。”

我一时说不出话，试着消化这些前所未闻的事，“好，所以你不知道自己的名字，但是你再过几个月就知道了。”

“事情不是那么简单，我对自己的事一无所知。这快把我逼疯了。我不知道我的名字，不知道我爸爸妈妈究竟发生什么事。”

“他们意外身亡，不是吗？”

---

① 电子宠物猫游戏里的一个角色。

“那是他们告诉我的，但他们都不愿提到这件事。我找不到任何他们发生意外的记录，也没看过他们的坟墓之类的，我怎么知道是不是真的。”

“谁会说谎编出这么可怕的事？”

“你没见过我家人吗？”

“也对。”

“刚才楼下那个女巫几乎要杀了你呢！不管你信不信，她曾经是我最好的朋友。莱德莉和我从小一起长大，我们都和外婆住。我们经常搬来搬去，两人几乎是共享一只皮箱的好姐妹。”

“难怪你们没什么南方口音。大部分人不会相信你曾经住在南部。”

“你也没有口音啊。”

“因为我的爸妈都是教授。而且每次发音错误就要罚两角五分钱，家里可是集了满满一罐铜板呢！”我翻了个白眼，“所以，莱德莉没和黛阿姨住？”

“没有，黛阿姨只有节日才来看我们。我们家族的小孩通常不和爸妈一起住。那实在太危险了。”我还有一堆问题想问，但是看到蕾娜好像秘密憋了很久一样，好不容易能一吐为快，我决定还是让她继续说下去。“莱德莉和我就像亲姐妹一样，我们睡同一个房间，一起在家接受教育。后来我们搬去弗吉尼亚才说服外婆让我们去上普通学校。我们想交朋友，想当普通人。我们唯一和普通人说话的一次是外婆带我们去远足，然后参观博物馆，听歌剧，还有去平原镇餐厅（Olde Pink House）① 吃午餐。”

“你们去上普通学校好玩吗？”

“那真是一场灾难。我们总是穿错衣服，我们家没有电视，我们每次都准时上交作业，我们是最不起眼的学生。”

“但是你有机会接触到普通人啊！”

她不肯看我：“在你之前，我没有任何一位凡人朋友。”

“真的？”

“我只有莱德莉一个朋友。她的情况也很糟，但她不在意，因为她忙着保护我不受其他同学骚扰。”

很难想象莱德莉会保护任何人。

人是会改变的，伊森。

---

① 美国连锁餐厅。

不会改变那么大，就连巫师也不会。

巫师的改变特别大。那正是我一直想告诉你的。

蕾娜抽出她的手：“莱德莉开始变得很奇怪，一些以前不理睬她的男孩，现在却黏着她，每天等她放学，争着送她回家。”

“对，有些女孩就是这么受欢迎。”

“莱德莉不是那种女孩，我告诉你了，她是女妖，她会指使别人做一些事。一些原本人们绝不会做的事情，那些男孩就这样一个一个跳下悬崖了。”她边说边把玩胸前的项链，“莱德莉十六岁生日的前一晚，我跟着她到火车站。她整个人吓坏了，说她大概猜到自己会转化成黑暗巫师。她说她必须逃走，免得伤害她所爱的人。她是怕会伤害我。我是她唯一真心爱护的人。那天晚上之后她就失踪了，我一直到今天才又看见她。看过今晚发生的事之后，显然她已经转化成黑暗巫师了。”

“等等，你在说什么？什么是转化成黑暗巫师？”

蕾娜做了一次深呼吸，她在犹豫，不知道要不要告诉我。

“你必须告诉我，蕾娜。”

“在我们家族，年满十六岁就会转化。命运早已注定，也许是转化成光明巫师，就像黛阿姨和莱丝一样；或者就是转化成黑暗巫师，像莱德莉一样。黑暗或光明，非黑即白，我们家族是没有灰色地带的。我们无法选择，一旦转化以后，我们就无法改变这个事实了。”

“什么叫做无法选择？”

“我们不像凡人或其他巫师家族，我们无法自行决定要选择光明还是黑暗，要行善或行恶，我们家族是没有自由意志的。一切都在我们十六岁生日就决定好了。”

我试着理解她所说的，但这实在太疯狂了。我和爱玛一起生活很久了，也知道魔法有黑白两道，但是很难相信蕾娜无法自行选择所属的派别。

无法选择自己要成为什么样的人。

她继续说下去：“所以，我们不能和爸妈住在一起。”

“这又是为什么？”

“原本以前不是这样的。但后来我外婆的妹妹亚莎转化成黑暗巫师，她们的母亲不忍心把亚莎送走。在那个年代如果转化成黑暗巫师，照理是应该离开家里的。显然亚莎的母亲以为能帮她和命运对抗，但还是不成，结果她们住的城镇开始发生可怕的事。”

“什么样的事？”

“亚莎是黑蚀师。他们的法力特别强，像莱德莉一样可以影响别人。但他们也可以进化、附身到另一个人身上，随便什么人都行。所以镇上开始发生一些无法解释的意外。许多人陆续受伤，最后还有一个女孩淹死了。所以亚莎的母亲最后只好送走她。”

我以为盖林镇才有这种问题。没想到还有比莱德莉更强的黑暗巫师长期待在某个小镇，“所以现在你们不和父母住？”

“大家都觉得万一子女转化成黑暗巫师，到时候要背弃他们会很困难。所以从那时候开始，小孩子在十六岁完成转化之前都和别的亲戚住。”

“那为什么莱儿就和她爸妈住？”

“莱儿——莱儿是例外。”她耸耸肩，“至少我每次问，麦坎舅舅都是这样告诉我的。”

这一切听起来很不真实。我想到她家每个人都有法力，可是他们长得就像我，像盖林镇的每个人。嗯，或许不是每个人，但他们骨子里和一般人完全不同。就以站在“得速偷”前面的莱德莉来说好了，大家只会觉得她是一个很热辣的女孩，并不会怀疑她异于常人。只觉得她会找我真是奇怪。这是怎么形成的呢？怎么会生下来就是巫师，而不是寻常小孩呢？

“你的爸妈也有法力吗？”我实在不想提，我知道要谈死去的父母是什么感觉，但此刻我必须知道。

“对，我们家每一个人都有。”

“那他们的法力是什么？和你的法力类似吗？”

“我不知道，外婆什么都不说，我告诉过你了，他们就好像不曾存在。这会让我忍不住猜想，嗯，你知道的……”

“什么？”

“也许他们都转化成黑暗巫师，接下来就是我了。”

“你不会的。”

“你怎么知道？”

“不然我怎么会和你做同样的梦？又为什么我一走进房间就知道你在不在里面呢？”

伊森。

是真的。

我摸摸她的脸颊平静地说："我不知道为什么，但我就是知道。"

"我知道你深信不疑，但是你无从得知，因为连我都不知道自己会怎样了。"

"这是我听过最蠢的废话。"我无意这样说，至少不要这样大声说出口，但很高兴我说了。

"什么？"

"哪有什么命中注定的事？没人能决定你会成为什么人，只有你自己能决定。"

"杜凯家的人偏偏不是这样，伊森。其他家族的巫师就可以自己选择，但我们家不行。我们会在十六岁转化，到时候会变成光明或黑暗巫师，由不得我们决定。"

我托起她的下巴："所以你是自然师，这有什么不对？"

我凝视着她，很想吻她，我知道只要我们两个在一起就不用担心任何事。那一刻，我真的以为我们会一直如此。

我终于停止去想石墙中学的篮球战术，让她进入我的脑海了解我的感受，知道我打算做什么，以及我花了多少时间才鼓起勇气这么做。

哦……

她的眼睛睁得很圆，感觉更大、更绿了。

伊森……我不知道……

我靠上去吻住她的唇。感觉咸咸的，好像她的眼泪。这次传遍全身的不是舒适的温暖，而是触电般的酥麻，一路从我的嘴唇麻到脚趾，我的指尖微微刺痛，就好像八岁那年林肯怂恿我把笔插进墙上的插座上，害我电了一下的感觉。她闭上眼睛伸手拥住我，这一刻是那么完美。她回吻了我，她的微笑贴在我的微笑上头。我知道她也在等待我，或许和我等待她的时间一样久。可是她很快就清醒过来，推开了我，再度将我拒之门外。

伊森，我们不能这样做。

为什么？我以为我们对彼此都有好感。

也许我们并没有，也许她没有相同的感觉。

我看着她，她的手还停留在我的胸口，大概感觉到此刻我的心跳有多快了。

不是那样……

她转头避开我，就像我们找到链坠那天一样，又要匆忙逃离我的身边。就像那天晚上她送我回家，留下我在门廊就扬长而去。我抓住她的手腕，立刻感受到那股热流。

“要不然是什么？”

她转头看着我，我试着读出她的心思，但完全猜不透。“我知道，你以为我可以选择即将发生在我身上的变化。但是我不能。莱德莉今晚所做的事还不算什么，她可以杀了你。如果我没有阻止她，或许她真的会杀了你。”她做了一次深呼吸，眼睛闪闪发光。“我可能会变成那样，不管你信不信，我可能变成像她那样的怪物。”

我充耳不闻，揽住她的脖子，但她继续说下去：“我不想让你看到我变成那个样子。”

“我不在乎。”我亲亲她的脸颊。

她爬下床，溜出我的怀抱。

“你不懂。”她举起手给我看。还有一百二十二天就是她的生日。她手背上的蓝色墨水已经晕开，好像那是我们仅有的日子。

“我懂的。你在害怕，但我们会想出办法，我们注定要在一起。”

“我们并没有，你是凡人，不会了解的。我不想看到你受伤。如果你太靠近我，就会是这种下场。”

“太迟了。”

她说的每一句话我都听到了，但是我只知道一件事。

我完全陷进去了。

十月九日　先灵

当漂亮的女孩娓娓道来，我感觉一切都很合理。如今独自回到家，躺在自己的床上回想一遍，我终于迷惑起来。就连我最好的朋友林肯也不会相信今晚的事。我试着想象和林肯的对话——我喜欢一个女孩，不知道她真正的名字，她是个女巫，嗯，对不起，是巫师。她全家人都是巫师，再过五个月她就会知道自己是属于正派或邪派。而且她可以在屋里制造龙卷风，还能弄破玻璃窗。还有，只要我碰触到那个爱玛和雷老头都叫我埋起来的链坠，就能看到古老的过去。对了，麦坎·雷完全不是离群索居的怪人。雷氏庄园也不是鬼屋，只是屋里有一幅油画，画中的女人就戴着那个链坠。事实上雷家内部非常完美漂亮，只是我每次去，屋里的摆设全都不一样。我去那里全是为了一个女孩，每次我轻轻碰触她，就会有热流或电流传到我的身体，让我心神动摇。

我吻了她，她也回吻了我。

这实在太令人难以置信了，就连我也一样。我翻个身沉沉睡去。

撕裂。

强风几乎撕裂了我的身体。

我抱住树木，任由树枝鞭打着我。凄厉的风声几乎要刺穿我的耳膜。四周的狂风乱流好像在彼此较劲。风速和风力每秒以倍数增强。大雨倾盆而下，就好像整个天空开了一个大洞。

我必须快点离开才行。

但是我无处可去。

“放开我，伊森，救救你自己。”

风实在太强了。我看不到她，但是感觉得到她。我紧紧握住她的手腕，几乎要把它捏断了。但是我不管，我不会放手的。强风改变方向，托着我飘离地面，我把树抱得更紧，也把她的手腕抓得更紧，但是风的力量正在拆散我们。

强风把我吹离大树，也吹离了她。我感觉到她的手腕滑出我的指尖。

我再也撑不住了。

我咳嗽着醒来，皮肤还残留着强风吹袭的刺痛。好像我在雷家经历濒死的折磨还不够，现在噩梦又回来了。很难在同一个晚上承受这么多事。我的房门大开，这实在很奇怪，因为最近我睡觉都会锁门，以免爱玛趁我睡觉偷偷进来藏那些疯狂的巫毒娃娃。

我很确定门是上锁的。

我瞪着天花板，怎么也睡不着了，只好叹口气从床下摸出一本书，翻身扭亮了床边的老台灯。我拿开夹在《雪崩》(*Snow Crash*)[①] 书中的书签，正打算开始阅读时，却听到一点声音。是脚步声吗？声音是从厨房传来的，很微弱，但我确定听到了。也许是老爸写累了出来休息一下，也许我终于有机会可以和他聊聊天，只是也许。

但是当我走下楼梯，就知道不是老爸在走动。书房的门依然紧闭，灯光从门下透了出来。那一定就是爱玛了，我躲在厨房通道，却看到爱玛冲回她的房间，接着屋后的纱门嘎吱一声。有人刚刚进来或离开。今晚经历过这么多事，这显然也是非比寻常的情况。

我走到前门，发现有辆二十世纪五十年代的老旧货车停在外面，引擎还没有熄火。爱玛隔着车窗和驾驶员说了什么，然后把袋子递给对方后就爬上小货车。三更半夜的她到底要去哪里？

---

①《雪崩》(又名《溃雪》)，尼尔·斯蒂芬森（Neal Stephenson）著，1992 年出版，是第一本以网络人格和虚拟现实的初步暗示为特色的计算机科幻庞克小说。主人公 Hiro Protagonist（日本名）是一名天生的黑客和武士兼比萨饼快递员，当致命的雪崩病毒开始战胜黑客，并且威胁到虚拟现实本身时，Hiro 就成了制伏病毒的最佳人选。

我必须跟踪她，跟踪这个就像我亲生母亲的老妇人。但是她在半夜爬上陌生人的小货车，没有车是很难跟踪的。我别无选择，只能开家里那辆沃尔沃汽车。我妈妈出车祸就是开着这辆车，每次看到它我就会想起这件事。

我坐上驾驶座，车上有旧纸张和“稳洁”（Windex）[①]的熟悉味道，就和老妈还在的时候一样。

开车的时候不开车灯比我想象中更困难。但是我可以看到那辆小货车的车灯往瓦溪村的方向前进，爱玛应该是要回自己的家。货车离开九号公路开往偏远地区。等货车减速停在路边，我也把沃尔沃汽车开到路边熄火停车。

爱玛打开车门，货车内的灯光亮了。我在黑暗中眯着眼睛，认出那个驾驶员是邮差卡尔顿。为什么爱玛会请卡尔顿在半夜载她一程呢？我以前从没看过他们两个交谈。

爱玛对他说了些什么，就关上车门，卡尔顿留下她开车走了。我也下车偷偷跟着爱玛。爱玛做事有一定的习惯，如果她在大半夜起床狂奔，那事情绝对不是去见什么塔罗牌的老顾客那么简单。

她消失在树丛之间，沿着一条辛苦开凿出来的小路摸黑前进。碎石子在她脚下发出嘎吱声。我走在小路旁边的草地上以免发出声响被爱玛发现。我告诉自己，我只是想知道爱玛为什么在半夜溜出来，但其实心里很怕爱玛抓到我在跟踪她。

瓦溪村的名字还真是其来有自。因为要到达那里，必须涉过几个黑色水塘，至少艾玛前进的路线是这样。要不是今天刚好满月，我可能会在这个布满青苔的树林迷宫里摔断脖子。我们离水边很近，感觉有闷热的沼气粘在皮肤上。

沼泽边有一整排的细杉圆木，圆木用绳子牢牢绑在一起，这是穷人的渡船。这些木筏通通排在岸边，就好像等待客人的排班出租车一样。我在月色下能清楚看见爱玛的身影，她熟练地站上木筏平衡身体，再用一根长竹竿将木筏推离岸边，然后像撑篙一样，慢慢把木筏划到对岸。

我好几年没去过爱玛家了。但我不记得走过这边，我们一定是走另外一条路。不过在黑暗中我无法确定，唯一确定的是那些木筏都很旧，看上去一个比一个不牢靠，所以我就随便挑了一个站上去。

看爱玛划动木筏似乎很简单，但实际操作难多了。每隔几分钟还会听到泼溅声。那是鳄鱼尾巴拍击水面的声音，幸好我没有涉水横渡沼泽。

---

① 一种清洁剂品牌。

我最后一次用力撑篙，将木筏停靠在对岸，当我踏上岸边的沙地，远远就看到爱玛家那栋小巧平实的屋子，屋里有一盏灯光从窗户透出来，爱玛家的窗框和我们家一样漆成青蓝色。屋子也是用细杉搭建的，感觉就像是沼泽的一部分。

空气中好像还有什么强烈浓郁的花香，感觉像是茉莉，不过这不太可能。联邦茉莉不会在秋天开花，它的花季在春天，也不会生长在沼泽区。可是这味道明明就是茉莉香啊！反正今晚发生的一切几乎都是不可能的。

那栋小屋好像没什么动静。也许她只是突然决定回家。也许老爸早就知道爱玛要回来，我在大半夜冒着被鳄鱼吃掉的风险跑来，也许根本是白忙一场。

我转身准备回去，暗自希望刚刚沿路扔了面包屑，好让我能按原路回到岸边。但就在这时候，门又开了。爱玛出现在门口的灯光下，把某个东西放入她最好的白色漆皮手提包里，还换了上教堂专用的淡紫色洋装，那是她最好的衣服。她还戴着白手套和时髦的花帽子。

爱玛回头往沼泽走去。她要穿成那样进沼泽区吗？我从岸边走到爱玛家已经够辛苦了，穿牛仔裤在沼泽区乱走恐怕更讨厌。沼泽地的泥巴很厚，我每迈一步都像是把脚拔出刚灌的水泥一样。真不知道以爱玛的年纪，又穿着那身衣服要怎么在沼泽区走路？

爱玛似乎很清楚要往哪里走，最后来到林间一处长满杂草的空地。四周的丝柏和柳树枝叶茂密，形成天然的绿荫顶篷，虽然晚上气温还有摄氏二十度左右，我却觉得背上寒毛直竖。就算今晚看了许多光怪陆离的事，这个地方还是让我毛骨悚然。沼泽的水面升起袅袅雾气，好像一锅不断冒蒸汽的沸水。我试着再靠近一点，爱玛从手提包拿出某个东西，白色漆皮在月光下闪闪发亮。

骨头，她手里好像拿着鸡骨头。

爱玛对着骨头喃喃低语，然后把骨头放进一个小皮囊里，和她给我装链坠那个能抑制法力的小皮囊差不多。接着她又在手提包里面摸索，拉出一条优雅的手巾，就是那种放在女性盥洗室的小手巾，爱玛拿着手巾擦拭裙摆的污泥。远处出现微弱的白光，好像萤火虫在黑暗中闪烁。居然还有音乐，我听到撩人的音乐和笑声。显然沼泽不远处有一群人在喝酒跳舞。

爱玛抬头往上看，仿佛有什么东西引起她的注意，但我什么也没听到。

“出来吧！我知道你在那里。”

我一时惊慌失措，她看到我了。

但爱玛不是在对我说话，从闷热雾气中现身的是麦坎·雷，他嘴里还叼了根雪茄。看起来一派轻松，好像才刚步下礼车，而不是走过泥泞沼泽的狼狈样子。他照例穿着无懈可击的白色衬衫。

我和爱玛身上都粘着污泥和杂草。麦坎·雷身上却连一丁点儿泥土都没有。

“你也该来了。你知道我没有整晚时间和你耗在这儿，麦基瑟德。我必须赶回去，我不喜欢一路从城里被召唤到这里来。这实在太无礼，更别提有多么不方便了。”她哼了一声。

“你也可以说是强人所难。”

强——人——所——难。四个直行，我在心里默默念着。

“今天晚上我也不好过，爱玛莉。但这件事需要我们立刻采取行动。”麦坎·雷向前走了几步。

爱玛往后退，同时拿着鸡骨头指着他的方向：“你待在那边就好。像这样的夜晚我可不想和你们这类人靠得太近。你我井水不犯河水。”

麦坎·雷若无其事地后退，对着天空吐了口烟圈：“就像我说的，有些发展需要我们立刻采取行动。套一句咱们圣者好友的话，‘月亮最圆的时候，就是它离太阳最远的时候’。”

“你少废话，麦基瑟德。到底什么事情这么重要，非要三更半夜把我叫到这里？”

“除了别的种种原因，我要说的是吉妮薇的链坠。”

爱玛发出近似怒吼的声音。她以手帕捂着鼻子，听到“链坠”几乎站不稳：“那东西又怎么了？我告诉过你，我把它封住了。我要他带回绿屋埋起来。只要让它归于尘土，就不会造成任何伤害。”

“第一步就错了，第二步更不用说。他还保留着链坠，甚至把它带进我圣洁的家。况且我确定没有任何东西能封住那样的黑暗灵物。”

“去你——他什么时候跑去你家？我明明要他远离雷家的。”现在爱玛变得激动恼怒，这下可好了，她绝不会轻易放过我的。

“或许你该把他管紧一点，显然他不是很听话。我警告过你这段友谊很危险。事情可能会一发不可收拾，他们两个根本不可能有未来。”

爱玛喃喃自语，每次我不听话她总是这样，“他一向很听我的话，是遇到你外甥女才变了的。你也别怪我，如果一开始你不把她带来这里，根本就没有现在这些问题。这件事我会处理，我会不准他再和她见面。”

“别开玩笑了，他们是年轻人，我们越是逼他们分开，他们越是会在一起。等她转化，这一切就不是问题了。我们只要控制这段时间的情况，不过是几个月的时间，爱玛莉，你管好那个男孩。即便没有他来搅和，情况就已经够危险了。”

“你少和我提搅和，麦基瑟德，我们家族百年来专门在替你们家清理乱事。我替你保密，就像你也替我保密一样。”

“我又不是预言家，怎么会料到他们会找到链坠？这件事要如何解释？你那些灵界朋友怎么没料到这点？”他比了比四周，讽刺地轻弹着雪茄。

爱玛转身不知在看什么，她的眼神颇为狂怒：“别冒犯先灵，不能在这里，这里不是让你放肆的地方。他们有他们的理由，他们不肯事先透露一定是有原因的。”

她转身背对着麦坎·雷：“你们别听他的。我带了一些鲜虾碎米和柠檬蛋白派。”她显然不是在和麦坎·雷说话，“都是你们喜欢的。”爱玛从皮包中拿出小小的真空保鲜盒，将食物装盘放到地上。靠近餐盘的地面有一块小小墓碑，附近还有其他几块墓碑。

“这里是我们的先灵之地，我们家族的圣地所在。你听到了吗？我的姑婆西西，我的曾叔公艾比内，我的曾曾曾曾祖母苏拉都埋在这里。你不能冒犯圣地的先灵，如果你要答案，请表现应有的尊重。”

“我道歉。

爱玛等着：“真心诚意地道歉。”

爱玛哼了一声：“还有小心你的烟灰，这个圣地可是没有烟灰缸的，真是坏习惯。”

他把雪茄往青苔地一弹：“现在谈谈正事。我们的时间不多了。我们必须知道确切地点，莎……”

“嘘，”爱玛嘘了一声，“别念出她的名字——今晚不行。我们根本不该来这里的。半弦月是光明魔法的全盛期，满月是黑暗魔法的全盛期，我们挑错日子到这里来了。”

“我们别无选择。今天晚上发生了不太愉快的插曲。我去年转化的外甥女今晚闯进团聚日了。”

“小黛的女儿？那个危险的黑暗巫师？”

“对，莱德莉，她当然没受邀，但她挟持男孩闯入我封印的结界，我必须知道这是不是巧合。”

“不妙，情况不妙。”爱玛恼怒地来回踱步。

“你看呢？”

“你知道没有巧合这回事的。”

“至少我们有点共识了。”

我实在想不通。不是说麦坎·雷向来足不出户吗？此刻，他站在沼泽中央和爱玛争辩关于我、蕾娜和链坠的事。我甚至不知道他和爱玛彼此认识呢！

爱玛又在皮包里摸索起来：“你有没有带威士忌来？艾比内叔公最爱小酌一杯了。”

麦坎·雷拿出一瓶酒。

“就放在那里。”爱玛指着地上，“然后退到那边。”

“过了这么多年，看来你还是不敢碰触到我。”

“并不是我在害怕什么。你管好自己的事就行了。我不过问你在做什么，我完全不想知道。”

他把酒瓶放在离爱玛脚边不远的地上。她把酒倒进一只小玻璃杯，然后喝下去。我这辈子不曾看过爱玛喝酒，她喝过最强的饮料大概就是甜茶而已。然后她在草地上倒了一些酒，同时把酒淋在墓碑上，“艾比内叔公，我们祈求您的帮忙。我召唤您的灵魂前来此地。”

麦坎·雷咳了一声。

“你在考验我的耐心，麦基瑟德。”爱玛闭上眼睛，将两手伸向天空。她的头向后仰，好像在对月亮说话一样。然后她跪了下来，拿出那个小皮囊摇了摇，将里面的鸡骨头倒在坟墓上。希望这些骨头不是今天下午我吃的那篮炸鸡。但我有种感觉，这些确实是我下午丢掉的骨头。

“他们怎么说？”麦坎·雷问。

她将骨头在草地排成扇形：“我还没得到答案。”

麦坎·雷的镇定消失了：“我们没时间等了！如果你什么也看不到，那还算什么预言家？剩下不到五个月她就满十六岁了。如果她转化到另一边，她会诅咒我们死光的。不管凡人或巫师都一样。我们都有责任，这是你和我在很久以前就自愿接受的责任。你负责凡人的世界，我负责巫师的世界。”

“不需要你来提醒我的责任。你说话别那么大声行吗？我可不希望被客人撞见我和你在一起，那样子成何体统？我在镇上还算是正派人物呢！你别干扰我工作，麦基瑟德。”

“如果我们找不到莎……查不出那个人在哪里，打算做什么，那我们的麻烦就大了，你的事业走下坡根本不算什么，爱玛莉。”

“她是黑暗巫师，谁知道像这样的阴风会往哪里吹？这就好像要预测龙卷风会袭击哪里一样。”

“就算这样，我还是要知道她是否企图和蕾娜接触。”

“不是企图，而是什么时候会和她接触。”爱玛再度闭上眼睛，抚摸身上的项链坠饰，她从来不曾把胸前的项链拿下来。那是一个小圆盘，上面刻了一个心形，上方还有小十字架，爱玛经常抚摸这个链坠，导致上面的图案都有些模糊了。她正用一种特殊的语言吟诵，我不了解意思，但以前好像听过。

麦坎·雷不耐烦地踱着步。我在草丛中活动一下，避免发出声音。

“我感应不到，太阴郁了。艾比内叔公今天大概心情不好。我敢说全是因为你在这里出言不逊。”

这让麦坎·雷忍不住爆发了，他的表情一变，苍白的皮肤也蒙上阴影。他往前一站，月光下他的表情显得尖锐可怕。“我受够这些游戏了。今晚有个黑暗巫师进入我家。靠她自己是办不到的，她是和你们家伊森一起来的。这只代表一件事，他一定有法力，你一直隐瞒不让我知道。”

“胡说，那孩子才没有什么法力。”

“你错了，爱玛莉。不信你可以问先灵，参询你那些骨头吧！没有其他解释了。雷家有严密的法术保护，黑暗巫师绝对没有办法闯入结界的，除非有法力高强的人帮忙。”

“你八成是疯了，他没有半点法力，他可是我一手带大的。有的话你以为我会不知道吗？”

“这次你错了。你和那个男孩太亲近反而看不清事情。现在绝不能再有任何差错。我们都有各自的能力。但是我警告你，那男孩拥有的能力，远超过你和我所能了解的。”

“我会问问先灵。如果有什么我该知道的，他们会告诉我。你不要忘了，麦基瑟德，我们必须同时应付生者和亡者的问题，这不是简单的工作。”

她又从包里摸出一条看起来肮脏的手链，上面穿了一串珠子。

“墓石做的，拿着吧！先灵要给你的，可以驱走亡灵的侵扰，这东西对我们凡人没用，给你外甥女戴上，麦坎·雷，这对她无害，而且能帮助她驱走黑暗巫师。”

麦坎·雷小心翼翼地用两根手指捏住手链，然后将它放进手帕包起来。好像在包一条特别恶心的毛毛虫，“我很感激。”

爱玛咳了一声。

“请你告诉他们，我真的很感激。”他抬头看着月亮，好像在察看现在几点，然后转身不见了。

他消失在浓雾之中，好像被微风吹散了。

十月十日　红色毛衣

我在日出前才爬上床，累得全身酸痛，现在又站在街角等林克，虽然今天是个大晴天，我却是一脸阴郁。我早餐没吃简直快饿扁了。但是今天早上我无法到厨房去面对爱玛，她只要看我一眼就会知道昨晚的事我全看到了，她马上就会知道我全部的感受，我不能冒这个风险。

我不知该怎么想。爱玛是除了爸妈之外我最信任的一个人。或许我信任她更胜过自己的爸妈。可是她瞒了我这么多事，她认识麦坎·雷，他们两个想拆散我和蕾娜。这一切都和那个链坠、蕾娜的生日还有伴随而来的危险有关。

光靠我自己无法把这些事情拼凑在一起，我必须找蕾娜谈谈。所以当我看到从街角转弯过来的不是林克的老爷车，而是蕾娜的黑色灵车时，我没有感到太惊讶。

“我猜你听到了。”我上了车，把背包扔在脚边。

“听到什么？”蕾娜露出一抹狡猾的微笑，然后拿了一个纸袋给我，“听到你喜欢甜甜圈？我大老远在雷氏庄园就听到你的肚子在咕咕叫。”

我们尴尬地看着对方。蕾娜害羞地低下头，拔掉毛衣上的毛球。她今天穿了一件红色的绣花毛衣，那种款式大概只有三位老姨婆会穿吧！我了解蕾娜，她的衣服绝不是在桑莫市的商店买的。

等等，红色？她什么时候穿过红色衣服了？

她已经走出阴霾，不再觉得乌云压顶了。她没有听到我在想什么，她不知道爱玛和麦坎·雷的事。她只想见我，我昨晚对她说的话她大概听进去了。也许她希望给我们一次机会。我笑着打开白色纸袋。

“希望你肚子够饿，我可是费尽力气才从那个胖警察手中抢到这些的。”她把车子驶离路边。

“所以，你突然想到要接我去上学？”这倒是新鲜事。

“不是。”她摇下窗户，让清晨的微风吹拂着她的鬈发。今天只是寻常的微风。

“有什么更好的主意吗？”

她的脸整个亮了起来：“还有什么比在石墙中学待上一天更好的呢？”她很快乐，当她转动方向盘时，我注意到她的手背，上面没有墨水，没有数字，没有生日倒数。今天她什么也不担心，我还是知道正确日子。就像用隐形墨水写在我的手上。还有一百二十天，不管爱玛和麦坎·雷为什么怕成这个样子，到那时候就揭晓了。

我望向窗外，车子上了九号公路。真希望她能长久保持这种心情。我闭上眼睛，开始温习篮球战术：双人挡拆、区域防守、长驱篮下、全场盯人。

等我们来到桑莫市，我就知道我们要去哪里了。除了电影院后三排以外，镇上只有一个地方是年轻人喜欢去的。

车子停在田野边缘的水塔后方，扬起了一片灰尘。“停车？我们要停在这里？在水塔后面？现在？”林克一定不会相信的。

引擎熄火，窗户摇了下来，四周显得非常安静。微风轻轻从她那边的车窗吹进来，再从我这边的车窗吹出去。

你们不是常在这里厮混吗？

对，不对，没有人像我们这样。没有人在上课时间跑来。

一次就好，我们不能像他们一样吗？需要永远都当我们吗？

我喜欢做我们自己。

她解开安全带，我也一样，然后我把她拉进怀中，我可以感觉到她的温暖愉快，她的心情也感染了我。

停车就像这个样子？

她咯咯笑了，伸手拨开遮住我眼睛的头发。

“那是什么？”我抓住她的右手，昨晚爱玛在沼泽地拿给麦坎·雷的手链，现在就戴在蕾娜手上。我的胃一阵痉挛，我知道蕾娜满心想改变，但我必须告诉她。

“舅舅给我的。”

“把它脱掉。”我转着手链的绳子，想找出打结的地方。

她的笑容退去了：“你在说什么？”

“把它拿下来。”

“为什么？”她抽开手。

“昨晚发生一些事。”

“发生什么事？”

“我回家之后又跟踪爱玛到瓦溪村，她家在那边。可是她半夜偷偷溜回去，在沼泽地那边和某人见面。”

“和谁？”

“你舅舅。”

“他们在那边做什么？”她的脸一下子变得煞白，我知道停车场的欢愉就此结束了。

“他们在谈你，谈我们，还有那个链坠。”

现在她专心在听：“那个链坠怎么了？”

“好像是什么黑暗灵物。不管那是什么，你舅舅告诉爱玛我一直没有把链坠埋回去。他们两个真的很害怕。”

“他们怎么知道那是一个灵物？”

我有些懊恼。她似乎没把注意力放在正确的事情上：“你怎么不问他们为什么会认识？你知道你舅舅认识爱玛吗？”

“不，但我不知道他认识哪些人。”

“蕾娜，他们在讨论我们两个。商量要让我们远离那个链坠，让我们两个分开，我有种感觉，他们认为我是某种威胁，好像我介入了什么事。你舅舅以为……”

“以为什么？”

“他以为我有某种法力。”

她大笑出来。这让我更恼怒了。

“他为什么会那样想？”

“因为我带莱德莉进入雷氏庄园。他说如果我没有法力根本办不到。”

她皱起眉头：“舅舅说得对。”那可不是我期待的答案。

“你在开玩笑吧？如果我有法力，你以为我自己不会知道吗？”

“我不知道。”

也许她不知道，但是我知道。我爸爸是作家，我妈妈大部分时间都在阅读南北战争时期那些将军写的日志。除非激怒爱玛也算是特殊能力，否则我离巫师世界真是天差地远。雷氏庄园显然存在着某种漏洞，才让莱德莉有机可乘。可能是巫师界的保安系统有个保险丝烧坏了吧！

蕾娜一定也在思考相同的事情：“别担心，我相信事情总有合理的解释。现在我们知道我舅舅和爱玛是认识的。”

“你好像不觉得困扰？”

“这话是什么意思？”

“他们一直瞒骗我们，两个都一样。还私下偷偷见面，企图拆散我们，要我们丢掉那个链坠。”

“我们又没问过他们彼此是否认识。”为什么她是这种反应？为什么她不觉得困扰或生气呢？

“我们怎么会想到要问呢？你不觉得你舅舅半夜跑到沼泽地去见爱玛，还和鬼魂说话，再从鸡骨头去判读很奇怪吗？”

“是有点怪，但我相信他们只是想保护我们。”

“要保护我们什么？怕我们知道真相？他们还谈到别的事情，他们似乎在找一个人，叫莎拉什么的，还说如果你转化了，会诅咒我们大家不得好死之类的。”

“你在说什么？”

“我不知道啊！你何不问问你舅舅？看看他会不会告诉你实情。”我说话太过分了。

“我舅舅冒着生命危险来保护我。他总是在为我着想。他知道我在几个月后会变成可怕的邪魔，还是不顾一切地收留我。”

“他到底要保护你避开什么，你真的知道吗？”

“要避开我自己！”她冲口而出。就是这样，蕾娜挣脱我的怀抱，打开车门跑进田野中。原本车子停在白色水塔的巨大阴影底下，躲在这里不会被桑莫市的人看到，但现在阳光似乎没那么强了，几分钟之前还是晴空万里，现在又布满乌云。

暴风雨又在酝酿了。她不想谈这件事，但我坚持要谈："这一点都不合理。为什么他半夜要找爱玛出去，告诉她链坠还在我们这里？为什么他们不要我们持有链坠？最重要的是，为什么他们不希望我们两个在一起？"

我们两个在空旷的田野大喊。微风渐渐转成强风，蕾娜的头发又飞舞起来。她大声反驳："我不知道，父母总是想分开年轻的男女，他们都是这样的。如果你想知道为什么，也许你应该去问爱玛。她才是讨厌我的人。我甚至不能到你家门口接你，因为你怕被爱玛看见我们在一起。"

我的胃整个纠结在一起。我在生爱玛的气，我这辈子从来不曾这样气她。但我还是爱她。小时候是她假装"牙仙"[①]，写了信留在我的枕头底下。每次我跌倒擦破皮，都是她帮我包扎伤口的。等我长大一点想加入小联盟，她投了上千次球陪我练习。自从我妈妈去世，我爸爸退缩到自己的世界，爱玛是唯一照顾我的人，只有她还会在意或注意到我是否逃课，球赛是赢还是输，我很想相信她对这一切可以提出合理的解释。

"你不了解她，她只是认为……"

"她认为怎样？保护你？就像我舅舅试着保护我一样？你有没有想过，也许他们都是为了保护我们免于遭受同一件事情的危害——也就是我。"

"你为什么总是要扯到那边？"

她慢慢退开，好像恨不得逃离我的身边："不然能扯到哪边？事实就是如此，他们害怕我伤害你或伤害其他人。"

"你错了，他们是因为链坠的关系。有些事情他们不想让我们知道。"我伸手到口袋摸索，找寻包在手帕中的链坠。经过昨晚的事，我决定再也不让链坠离开视线范围。我确定爱玛今天一定会拼命寻找，如果被她找到，我们恐怕永远见不到这个链坠了。我把它放在车子的引擎盖上："我们必须找出接下来会发生什么事。"

"现在？"

"当然！"

---

① *The Tooth Fairy*，牙仙是美国的一个民间传说，孩子们相信如果把脱落的牙齿藏到枕头下，牙仙女晚上就会趁他们睡觉时把牙齿拿走，并留下孩子们希望得到的礼物，实现他们的梦想。2010 年，好莱坞同名电影上映。

“你甚至不知道是否可以成功看到异象呢！”

我解开手帕：“这是唯一知道是否管用的方法。”

我抓住她的手，虽然她想抽开，但我还是抓住她，然后抚摸平滑的链坠金属……早上的光线变得越来越亮。到最后我的眼中只看得见链坠。我感受到熟悉的拉力，觉得自己回到一百五十年前了。然后是一阵剧烈摇晃，我睁开眼睛，看到的却不是泥泞的田野和大火延烧，眼前依然是水塔阴影和黑色灵车。链坠并没有引导我们看到异象。

“你感觉到了吗？异象明明开始了，却硬生生被切断。”

她点点头把我推开：“我好像晕车了，反正觉得晕晕的不舒服。”

“是你阻挡了异象？”

“你在说什么？我什么也没做。”

“你发誓？你没有使用巫师的法力吗？”

“没有，我忙着努力抵抗你的愚蠢之力，但我的法力可没你强。”

这没道理啊！为什么刚带我们回到过去，又马上把我们丢出来？这是为了什么？蕾娜伸手开始把链坠包回手帕中。我注意到她手上戴着爱玛给麦坎·雷的那条肮脏手链。

“把它脱下来。”我伸指穿过那条手链，拉过她的手臂就近端详。

“伊森，这是护身符，你说过爱玛一天到晚都在做这种东西。”

“我认为不是。”

“你在说什么？”

“或许就是这玩意儿让链坠失灵的。”

“你也知道链坠不是每次都显灵的。”

“这次都已经开始了却突然停住。”

她摇摇头，一头鬈发随之晃动起来：“你真的相信这种事？”

“那就证明我错了，把它解下来。”

她看着我，好像我疯了一样，但我看得出来她正在思考我的话。

“如果我错了，你可以再戴回去。”

她犹豫了一秒钟，接着伸手让我解开手链。我打开手链的绳结，把它收到我的口袋。然后又伸手触摸那个链坠，蕾娜把手搭在我的手上。我以掌心包住链坠，随即遁入另一个世界……

雨立刻下了起来，而且是倾盆大雨，天空好像破了一个大洞。艾维总说雨水是上帝的眼泪，吉妮薇现在相信了。距离不过几步远，但吉妮薇还是赶不及。她跪倒在伊森身边，双手扶起他的头。他的呼吸很不规则，不过他还活着。

“不，不能连这男孩也带走。你已经带走太多生命了，别带走这个男孩。”艾维的声音极为激动，她开始祷告起来。

“艾维，来帮忙。我需要水和威士忌，再找找能取出子弹的东西。”

吉妮薇将长裙的衬料扯下来压在伊森胸前的伤口。

“我爱你，不管你家人怎么想，我都想娶你。”

“不要这样说，伊森·卡特，别一种你快要死了的口吻。你会没事的，你一定会没事的。”她一再重复，试着说服伊森，也说服自己。

吉妮薇闭上眼睛专心凝神。花开了，新生儿在哇哇大哭，太阳升起。诞生，不要死亡。

她在心里想象这样的画面，希望梦想成真。她在心里不断想象这些画面。

诞生，不要死亡。

伊森哽住了。她睁开眼睛，两人四目交接。时间似乎静止了一下，然后伊森闭上了眼睛，头垂到一旁。

吉妮薇再度闭上眼睛，拼命想象那些画面。一定弄错了，他不可能死的。她已经施展她的法力了，而且她以前做过无数次了。她曾经在厨房乱挪物品开艾维玩笑，还曾治愈从鸟巢掉下来的雏鸟。

为什么这次无效？这次事关重大为什么偏偏没效？

“伊森，醒醒。求求你醒过来。”

我睁开眼睛。我们站在田野中央，又回到原来的地方。蕾娜的眼睛充满泪水，随时就要流下来了：“哦，天哪！”

我弯身抚摸地上的杂草。上面有一抹红色印渍，标出我们回到过去所站的地方。“是血。”

“他的血？”

“你是对的。手链是防止我们看到异象的，但麦坎舅舅为什么说是护身符呢？”

“也许它是护身符没错，但那不是它唯一的作用。”

“你不必安慰我。”

“他们显然不希望我们发现某件事。我想一定和那个链坠有关，我敢打赌和吉妮薇也有关系。我们必须快点找出到底是什么事，而且一定要在你生日以前。”

“我生日？”

“昨晚爱玛和你舅舅在讨论这个。不管他们在隐瞒什么，好像都和你的生日有关。”

蕾娜深深吸了口气力图镇定：“他们知道我会转化成黑暗巫师。就是这么回事。”

“这和链坠有什么关系？”

“我不知道，但一切都不重要了。再过四个月我就不再是我。你也看过莱德莉，我就要变成那样了，说不定还更糟。如果被舅舅说中，我真的是自然师，那么等我转化成黑魔师之后，相形之下莱，德莉简直就像红十字会的义工呢！”

我把她拉进怀中，好像这样就能保护她，但我们心里都清楚我其实办不到，“你不能这样想。即便如此，一定也有什么办法可以阻止的。”

“你不懂。根本没有办法可以阻止。一切都注定了。”她的嗓门提高了，风也开始增强。

“好，也许你是对的。也许一切注定会发生，但我们会找出办法，让那种事别发生在你身上。”

她的眼睛蒙上一层阴影，就像此刻的天空一样。“我们享受剩余的时间不就好吗？”我第一次真切感受到这句话。

我们剩余的时间。

我不能失去她，也不愿失去她。光是想到不能再碰触她，我就快发狂了。这比失去我所有的朋友更教人疯狂，比成为全校最不受欢迎的学生还让人受不了。就算爱玛因此生我的气，我也豁出去了。失去她是我所能想象最糟的一件事。就像我在梦中不断坠落，而这次我会重重摔在地上一样。

我想到伊森·卡特倒在地上，鲜血染红了田野。风又开始呼啸起来，时间不早了。

“别这样说。我们会想出办法的。”

我嘴里这样说，但我也不知道自己是否相信。

十月十三日　图书馆馆长玛丽安

三天过去了，我还是一直想着伊森·卡特被射杀的事。他可能死了，我亲眼看着他断气的。嗯，事实上那个年代的每一个人现在也都死了。不过，我就是对这位南军士兵的死亡无法忘怀，或者应该说是南军的逃兵，他是我的曾曾曾曾伯公。

上高等代数的时候，莎凡娜在台上解不出算式，贝兹老师忙着看最新一期的《武器大观》，根本没注意到她愣住了。我却不断想到伊森·卡特。到了上“美国未来农夫协会”（the Future Farmers of America）讲习时，我找不到蕾娜，最后只好和乐团的人一起坐。林克和篮球队那伙人坐在我后面不远。

我本来不知道的，是后来肖恩和艾默里开始学动物叫，我才注意到他们就在我后面几排。没多久我就听不见他们的吵闹声，心思又回到伊森·卡特身上。

并不是因为他是南军。南北战争时期盖林镇的人都押错了，我们现在早就习惯这个事实。就像“二战”以后出生的德国人，或是珍珠港事件后出生的日本人，或是在广岛扔下原子弹之后的美国人一样。

历史有时真是挺讨厌的。你没有办法选择自己在何地出生，但你不必去扛那些旧包袱，不必像美国革命女儿会、盖林镇历史协会或三姐妹一样，人何必老是活在过去的时光里呢？不必像蕾娜一样，认为自己只能接受固有的事物。伊森·卡特就不是这样，我也不是。

目前我们大致知道伊森·卡特的家世了，但必须找出更多关于吉妮薇的事。也许我们当初一起发现链坠是有原因的。也许我们在梦中相会也不是偶然，即使那些梦都不是美梦，几乎都是可怕的噩梦，但这一切应该都有特殊的原因。

要是在以前我会跑去问我妈妈应该怎么做。但现在她死了，我爸爸又遥不可及，别想指望他会帮我。牵涉到链坠，爱玛更不可能帮忙。蕾娜还在为麦坎·雷的事心情不好，看到窗外雨下个不停就知道了。原本我应该在房间写功课的，这表示我需要准备一大罐巧克力牛奶，然后尽可能多拿一些饼干。

我从厨房出来在书房门口停了一下。老爸在楼上洗澡，这是他唯一会离开书房的时刻。所以书房的门可能锁上了，自从小时候发生偷看稿子的事件以来，书房的门一向是上锁的。

我盯着门把，再看看走廊两侧，把饼干小心堆放到牛奶盒上面，腾出一只手伸向门把。但我都还没握住门把旋转，就听到门锁弹开的声音，书房的门竟然自动开锁，好像里面有人帮我开门。我的饼干全掉到地上。

要是在一个月以前，我绝不会相信有这种事，但现在我懂了。这就是盖林镇，盖林镇完全不是我以前想的样子，在平凡无奇的表象下，盖林镇显然隐藏了许多秘密。

我爱上镇上一名女孩，她来自历史悠久的巫师家庭。我的管家是一个预言家，她可以从鸡骨头判读许多事情，还能在沼泽地召唤已死的先灵。就连我的父亲看起来都像吸血鬼。

现在的盖林镇似乎无奇不有。想想挺有趣的，我一辈子都住在这里，过去却不曾看出这一点。

我稍微推开书房的门，心里紧张死了。我只瞥见书房的一角，那个角落的书架摆着老妈的藏书，以及她收集的内战时期物品。我深深吸了一口书房内的空气，难怪老爸不肯离开这里。

我几乎看到我妈妈坐在窗边的阅读椅上。她会在房门的另一侧打字，如果我再把门开大一点，就会看到她在那里忙了。只是此刻我听不到打字声，我知道她不在里面，她已经不在了。

我需要的书就放在书架上。如果有人比三姐妹更了解盖林镇，那一定是我妈妈。我向前再把房门推开一点。

“看在老天的分儿上，伊森·魏特，如果你再往前一步，你爸非扒了你的皮不可。”

我差点儿连牛奶都掉了，是爱玛。

“我没做什么啊！门就自己打开了。”

“你别乱说。盖林镇没有鬼魂敢踏入你爸妈的书房，除非是你妈自己。”她以一种特殊的眼神看着我，让我觉得她好像想暗示我什么。也许她说得对，也许刚才就是我妈妈把门打开的。

有件事情是肯定的。有人想让我进入书房，同时有另一个人想让我远离书房。

爱玛关上书房的门，从口袋掏出一把钥匙插进去。听到咔嚓一声，我知道机会之门才开了一下，现在又紧紧锁上了。爱玛叉着胳膊：“明天还要上学，你没有功课要做吗？”

我有点恼怒地看着爱玛。

“还要去图书馆？你和林克的报告写完了没有？”

这让我灵机一动。“对，图书馆，事实上我现在正要去。”我亲亲她的脸颊，赶快从她的身边跑开。

“帮我向玛丽安问好，记得准时回来吃晚餐！”

好爱玛，不管问题是什么，不管她想不想告诉我，她似乎总是知道答案。

蕾娜在盖林镇图书馆的停车场等我，地上因为下雨的关系还湿湿的。虽然图书馆还有两小时才关门，但整个停车场除了一部熟悉的青绿色老货车，就只停了这部黑色灵车。应该说这个镇的图书馆本来就不大。我们不太需要知道其他镇的事情，至于盖林镇本身的事，如果我们的祖父或曾祖父不曾告诉我们，想弄清楚的机会就不大了。

蕾娜靠着图书馆的外墙席地而坐，又忙着在她的笔记本上写东西。她穿了一条破烂的牛仔裤，脚上套了双非常大的雨鞋，身上是一件柔软的黑色T恤。她把一头鬈发编成细细的发辫垂挂在脸庞两侧，看起来就像普通的女孩。我不确定是否喜欢她像普通女孩，只知道我又想吻她了。但是必须等一等，如果玛丽安有我们需要的答案，将来我要吻她的机会还很多。

我在心里默想一遍篮球战术，双人挡拆。

“你真的认为这个地方能帮助我们？”蕾娜抬头看着我。

我把她拉起来：“不是这个地方，而是这里的人。”

图书馆本身相当漂亮，我从小就在里面消磨了无数时光。我多少遗传了我妈妈的想法，觉得图书馆是某种圣殿。这栋图书馆是内战时期少数几栋幸存的建筑物，没有遭到谢尔曼将军的南伐行动焚毁。除了雷氏庄园以外，图书馆和历史协会是全镇最古老的两栋建筑物。它是一栋两层楼的维多利亚式建筑。外观虽然气派，却因为年代久远又历经风霜，导致白色的油漆斑驳脱落。藤蔓也沿着窗户和大门爬满墙面。图书馆混合了古老木头、酚油、塑料书套和旧纸张的味道，我妈妈总说这就是时光的味道。

“我不懂，为什么是图书馆？”

“不只是图书馆，还有玛丽安·阿什克罗夫特。”

“图书馆馆长？麦坎舅舅的朋友？”

“玛丽安是我妈妈最好的朋友，也是她的研究伙伴。她是唯一和我妈妈一样了解盖林镇历史的人。现在她堪称盖林镇最聪明的人了。”

蕾娜狐疑地看着我：“比麦坎舅舅还聪明？”

“好吧！她是盖林镇最聪明的凡人。”

我一直想不通像玛丽安这样的人才为什么要窝在盖林镇？以前她会和我妈妈一边啃鲔鱼三明治，一边告诉我：“虽然你住在名不见经传的地方，但不表示你不能去了解你所住的地方。”以前我多半不懂她在说什么，或许这就是她和我妈妈那么要好的原因。因为我也常听不懂我妈妈在说什么。我说过了，她们有全镇最聪明的头脑，或许也是全镇最重要的人物。

当我们走进空荡荡的图书馆，玛丽安正在成排的书架之间走动，嘴里高声嚷嚷，活像希腊悲剧中的疯子。她经常这样大声吟诵，反正图书馆几乎就像个鬼城，偶尔才出现一个美国革命女儿会的成员来查一些族谱上的争议。基本上玛丽安可以自由运用这个地方。

“唯汝所知之物？”

我循着她的声音深入层层书架。

“汝曾听闻？”

我转进角落的小说区，她就在那里，手上抱了一摞书，对我完全视而不见。

“抑或对汝隐瞒……”

蕾娜从我身后站出来。

“……吾等之友面临威胁……”

玛丽安透过红色的方框眼镜看看我，又看看蕾娜。

“……来自敌方诅咒的厄运……”

玛丽安依然心不在焉。我很习惯她这个样子。她对每件事都能引经据典，而且她向来不会乱用引言。敌人用什么厄运诅咒会威胁我？还是我的朋友？如果朋友指的是蕾娜，我不确定我想知道。

我是看了很多书，但不包括希腊悲剧。“《俄狄浦斯》(*Oedipus*)[①]？”

我上前拥抱玛丽安。她隔着一大摞书紧紧拥抱我，害我简直无法呼吸。一本厚重的谢尔曼将军传记几乎卡进我的肋骨。

“《安提戈涅》(*Antigone*)[②]。”在我身后的蕾娜开口了。

爱表现。

“很好。”玛丽安对她微笑。

我对蕾娜扮个鬼脸，她耸耸肩：“在家自学的。”

“能够认识一位知道《安提戈涅》的年轻人，真是太令人难忘了。”

“我只记得她想要埋葬死者。”

玛丽安对着我们两个微笑，同时把一半的书塞到我怀里，另一半塞到蕾娜怀中。她微笑的样子真可以登上杂志封面。她有洁白的牙齿和漂亮的棕色皮肤，看起来更像模特儿，很难想象是图书馆馆长。她像是融合许多种族的混血儿，因此拥有一种异国风情的美貌。看着她就好像看到整个南方历史，感觉她像是西印度群岛人、英国糖岛、苏格兰人，甚至美国人的混合。这么复杂的血统融合，她家的族谱肯定非常可观。

虽然爱玛总说我们处于南部某处，和北部完全没关系，但玛丽安的穿着打扮简直可以去北卡罗来纳州的杜克大学教书了。她全身穿的衣服、戴的珠宝，图案鲜艳的领巾，一头自然有型的短发，种种特色都显示她是外地人。

玛丽安和蕾娜都不是盖林镇的人。但玛丽安和我妈妈在这里住的时间一样长，嗯，现在她已经比我妈妈住得更久了。

---

① “戏剧艺术的荷马”、“命运悲剧大师”索福克勒斯代表作《俄狄浦斯王》(*Oedipus* 或 *Odipus, Oidipous*)，俄狄浦斯是希腊神话中忒拜（Thebe）的国王拉伊奥斯（Laius）和王后约卡斯塔（Jocasta）的儿子，他在不知情的情况下，杀父娶母，是个典型的悲剧命运人物。

② 是古希腊悲剧作家索福克勒斯公元前 442 年所作，“忒拜三部曲”中的最后一部，被公认为是戏剧史上最伟大的作品之一。描写了俄狄浦斯的女儿安提戈涅不顾国王克瑞翁的禁令，将自己的兄长、反叛城邦的波吕尼刻斯安葬而被处死，而一意孤行的国王也遭到妻离子散的命运。

"我真想念你，伊森。还有你，你一定是麦坎的外甥女蕾娜，镇上恶名远播，那个打破窗户的女孩。对，我听说过你。那些太太都在谈论你。"

我们跟着玛丽安回到前面柜台，把书丢在分类推车上。

"别相信你听到的，阿什克罗夫特博士。"

"拜托，叫我玛丽安就好。"

我差点儿把一本书掉到地上。镇上除了我妈妈之外，每个人都称她为阿什克罗夫特博士。但蕾娜居然马上得到她的欢心，我真想不通为什么。

"玛丽安。"蕾娜笑了，这是除了我和林克以外，她第一次感受到南方人的热情，来自另一个外地人的温暖欢迎。

"我只想知道一件事，当你用扫帚打破窗户时，有没有顺便除掉美国革命女儿会的下一代啊？"玛丽安开始降下百叶窗，指示我们一起帮忙。

"当然没有，那样我如何享受这种免费的公关宣传呢？"

玛丽安仰头大笑，伸手揽住蕾娜的肩膀："很有幽默感，蕾娜。你想在这个镇生活下去，就需要一点幽默。"

蕾娜叹了一口气："我听过不少笑话，多半都是取笑我的。"

"知识就是力量。"

"是莎士比亚说的？"我突然觉得自己有些不在状态。

"很接近。是弗朗西斯·培根爵士。不过，如果你也认为莎士比亚那些戏剧是他写的，那么这是我第一次认为你是对的。"

"我投降了。"

玛丽安揉揉我的头发："从我上次看见你到现在，你起码长高了四五十厘米。爱玛到底喂你吃什么啊？伊森，三餐都吃派吗？感觉我好像一百年没见到你了。"

我看着她："我知道，对不起，我只是……最近很不想看书。"

她知道我没说真话，但她知道我的意思。玛丽安走到门边，把"开放中"的牌子翻到"闭馆"。她咔嗒一声锁上大门，这声音又让我想起书房的事。

"图书馆不是开到九点吗？"如果不是，那我就少了一个好借口溜出来见蕾娜了。

"今天例外。图书馆馆长刚刚宣布今天是图书馆的放假日。这位馆长向来很随性的。"玛丽安眨眨眼。

"谢谢，玛丽安阿姨。"

“我知道你们来这里一定有事。如果我没猜错，应该和麦坎·雷的外甥女有关。所以我们何不到后面房间，我来沏一壶茶，然后再好好聊一聊？”玛丽安讲话总是很俏皮。

“其实我们算是有个问题要请教您。”我摸摸口袋，里面的链坠还包在预言家苏拉的手帕中。

“提出所有疑问，学习若干新知，答案并非重点。”

“荷马？”

“是欧里庇得斯[①]。你最好认真念点书，再答错我就要去参加你们学校的教学会议了。”

“但您刚才说，答案不是重点。”

她打开一扇标示“私人档案室”的房门：“我说过吗？”

就像爱玛一样，玛丽安总有解答，一个好的图书馆馆长理应如此。

我妈妈也是一样。

我以前没到过玛丽安的私人档案室，也就是她说的后面房间。说到这个，印象中除了我妈妈之外，应该没有人进过这个房间。这是她们共享的私人空间，她们在这里写作，进行研究等，连我爸爸都不准进去。我还记得玛丽安曾经在门口阻止老爸进去，当时老妈在里面检视一份历史文件。玛丽安对老爸说：“私人的意思，就是私人专用。”

“这里是图书馆，玛丽安。图书馆就是要让知识民主化，要和大众共享。”

“在这个地方，图书馆是让匿名戒酒协会有个场所能聚会，因为浸信会把他们全踢出来了。”

“玛丽安，别那么夸大。这不过是一间档案室。”

“那就别把我看成图书馆馆长，把我想成疯狂的科学家好了。这里是我的秘密实验室。”

“你疯了。你们两个不过就是在里面看一些鬼画符的古老文件。”

“如果你把秘密告诉微风，那就不要抱怨微风把秘密告诉大树。”

“纪伯伦。”老爸反击。

“三个人若能保守秘密，就表示其中两个已经死亡。”

---

① 欧里庇得斯（Euripides，前 485 或前 480—前 406）与埃斯库罗斯和索福克勒斯并称为希腊三大悲剧大师，代表作《美狄亚》《特洛亚妇女》《安德洛玛刻》等。

“本杰明·富兰克林。”

最后是老爸放弃进入她们的档案室，我们只好回家吃巧克力坚果冰激凌。从那次之后我常想，老妈和玛丽安真像一股无法阻挡的自然力量。就像玛丽安说的，她们两个是疯狂的科学家，成天待在实验室做她们的研究。她们翻遍一本又一本的书，有一次还名列“南方之声”（the Voice of the South Award）[①]文艺奖的最后决选名单。这在南部简直就等于普利策奖了，老爸很以老妈为荣，替她们两个感到骄傲。虽然我们只能在旁边凑凑热闹，而老爸总形容她有“活泼的头脑”，尤其一忙起新的研究更是这样，她常常忙到对其他事心不在焉。但就算如此，老爸似乎就爱这样的老妈。

如今我就在这间私人档案室，没有爸妈在身边，也没有巧克力坚果冰激凌。对于一个几乎不曾改变的小镇来说，最近事情改变得真快。

档案室有许多隔板，感觉很暗。这个房间没有窗户，没有新鲜空气，是盖林镇第三古老的建筑物当中最清静隐秘的房间。屋里平行摆着四张橡木长桌，每面墙壁的书架排了满满的书，像《内战时期的武器军火》、《棉花王：南方的白色金子》等。金属层架的抽屉则放了各式手稿。连接档案室的另一个小房间摆了一排快要满出来的档案柜。

玛丽安忙着泡茶和准备茶点。蕾娜走到墙边，那里挂了一张装框的盖林镇古地图。皱皱的地图有玻璃框面保护着，看起来几乎和三姐妹一样古老。

“看——雷氏庄园。”蕾娜伸手指着玻璃，“还有绿屋，从这张地图能够看清楚两家的地界。”

我走到房间最远的角落，那里单独放着一张积了不少灰尘和蜘蛛网的桌子。桌上有一本翻开的历史协会旧章程，许多名字被圈了起来，铅笔还躺在书脊中。有一张以描图纸画的地图被钉在盖林镇的现代地图上，看来有人煞费苦心想从新地图找出过去的镇容。放在最上面的是一张旧照片，照片拍的正是雷氏庄园大厅的那幅画。

那个戴链坠的女子。

吉妮薇，一定是吉妮薇。我们必须告诉她，蕾娜，我们必须问她。

不行，我们不能相信任何人。我们甚至不知道为什么会看到那些异象。

蕾娜，相信我。

---

① 弗朗西斯·培根（Francis Bacon，1561—1626），英国文艺复兴时期最重要的散文家、哲学家。代表作《新工具》《论说文集》。

“这些东西是什么啊？玛丽安阿姨。”

她看着我，脸上蒙上一层阴影：“那是你妈和我最后正在进行的一项研究。”

为什么我妈妈会有一张雷家挂画的照片？

我不知道。

蕾娜走到桌边拿起那张照片：“玛丽安，你们在研究这幅画吗？”

玛丽安递给我们一人一杯茶。茶杯当然放在托盘上，这是盖林镇的另一项规矩，无论什么时候茶杯总是要放在托盘上面。

“你应该认得这幅画，蕾娜。这幅画是你舅舅的，事实上照片就是他给我的。”

“不过，画中的女人是谁呢？”

“吉妮薇·杜凯。我还以为你早就知道了。”

“事实上，我并不知道。”

“你舅舅没教你杜凯家的族谱吗？”

“我们很少谈到我死去的亲人，没人想提起我的爸妈。”

玛丽安走到档案柜前，打开其中一个抽屉找东西，“吉妮薇·杜凯是你的曾曾曾曾祖母，她真是一个很有意思的人。莱拉和我追查了整个杜凯家的族谱，你舅舅一直在帮我们进行这项计划。直到——去年才中断。”她低下头。

我妈妈认识麦坎·雷？我以为他说只是通过作品认识我妈妈的。

“你真的应该知道自己的族谱渊源。”玛丽安翻了几页泛黄的羊皮纸，赫然出现蕾娜家的族谱，而且旁边就是雷家的族谱。

我指着蕾娜家的族谱：“这有点奇怪，你家的女性成员都保留杜凯的姓氏，就连已经嫁人的也一样。”

“我们家的习俗就是这样。女性在结婚后还是会保留娘家姓氏。自古以来都是这样。”

玛丽安合上文件看着蕾娜：“通常是因为那个家族的女性拥有特殊的强大力量。”

我想改变话题，不想和玛丽安深入研究蕾娜家女性的特殊能力。特别是蕾娜本身绝对就是其中一位。“您和我妈妈为什么要追查杜凯家的族谱？研究的主题是什么？”

玛丽安搅动她的茶：“要加糖吗？”

我舀了一匙糖，玛丽安转头指着另一张吉妮薇的照片：“事实上我们对这个链坠更有兴趣。”照片中的人就戴着那个链坠。

“这里面有个故事，其实故事很简单，就是一个爱情故事。”她悲伤地笑笑，

杜凯家族族谱

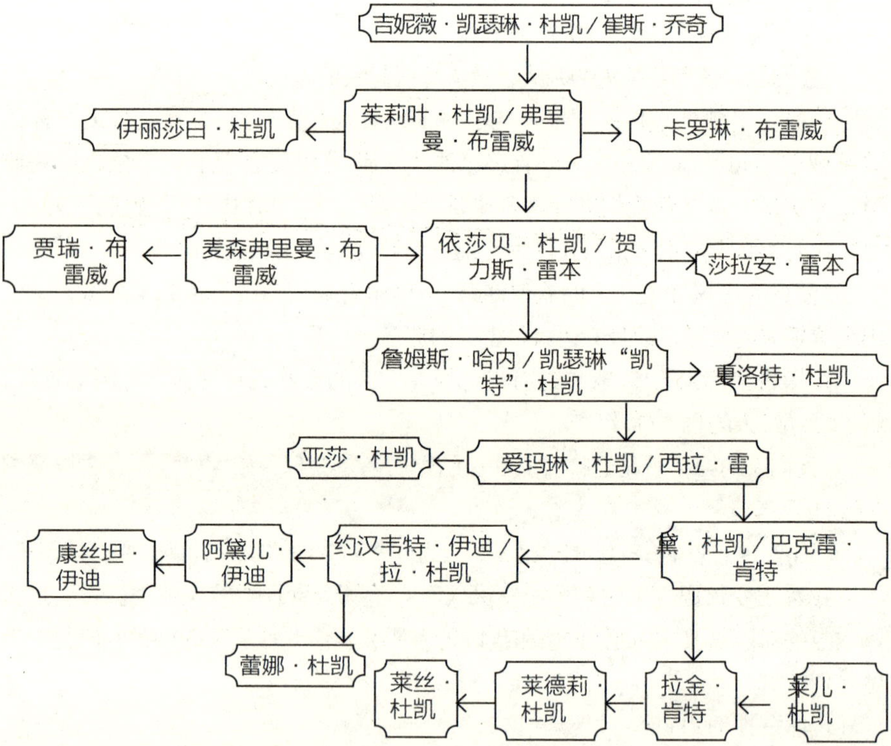
吉妮薇·凯瑟琳·杜凯/崔斯·乔奇
伊丽莎白·杜凯
茱莉叶·杜凯/弗里曼·布雷威
卡罗琳·布雷威
贾瑞·布雷威
麦森弗里曼·布雷威
依莎贝·杜凯/贺力斯·雷本
莎拉安·雷本
詹姆斯·哈内/凯瑟琳“凯特”·杜凯
夏洛特·杜凯
亚莎·杜凯
爱玛琳·杜凯/西拉·雷
康丝坦·伊迪
阿黛儿·伊迪
约汉韦特·伊迪/拉·杜凯
黛·杜凯/巴克雷·肯特
蕾娜·杜凯
莱丝·杜凯
莱德莉·杜凯
拉金·肯特
莱儿·杜凯

雷氏族谱

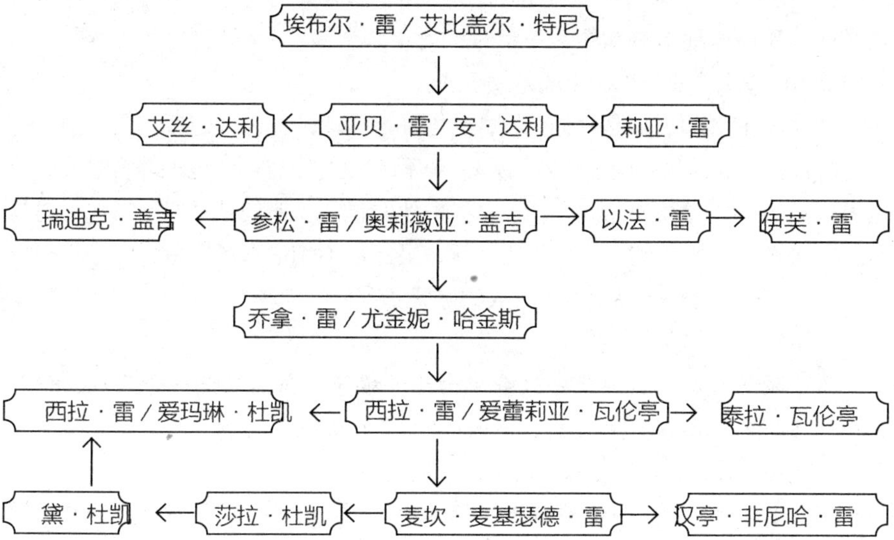
埃布尔·雷／艾比盖尔·特尼
艾丝·达利
亚贝·雷／安·达利
莉亚·雷
瑞迪克·盖吉
参松·雷／奥莉薇亚·盖吉
以法·雷
伊芙·雷
乔拿·雷／尤金妮·哈金斯
西拉·雷／爱玛琳·杜凯
西拉·雷／爱蕾莉亚·瓦伦亭
泰拉·瓦伦亭
黛·杜凯
莎拉·杜凯
麦坎·麦基瑟德·雷
汉亭·非尼哈·雷

“你妈妈真是十足的浪漫主义者，伊森。”

我和蕾娜四目交接，我们都知道玛丽安在说什么。

“这个故事对你们来说应该挺有趣的。因为这段爱情牵涉到一个魏特家的人和一个杜凯家的人。一位是南军士兵，一位是绿屋的美丽小姐。”

就是链坠的异象。被大火焚毁的绿屋。我妈妈最后一本书的内容就是描写吉妮薇和伊森的故事，也就是蕾娜的曾曾曾曾祖母和我的曾曾曾曾伯公。

老妈过世之前就是在写这本书。我一阵眩晕，盖林镇就是这样，这里没有什么单一事件，事情总是互有关联。

蕾娜脸色苍白，靠过来拉住我的手，立刻传来一阵熟悉的电流。

“这里，就是这封信让我们开始这整个写书计划的。”玛丽安在旁边的橡木长桌展开两张旧羊皮纸。我很高兴她没有更动我妈妈的工作台。我认为那张工作台成了纪念她的地方，这比较像她，比起大家都在她的棺木上放康乃馨好多了。就连那些美国革命女儿会的成员都出席了我妈妈的葬礼，然后疯狂地献上康乃馨，我妈妈地下有知的话一定讨厌死了。全镇不分浸信会派、卫理会派、五旬节教派都会全员出席镇上的婚丧喜庆。

“你可以读读看，但是别伸手摸，这可是盖林镇最古老的文献了。”

蕾娜弯身去读信，两手抓着头发以免碰到珍贵的文件。“他们非常相爱，只是阻碍太多了。”蕾娜很快看过信，“根据他的说法，他们是‘门不当户不对’。她的家人企图拆散他们，他又入伍当兵，虽然他不相信那场战争，但是希望挺身为南方作战，至少可以赢得她家人的好感。”

玛丽安闭上眼睛背诵着。

为了被绿屋接纳，我像一只身不由己的猴子，虽然只是一介凡人，但想到今生不能与你共度，吉妮薇，我的心痛无可言喻。

真像一首诗，我想象蕾娜也会写这样的诗句。

玛丽安睁开眼睛：“他就像希腊神话中的阿特拉斯（Atlas）[①]，把整个世界的重量都扛在肩膀上。”

“真悲伤啊！”蕾娜看着我。

“他们相爱了，当时又在打仗。我不想告诉你们，但故事的结局很悲惨。”玛丽安把她的茶一饮而尽。

---

① 希腊神话中的大力神，因支持巨人族首领提坦反对主神宙斯，被罚做苦役，用头和肩将天撑起。

“那这个链坠是怎么回事？”我指着照片怯怯地问。

“应该是伊森送给吉妮薇的定情之物。我们不知道那个链坠怎么了。伊森去世那晚就再也没有人看过了。吉妮薇的父亲逼她嫁给别人，但传说她一直珍藏着它，去世时也戴在身上下葬。据说那个链坠法力强大，里面暗藏一颗破碎的心所封印的毁灭魔咒。”

我浑身一颤。那个法力强大的链坠并没有随着吉妮薇下葬，它就在我的口袋里。根据麦坎·雷和爱玛的说法，它是一个黑暗灵物，我可以感觉它在我口袋里面一阵阵烧灼，好像被木炭烤过一样。

伊森，别。

我们必须试试，她可以帮助我们。我妈妈要是还在，也会愿意帮我们的。

我伸手插入口袋，拉开手帕直接触摸那个老旧的珍珠贝链坠，另一只手则握住玛丽安的手，内心祈祷这次链坠也能发挥作用。

玛丽安手上的茶杯摔到地上，整个房间旋转起来。“伊森！”她大叫。

蕾娜握住玛丽安的手，房间的灯光逐渐化为夜晚。“别担心，我们会一直陪在您身边。”蕾娜的声音听起来很遥远，我听到远方传来隆隆炮火。

图书馆开始下起雨来……

倾盆大雨打在他们身上，狂风四起，大火渐渐熄灭，只是已经太迟了。

吉妮薇看着家园仅剩的残骸，她今天失去了一切。母亲、伊万杰琳（意为天使），她不能再失去伊森。

艾维踩着泥地跑过来，用裙子兜着吉妮薇吩咐的东西。

“我来得太迟了。天哪，我来得太迟了。”艾维哭了，她紧张地看看四周，“走吧，吉妮薇小姐，我们已经无能为力了。”

但是艾维错了，还有一个办法可行。

“不会太迟，不会太迟的。”吉妮薇不断重复着。

“你已经语无伦次了，孩子。”

吉妮薇绝望地看着艾维：“我需要那本书。”

艾维摇着手连连后退：“不，你不能乱用那本书。你不知道自己在做什么。”

吉妮薇抓住老妇人的肩膀：“艾维，这是唯一的办法，您必须把书拿来给我。”

“你不知道你在干什么，你不知道那本书会……”

“把书给我，不然我自己去找。”

她们的身后又蹿起浓浓黑烟，闷烧的火焰吞噬着仅存的房屋残骸。

艾维服软了。她撩起裙子领着吉妮薇穿过原本母亲种柠檬树的果园，以前她从来不曾如此深入这个果园，再过去只有一大片棉花田，至少家人是这么告诉她的。她当然无须下田，只不过偶尔和伊万杰琳（意为天使）玩捉迷藏才会跑进棉花田。

艾维很熟练地在前面领路，很清楚要怎么走。吉妮薇还能听到远方的枪声，以及邻居看到自己家园被焚毁，因而发出的悲痛哀号。

艾维在一处野生的灌木丛前面停了下来，这里杂生着野莓、迷迭香和茉莉。艾维沿着爬满藤蔓的石墙穿梭前进，最后来到隐藏在藤蔓底下的一道拱门。艾维低头走进拱门，吉妮薇跟了进去。这个拱门显然是嵌在石墙上的，因为里面是石墙围绕起来的密闭空间，一个完美的圆形空地。可能是因为外面爬满了百年老藤，几乎遮蔽了四周的墙壁。

“这是什么地方？”

“一个你妈妈不希望你知道的地方，否则你早就知道这是哪里。”

吉妮薇看到远处有些石块突出于长草之间。当然，这是她们家的墓地。吉妮薇记得小时候曾祖母过世时曾来过一次，她记得葬礼是在晚上举行的，母亲站在月光下的草地上，以一种她和妹妹没有听过的语言喃喃祈祷。

“我们来这里做什么？”

“你不是要那本书吗？”

“书放在这里？”

艾维停下脚步，困惑地看着吉妮薇：“不然还会放在哪里？”

前方还有一座建筑物被藤蔓遮蔽起来，那是一间墓室。艾维停在门口：“你确定要……”

“没时间争辩了！”吉妮薇伸手去握门把，但门上并没有可以握的东西，“这门怎么开？”

老妇人踮起脚，伸手摸摸门框上方，吉妮薇就着远方的火光依稀看到门框上方有块平滑的小石头，上面刻着新月形的图案。艾维压下那个新月形图案，石门就开始动了，随后在石块摩擦的嘎嘎声中打开。艾维又伸手从门口内侧拿了某个东西，是一支蜡烛。

烛光照亮了小小的墓室，这里面不过两三米见方，但每面墙排满古老的木架，上面堆了大大小小的瓶瓶罐罐，里面装着各种植物花卉、粉末、暗浊的液体。墓室中间有张年代久远的石桌，上面放了一个古老的木盒。木盒看起来很普通，上面唯一的装饰就是盒盖上刻了一个小小的新月图案，和石门上的新月图案是一样的。

“我不碰它。”艾维小声说，好像怕盒子本身会听到似的。

“艾维，那只是一本书。”

“不，那可不只是一本书而已，尤其是在你们家。”

吉妮薇轻轻拿起盒盖，里面的黑色书皮不但已经干裂，还退成了灰色。书本封面并没有书名，只有相同的新月图案印在上面。吉妮薇试探性地拿起书本，她知道艾维非常迷信，虽然她经常嘲笑这位老妇人，但她也知道艾维很聪明，会看塔罗牌，也会用茶叶算命。母亲大小事情都要请艾维用茶叶算过。包括决定哪一天种蔬菜最能避免霜害，哪一种草药可以治好感冒。

书摸起来温温的，好像有生命、会呼吸似的。

“为什么这本书没有名字？”吉妮薇问。

“书上没有印名字，不代表就没有书名。上面说得很清楚了，这是《月之书》。”

没有时间可以浪费了。她在黑夜中循着火光，迅速回到烧毁的绿屋和伊森身边。

她翻了一页又一页查找，里面有好几百个咒术，她要如何找到正确的一个？没多久就看到了。咒术是以她相当熟悉的拉丁文写的，她母亲特别从北方请了家教，确保吉妮薇和伊万杰琳能学会拉丁文。这是家里最重视的一种语言。

复苏术，让死者复活之术。

吉妮薇把书放在伊森旁边的地上，手里指着第一句咒语。

艾维紧紧抓住她的手腕：“今天晚上不适合施法。半边月适合施展白魔法，满月适合施展黑魔法，没有月亮的夜晚又是另一回事了。”

吉妮薇挣脱艾维的掌握：“我别无选择。我们只有这个夜晚能施法了。”

“吉妮薇小姐，那些字句不只是咒语，也是一场交易，使用《月之书》是要付出代价的。”

“我不管付出什么代价，我们谈的是伊森的性命。我已经失去别的亲人了。”

“那个男孩已经没有生命迹象了，子弹夺走他的生命，你想做的事情完全违反自然法则，这是不对的。”

吉妮薇知道艾维说得对。她母亲不止一次警告她和伊万杰琳（意为天使）

要尊重万灵法则。她已经越界了，这条界线是她的巫师家族从来没有人敢跨越的。

但现在他们都死了，她是唯一活着的人。

她一定要试试看。

“不！”蕾娜放开我们的手，我们重回现实，“她转化成黑暗巫师了。你不明白吗？吉妮薇使用了黑魔法。”

我抓住她的手，她试图抽开，通常我握住她会感受到温和的阳光，但这次她更像是一个龙卷风，“蕾娜，她不是你，他也不是我。这些事情都发生在一百多年前。”

她已经歇斯底里了：“她就是我，所以链坠才要我看到那些异象。它在警告我要远离你，以免我转化后会伤害你。”

玛丽安睁开眼睛。她的眼睛睁得很大，她的短发一向整齐完美，现在却被吹得乱七八糟。她看起来累坏了，但心情非常兴奋。我知道那种表情，感觉就像我妈妈附在她身上一样，尤其那个眼神简直像极了。

“你还没有转化，蕾娜。你现在还没有正邪之分，这只是杜凯家的孩子在十五岁半会有的感觉，我认识我那个时代的许多巫师，也认识许多杜凯家族的巫师，黑暗及光明巫师我通通认识。”

蕾娜看着玛丽安，整个人呆住了。

玛丽安试着平静下来：“你不会转化成黑暗巫师的，只是把它夸张化了，就跟麦坎一样，现在，冷静下来。”

她怎么知道蕾娜的生日？她怎么会知道巫师的事？

“你们两个有吉妮薇的链坠为什么不告诉我？”

“我们不知道该怎么做。每个人的说法都不一样。”

“让我看看。”

我伸手插入口袋，蕾娜把手放在我的手臂上，我犹豫了一下。玛丽安是我妈妈最要好的朋友，她就像家人一样。我知道不该质疑她的动机，但是我跟踪过爱玛，发现她到沼泽地和麦坎·雷见面，那是我压根儿没料到的事。

“我们怎么知道能不能相信您？”我真恨自己问了这样的问题。

“想知道是否可以信任别人，最好的方法就是去相信他们。”

"艾尔顿·约翰①？"

"很接近了，是海明威。他在他那个年代也像是某种摇滚明星了。"

我笑了，但蕾娜还是有所疑虑："每个人都瞒着我们，为什么我们应该相信您呢？"

玛丽安变得很严肃："因为我不是爱玛，也不是你的麦坎舅舅，甚至不是你外婆或黛阿姨。我是个凡人，而我的立场完全中立。我处在黑与白、光明与黑暗的魔法之间，这两者总要有点空间，维持相互抗衡的余地。这个空间就是我。"

蕾娜后退了几步，我们两个都不敢相信她的话。她怎么对蕾娜的家庭知道得这么多？

"您的身份是什么？"对蕾娜的家族来说，这是一个非常沉重的问题。

"我是盖林镇图书馆的馆长，从我搬来这里定居就一直是这个身份，恐怕将来也不会改变。我不是巫师，我只是负责保管记录和书籍。"玛丽安整理一下她的头发，"我是保管者，自古以来一脉传承的凡人，我们虽然无法成为巫师世界的一分子，却负责替他们保管历史和秘密。"

"玛丽安阿姨，您在说什么？"我整个迷糊了。

"这样说好了，图书馆馆长有两种，我替盖林镇所有的善良居民服务，不管他们是凡人还是巫师。这两者的工作并不冲突，因为服务巫师多半是晚上的工作。"

"您是……"

"盖林镇魔法图书馆。我当然是巫师一族的图书馆馆长啊！"

我看着玛丽安，好像第一次认识她似的。她以同样的棕色眼睛注视我，脸上挂着相同的微笑。但她看起来完全不同了。我一直纳闷玛丽安这些年为什么待在盖林镇，我还以为是我妈妈的缘故，现在我了解她还有另一个原因。

我一时不知该作何感想，但蕾娜刚好相反："那么您可以帮助我们。我们必须知道伊森和吉妮薇发生了什么事。为什么这件事会牵涉到伊森和我？我们必须在我生日以前找出答案。"

蕾娜充满期待地看着玛丽安："魔法图书馆里面一定有记录，也许《月之书》就在里面。您认为书中会有答案吗？"

玛丽安别开头："也许有，也许没有。我恐怕帮不上忙，很抱歉。"

"您说什么？"玛丽安的话太不合理了。我不曾看过她拒绝帮助别人，尤其

---

① 艾尔顿·约翰（Elton John，1947—　），生于英国伦敦市郊，被誉为"英国乐坛常青树"。

是帮助我。

“就算我想帮忙，也不能介入其中。这是工作规定。那些书不是我写的，规则也不是我定的，我只是负责保管的人。我不能插手干涉。”

“这个工作比帮助我们更重要？”我向前走到玛丽安面前，她必须看着我的眼睛回答问题，“比我还重要吗？”

“事情不是那么简单，伊森。凡人和巫师的世界必须维持平衡，就像光明与黑暗要维持平衡一样。保管者属于这个平衡的一部分，是万灵法则之一。如果我违反法则就会打破这个平衡。”她直视我的眼睛，声音有些发颤，“就算我难过得要命，我也无法介入。就算会让我爱的人伤心也一样。”

我不明白她在说什么。但是我知道玛丽安爱我就像爱我妈妈一样。她不能帮忙一定有她的苦衷。

“好吧，如果您不能帮我们，就让我进入这座巫师图书馆，我自己去找答案。”

“你不是巫师，伊森。你没有权力进去。”

蕾娜站到我身边握住我的手：“我有权力进去，而且我要进去。”

玛丽安点点头：“好吧，我会带你进去，不过要等图书馆下一次开放才行。巫师图书馆的开放时间不像盖林镇图书馆那么固定，它的时间不太规律。”

想想也知道。

十月三十一日　万圣节

盖林镇图书馆随着法定假日休馆，像感恩节、圣诞节、新年、复活节等。因此，这几天就是巫师图书馆开放的日子。这显然不是玛丽安能控制的。

“配合本镇作息，我说过了，规则不是我定的。”我不知道她口中的本镇是指哪一个。是那个我从小生长的小镇，还是最近我才发现隐藏在其中的神秘小镇。

但蕾娜满怀希望。原先她认为自己的命运无法改变，这是她第一次相信也许有办法可以避免那个结果。玛丽安无法给我们答案，但至少指引我们一个方向。因为我们平常最依赖的两个人现在都不愿意帮我们，他们明明就在我们身边，感觉却又那么遥远，我没对蕾娜提起，但是少了爱玛，我整个人就迷失了。至于蕾娜，少了麦坎·雷，她甚至连路都找不到，更别提迷路了。

玛丽安确实给了我们一些东西，像伊森和吉妮薇的信件。还有她和我妈妈收集到的相关物品，现在也通通给了我们。那个布满灰尘的仿木纹纸盒装了满满的文件，这些信件非常古老脆弱，纸张几乎都变成透明的。虽然蕾娜喜欢阅读那些字句……“没有你的日子，只能齐上战场挥洒热血。时间只是我们必须克服的另一个障碍。”

这听起来就像是个结局悲伤的爱情故事，而且是非常黑暗的结局，我们有的就是这些东西。

现在我们必须从中找出一点线索，也许有些像大海捞针，但我们目前所能做的就是翻箱找答案了。

两个星期过去了，我花了比预期更多的时间陪蕾娜阅读那些文件。我们读得越多，就越觉得像在阅读自己的故事。晚上我们经常熬夜，希望能解开伊森和吉妮薇的谜。

一位是凡人，一位是巫师，尽管机会渺茫，仍不顾一切要找到长相厮守的办法。我们在学校也面临相同的困境。我们每天都要在石墙中学奋斗八小时，日子一天比一天难熬，每天都有人想出新的计策要赶走蕾娜或拆散我们。特别是万圣节这天。

万圣节在石墙中学是一个压力很重的节日。对男孩来说，要穿上节日的特制戏服，难保不会发生什么意外。另外一个压力则是不知道自己能不能受邀参加莎凡娜家的盛大聚会。我的万圣节压力却截然不同，因为我爱的女孩是一名巫师。

我完全不知道蕾娜会穿什么服装来接我去上学。我和她约在几条街之外会合，免得爱玛一探头就发现我们。

“你没有装扮。”我惊讶地说。

“你在说什么？”

“我以为你会穿什么特别的衣服呢！”我一开口，就觉得自己真像个白痴。

“哦，你以为巫师在万圣节会穿上长袍，骑着扫帚到处飞啊？”她大笑。

“我不是那个意思……”

“抱歉让你失望了，我们就是穿一般节日的晚宴服。”

“所以今天也是你们的节日啰？”

“今天是一年之中最神圣，也最危险的夜晚，是巫师四大节中最重要的一个。就像巫师的除夕夜，是结束旧的一年，迎接新年的节日。”

“你说的危险是什么意思？”

“外婆说今天晚上是尘世和冥界分隔最薄弱的时候，是力量最强的夜晚，同时是纪念之夜。”

“冥界？是人死后的世界吗？”

“算是吧，就是鬼魂的世界。”

“所以万圣节确实充满鬼怪和灵魂啊！”

蕾娜忍不住翻了翻白眼。

“我们在这一天纪念过去那些因为与众不同就被控罪的巫师，许多人因为拥有特殊天赋就活活被烧死了。”

“你说的是萨勒姆镇女巫审判（The Salem Witch Trials）[①]？”

“我猜你们是这样说的。但当时整个美国东岸都有女巫审判的事件，并不是只有萨勒姆镇而已。甚至全世界都有猎杀女巫的事件，只不过你们的课本只提过萨勒姆镇。”她说“你们”的口吻，好像那是一句污秽的脏话，偏偏今天这个词还真有那么一点儿味道。

我们开车经过“得速偷”，阿布坐在转角的店招牌下方等着。它看到灵车就起身，在后面以稳定的步伐慢慢跟着跑。

“我们应该载那条狗一程的，它这样成天跟着你到处跑一定累坏了。”

蕾娜从后视镜看了它一眼：“它不会上车的。”

我知道她说的是实话，但是当我转头去看布芮德的时候，我发誓它正在点头表示同意。

我在学校停车场看到林克，他戴了一头金色假发，穿了一件蓝色毛衣，上面缝了野猫的图案，他甚至还戴了两个拉拉队彩球，看起来不但很可怕，而且真的有点像他妈妈。篮球队今年决定要打扮成石墙中学的野猫拉拉队。最近发生那么多事，我压根儿忘了这回事，至少我是这样说服自己的。这下我绝对被盯住了，厄尔一直找机会想取代我在篮球队的地位。自从和蕾娜交往以来，我在场上的表现越来越神勇，整个球队的焦点转移到我身上，这让身为队长的厄尔很不高兴。

蕾娜发誓我在篮球场上的表现和魔法无关，至少不是巫师施咒那种魔法。她只来看过一次比赛，我几乎每投必进。唯一的缺点是她的声音一直出现在我脑海，问一堆有关罚球、助攻、禁区三秒的规则。原来她从不曾看过篮球比

① 1692 年著名的萨勒姆女巫审判案。

赛，这比带三姐妹去参加郡县市集的情况更糟。之后她就不来看球了，但我感觉得到她在收听比赛，我在场上打球的时候还是能感觉到她的存在。

从另一方面来看，或许她是造成拉拉队今年表现失常的原因。她们今年练得很辛苦，爱米莉很难在野猫金字塔队形的顶端站稳。不过我没有问蕾娜这是否和她有关。

今天很难认出我的篮球队友，除非我走到他们身边，近距离看到他们的腿毛和胡楂，否则他们就像拉拉队一样。林克走过来和我们会合，近看他的样子更糟糕，他居然还化妆，学拉拉队擦了粉红色口红之类的，甚至掀起裙子调整丝袜。

“你这小子。”他隔着几辆车指着我鼻子，“你的服装呢？”

“抱歉，兄弟，我忘了。”

“骗人，你只是不想穿上这身衣服，我太了解你了，魏特。你这胆小鬼。”

“我发誓，我真的忘了。”

蕾娜对林克微笑：“我觉得，你看起来很棒。”

“真不知道你们女孩子怎么能在脸上涂那么多东西？真是痒死了。”

蕾娜做了个鬼脸。她几乎是不化妆的，也不需要。“不是每个女孩年满十三岁就会和美宝莲①签订使用条约的。”

林克扶正头上的假发，又在胸前塞了另一只袜子，“你该去告诉莎凡娜的。”

我们走到前门台阶，阿布已经躺在草坪的旗杆旁边。我差点儿就要问那条狗怎么可能比我们更快到学校，但现在知道根本不必费事多问这些。

大厅挤满了人，感觉有半数以上的学生都逃了第一堂课。其他篮球队员都聚在林克的储物柜旁边，都是男扮女装，这真是一大刺激，看来只有我最不合群。

“你的拉拉队彩球呢？伊森。”艾默里拿起一个彩球在我面前摇了摇，“怎么了？你的瘦腿穿裙子不好看？”

肖恩拉拉他的上衣：“我敢打赌拉拉队的女孩愿意借他一条裙子。”少数几个队友笑了。

艾默里伸手搭在我的肩膀上，朝我身上靠过来：“是这样吗？伊森，还是你和那个住鬼屋的女孩交往，天天都像在过万圣节啊？”

我一把抓住他的上衣背后，他塞在胸前的袜子掉了一只出来：“你真的要这

① Maybelline，著名化妆品品牌。

样吗？艾默里。”

他耸耸肩：“随时奉陪，反正是迟早的事。”

林克站到我们两个中间：“小姐们，我们是来加油欢呼的，可别弄花了漂亮脸蛋，艾默里。”

厄尔摇摇头。他把艾默里推到走廊另一头，照样还是不发一语。但他的表情说得很清楚了。

伊森·魏特，一旦你走上那条道路，就再也不能回头了。

篮球队似乎成了学校的热门话题，可是等我看到真正的拉拉队员，才发现我的队友并非唯一想到做团体造型的人。蕾娜和我正准备去上英文课，就看到她们一群人了。

“我的天哪！”林肯拍了一下我的手臂。

“什么事？”

她们排成一排从大厅鱼贯而过。爱米莉、莎凡娜、依登、夏洛特，以及其他拉拉队女孩都穿上非常短的黑色洋装。她们当然没忘了尖头靴和高高的巫婆帽，但那还不是最糟的，她们戴了一头又长又黑的假发，而且卷翘得很夸张。就连化妆也走黑色系，右眼下方还刻意画了黑色的半弦月。那是在模仿蕾娜脸上的胎记。为了更具效果，她们还人手一把扫帚，假装疯狂地在人们脚边扫来扫去。

巫婆？在万圣节？还真有创意啊！

我紧紧握住她的手。她的表情没有改变，但我能感觉到她的手在发抖。

很抱歉，蕾娜。

如果她们知道抱歉就好了。

我等着大楼开始摇晃或窗户陆续震破，但什么事也没发生。蕾娜只是怒不可遏地站在那里。

这群美国革命女儿会的新生代朝着我们走来。我决定上前迎击：“你的节庆装扮呢？爱米莉，你忘了今天是万圣节吗？”

爱米莉一脸困惑，然后对着我微笑，那是对自己充满自信，甚至甜到发腻的笑容：“你在说什么？伊森。你现在不是正迷这种打扮吗？”

“我们只想让你的女朋友觉得像在家里一样自在。”莎凡娜吹了一个口香糖泡泡。

蕾娜看了我一眼。

伊森，别这样。你会让自己的处境变得更糟。

我才不管。

我可以应付的。

你的事就是我的事。

林克走到我身边拉高他的丝袜："嘿，姐妹们，我以为我们今天要一起耍贱的。哦，等等，好像每天都是这样嘛！"

蕾娜尽管自身难保，还是对林克笑了笑。

"你闭嘴啦！韦斯利·林肯，我要告诉你妈，说你和那个怪胎一起混。你肯定会被禁足到圣诞节。"

"你知道她脸上那个标记是什么吧？"爱米莉指指蕾娜脸上的胎记，然后指着自己画在脸颊上的新月图案，"这是女巫的记号。"

"你昨晚上网查的吗？没想到你比我原先想的更笨。"我大笑。

"你才是大笨蛋，竟然会和她在一起。"

我居然脸红了。这是我最不想要的情况。我不想在全班面前谈论这个，更别提我也不确定蕾娜和我是否算是一对了。我们接过一次吻，我们总是形影不离，但她不是我女朋友，至少我认为还不是。虽然在团聚日亲口听她那么说，但我该怎么做？开口问她吗？这种事情如果还必须开口确认，答案很可能刚好相反。她和我还有一些隔阂，有一部分的她是我难以接近的。

爱米莉用扫帚拨开我。看得出来这种"正中要害"的概念很吸引她，至少就目前为止是这样。

"爱米莉，你们何不通通从窗户跳出去，看看是否可以飞起来？"

她眯着眼睛："全部的同学都要去莎凡娜家参加聚会。希望你们享受今晚单独相处的时光，因为这是她在石墙中学最后一次过节了。"爱米莉说完转身走回她的储物柜，莎凡娜和其他女孩也跟了上去。

林克正在搞笑逗蕾娜，想让她开心起来。这其实不难，他今天的打扮实在太爆笑了。就像我说的，林克是我永远可以信赖的朋友。

"她们真的痛恨我，这好像永远不会改变了，对吧？"蕾娜叹了口气。

林克突然喊起口号，跳上跳下地挥舞拉拉队彩球。"她们真的恨你，正确无误，她们讨厌每一个人，你怎能例外？"

"她们要是喜欢你，我才担心呢！"我靠过去，笨拙地想搂她的肩，她躲开了，我算是轻轻碰到一下而已。这下可好了。

别在这里。

为什么不行？

你会让自己的处境更糟。

我一向逆来顺受。

“我受够公然示爱了。”林克赏了我一个手肘，“你让我开始替自己感到难过了。看来我又是一整年没有约会的命运。英文课快迟到了，我必须先去脱了这双丝袜，真是卡得胯下怪不舒服的。”

“我要先去储物柜拿课本。”蕾娜说完头发就开始卷动起来。我有些怀疑，但没说什么。

爱米莉、莎凡娜、夏洛特和依登站在她们的储物柜前方。对着挂在储物柜里面的镜子精心打扮。蕾娜的储物柜在更远的一头，所以势必要经过她们。

“别理她们就好了。”我说。

爱米莉拿着湿纸巾想擦掉脸颊上的图案。但黑色的半弦月晕开了，结果越擦越黑，范围也越大，整个擦不掉。“夏洛特，你有卸妆液吗？”

“当然。”

爱米莉又擦了几次：“还是擦不掉，莎凡娜，你不是说这东西只要肥皂和水就能洗掉吗？”

“是啊！”

“那为什么我擦不掉？”爱米莉恼怒地关上储物柜。

这一幕喧闹引起林克的注意：“那四个人又怎么了？”

“看来她们好像有点小麻烦。”蕾娜靠在她的储物柜上。

莎凡娜试着擦掉自己脸上的黑色弦月：“我的也擦不掉。”晕开糊掉的月亮几乎占了她半边脸。

莎凡娜开始翻找她的皮包：“那支笔就放在里面。”

爱米莉从储物柜拿出自己的包：“算了，我自己也带着。”

“这是怎么……”莎凡娜从皮包中拿出一支笔。

“你用签字笔？”爱米莉大笑。

莎凡娜拿起那支签字笔：“当然不是，我也不知道怎么会跑出这支笔啊！”

“你真差劲。这下在今晚聚会之前，都擦不掉脸上的黑印了。”

“我不能整晚黑着半张脸。今晚我要打扮成希腊女神阿佛洛狄忒，这会毁了我整体的造型。”

“那你就应该更加小心一点啊！”爱米莉从银质皮包翻找了一下，最后把整个包的东西倒在储物柜里面。唇蜜和小罐指甲油滚到地上：“我肯定放进包包了啊！”

“你在说什么？”夏洛特问。

“我今天早上用的化妆品不在包里面。”爱米莉的夸张动作引来一批观众。一支黑色签字笔从她的包里滚到走廊中央。

“你也用签字笔？”

“我当然没有！”爱米莉惊叫，拼命擦着她的脸。但黑色月亮同样越擦越大、越黑。

“这到底是怎么回事？”

“我也带着。”夏洛特打开她的储物柜。

“怎么样？”莎凡娜质问。夏洛特从手提包拿出彩妆笔，结果同样是黑色签字笔。

林克摇着拉拉队彩球：“拉拉队最棒！”

我看着蕾娜。

签字笔？

她脸上浮现一抹顽皮的微笑。

我以为你不能控制自己的法力。

初学者的运气吧！

到了放学时间，每位学生都在谈论拉拉队员。显然每位打扮成蕾娜的拉拉队员，都不是用眉笔，而是拿签字笔在脸上模仿蕾娜的新月胎记，这件事成了大家的笑柄。

接下来几天她们可能要顶着那张脸出入学校和镇上，在教堂合唱团唱歌，在球场进行拉拉队表演，一直到签字笔的污渍逐渐消退。林肯太太和史诺太太肯定大为恼火。

我真希望能亲眼看到这一幕。

放学以后我陪蕾娜走到车子旁边，只为了想多握一下她的手。每次碰触她就会产生的电流并不会让我退缩。不管那股电流是微微烧灼，还是像灯泡爆破，甚至是闪电雷击的程度，我就是想靠近她。这就像呼吸或吃饭一样，我不由自主，非这样做不可。这比整整一个月过万圣节更吓人，更让我受不了。

“你今晚要做什么？”蕾娜不经意地伸手顺了顺头发。她坐在灵车的引擎盖上，我站在她面前。

“也许你可以来我家，我们等着那些要糖果的小孩上门。你可以帮我注意别让任何人在我家草坪焚烧十字架。”我尽量不要把接下来的计划想得太仔细，也就是蕾娜和我，沙发和老电影，而且今天晚上爱玛会回自己家过节。

“我不能去。今天是个大节日，许多亲戚会从各地过来，麦坎舅舅不会放我离开家门超过五分钟的。更别提我绝对不能开门让陌生人进门，今晚是充满黑暗力量的危险之夜。”

“我没想到这一点。”现在想起来了。

等我回家之后，爱玛已经准备离开了。她炖了一只鸡在炉子上。手里还端着一盘准备烘烤的馅饼糊。爱玛总说“任何自重的女人都是自己烘烤馅饼的”。我狐疑地看着那锅鸡肉，怀疑这些到底是我们的晚餐，还是替先灵准备的食物。

我伸手捏了一点面糊，爱玛抓住我的手。

“顺——手——牵——羊。”我笑着说。

“对，你的贼手离我的馅饼远一点，伊森·魏特。我赶着去喂饱许多人呢！”看来鸡肉和馅饼不是我今天的晚餐。

爱玛在万圣节总是回自己家。她说是因为教堂有特别活动，但我妈妈说因为这天晚上爱玛的生意会特别好。还有什么日子比万圣节更适合找人算塔罗牌呢？总不会有人在复活节或情人节大排长龙要算命吧？

但是基于最近的事件，我觉得可能还有另外的原因，或许今天也适合到墓园去解读鸡骨头。我不能问爱玛，我甚至不太想知道细节。我想念爱玛，想念和她聊天说话，想念能够信任她的感觉。即使她感觉我们之间有些不同，她也没有表现出来，也许她认为我只是长大了，或许我真是如此。

“你要去史诺家的聚会吗？”

“不，今年我要待在家里。”

她瞪了我一眼，但没往下追问。她已经知道我为什么不去了。“你自己铺床，晚上最好乖乖上床睡觉。”

我没说什么，我知道她不期待我回答。

“我再过几分钟就要回去了。小朋友来敲门的话交给你应付，你爸忙着工作。”说得好像我爸爸会走出书房，开门去接待那群吵着“不给糖就捣蛋”的孩子一样。

“没问题。”

一大袋糖果放在客厅，我打开来倒入一个大玻璃碗，心里不断地想着蕾娜说的黑暗力量的危险之夜。我还记得莱德莉在“得速偷”门口靠着跑车站立的样子。她有美丽的长腿和妩媚的笑容，显然我不懂得分辨什么是黑暗力量。我不会知道有人敲门是否可以随便打开。当我喜欢的女孩碰巧是一名巫师，万圣节对我显然有了全新的意义。我看着手中那碗糖果，最后决定直接把碗放在门外让小孩自取，然后就关门回到屋内。

我开始看老片《闪灵》(*The Shining*)①，心里却一直想着蕾娜。我任由思绪飘荡，因为通常只要飘荡一阵子我就能察觉她在哪里。但今晚我感觉不到，我等着等着就在沙发睡着了。

一阵敲门声惊醒了我。我看看手表，都快十点了，这么晚了应该不是要糖果的小孩。

“爱玛？”

没有人响应，我又听到第二次敲门声。

“是您吗？”

休息室一片漆黑，唯一的亮光是闪烁的电视屏幕，电影正演到那个父亲拿着染血的斧头劈开旅馆房门，准备屠杀他的家人。这时候实在不该去开门，特别是在万圣节的夜晚。

但敲门声又来了。

“林克？”我关掉电视，环顾四周想拿点什么在手上，可一时找不到东西，于是从地上抓起一个很旧的电玩游戏杆。这不是球棒，但总是扎实的老派日本科技，感觉至少有两三公斤重。我高举游戏杆，朝前门一步步慢慢移动，然后稍微拉开一点点蕾丝门帘，露出不到一厘米的空隙往外看。

前廊没有开灯，我看不到来人的脸，但是认得停在门口那辆米色旧车，她总说那是“沙漠色”。是林克的母亲端了一盘布朗尼蛋糕站在门外。我手上还握着电玩游戏杆，要是被林克看到，肯定要拿这件事取笑我一辈子。

“请等一下，林肯太太。”我打开门廊的灯，然后拉开大门的门闩。当我想打开大门，门却卡住了。我检查一下门闩，竟然还是拴上的，刚才我明明打开

① 1980 年上映的美国经典电影《闪灵》，杰克·尼克尔森主演，是电影史最伟大的恐怖片之一。主人公教师杰克·托伦斯的儿子丹尼在饭店期间不断地看到奇异的幻觉。而杰克做了一个自己杀害妻儿的噩梦，从而精神分裂，追杀妻子和儿子。

了啊！

“伊森？”

我再度拉开门闩。手还来不及抽开，它又啪的一声自己拴上。“林肯太太，很抱歉，我们家的门好像卡住了。”我用全身的力量去摇大门，手里还抓着电玩游戏杆。某个东西突然掉到地板上。我捡起来一看，是大蒜，包在爱玛手帕中的大蒜。我猜家里的所有门窗都放了一包这玩意儿，爱玛的万圣节传统。

不过有某种力量不让我打开大门，就像前几天有某种力量帮我打开书房的门一样。家里到底有几扇门会这样自动开关？这到底是怎么回事？

我再一次拉开门闩，然后用尽力气去推门，门终于弹开了，还重重打在外墙发出砰的一声。灯光从林肯太太身后照过来，她的阴暗身影站在一圈灯光前面，看起来还真有点可怕。

她看着我手中的电玩游戏杆：“电玩游戏会让大脑腐败的，伊森。”

“嗯，林肯太太。”

“我带了一些布朗尼蛋糕过来，算是和解的小礼物。”她满怀期望地举着那盘蛋糕，我应该请她进来才对。规矩就是这样，你可以说是礼貌，也可以说是南方人的热情。但我曾这样对待莱德莉，结果很糟，这让我犹豫了，“您这么晚出来做什么？林克不在我家。”

“他当然不在。他在史诺家，石墙中学每个正直乖巧的学生都应该受邀才对。由于他最近行为欠佳，我可是打了好几通电话才让他得到邀请的。”

我还是不懂。我从小就认识林肯太太了，她一直是个怪人。成天忙着要图书馆将某些书本下架，或是要学校解雇某些老师，光是一个下午就能毁掉别人的名誉。但最近她不太一样。她反对蕾娜的排斥运动也不一样，林肯太太向来信仰坚定，然而这次感觉像是私人因素。

“林肯太太？”

她看起来有点恼怒：“我帮你做了布朗尼蛋糕，以为可以进去和你谈一谈的。我的抗争活动不是针对你，伊森。那女孩对你施展魔法，这并不是你的错。你应该加入同学去参加聚会才对。你应该和属于本地的孩子在一起。”她又举起那盘布朗尼。每次浸信会教堂举办食物义卖，洒了加倍巧克力碎片和软糖的布朗尼蛋糕总是最先被扫空。我可以说是吃布朗尼长大的小孩。

“伊森？”

“林肯太太。”

“我可以进去吗？”

我一动也不动，手里紧紧抓着电玩游戏杆。我看着那盘布朗尼，突然一点也不饿了，不管眼前满满一盘蛋糕，不管这位妇人来我家就算客人，我们家的屋子突然就像雷氏庄园一样，好像有它自己的意志，使得我和房子本身都不愿意请她进入屋内。

“不行，林肯太太。”

“你在说什么，伊森？”

“不行，林肯太太。”

她眯着眼睛，硬把整盘蛋糕推给我，好像她无论如何就是要闯进来。不过我和她之间似乎有道隐形的墙，感觉盘子就砸在墙上，然后慢慢掉到地上，撒了一地碎片和巧克力，弄脏了门口那张“万圣节快乐”的擦鞋毯。明天爱玛准会发飙。

林肯太太转身离开我家门廊，很快上了那辆沙漠色的老车，迅速消失在黑暗之中。

伊森！

她的声音立刻让我从梦中惊醒。我一定是睡着了。电视整晚播放的恐怖片马拉松已经结束，如今只剩灰色嘈杂的噪声画面。

麦坎舅舅！伊森！救命！

蕾娜在某处尖叫，声音透露着恐惧。我的头痛到快爆炸，一时想不起自己身在何处。

谁来救救我！

屋子的前门大开，被风吹得来回晃动，打在墙上听起来真像枪声。

你说我在这里很安全的！

她在雷氏庄园。

我抓了钥匙就冲去开老妈的旧车。

我不记得我是怎么抵达雷家的。只记得我有几次差点儿冲出路面，眼睛几乎看不清东西，蕾娜的声音是如此痛苦，我们的心灵对话是如此接近，光是以这种方式感觉她的痛苦，我就快晕倒了。

还有那个尖叫声。

从我在家里惊醒，一路来到雷家按下新月图案，进入雷家大厅，我不断听到蕾娜的尖叫声。

大门打开后，我看到雷氏庄园又整个改变了。今晚里面就像一座古代城堡。透过枝形烛台的烛光，我看到屋里有一群身穿黑袍、黑色长礼服、黑色西装的男女宾客，他们的身影在烛光下显得特别古怪。这群宾客的人数远超过上次的团聚日。

伊森！快点！我撑不下去了……

“蕾娜！”我大喊，“麦坎·雷！她在哪里？”

没有人循着我的声音望向我这边。我看不到认识的脸孔，虽然大厅挤满宾客，但他们就如同鬼魂般从房间飘过来又飘过去，像极了幽灵聚会。他们的样子都不像附近的人，至少不是这几百年来的人物，有些男宾身穿深色的苏格兰裙和古代的爱尔兰粗布长袍。还有女宾穿了束腰紧身的长礼服。每个人都是一身黑，整个屋子真是黑影幢幢。

我推开这些人，进入一间正在举办大型舞会的宴会厅，却还是看不到我认识的人，没有黛阿姨，没有莱丝和小莱儿。蜡烛的火光在屋角跳动，一支看似透明的乐队时隐时现，演奏着奇怪的音乐，一对对宾客在大厅翩翩起舞，宴会厅现在变成石地板了。这些宾客在地板上滑动着舞步，似乎也无视我的存在。

这一定是巫界的音乐，感觉音乐本身就带着魔法，我听得出来以弦乐为主，有小提琴、中提琴和大提琴的声音。我几乎能看到蛛丝般的细线牵动所有的舞者，他们彼此一推一拉的舞步就像精心设计的动作，是整体舞群的一部分。只有我不在这个设计当中。

伊森……

我必须找到她。

我突然感觉一阵疼痛，她的声音变弱了。我绊了一跤，连忙抓住身旁一名长袍宾客的肩膀。我才碰到他而已，蕾娜传给我的痛苦就透过我传到那位客人身上。他吃惊地跳开，又撞到旁边另一对跳舞的男女。

“麦坎·雷！”我用最大的嗓门嘶吼。

接着我看到布芮德出现在楼梯顶端，好像在等我一样，它那双很像人类的圆眼睛充满恐惧。

“阿布！她在哪里？”布芮德看着我，而我居然看到麦坎·雷那双阴郁冰冷的灰眼珠。我发誓我真的没眼花。然后阿布转身跑了，我追在后面，或许我以为自己在追麦坎·雷。总之我们爬上此刻变成古堡的回旋石梯，阿布在楼梯平台等我跟上，然后领着我来到走廊尽头的漆黑房间。从阿布的反应来看，这就像是一种邀请。

阿布叫了几声，两扇巨大的实心木门自动开启。这里离宴会厅很远，我完全听不到音乐和宾客的喧哗，感觉好像踏入了不同的时空。就连这栋古堡也在我脚下有了改变。石板地变得更粗糙多尘，墙壁长满青苔，屋里点的不是蜡烛，墙壁挂着更原始的火炬。

我知道什么叫古老，盖林镇就是个古老城镇，我从小生长的环境都是一些老东西。但这里是完全不一样的古老。就像蕾娜说的，这是迎接新年的一夜，一个脱离时空的夜晚。

当我踏入房间，我被头上的天空震慑住了。这个房间居然没有屋顶，抬头直接可以看到整片天空，就好像天文台一样。此时天空一片漆黑，连一丁点儿星光也没有。这大概是我这辈子看过的最黑的夜空，我们仿佛置身在可怕的暴风眼中，不过房间里面安静得出奇。

蕾娜躺在一张沉重的石桌上，像胎儿一样蜷缩着身体，她因为痛苦挣扎全身都被汗水浸湿了，我所认识的人绕着她围成一圈，包括麦坎·雷、黛阿姨、巴克雷、莱丝、拉金和莱儿。还有一个我不认识的老妇人也在其中，他们手牵着手，以蕾娜为中心围成一个圆圈。

他们的眼睛是睁开的，但好像看不见前方的东西，甚至没注意我跑进房间了。我看见他们的嘴巴喃喃念着什么。我走近麦坎·雷身边，发现他们说的不是英语，我不确定是什么语言，不过因为经常和玛丽安在图书馆消磨时间，所以我猜那大概是拉丁语。

桑吉斯——桑古尼斯——梅，杜特拉——杜瓦——埃斯特。
桑吉斯——桑古尼斯——梅，杜特拉——杜瓦——埃斯特。
桑吉斯——桑古尼斯——梅，杜特拉——杜瓦——埃斯特。
桑吉斯——桑古尼斯——梅，杜特拉——杜瓦——埃斯特。

我只听得到他们轻声吟诵这句话，但听不到蕾娜的声音。我的脑海一片空白，她不在了。

蕾娜！回答我！

什么都没有，她只是躺在那里虚弱地呻吟、扭动，仿佛要从她的躯壳蜕化出来。她还是满身大汗，汗水中还夹杂着泪水。

黛阿姨打破沉默，她的声音已经歇斯底里了：“麦坎，想想办法！这样行不通的。”

“我尽力了，小黛。”他的语气充满恐惧，这是我从没听过的。

“我不懂，我们一起封印了这个地方，她在这间屋子应该很安全的。”黛阿姨看着麦坎·雷，渴望得到一些答案。

“我们错了，对她来说没有一个地方是安全的。”一名年纪和我奶奶差不多的美丽妇人开口了。她有一头黑色鬈发，脖子上戴了好几串珠链，手指也戴了许多华丽的银戒指。她和玛丽安一样很有异国风情，像是从外地来的异国女子。

“您并不知道，爱蕾莉亚阿姨。”黛阿姨断然地说，“莱丝，怎么回事？你看得到吗？”

莱丝闭着眼睛，泪水潸然而下：“我什么也看不到，妈。”

蕾娜的身体发僵，她在尖叫——至少她张开嘴巴，看起来像是在尖叫。但是她发不出声音，我再也无法忍受了。

“快想想办法！帮助她！”我大吼。

“你在这里做什么？这里不安全，快点出去。”拉金警告我，他们家的人终于注意到我的存在。

“集中精神！”麦坎绝望地大叫。他的声音压过其他人，而且越来越大，到最后几乎是吼。

桑吉斯——桑古尼斯——梅，杜特拉——杜瓦——埃斯特！
桑吉斯——桑古尼斯——梅，杜特拉——杜瓦——埃斯特！
桑吉斯——桑古尼斯——梅，杜特拉——杜瓦——埃斯特！
血浓于水的保护，保护你！

围成圆圈的成员拉紧彼此的手臂，好像要加强这个圆圈的力量，但是没有用，蕾娜还是在尖叫，非常恐怖的无声尖叫。这比那些噩梦还糟，因为这是真实的。如果他们无力阻止，那么就让我来吧！我朝蕾娜跑过去，弯身钻过莱丝和拉金的手臂。

“伊森，不行！”

等我踏入圆圈里面，就听到了那种号叫的声音。非常邪恶、可怕的长号，几乎像风声一样。或者那是人的声音？我无法确定。虽然离蕾娜躺的石桌只有几步的距离，但感觉却遥不可及，有某股力量在逼我后退，这股力量比我之前所经历过的一切都强，甚至比莱德莉几乎冻住我体内生命的那股力量更强大，逼得我用尽整个身心的力量去抵抗它。

我来了，蕾娜！撑下去！

我整个身体往前一跳，伸手去抓住她，就像在梦里一样。天空那个漆黑的深渊开始旋转起来。

我闭上眼睛继续往前冲。我们的指尖轻轻接触到了。

我听到她的声音。

伊森，我……

圆圈内的气流猛烈流动起来，好像旋涡似的。整个气流旋涡朝漆黑的天空升高，然后突然一阵气爆，把麦坎舅舅、黛阿姨和其他围成圆圈的人都弹飞，一个个撞上他们背后的墙壁。整个上升的旋涡气流就这样被天空的黑洞吸走。

一切都结束了。古代城堡又变回一般阁楼，屋顶开的也是普通天窗，蕾娜躺在地板上，头发乱成一团，她四肢瘫软而且昏迷不醒，但是还在呼吸。

麦坎·雷从地上站了起来，满脸惊讶地瞪着我，然后走过去把窗户关紧。

黛阿姨看着我，脸上依然挂满泪水："如果我不是亲眼看到……"

我跪在蕾娜身边。她无法移动，也无法说话，但是她还活着。我可以感觉得到她。

她手上的脉搏依然跳动着。我把头埋在她身边，这是唯一让我不至于崩溃的方法。

蕾娜的家人慢慢靠近我们身边，我隐约听到这个黑色圆圈彼此交谈起来。

"我告诉过你，那个男孩有法力。"

"这是不可能的，他是凡人，他不是我们这一族的。"

"凡人怎么可能突破我们的圣血环？凡人怎么能破除魄心魔咒？这个魔咒威力之强，连雷氏庄园的封印都无法阻挡它！"

"我不知道，这应该有个合理的解释。"黛阿姨高举右手喃喃吟诵。"伊凡克、康提安、可立戈、因库多。"她睁开眼睛，"麦坎，我可以感觉到房子还是在完整封印的状态，但她还是有办法接近蕾娜。"

"那是当然的，我们无法阻止她接近这个孩子。"

“莎拉·芬恩的力量越来越强了。莱丝现在看着蕾娜的眼睛，已经可以看到她了。”黛阿姨的声音微微发颤。

“在这里突袭我们，还选在这个夜晚，她分明是要表达立场。”

“什么立场，麦坎？”

“她要我们知道她可以闯进来。”

我感觉有一只手在触摸我的太阳穴，然后又抚过我的额头，感觉很舒服。我试着想听清楚，但那只手让我很想睡觉，一心只想爬回自己的床上。

“或许她办不到。”我抬头一看，爱蕾莉亚正在轻揉我的太阳穴，好像我是一只受伤的小麻雀。我只知道她在了解我心中的感受，她在探索我的心思，感觉就像在寻找一颗掉落的纽扣或旧袜子。

“她是个笨蛋，她犯了一个大错。我们从中学到了必须知道的一件事。”爱蕾莉亚说。

“所以您同意麦坎的说法？那个男孩有法力？”黛阿姨的声音听起来更惊慌了。

“你刚刚说对了，小黛，这一定有其他的解释。他是个凡人，我们都知道凡人无法拥有法力的。”麦坎·雷坚决地说，好像想说服别人也说服自己。

我开始纳闷这到底是不是真的。他在沼泽也对爱玛说过我有某种力量，这实在不合理，连我自己都无法接受。我不是他们之一，我很清楚我不是巫师。

爱蕾莉亚看着麦坎。“你想要的话，可以再度封印这房子。但我是你妈，麦坎，我可以告诉你，就算你找来杜凯家和雷家的每一个人，把封印的范围扩大到全镇也一样，能保护她的不是这间房子，而是那个男孩。我从来没看过这种事，没有任何一位巫师可以介入他们两个。”

“看来是这样。”麦坎·雷的声音充满怒气，但他没有反驳他母亲。我已经累到完全不在乎了，甚至连头也没抬起来。

我只听到爱蕾莉亚在我耳边悄悄说了什么，感觉她又在说拉丁语，但是那些语句听起来不太一样了。

库洛——佩托利——梅，杜特拉——杜瓦——埃斯特！
我心之血，保护她！

十一月一日　墙上的文字

一早醒来，我弄不清自己在哪里。然后我看到墙上满满的文字，以及那张老旧的铁床、窗户和镜子全都有蕾娜用黑色签字笔写的字，我就记起来了。

我抬起头张望，顺手擦掉脸上的口水。蕾娜依然睡得很熟，我只能看到她的脚伸出床沿。我坐了起来，背部因为睡在地板而有些酸痛。不知道是谁把我们搬到阁楼房间的。

或者该问究竟是如何把我们搬上来的？

我的手机响了，是我设定的闹钟时间，这样爱玛只需要从楼梯口喊我三次就够了。只不过今天早上的音乐不是我设定的《波希米亚狂想曲》，而是那首歌。蕾娜坐了起来，昏沉中又带着惊吓。

“怎么回事……”

“嘘，你听。”

歌词已经改变了。

十六个月亮，十六年岁月。
十六次你梦见我的恐惧。

十六次企图的宇宙封印。

十六次的尖叫，却只有一人听见……

“关掉它！”她抓过我的手机关掉，但音乐继续播放。

“我想这首歌是关于你的，不过，封印宇宙是什么意思？”

“我昨晚差点儿送命，我受够一切事情都和我有关了。我受够身上老是发生奇怪的事。也许这次不一样，这首歌与你有关。你才是这里已经满十六岁的人。”蕾娜沮丧地将我的手机紧紧捏在手心，然后用力往地上一摔，好像要杀死一只蜘蛛似的。

音乐停了。今天蕾娜可没心情开玩笑。老实说我不怪她，她一脸铁青，样子相当难看。这让我想起有一年学校放寒假的前一天，莎凡娜从家里带来一瓶她妈妈放到过期的薄荷糖浆，林肯被莎凡娜一激真的大胆喝下去，之后也是面色铁青，即使三年过去了，他还是不肯吃拐杖糖。但蕾娜的脸色比当时林肯的更难看。

她的头发似乎向四面八方伸展，眼睛因为哭了一夜，现在又肿又小，这就是女孩一早睡醒的样子？我以前没有这么近距离接触过刚起床的女孩。我尽量不去想象过一会儿爱玛会怎么处罚我彻夜未归。

我爬到床上，将蕾娜拉进怀中，抚摸她的头发：“你还好吗？”

她闭上眼睛，将头埋进我的上衣，经过一夜折腾，我知道我现在一定很臭。“我想，我没事了。”

“我可以听到你的尖叫声，从我家一路来到这里都能听见。”

“谁知道密语传音居然救了我一命。”

我照例又是一头雾水：“密语传音是什么？”

“就是我们不管身在何处，都能彼此沟通的法术。有些巫师会密语传音，有些不会。莱德莉和我以前在学校经常这样交谈，但是……”

“你不是说你也没遇过这种情况吗？”

“我是说我不曾和凡人发生过这种情况，麦坎舅舅说这是相当罕见的。”

我喜欢这种罕见。

蕾娜用手肘轻轻推我一下：“这种能力来自我们的凯尔特祖先，以前部落的巫师都用这种方法传递消息。到了美国以后，他们有时称之为‘私语’。”

“可我不是巫师。”

“我知道，这真的很奇怪。照理说，和凡人是无法进行密语传音的。”显然并不是这样。

“你不觉得事情已经超过奇怪的程度了？我们可以彼此密语，莱德莉因为我居然可以闯入雷氏庄园，就连你舅舅都说我似乎可以保护你，这怎么可能呢？我的意思是说，我又不是巫师，我爸妈是与众不同，但还没有那么不同。”

她靠着我的肩膀：“也许你不必成为巫师，也可以拥有某种力量。”

我把她的头发拢到耳后：“也许你可以大胆爱一回。”

我就这样脱口而出，不说冷笑话，也不改变话题，这次我不觉得尴尬害羞，因为这是事实，我已经爱上她了，我想我一直都是爱她的。她可能也知道我的心意，就算她本来不知道，现在也知道了。我话已经说出口，不能再回头了。至少我不打算回头。

她抬头看着我，周遭的一切都消失了，整个世界只剩下她和我，完全不需要魔法就变成这样。有种既快乐又忧伤的感觉，只要在她身边，我就可以感受到各种事情。

你在想什么？

她只是微笑。

我想你是知道的。你可以看到墙上的文字。

就在蕾娜传话给我的同时，墙上慢慢浮现一个又一个文字。

你不是唯一坠入情网的人。

墙上的文字自动浮现了，而且和蕾娜写在墙壁其他地方的笔迹一模一样，蕾娜的脸颊比较有血色了，她连忙用两手捂着脸：“如果我每次想什么墙上就自动写出来，那真是丢脸死了。”

“不是你做的？”

“不是。”

你不必觉得不好意思，蕾娜。

我把她的手拉开。

因为我对你的感觉是一样的。

她闭上眼睛，我靠过去吻她。只是轻轻一吻，但我的心又是狂跳不已。

她睁开眼睛微笑着：“我想听听之后的故事，我要知道你是如何救了我一命。”

“我都不记得自己是怎么过来的。我到处找不到你，只看到你家挤满了可怕的客人，他们的打扮好像是来参加化装舞会的。”

“他们不是。”

“想也知道。”

“然后你找到我了？”她把头搁在我的腿上，仰头看着我微笑。“你骑着白马闯进房间，把我从黑暗巫师的手中拯救出来？”

“别开玩笑了，那真的很可怕。我也没有骑白马，应该说我是跟着一条黑狗才找到你的。”

“我最后记得的一件事，是麦坎舅舅提到封印的事。”蕾娜用手指卷绕着头发沉思起来。

“他们围的那个圆圈是什么？”

“那叫圣血环，血的圆圈。”

我尽量不显得一脸惊吓，但我马上联想到爱玛和她的鸡骨头。我连鸡的血都怕，但至少那是鸡血，但愿他们昨天晚上用的是鸡血不是人血！“我好像没有看到血。”

“不是真正的血，你这傻子。血是指血缘、亲人，我所有的亲戚都来这里过节，记得吗？”

“对，抱歉。”

“我告诉过你，万圣节对巫师来说是法力最强大的一夜。”

“所以，你们才聚集在这里？围成那个圆圈？”

“麦坎舅舅希望把雷氏庄园封印起来。这里一直是封印的状态。每年到了万圣节夜晚，麦坎舅舅总要重新再封印一次，确保新的一年不受侵扰。”

“但是，有什么地方出错了。”

“我想是吧，因为我们都围成一圈，然后我听到麦坎舅舅对黛阿姨说了什么，每个人都在大叫，他们都在谈论一个女人，叫莎拉什么的。”

“莎拉·芬恩，我也听到了。”

“是吗？莎拉·芬恩，我没听过这个名字。”

“她一定是黑暗巫师，他们看起来似乎很害怕。我不知道，我从来没看过你舅舅那么害怕。你知道发生什么事吗？她真的想杀你？”我有点害怕知道答案。

“我不知道，我不太记得了。只记得那个声音，好像有人从很远的地方和我说话。但我不记得他们在说什么。”她扭动了一下，躺在我怀里贴住我的胸口。我能感觉她的心跳交叠着我的心跳，像笼里拍动翅膀的小鸟。我们两个紧紧抱在一起，完全不看彼此一眼。经过昨晚的惊魂，今天早上我们最需要的就是拥抱。“伊森，我们快没时间了。我觉得好像没有用，不管她是谁，你不觉得她是冲着我来的吗？因为再过四个月我就要转化成黑暗巫师了。”

“不对。”

“不对？昨晚我度过了这辈子最糟糕的一晚，差点儿连命都没了，你就只会说这两个字？”蕾娜撑起身体。

“你想想，不管莎拉·芬恩是谁，如果你快变成坏巫师，她何必在这时候追杀你？不对，那样的话，应该是好人会追杀你，看看莱德莉，你的家人似乎都不欢迎她上门。”

“除了你这个浑蛋。”她开玩笑地轻捶我的肋骨。

“没错，因为我不是巫师。我是笨凡人，你自己也说了，如果她要我从悬崖上跳下去，我也会照办的。”

蕾娜拨了拨头发：“你妈妈没教你吗，伊森·魏特？如果你的朋友都要跳下悬崖，你也要跟着跳吗？”

我揽着她的肩膀，没想到经过昨晚的事，今天早上还能有快乐的感觉。或许是因为蕾娜好多了，因此也带给我好心情。这几天我们历经了许多冲突乱流，已经分不清哪些是我的感觉，哪些是她的了。

我只知道我想吻她。

你一定会转化成光明巫师。

我吻了下去。

绝对是，光明巫师。

我再度吻了她，将她拉进我的怀里。和她接吻就像呼吸一样，是我情不自禁、非做不可的举动。我贴住她的身体，听着她呼吸，感受她的心跳，我的神经系统随之启动。

她柔软的身躯放松地靠在我身上。我的手穿过她的黑发，感觉每根发丝都带给我触电般的刺麻。自从我第一次见到她，甚至早在我梦到她，我就一直在期待这一刻了。

感觉就像闪电和打雷一样，我们是密不可分的。

伊森。

连她在我脑海的声音都显得那样急迫。我也有同样的感觉，好像恨不得再靠近她一点。她的皮肤柔软炙热，毛孔激动得紧缩起来，我们用力接吻到嘴唇隐隐发痛，小床开始摇晃，然后腾空上升，我们身体底下的床摇晃得很厉害，我喘不过气来，皮肤也变得冰冷，灯光忽明忽暗的，整个房间仿佛旋转起来。眼前逐渐变黑，我不太确定是我的错觉，还是房间灯光的关系。

伊森！

床掉回地上，我听到玻璃破裂的声音。远处好像有扇窗户破了，我听到蕾娜在哭。然后有个小孩说话了：“怎么回事？蕾娜表姐，你为什么这么难过？”

有只温暖的小手放在我的胸膛，一股暖意从她的小手扩散到我的身体，房间也停止旋转，我又可以呼吸了。我睁开眼睛。

是莱儿。

我坐了起来，头痛得要命，蕾娜就在我身边，她的头靠在我的胸前，和一小时之前的姿势一样。只不过现在她的窗户全破了，她的床垮了。还有一个十岁的金发女孩站在我面前，她的小手放在我的胸膛上。蕾娜还在啜泣，试着把一块镜子碎片从我身上拿开，并搬开支离破碎的床铺。

“我想，我们知道莱儿是什么了。”

蕾娜笑着拭去脸上的泪痕：“她是灵疗师，这可是我们家族的第一位呢！”

“我猜，就是所谓的治疗师吧！你们这些巫师总会想出特别酷炫的名字。”我揉揉我的头。

蕾娜点头，亲亲莱儿的脸颊：“差不多是这样。”

十一月二十七日　普通的美国节日

万圣节过后就像暴风雨后的平静。虽然我们知道日子一天天逼近，生活却变得规律起来。我每天走到转角避开爱玛，蕾娜开车来接我，阿布总是在“得速偷”前面等我们，然后陪我们去学校。我和蕾娜中午总是一起吃饭，偶尔也有少数几个人加入我们，像维妮·理德，她是石墙中学辩论社的唯一社员，只有一个人要辩论实在很困难。还有罗伯·泰德，他连续两年赢得拼字比赛的州冠军。唯一真心愿意在学校餐厅坐下来和我们吃饭的只有林肯。但是当我们不在学校的露天看台吃午餐，或是没被哈波校长盯住的时候，我们多半躲到图书馆重读那些关于链坠的信件，希望玛丽安不小心泄露一些线索。不管是舔棒棒糖的诱人女妖，还是致命的黑魔法控制都消失得无影无踪，盖林镇不再有无法解释的三级飓风，也没有不祥的乌云笼罩，甚至也没有麦坎·雷的奇怪晚餐。一切都正常极了。

只有一件事情例外，一件非常重要的事。我为了一个女孩疯狂，而她对我也有相同的感觉。什么时候发生过这种事？我原本以为这种女孩根本不存在，所以就算她是巫师又怎样？相比之下，这个事实还更容易接受呢！

我有蕾娜，她有法力，而且她很漂亮。每天我都觉得很棒，每天都完美极了。

然后不知怎的，最不可能发生的事情发生了。爱玛居然邀请蕾娜来家里吃感恩节大餐。

“我不知道你为什么想到我家过感恩节。那实在很无聊。”我有点紧张，爱玛显然有她的用意。

蕾娜微笑，我的忧虑全消，只要看到她的笑容，一切烦恼和问题都没有了。她的微笑总能征服我。

“听起来不会无聊啊！”

“那是你没有参加过我家的感恩节聚会。”

“我不曾去别人家庆祝感恩节。巫师不过感恩节的，那是凡人的节日。”

“你开玩笑的吧？没有火鸡大餐？没有南瓜派？”

“没有。”

“你今天没吃太多东西吧？”

“我没怎么吃。”

“那你应该不会有事。”

我事先帮蕾娜预习了一些事，这样等她看到三姐妹把饼干包在餐巾里，然后偷偷收到皮包才不会感到太惊讶。又或者我的卡罗琳阿姨和玛丽安大半个晚上都在辩论也不必太感到意外。她们两个会争辩美国第一家公立图书馆到底在哪里（查尔斯顿），或者“查尔斯顿绿”油漆要怎么调配正确的比例（两份“洋基黑”加一份“南方黄”）。卡罗琳阿姨是沙瓦纳市的博物馆馆长，她对历代建筑和古董的了解，就像我妈妈对内战时期的武器和战争策略一样精通，这些蕾娜都要有心理准备。因为爱玛，还有我那些疯狂的亲戚、玛丽安、小狗阿隆全都会一起凑热闹。

有个细节我忘了提，也是蕾娜该知道的。根据最近的情况看来，感恩节晚餐很可能意味着我爸爸也会穿着睡衣出现，但我无法对蕾娜解释这个。

爱玛非常重视感恩节。这代表两件事，一是老爸必须走出书房。反正我们也是天黑才吃晚餐，老爸也不算破例，只不过他会和我们同桌吃饭，而且不准吃早餐麦片，这是爱玛最基本的要求。为了老爸总算要走出“象牙塔”和我们一起吃饭，爱玛可是铆足了劲煮了许多丰盛的菜肴：火鸡、土豆泥佐肉汁、白凤豆、奶油玉米、棉花糖焗烤地瓜泥、蜜汁火腿、小甜饼（biscuit）、南瓜和柠檬蛋白派。自从沼泽地那一夜的事件，我开始觉得爱玛煮这么多菜是为了她的艾比内曾叔公，而不是为了我们。

我在前廊先停下来。回想起第一次站在雷家门廊的心情，现在可轮到蕾娜了。她把头发往后拨，露出一张白净的脸。我伸手帮她把一绺乱跑的鬈发从下巴拨开。

准备好了吗？

她拉拉身上的及膝黑色洋装，看得出来很紧张。

还没。

你应该会没事的。

我笑着推开大门：“进来再说吧！”屋里充满我童年的味道，闻起来像土豆泥和辛苦的工作。

“伊森·魏特，是你吗？”爱玛从厨房大喊。

“对，是我。”

“你带那女孩来了？带她过来，让我们好好瞧一瞧。”

厨房乱成一团。爱玛穿着围裙，一手一把木汤匙站在炉前忙着。普姨婆四处闲晃，伸指蘸取料理台上一碗一碗的佐酱。梅西姨婆和葛瑞丝姨婆坐在餐桌玩拼字棋，但一个字也没拼出来。

“喂，别光是站在那里，带她过来这边。”

我全身僵硬紧绷，完全无法预料爱玛和三姐妹会说什么。我还是不知道爱玛为什么一开始就坚持要我邀蕾娜来家里。

蕾娜上前一步：“很高兴终于见到您了。”

爱玛上下打量蕾娜，两手在围裙擦了擦：“所以就是你让我们家男孩整天忙个不停对吧。邮差说得对，漂亮得像幅画呢！”不知道邮差卡尔顿是不是载爱玛去瓦溪时说的。

蕾娜脸红了：“谢谢。”

“听说您把学校搞得天翻地覆。”葛瑞丝姨婆微笑，“也好，我真不知道现在的学校到底在教什么。”

梅西姨婆放下手中全部的排字卡。她排成了“及要”。

葛瑞丝姨婆眯着眼睛仔细看："梅西，你又作弊了！你排的是什么字啊？你造个句子给我看看！"

"我等不及要来一块白蛋糕。"

"才不是这样用呢。"至少她们其中一个还能拼字。葛瑞丝姨婆抽掉一个字。"不是这个及，是很急的急才对。"才怪！她们总是乱拼一通。

你果然没夸大其词。

你现在才知道。

"我听到的是伊森的声音吗？"卡罗琳阿姨走进厨房，对着我张开手臂，"快过来给阿姨一个拥抱。"我每次总会有瞬间的错觉，阿姨长得实在太像我妈妈了。同样往后梳的棕色长发，同样的深棕色眼睛。只是我妈妈较喜欢赤脚，穿牛仔裤。卡罗琳阿姨则更像南方佳丽，喜欢穿洋装和小外套。当别人发现阿姨是沙瓦纳历史博物馆馆长而不是某位南方老佳丽时，他们脸上错愕的表情是阿姨百看不厌的。

"北部生活如何？"卡罗琳阿姨总把盖林镇称为"北部"，因为这里位于沙瓦纳的北方。

"还不错，您有没有帮我带夹心巧克力？"

"我哪一次没带了？"

我把蕾娜拉过来："蕾娜，这是我阿姨卡罗琳，还有我姨婆普登丝、梅西和葛瑞丝。"

"很高兴认识你们。"蕾娜伸出手，但卡罗琳阿姨给了她一个大大的拥抱。

前门砰的一声打开了。

"感恩节快乐！"玛丽安带了一锅炖菜和一盘派，"我错过了什么？"

"松鼠，你对它们知道多少？"普姨婆摇摇摆摆走过去，张开手臂拥抱玛丽安。

"够了，你们通通离开我的厨房，我需要一点空间来施展我的魔法。梅西·史塔汉，我看到你在偷吃我的红糖豆。"梅西姨婆连忙停止嚼动嘴巴，蕾娜看着我，忍着不笑出来。

我可以召唤厨房做菜。

相信我，说到做菜，爱玛不需要帮忙，她有她自己的魔法。

每个人都回到客厅。卡罗琳阿姨和普姨婆在讨论如何在阳台种柿子。葛瑞丝姨婆和梅西姨婆还在争吵"等不及"应该怎么写，玛丽安只好帮忙调停纷争。这已经够让人抓狂了，但是蕾娜挤在三位姨婆中间，看起来居然很快乐，甚至非常满足。

这真好。

你开什么玩笑？

她认为这就是所谓的家庭聚会？炖锅、拼字棋和一群老女人在吵嘴？我不确定，不过这和他们家的团聚日确实差别很大。

至少没人企图杀掉另一个人。

你再等十五分钟看看，蕾娜。

我注意到爱玛从厨房走道投射过来的目光，但不是在看我，而是在看蕾娜。

她绝对有什么事。

感恩节晚餐照旧和往年一样，只是一切都不同了。老爸穿着睡衣，老妈的座位空着。我在桌子底下握住一位巫师女孩的手，我的情绪一度排山倒海而来，感觉既快乐又伤心。

也只有那么一瞬间，我们还没说完“阿门”，三姐妹已经忙着狂扫馅饼；爱玛忙着把堆得像小山一样高的土豆泥佐肉汁一匙一匙分到我们的盘子上；卡罗琳阿姨开始聊了起来。

我知道这是怎么回事，如果我们有足够的事保持忙碌，如果有足够的话题、足够的派饼，也许就没有人会注意到老妈空着的座位。只可惜世界上不可能有那么多的派，就连爱玛的厨房也无能为力。

所以卡罗琳阿姨不断找话题和我聊天：“伊森，你需要借内战重演的服装吗？我的阁楼藏了一些很逼真的军服夹克。”

“别提醒我这件事。”我几乎忘了必须打扮成南军士兵参加内战重演的活动，否则这学期的历史课就别想顺利过关。每年二月盖林镇都会举办盛大的内战重演，这是吸引观光客前来的唯一盛事。

蕾娜拿了一个馅饼：“我不懂重演活动有那么重要吗？感觉要花很多工夫去重现一百多年前的战争，我们读历史课本就行了啊？”

哎呀！

普姨婆倒吸了一口气，对她来说这简直是亵渎上帝的事：“真该把你们那所学校烧成平地！他们根本不懂得怎么教历史，你们在课本上是学不到南方独立战争的，必须亲眼看到才算数，你们每个孩子都应该看看。因为原本一起为了美国独立而奋战的同胞，现在居然自己打起来了。”

伊森，说点别的，改变这个话题吧！

太迟了。她马上就要开始说“星条旗”的故事了。

玛丽安撕开小甜饼夹了一片火腿：“史塔汉小姐说得没错。南北战争让这个国家内斗，手足相残，是美国历史上的一页悲剧。超过五十万的士兵在战争中死亡，只不过病死的多过于战死的。”

普姨婆点点头：“没错，历史上的一页悲剧。”

“别气啦，普登丝。”葛瑞丝姨婆拍拍妹妹的手。

普姨婆把她的手甩开：“我正在气头上别吵我。我只是要确保他们知道事情的来龙去脉，我是唯一在教他们历史的人，学校应该付我钱才对。”

我该警告你别让她们起头的。

你现在才说！

蕾娜不安地扭动着：“对不起，我没有不敬的意思。我只是不知道居然有人这么了解内战。”

救得好，与其说是了解，还不如说她们太入迷了。

“你别觉得难过，亲爱的，普登丝隔三差五就要发发牢骚。”葛瑞丝姨婆用手肘推了推普姨婆。

所以我们才会在她的茶中加了一点威士忌。

“都怪卡尔顿送来的花生糖。”普姨婆一脸抱歉地看着蕾娜。“我吃了太多糖就会很难受。”

是不吃很难受啦！

老爸咳了一声，心不在焉地把盘内的土豆泥一推。蕾娜逮住机会改变话题：“魏特先生，伊森说你是一个作家，你都写哪一类的书呢？”

老爸抬头看看她，但什么也没说，大概不知道蕾娜在和他说话。

“米契正在写一本新书，是很重要的一本，也许是他这辈子最重要的一本作品。米契写了不少书呢！你总共写几本了，米契？”爱玛问老爸的语气好像当他还是小孩子。

她很清楚老爸出版过几本书的。

“十三本。”老爸嘟囔了一句。

蕾娜并没有因为老爸不擅社交而气馁。只有我觉得很泄气。我看着他深深的黑眼圈和那蓬头垢面的倦容，真不知道他是什么时候变成这副德性的？

蕾娜追问下去：“您在写关于哪方面的书？”

老爸终于有了点生机，这是他今晚最有精神的一刻：“是一个爱情故事，这本书算是一段旅程，是伟大的美国小说，有人也许说这本书将是我生涯中的《喧哗与骚动》（*The Sound and the Fury*）[①]，但我真的不能透露情节，现在还不行，特别是我已经如此接近……”老爸在喃喃自语，然后闭口不提了。好像有人关掉他背上的开关似的。他瞪着老妈空着的座位，心思又飘远了。

爱玛一脸担心地看着他，卡罗琳阿姨想改变话题，免得今晚成为我最尴尬的一晚：“蕾娜，你说你是从哪里搬到盖林镇来的？”

但是我听不见蕾娜的回答。我什么也听不到，我只看见周遭的一切变得像慢动作似的。眼前的影像和声音变得模糊、扩散、收缩，就好像透过热空气看事物一样。

接下来……

感觉整个房间冻住了，事实上是我冻住了。老爸也冻住了，他的眼睛眯起来，嘴唇撅成圆形，好像要说话却瞬间急冻。他的眼神直直盯着那盘被他搅来搅去却一口也没吃的土豆泥。三姐妹、卡罗琳阿姨、玛丽安就像雕像一动不动，就连空气都静止了。

屋里那座老爷钟的钟摆也停止摆动了。

伊森？你还好吗？

我想回答她，可我做不到。当莱德莉紧紧抓住我的时候，我以为我会冻死，现在我同样动弹不得，只是不觉得冷，也没有快要死掉的感觉。

“这是我做的吗？”蕾娜大声问。

只有爱玛能回答：“时间暂停术？你吗？这简直是要火鸡孵出鳄鱼来，当然不是。”爱玛哼了一声，“孩子，不是你做的，这个远远超过你的能力范围，是先灵觉得我们该好好谈一谈了。就你跟我，女人对女人。现在没有人可以听见我们说话。”

除了我，我听得见。

但我发不出声音，我可以听见她们的对话，但说不上一句话。

爱玛看着天花板：“谢谢您，狄莱拉姑妈，感谢您的帮忙。”爱玛起身切了一块南瓜派，将它放在精致的瓷盘中，然后把盘子放在桌子中央，“这块南瓜派是给您和先灵的，您要记得我所做的。”

“这是怎么回事？您对他们做了什么？”

---

① 美国小说家威廉·福克纳（Willian Faulkner，1897—1962）第一部成熟的作品，小说讲述的是南方没落地主康普生一家的家族悲剧，是美国文学史上的经典作品。

“我没对他们怎么样。只是帮我们争取一点时间。”

“您是巫师吗？”

“不，我只是个预言家，我能看到其他人不想看或看不到的东西。我看见需要看见的事物。”

“您暂停了时间？”我知道巫师可以这样做，蕾娜告诉过我，不过只有法力高强的巫师才办得到。

“我什么也没做。我只是请求先灵帮忙，狄莱拉姑妈就显灵了。”

蕾娜看起来很困惑，又或者是害怕：“先灵是谁？”

“先灵是我们家在冥界的亲人。他们偶尔会帮助我，他们并不孤单，还有其他的亡灵和他们在一起。”爱玛隔着桌子，直视蕾娜的眼睛，“你为什么没有戴手链？”

“什么？”

“你舅舅不是给你一条手链？我告诉他你需要戴上手链的。”

“他确实给过我，但我把它脱掉了。”

“为什么你要做出那样的事？”

“我们发现手链会阻挡一些异象。”

“如果你继续戴着手链，它确实能替你挡掉一些东西。”

“它能挡掉什么？”

爱玛把蕾娜的手拉过来看她的掌纹：“这件事不该由我来告诉你，孩子，但你舅舅、你的家人都不打算告诉你，可是你必须知道才行。你必须有心理准备。”

“准备什么？”

爱玛看着天花板喃喃自语：“她就要来了，她会来找你，她的力量不容小觑，她的黑魔法比夜晚更黑暗。”

“谁？谁会来找我？”

“我真希望他们亲口告诉你，而不是由我来说。但先灵指示一定要找人告诉你，免得一切太迟了。”

“告诉我什么？谁要来找我，爱玛？”

爱玛从上衣拉出她挂在脖子上的护身符，是一个绑着皮绳的小袋子。她紧紧抓住袋子，好像怕别人听见似的，小声说出：“莎拉·芬恩。”

“莎拉·芬恩是谁？”

爱玛犹豫了一下，把小袋子握得更紧了。

“你的母亲。”

“我不懂，我爸妈在我小时候就死了。我妈妈的名字是莎拉，我看过我们家的族谱。”

“你的父亲是死了没错，但你母亲还活得好好的。你也知道南方的族谱是怎么回事，上面记载的不见得正确。”

蕾娜脸上的血色尽失。我想伸手握住她，但手指动弹不得，一点力气也使不上。我什么事也不能做，只能看着蕾娜颤抖不已，孤零零地坠入可怕深渊，这种感觉就像我做的梦一样。

“她是黑暗巫师？”

“她是当今世上最可怕的黑魔师。”

“为什么舅舅不告诉我？我的外婆也不说？他们都说我妈妈死了。为什么他们要骗我？”

“事实的定义有很多种，我认为他们是想保护你。他们仍然觉得可以保护你。可先灵不是那么确定，我并不想告诉你这件事。但你舅舅太固执了，他就是不肯说。”

“您为什么要帮我？我以为——我以为你不喜欢我。”

“这和喜不喜欢没有关系。她要来找你，你不能分心旁骛。”爱玛睁大眼睛。“我不希望伊森出事，这件事比起你，比起你们两个都严重。”

“什么事比我们两个更严重？”

“整件事，你和伊森不应该在一起。”

蕾娜看起来很困惑，爱玛的话充满玄机。“您是什么意思？”

爱玛吓了一跳，好像背后突然有人拍了一下她的肩膀：“您说什么？狄莱拉姑妈？”

爱玛转头对蕾娜说：“我们时间不多了。”

钟摆开始慢慢恢复摆动，房里也渐渐恢复生气。老爸的眼睛眨了眨。但眨动的速度仍然像慢动作。

“把手链戴回去，你需要所有的帮助。”

接着时间恢复正常了。

我眨了几次眼睛，环顾一下屋内。老爸依然瞪着他那盘土豆。梅西姨婆照样把馅饼包在餐巾里面。我举起双手放在面前，动动我的手指头：“刚才到底怎么回事啊？”

“伊森·魏特！”葛瑞丝姨婆惊叫。

爱玛刚撕开小甜饼准备放入火腿，毫无预警我会有这种反应。她没想到我居然听得见她们谈话。她抬头瞪我一眼，意思很明显，“你闭嘴别多话，伊森·魏特。”

“在我的餐桌不准那样说话。我可不管你几岁，照样会拿肥皂洗你的嘴。你以为是谁？火腿和小甜饼、火鸡和填料，我可是煮了一整天，现在给我乖乖吃掉。”

我看着蕾娜，她的笑容不见了，只是低头盯着她的盘子。

蕾娜，回答我，我不会让任何事发生在你身上。你会没事的。

但是，她的心思飘得太远了。

蕾娜在回家的路上一言不发，我送她回到雷氏庄园，她下车甩上车门，就直接走进屋内，一句话也不说。

我没有立刻跟着进去。我的脑袋快打结了，无法想象蕾娜现在的感受。失去母亲已经够糟了，但是发现亲生母亲居然来要女儿的命，我实在想象不出那种感觉。

我妈妈全心投入工作，但我并不失落，她还在的时候总让我觉得稳定放心，对爱玛、老爸、林肯和整个盖林镇来说也是这样。我在街上、家里、图书馆，甚至在餐具室都能感觉到她的存在。蕾娜不曾有这种感觉。失去妈妈我就好像大船失去了锚，怎么也无法停泊下来。爱玛会说就像沼泽地那些穷人的木筏一样，永远只能在水面漂浮。我希望成为蕾娜稳定安心的船锚，此刻我却认为没有人能办到。

蕾娜迅速经过阿布，它坐在大门前廊，虽然比我们更早抵达雷家，却是脸不红气不喘的样子。我们吃晚餐的时候它也坐在我家前廊，它似乎很喜欢我给它的棉花糖烤地瓜派。我趁爱玛去拿更多肉汁的时候，连忙把吃不下的地瓜派放到前廊给它吃。

我可以听见蕾娜在屋里大叫。我叹了口气走到门口坐在阿布身边。我的头已经很痛了，是血糖过低那种头晕、头痛。“麦坎舅舅！麦坎舅舅！醒醒！太阳下山了，我知道你没在睡觉！”

我的脑海中也出现蕾娜的大吼。

太阳下山了，我知道你没在睡觉！

我一直在等蕾娜告诉我麦坎·雷的事，就像她终于把自己的身份告诉我一样。不管他的身份是什么，感觉不像是一个普通巫师。他白天都在睡觉，而且可以随时出现和消失在某个地方，不必要天资聪颖，也会知道这大概是怎么回事。但我不打算在今天确定这个事实。

阿布瞪着我，我伸手拍拍它，但它把头转开了，好像在说："我们交情是不错，但是请不要摸我的头，小子。"当里面开始出现砸破东西的声音时，阿布和我站起来，循着嘈杂声进入屋内。蕾娜似乎在楼上拼命敲门。

屋内的摆设又恢复到内战前的华丽庄园的风貌，我猜这是麦坎·雷偏好的风格。看到里面不是古城堡我其实偷偷松了口气。真希望能让时间倒转回到三小时之前。老实说，如果蕾娜家变成加宽的移动式房屋，而我们都像其他盖林镇居民一样，双双坐在门廊前吃一碗昨天剩的大餐填料，那这样的生活有多么完美快乐呀！

"我妈妈？我自己的母亲？"

房门随即打开，麦坎·雷衣衫不整地站在门口，他穿着一件皱皱的亚麻睡衣，不过我倒觉得很像女性睡袍。他的眼睛布满血丝，脸色比以往更苍白，头发蓬松凌乱，样子简直像刚被卡车轧过去那么惨。

这样还挺像我爸爸的。两人一样邋遢不修边幅，只是麦坎·雷的邋遢是比较"精致"的方式，要我爸爸穿上女性化的亚麻睡袍，他是打死也不会接受的。

"我妈妈是莎拉·芬恩？就是万圣节想杀死我的那家伙？这种事你怎么可以瞒着我？"

麦坎·雷摇摇头，恼怒地猛抓头发："爱玛莉！"我真想看看麦坎·雷和爱玛大对决。我敢打赌爱玛绝对一路赢到底。

麦坎·雷站在房间门口，顺手把房门带上，但我稍微瞥见他的卧室一隅，感觉好像《歌剧魅影》[①]里的场景，巨型的锻铁烛台甚至比我还高，还有挂着黑色和灰色帷幔的黑色四柱床。窗户挂着同样材质的窗帘，遮掩外面阴郁的黑色百叶窗，就连墙壁的布置都是灰黑两色的织锦，而且看起来磨损严重，感觉有上百年的历史了。整个房间黑得像晚上一样，让人不禁打了个冷战。

那是真正的漆黑，不是单纯缺乏光线而已。

等麦坎·雷踏进走廊，就不再蓬头垢面，身上立刻变成笔挺完美的白色衬

---

① *Phantom of the Opera*，改编自加斯通·勒鲁著《歌剧幽灵》，由安德鲁·劳埃德·韦伯（Andrew Lloyd Webber）作曲的百老汇音乐剧。又译：歌声魅影、剧院魅影或歌剧院的幽灵。1986 年首演，是史上最成功的音乐剧之一。

衫，头发也整齐熨帖，没有一根乱翘的发丝。就连他脚上的光滑皮靴也没有丝毫磨损。他只不过踏出房门一步就和刚才的样子完全不一样。

我看了蕾娜一眼。她根本没注意这些，我突然替她觉得难过，她的生活和我差别真的很大。

“我妈妈还活着？”

“事情恐怕比你想的更复杂一点。”

“您是指我妈妈想要杀死我的部分吗？您打算什么时候告诉我？等我转化成黑暗巫师以后？”

“你又来了。你不会转化到黑暗那一边的。”麦坎·雷叹了口气。

“既然我是她女儿，您怎么还会那样想？我听说她是‘当今世上最可怕的黑魔师’。”

“我知道你很生气，一时间很难接受。我应该亲口告诉你的，但是你一定要相信我，我只是想保护你。”

蕾娜已经气到发狂了！“保护我！您让我相信万圣节那次只是某种电脑随机过错攻击（random attack），但那居然是我妈妈！我妈妈还活着，而且还想杀我，您认为我不应该知道吗？”

“我们不知道她是否想杀你。”

墙上的画框开始砰砰砸了一地。走廊照明的一排灯光，灯泡开始一个一个爆掉了。外面又下起大雨，雨水噼里啪啦打在百叶窗上。

“我们这几个星期的坏天气还不够多吗？”

“您还瞒了我多少事？接下来我还会发现什么？我爸爸也活着？”

“恐怕不可能。”麦坎·雷的语气很伤心，好像那是一宗悲剧，他几乎无法开口去谈论。当初我妈妈过世的时候，大家也是用这种语气在说话。

“您必须帮我。”她的声音嘶哑了。

“我会用我所有的法力来保护你，蕾娜，我一直都是如此。”

“那不是真的。”蕾娜顶嘴，“您没有告诉我，我到底有什么法力，您没有教我该如何保护自己。”

“我还不知道你的法力有多强，你是自然师，当需要做某件事，你就会自然施展，你会用自己的方法，在适当的时间去做。”

“我的母亲想杀我，我没有时间了。”

“我说过了，我们不确定她是不是想杀你。”

“那万圣节的事要怎么解释？”

“也许有别的可能性。黛阿姨和我正在试着弄清楚。”麦坎·雷转身打算回房间，“你必须冷静下来，我们可以晚点再谈。”

蕾娜转头看着走廊尽头的橱柜，上面摆着一只花瓶。然后花瓶随着蕾娜的目光移动，仿佛有一条隐形的线拉着，飞过走廊之后，在麦坎·雷卧室的墙上砸个粉碎。砸碎的花瓶离麦坎·雷还有点距离，蕾娜显然不想打中他，但又离得够近，够吓人，很明显这不是意外，蕾娜想表达的意思很清楚了。

这不是蕾娜因为情绪失控才发生的意外事件。是她刻意要这样做的，这次的法力施展完全在她的掌控中。

麦坎·雷转身的速度非常快，我甚至没有看到他移动。但他已经站在蕾娜面前。他和我一样震惊，因为他也了解刚刚的花瓶不是意外。我从蕾娜脸上的表情知道她自己也很惊讶。

麦坎·雷看起来有些受伤：“我说过，当你需要做某件事，你就会去做。”

麦坎转头对我说：“事情有所改变了，接下来几个星期恐怕更危险，你不要离开她身边。她在家里我可以保护她。但我妈妈说得对，看来你也能保护她。说不定比我更能保护她。”

“嘿！我听得见您说话。”蕾娜已经从发现自己能力和舅舅受伤的表情中回过神了。

我知道事后她肯定会自责后悔，但现在她实在太生气了，“您说话的时候不要把我当空气！”

麦坎·雷身后的灯泡爆破了，他眼睛眨也不眨。

“听听你自己刚才说的！我必须知道！她在找的人是我！她要的人是我，但是我不知道为什么。”

他们看着对方，僵持不下，一个来自雷家，一个来自杜凯家。这两大家族结合成一个复杂紧密的巫师谱系。我觉得，也许我应该离开了。

麦坎·雷看着我，他的表情在说：“对。”

蕾娜看着我，她的表情在说：“不要走。”

她抓住我的手，我感觉到一股将近烧灼的热度。她很生气，我从没见过她这么生气。屋子的窗户还没有全部破了真是难得。

“您知道她为什么找上我吧？”

“……”

“让我猜猜，这又很复杂？”他们两个又开始干瞪眼。蕾娜的头发卷了起来。麦坎·雷转着手上的银戒指。

阿布伏低身体慢慢爬出房间，真聪明，我真希望也能这样爬出房间。最后一个灯泡也破了。我们全站在黑暗之中。

“您对我的法力了解多少？您必须通通告诉我！”这是蕾娜的条件。

麦坎·雷叹了口气，黑暗逐渐消散，“蕾娜，不是我不告诉你，经过你刚才的小小施展，我根本不知道你能力范围有多大。没有人知道，我怀疑连你自己也不知道。”

她不是全然相信，但已经在注意听了。

“自然师就是这样，这是一种天赋。”

她开始松懈下来。争吵已经结束，她暂时赢了这一回合。“那我怎么办？”

麦坎·雷一脸痛苦，就像五年级时老爸到房间和我解释性知识的表情一样：“你的能力在完全成熟以前，可能要经历一段混乱的时期，也许巫师图书馆会有相关主题的书，我们可以去找玛丽安。”

对，是啊！或许那里会有《选择与改变》、《摩登女孩如何成为巫师》、《母亲要杀我：青少年的自救手册》。

接下来几个星期恐怕很难熬了。

十一月二十八日　路那古书阁

“今天？但今天不是法定假日。”我打开大门，完全没料到玛丽安居然穿着外套站在门口。所以现在我和蕾娜坐在玛丽安那辆土耳其绿的老货车上，准备前往巫师图书馆。

“我答应的事一定做到。今天是感恩节过后的黑色星期五，虽然不像假日，但银行今天不开门，我们就需要这样的日子。”玛丽安说得对，爱玛可能天还没亮就拿着一沓折价券到卖场去排队了，现在都快天黑了她还没回来。

“盖林镇图书馆今天闭馆，所以巫师图书馆今天开放。”

“开放的时间是一样的吗？”我问玛丽安，车子刚转到主街。

她点点头：“九点到六点。”然后顽皮地眨眨眼，“是晚上九点到早上六点。使用这间图书馆的读者不见得都适合在白天外出。”

“这样真不公平。”蕾娜抱怨，“凡人多了那么多时间可以利用图书馆，偏偏他们不怎么看书。”

玛丽安耸耸肩："我是拿盖林镇薪水的，也只能接受这个事实。反过来想一想，这么一来，你借了路那之书之后，可以看很久很久才需要还书啊！"

我一脸茫然。

"路那之书（*Lunae Libri*），简单翻译就是《月之书》。也就是巫术方面的书籍。"

我才不管它叫什么名字呢！我只想快点看到巫师图书馆的藏书，看看哪本书可以替我们解惑。因为我们非常缺乏两样东西：时间和答案。

玛丽安把车停在路边，我们爬下货车，没想到这里离盖林镇历史协会居然不到三米。我妈妈和玛丽安常说历史协会应该叫做"歇斯底里协会"，这里也是美国革命女儿会的总部。玛丽安把车子尽量往前停，以免人行道的路灯暴露我们的行踪。

阿布已经坐在人行道等我们了，好像知道我们要过来似的。

"这里？那个路那什么书的就放在美国革命女儿会总部？"

"路那古书阁，也就是巫师图书馆，收藏《月之书》的地方。当然不是放在这里，这里只是盖林镇通往巫师图书馆的入口。"我忍不住笑了。"你遗传了你妈妈爱嘲讽的幽默感。"我们走上那栋残破的老建筑，再也没有比今晚更适合造访这里的时候了。

"但这不是笑话。历史协会是镇上第二古老的建筑物，仅次于雷氏庄园。其他建筑物在南北战争时期都毁了。"玛丽安补充了一句。

"美国革命女儿会和巫师图书馆？这两者完全没有共通点啊？"蕾娜简直目瞪口呆。

"其实这两者的共通点比你们所想的更多。"玛丽安拉出她的钥匙环，来到这栋石造建筑的门口，"就拿我来说好了，我同时是这两个协会的会员。"我难以置信地看着玛丽安。

"我是中立的，我已经清楚表明了。我不像你，你太像莱拉了，你介入得太深……"我都可以替她讲完那句话——看看她的下场。

玛丽安停顿了一下，但话已经说出口，她再怎么做也无法收回。我整个人好像麻痹了，却没说什么。蕾娜把我拉回现实。

伊森，你还好吗？

玛丽安看看她的表："还有五分钟才九点。就技术上来说，我还不能让你们进去。但是我九点整必须到楼下，以免其他读者今晚准时来报到。所以你们就跟我来吧！"

我们走到大楼后面漆黑的后院。她摸索着钥匙环上的钥匙，最后拿起一个很像钥匙圈的东西，我压根儿不觉得那是钥匙，它就是一个铁环，一侧有个枢轴，玛丽安扭转了一下枢轴，让它自动卡回去，圆形铁环就变成弧形的新月了。又是代表巫师的月亮。

建筑物后方的地上有道铁栅门，她将钥匙推进去转了一下，铁栅门就滑开了。底下是一道阴暗的螺旋梯，通往比美国革命女儿会地下室更深层的地下室。玛丽安把钥匙再往左边转一下，一排火炬自动沿着墙壁亮起来，火光不时跳动着，照亮了通往底下的螺旋梯。我看到通道的石拱门入口有一行小字，上面刻着“路那古书阁”。玛丽安又转了一次钥匙，螺旋梯就消失了，取而代之的又是毫不起眼的铁栅门。

“就这样？我们不进去吗？”蕾娜似乎有些懊恼。

玛丽安伸手直接穿过铁栅门，原来这只是个幻象。“我不会施法术，但总要有些预防措施，免得真的有人误闯。麦坎请拉金帮我弄的，他不时会过来帮我确认一切安好。”

玛丽安突然一脸凝重地看着我们：“好了，如果你们确定要这样做，我无法阻止。但我也不能指引你们去寻找任何东西，你们一旦到楼下，我就不能阻止你们借走任何一本书，你们可以在下一次图书馆开门时把书还回来。”

她把手放在我的肩膀上：“你懂吗，伊森？这不是游戏，这些是法力强大的古书，包括咒语书、古代巫术滚动条、黑暗和光明巫术的符咒圣器、各种带有法力的物品。除了我和历代馆长以外，没有其他凡人见过这里的东西。许多书都被施了魔法，还有些被下了不好的诅咒，你一定要非常小心，绝对不要碰任何东西。让蕾娜去负责书的部分。”

蕾娜的头发飞扬起来，她已经感受到这个地方的魔力了。我谨慎地点点头。我就没有感受到什么魔力，只觉得胃部紧张痉挛，好像也喝了过期的薄荷糖浆。我想到林肯太太和那些女儿会的太太不知有多少次在上面走来走去，却不知道脚底下是什么样的地方。

“不管你们找到什么东西，记住一定要在太阳出来之前离开。九点到六点是图书馆的开放时间，出入口也只有这段时间才能通行。太阳会准时在六点升起，图书馆日一定都是这样。如果日出之前你们还没爬上这道楼梯，就会被困到下一次图书馆日了。我想，凡人不可能从这样的经历中熬过来，我说得够清楚了吧？”

蕾娜点头拉住我的手："我们可以进去了吗？我实在等不及了。"

"我不敢相信我这么做了。你的麦坎舅舅和爱玛如果知道，肯定会杀了我的。"玛丽安再度看了看手表，"你们先请吧！"

"玛丽安，您是否——我妈妈看过这个吗？"我脑中只能想到这件事情，还是无法释怀。

玛丽安看着我，眼睛闪烁着奇特的光芒："这份工作是你妈妈给我的。"

她说完就消失在那道虚幻的铁栅门之后，走进底下的路那古书阁。阿布叫了两声，现在要回头已经太迟了。

螺旋梯长满青苔，感觉冰冷潮湿。还有某种湿湿的动物，它们的脚步细碎，似乎在地道钻来钻去，不难想象它们在这里相当惬意。

我试着不去想玛丽安的最后一句话。我无法想象我妈妈曾经走下这些楼梯。我无法想象她早就知道这个我无意中发现的世界。她是怎么知道的？和我一样在无意中发现的？

还是有人邀请她的？虽然我妈妈已经不在了，不过一想到我和妈妈分享了共同的秘密，便突然觉得这一切变得真实了。

现在我一个人走下堆砌平整的石阶，感觉很像古老教堂的地板，我看到石阶两侧还有隆起的石墩，好像在美国革命女儿会之下曾经有个古老房间的地基，而且比这栋建筑物本身更古老。我往楼梯下方看过去，但在黑暗中只能看到轮廓的边缘，感觉并不像一座图书馆。它看起来更像墓室，或许它一直以来都是墓室。

走到楼梯底部，我看到阴暗的墓室有许多圆柱伸向拱形天花板，大约有四五十根柱子。等我的眼睛习惯暗室的光线之后，我看到每根柱子都不一样，有些柱子像弯弯曲曲的老橡树。它们的形状让这个圆拱形墓室看起来好像一座安静的森林。这真是个吓人的房间，我完全看不到房间有多深、多广，因为房间的四面八方都融入黑暗之中，根本看不到边缘。

玛丽安把钥匙插入第一根刻着新月图案的石柱，墙壁的火炬自动点燃了，火光照亮了墓室。"这里真漂亮。"蕾娜不禁惊叹。看到她的头发扭绞在一起，真不知道这个地方带给她什么样的感觉，可能是我永远无法体会的。

这里充满生气、力量，就像真理，每一种真理都存在于这里的某处。

"从世界各地收集来的，年代都比我早。那是伊斯坦堡。"玛丽安指着柱子顶端的装饰文字，“那是巴比伦。”她指着另一根四面有鹰头浮雕的柱子，“那是埃及，神之眼（the Eye of God）①。”她拍拍另一根柱子，上面刻着生动凶猛的狮头，“来自亚述帝国（Assyria）②。”

我伸手去感觉石墙，就连墙壁上都有雕刻，有些刻了各式脸孔，人的脸，各种生灵、鸟兽的脸。好像有许多眼睛虎视眈眈，盯着森林里的石柱。还有一些雕刻是我看不懂的符号，一些巫师的象形文字和我不懂的文化。

这个墓室有点像接待大厅，我们离开这里，往更深处的房间前进。墙壁上的火炬随着我们经过而自动点燃，房间中央有张圆形石桌，所有的石柱都围绕着石桌排列。以石桌为圆心有许多向外伸展的层架，就好像车轮的轮辐一样，而且层层叠叠，一直排到天花板那么高。看起来真像个惊人的迷宫，我想普通的凡人恐怕会迷失在里面。房间里没有其他东西，只有这些石柱和一张大圆桌。

玛丽安从墙上半月形的铁架上拿下一支火炬给我，一支给蕾娜，她自己也拿了一支。

“你们自己四处看看吧，我要收一下信，可能有其他分馆提出调书的要求。”

“转借路那古书？”我没想到巫师图书馆还有其他分馆。

“当然啰！”玛丽安转身走回楼梯口。

“等等，您在这里怎么收信啊？”

“就和你收信的方式一样，不论晴天雨天，邮差卡尔顿都会准时送过来。”卡尔顿知情，当然了。这或许能解释为什么他大半夜跑来接爱玛去沼泽地。不知道他会不会也偷看巫师的信？盖林镇还有多少事情，还有多少人是我不知道的？我还没问玛丽安就主动开口说了。

“像我们这种知情的人并不多。但可能比你以为的多一点。要记住雷氏庄园比这栋老建筑更悠久，这里原本是巫师镇，后来才成为凡人居住的城镇。”

“所以你们这些人才特别古怪。”蕾娜开玩笑地推了我一把，我还在为邮差卡尔顿的事震惊不已。

还有谁知道盖林镇不为人知的一面？这里有个奇幻的地下图书馆，这里有个女孩能控制天气，还有另一个女孩能叫你从悬崖跳下去。还有谁知道巫师世

---

① 上帝之眼，据说源自古埃及的荷鲁斯之眼，代表着上帝监视人类的法眼。常见的形式为一颗被三角形及万丈光芒环绕的眼睛，以出现在美国国徽及一美元纸币的背面而广为人知。荷鲁斯左眼代表的是月亮，右眼代表的是太阳，他的左眼被抢走，后夺回。荷鲁斯之眼成为古埃及人辨别善恶、捍卫健康与幸福的护身符。

② 古代西亚奴隶制国家。位于底格里斯河中游。公元前 3000 年代中叶，属于闪米特族的亚述人在此建立亚述尔城后逐渐形成贵族专制的奴隶制城邦。

界，除了玛丽安、邮差卡尔顿和我妈妈？

费提知道吗？还是英老师？李老师？

绝对不可能是李老师。

“别担心，当你需要他们，他们会来找你的。这里一向都是这样的。”

“等等。”我抓住玛丽安的手臂，“我爸爸知道吗？”

“不知道。”虽然他已经有些疯狂，但至少家里还有一个人不是过着双重生活。

玛丽安给我们最后一个忠告：“你们最好快点开始，路那古书阁比你们见过的图书馆要大上一千倍。如果你迷路了，立刻循着之前的脚印退回来，这就是这些书架设计成放射状轴线的缘故。因为如果你只是前进和后退，就不太会迷路了。”

“如果只是走直线怎么可能会迷路呢？”

“你自己试试看就知道了。”

蕾娜插嘴：“这些外伸的层架底端是什么呢？我是说，这些通道的尽头是什么？”

玛丽安古怪地看着她：“没有人知道。没有人曾经走到那么深。有些通道后面变成了隧道，古书阁有部分地区依旧是不为人知的。这底下有许多地方连我自己也没看过。

也许有一天我会走遍吧！

“您在说什么？通道总会有终点啊！不可能成排的书架在隧道中延伸到全镇吧？难道还能通到林肯太太家，然后上去找她喝杯茶？或是向左转个弯，送本书到邻镇给黛阿姨，向右转去找爱玛聊天？”我实在很怀疑。

玛丽安微笑地看着我：“你认为麦坎是怎么拿到书的？你认为美国革命女儿会的成员怎么会没注意到访客进出？盖林镇就是这样。人们喜欢维持他们心中认为的样子。凡人只看见他们想看的，早在南北战争之前，附近就已经有一个令人惊奇的巫师小区，这是已经存在好几百年的事了，伊森。一切不会因为你知道就突然改变。”

“我不敢相信麦坎舅舅没有告诉我这个地方，想想有多少巫师都来过这里了。”蕾娜举高火炬，从架上取下一本书。那本书装订得很华丽，在她手中显得很沉重，还扬起一阵灰尘飘向四面八方。我咳嗽起来。

“《巫术历史概要》。”蕾娜抽出另一本书，“我想，我们是在巫字部的书架区。”这一本是在真皮盒子里，上方的盒盖可以打开，露出里面的滚动条。蕾娜把滚动条拉出来，连上面的灰尘都显得更脏，更古老。“《巫术之创造与迷惑》，这本很古老了。”

“小心一点，这恐怕有几百年了。古登堡在一四五五年才发明印刷术。”玛丽安小心接过滚动条，好像抱着刚出生的宝宝。

蕾娜又抽出一本灰皮封面的书：“《巫术与联邦》，巫师也参加南北战争吗？”

玛丽安点点头：“两边都有，北军和南军，这是巫师社会的一次大分裂，相同的情况不只发生在凡人身上。”

蕾娜看着玛丽安，把积满灰尘的书再放回架子上：“我们家的巫师现在还在进行分裂的战争，对不对？”

玛丽安哀伤地看着她：“没错，就像林肯总统说的‘分裂之家’，蕾娜，你们家恐怕就是这个样子。”她摸摸蕾娜的脸颊，“所以你现在才会在这里，记得吧？你来找答案弄清一些感觉不合理的事情。最好快点进行吧！”

“这里的书太多了，玛丽安，您能不能指引我们一个正确的方向？”

“别指望我，我说过我没有任何答案。这里只有书，赶快去找吧！底下是以月亮在计时的，一不小心很容易忘了时间。”

我看看玛丽安又看看蕾娜，很怕她们其中一个离开视线。这个路那古书阁比想象中更让人害怕。这里不太像图书馆，反而更像地下坟场，那本《月之书》很可能在任何地方。

蕾娜和我面对无止境的书架，两人迟迟无法踏出一步。

“我们要怎么找到它？这里想必有几百万册的藏书。”

“我不知道，也许……”我知道她在想什么。

“说不定我们该试试链坠？”

“你带来了吗？”我点头从牛仔裤口袋掏出链坠，把火炬递给蕾娜。

“我们必须看看发生了什么事，一定还有其他线索。”我打开手帕，把链坠放在石桌上。玛丽安脸上出现我熟悉的表情，每次她和我妈妈挖到什么特别珍贵的资料时就会露出这种眼神。

“您也想一起看吗？”

“你才知道。”玛丽安慢慢拉住我的手。我拉起蕾娜的手，一起伸手把链坠放在我们交缠的指尖中。

一道强光逼得我不得不闭上眼睛。

然后我看见了烟雾，闻到大火的气味，我们又回到了过去——

吉妮薇拿起书，以便在雨中看清楚书上的文字。她知道念出这些字句会违反万灵法则，她几乎听到母亲恳求她停止，要她好好想一想正在做的事。

但是吉妮薇停不下来。她不能失去伊森。

她开始吟唱起来。

库洛——佩托利——梅，杜特拉——杜瓦——埃斯特。
维塔——维塔——梅伊，柯里平斯——杜姆，柯里平斯——梅因。
科普斯——科波利——梅，美杜拉——孟斯克，
阿尼摩——阿尼梅——梅伊，阿尼姆——诺斯楚——康尼特。
库洛——佩托利——梅，路那——梅，阿斯楚——梅斯。
库洛——佩托利——梅，法顿——梅姆，梅——莎勒斯。

“停止吧！孩子。趁现在还不算太迟！”艾维的声音很惊慌。

大雨倾盆而下，闪电划过迷蒙的烟雾。吉妮薇屏息以待，什么也没发生。她一定是哪里做错了。她眯着眼睛在黑暗中想仔细看清楚，最后绝望地用她最熟悉的语言大喊。

我心之血，保护他！
我生命之生命，拿走你的，带走我的。
我身体之身体，活力与精神。
我灵魂之灵魂，结合你我之灵魂。
我心之血，我的浪潮，我的明月。
我心之血，我的救赎，我的厄运。

她以为自己眼花了，但她看到伊森的眼皮动了动，似乎想要睁开。

“伊森！”他们的眼神再度交会了。

伊森挣扎着要呼吸，显然想要说话。吉妮薇把耳朵贴近他的嘴唇，脸颊明显感受到他的温暖呼吸。

“我从不相信你爸爸说的，他说凡人和巫师不可能在一起。但我们一定会找到方法，我爱你，吉妮薇。”他把某个东西塞到吉妮薇手中，是一个链坠。

然后他的眼睛突然睁得很大，接着又闭起来，他的胸口不再有任何起伏。

吉妮薇还来不及反应，一道电流传遍她的身体，她能感觉全身的血液在奔流，她八成被闪电击中了，痛苦撕裂了她的身体。

吉妮薇试着撑下去。

接着眼前一黑，她什么也不知道了。

“敬爱的上帝，别连她也带走。”

吉妮薇认出是艾维的声音。她在哪里？烧焦的柠檬树唤醒了她的记忆。她想开口说话，但喉咙好像被沙子堵住，完全发不出声音。她的眼睛眨了眨。

“哦！上帝，感谢您！”艾维低头跪在她身边。

吉妮薇咳了一下，试着撑起身体。

“伊森他……”她小声问。

“抱歉，孩子，他走了。”

吉妮薇努力睁大眼睛，艾维吓得往后跳，好像看到撒旦本人似的：“上帝慈悲！”

“怎么了？发生什么事？艾维？”

这位老妇人力图镇定：“你的眼睛，孩子，你的眼睛……变了。”

“您到底在说什么？”

“你的眼珠不再是绿色的，现在变成黄色了，黄得像太阳一样。”

吉妮薇才不管眼睛变成什么颜色。她现在什么都不在乎，她失去了伊森，她开始啜泣起来。

雨下得更大了，地上泥泞一片。

“你必须起来，吉妮薇小姐。我们必须和冥界的先灵谈一谈。”艾维试着扶她起来。

“艾维，您在胡说什么？”

“你的眼睛……我警告过你的。我说过今天没有月亮，我们必须找出这代表什么意思，一定要请教先灵才行。”

“如果我的眼睛有什么不对劲，那么我确定是因为刚才被雷打中了。”

“你看到什么了？”艾维看起来很惊慌。

“艾维，怎么回事？您的举动好奇怪。”

“你没有被闪电击中，是别的东西。”

艾维跑回烧焦的棉花田，吉妮薇在后面喊。她试着站起来，但头还是很晕，于是倒回泥地。雨水落在她的脸上，混合了失败沮丧的泪水。她就这样迷迷糊糊地躺着，时而清醒，时而昏沉。她听到艾维在远方喊着她的名字，等她再度睁开眼睛，艾维已经抓着裙子站在她的面前。

艾维用长裙装了一些东西，她把东西倒在吉妮薇身旁的泥地。瓶瓶罐罐互相撞击发出清脆的声音，里面装着各种粉末、细沙和泥土。

“您在做什么？”

“准备献祭请示神灵，只有他们有办法解释这种情况。”

“艾维，冷静下来。您又在胡言乱语了。”

这位老妇人从她的长裙拿出一块镜子碎片，把镜子丢在吉妮薇面前。

天色虽然阴暗，但不会有错，吉妮薇的眼睛发出黄色光芒。她的绿色眼珠已经变成金黄色，看起来完全不像眼睛。原本眼珠中间应该是圆圆的黑色瞳孔，现在却变成像猫眼似的狭长切口。吉妮薇把镜子碎片丢到地上，然后抬头看着艾维，但艾维无暇注意。她已经把粉末和泥土混在一起，放在掌心之间交替翻转，口中喃喃以古勒语呼唤她的祖先。

“艾维，您在做……”

“嘘，我在倾听先灵的指示。”艾维要她噤声，“他们知道你做了什么，他们会告诉我们这代表什么意思。”

“我以我的鲜血，召唤土里的骨血。”艾维用镜子碎片划破自己的指尖，将鲜血滴到她掌心那撮泥土上，“让我闻其所闻，见其所见，知其所知。”

艾维站起来朝着天空伸出手臂。雨水打在她身上，手上的泥土全流到她的衣服上。

她开始以一种奇怪的语言说话……

“不可能的，她不知道会这样。”她对着天空发出哀号。

“艾维，怎么回事？”

艾维在发抖，同时抱头啜泣：“不会的，不会这样的。”

吉妮薇抓住艾维的肩膀：“什么事？怎么了？我到底怎么了？”

“我告诉过你别乱用那本书。我说今天晚上不适合施法的。现在已经太迟了，我的孩子。已经无法挽回发生的事了。”

“您到底在说什么？”

“你被诅咒了，吉妮薇小姐。你已经转化，你的命运已经决定，再也没有办法可以改变了。这是一场交易，你不可能不付出一点代价，就要《月之书》给

你那种法力。”

“什么？我付出什么代价？”

“你的命运，孩子。你和之后每一个杜凯家出生的孩子都要付出代价。”

吉妮薇不太明白，但她很清楚自己做过的事无法重来，“这话是什么意思？”

“第十六个月亮，第十六年，古书会来取走它应得的东西。这就是交易的代价，杜凯家子孙的鲜血，也就是说，那孩子会转化成黑暗巫师。”

“每个杜凯家的孩子都会？”

艾维低下头。吉妮薇不是今晚唯一沮丧的人：“不是每一个。”

吉妮薇感觉又有点希望了：“哪些孩子呢？我们怎么知道是哪些孩子？”

“在第十六个月亮，他们十六岁生日时，《月之书》会自己选。”

“没有用的。”蕾娜的声音听起来痛苦而遥远。我眼前只看得见烟雾，只听得见她的声音。我们不在图书馆，也不在异象之中。我们位于两者之间，感觉非常恐怖。

“蕾娜！”

我一度在烟雾中看到她的脸。她的眼睛又大又黑，原先的绿眼珠几乎像是黑色的。

她的声音低得像耳语：“两秒钟，他只活了两秒钟，就失去他了。”

她闭上眼睛，然后消失了。

“蕾娜！你在哪里？”

“伊森，那个链坠。”我听见远方传来玛丽安的声音。

我可以感觉手中还握着硬硬的链坠。

我失手掉了它。

我睁开眼睛，肺部的浓烟呛得我猛咳嗽，感觉整个房间还在旋转，眼前的一切相当模糊。

“你们这两个孩子到这里做什么？”

我的视力逐渐恢复清晰。我又回到石室，那个链坠就掉在石地板上，看起来小巧无害。玛丽安松开我的手。

麦坎·雷站在墓室中央，身上那件大衣的下摆都缠住了。爱玛站在他旁边。虽然她穿上最好的外套，但扣子都扣错了。她手里紧紧抓住她的手提包，我不知道谁看起来更生气。

“很抱歉，麦坎。你知道规定的。他们求我帮忙，我受命必须提供帮助。”玛丽安看起来备受煎熬。

爱玛把气全出在玛丽安身上，好像认为她刚把汽油淋在我们家房子上，然后放火烧了，“我以为你受命要照顾莱拉的儿子和麦坎的外甥女，看来你两样都没做到。”

我以为麦坎·雷也会责备玛丽安，但他一个字也没说。然后我才了解为什么。他在摇晃蕾娜，她倒在石桌上昏迷不醒。她的手臂无力地张开，脸趴在粗糙的桌面上，看起来完全没有意识。

“蕾娜！”我不理会在她身边的麦坎·雷，一把将她拉进我怀中。她的眼睛空茫地瞪着我，眼珠仍然是黑色的。

“她没有死，她在漂流，我相信我能找到她的。”麦坎·雷默默施法，转动手中的戒指，眼神出奇的平静。

“蕾娜！回来！”我拉着她的身体，将她紧紧搂在胸前。

麦坎喃喃吟诵，我听不懂，但蕾娜的头发又开始动了。我现在已经很习惯这种超自然的微风了，我想这是施展法术的某种气流吧。

“在这里不行，麦坎，你的法术在这里行不通。”玛丽安流着眼泪拼命翻一本积满灰尘的书，她的声音在发抖。

“他不是要施法，玛丽安，他是要跨越。这是连巫师也做不到的事。蕾娜去的地方只有麦坎这种人才去得了，他要去地界。”

我感觉蕾娜空洞的身体逐渐冰冷，心里知道爱玛是对的。蕾娜目前并不在我怀中，虽然我只是凡人，但连我都感觉得到她已经漂到很远的地方去了。

“我告诉你，麦坎，这是一个中立的地方。你不能在古书阁施展法术。”玛丽安似乎很惊慌。她紧紧抓住手上的书，希望从中得到某些帮助，但书中没有答案，她自己说过了，法术在这里派不上用场。

我记得那些梦，我记得我把蕾娜拉出泥地。那里就是我失去她的地方吗？

麦坎·雷在说话，他的眼睛是睁开的，但是他并没有看任何地方，仿佛眼睛向内翻转，望向蕾娜所在之处，“蕾娜，听我说，她不能控制你。”

她？我看着蕾娜空洞的眼睛。

是莎拉·芬恩。

“你的法力够强，能突破她的控制，她知道我在这里不能帮助你。她躲在暗处等你，你必须靠自己去抵抗她。”

玛丽安端来一杯水，麦坎·雷把水倒在蕾娜的脸上和嘴里，但蕾娜动也不动。

我再也受不了了。

我捧着她的脸用力吻她，把清水从我的口中送给她，就像替溺水者做人工呼吸一样。

醒醒，蕾娜。你不能丢下我。不能这个样子。我比她更需要你。

蕾娜的眼皮动了动。

伊森，我很累。

她苏醒过来咳了几下，清水全喷到身上的外套上。我对着她微笑，她也看着我微笑。

如果这就是我们做的噩梦，那么我们已经改变梦的结局了。这次我总算没让她溜走。但我知道这不是梦中她溜出我指尖的那一刻。这只是刚开始而已。

即便如此，至少这次我救回她了。

我想把她紧紧拥在怀中，感受我们之间熟悉的电流，但是她突然跳了起来："麦坎舅舅！"

麦坎·雷靠着墓室的墙壁，身体几乎无法站稳。他气喘吁吁地靠在墙上，全身冒汗，脸白得像纸一样。

蕾娜跑过去抱住他，就像女儿在担心父亲一样："您不该这么做的，她可能会杀了您。"不管所谓的"跨越"是什么，不管麦坎·雷到那边又做了什么，显然付出了相当大的代价。

是莎拉·芬恩在作怪。不管她到底是何方神圣，她终究是蕾娜的母亲。

一趟图书馆之旅可以变成这样，我不知道接下来几个月还会发生什么。以日期来算，明天早上距离蕾娜生日只剩七十四天了。

蕾娜包着毛毯坐着，全身依旧湿透了，她看起来成熟了五岁。我瞅了瞅她身后的橡木门，很想溜出去一个人静一静。但这似乎不太可能。我们从其中一条书架通道走了约三十步，然后走下一座螺旋梯，再穿过一连串小门，进入一处感觉像阅览室的舒适房间。这里的通道似乎永无止境，而且每隔几步路就有一扇门，好像是位于地下的旅馆房间。

麦坎·雷一坐下，桌上立刻出现一个银茶壶，刚好配了五个茶杯和一盘甜面包。或许这里也有一个神奇厨房吧！

我看看四周，不知道自己在哪里。但有一件事情是确定的，我还在盖林镇的某处，某个和我认知的盖林镇完全不同的地方。

不管是哪一种盖林镇，我照样有格格不入的感觉。

我坐在一张衬垫椅上，努力想找个舒适的坐姿。这张椅子活像亨利八世①那个年代的东西，天知道，或许它就是当时流传下来的古董。墙上挂的织绣壁毯看起来也像来自某个古堡或雷氏庄园的装饰。壁毯绣的是一幅星系图，有午夜蓝的天空和银光灿烂的星星。每一次我看着壁毯，上面的月亮都呈现不同的圆缺变化。

麦坎、玛丽安、爱玛坐在对桌的座位。我和蕾娜显然麻烦大了，我们两个坐在他们的对面准备接受“审判”。麦坎·雷气坏了，连他面前的茶杯都咯咯作响。爱玛更是气得不行，“你到底在想什么？凭什么决定我家小子已经做好准备，可以到这个地下世界来？如果莱拉人在这里，她一定会亲自剥了你的皮。你胆子也太大了，玛丽安。”

玛丽安端起茶杯的时候，两手颤抖得很厉害。

“你的小子？那我的外甥女呢？我想她才是遭受攻击的一位。”

麦坎·雷和爱玛把我们骂得体无完肤。他们彼此怒目相视，我不敢看蕾娜一眼。

“从你出生的那一天起，你就是麻烦不断了，麦坎·雷。”接着爱玛转头看着蕾娜。

“但我不敢相信你会拉着我家小子蹚入这摊浑水，蕾娜·杜凯。”

蕾娜怔住了：“我当然要拉他下水啊！我专做坏事的，你们什么时候才能明白这一点？情况只会越来越糟！”

整套茶具飞到半空中，然后停在那里不动。麦坎·雷只是看了一眼，眼睛连眨也不眨。像是某种挑战，整组茶具又慢慢降落到桌子上。

蕾娜旁若无人，直直盯着麦坎·雷：“我会转化成黑暗巫师，您再怎么努力也没有用的。”

“那不是真的。”

“不是吗？我会变得和我……”她无法再说下去。

蕾娜拉掉身上的毯子，然后握住我的手：“你必须离我远一点，伊森，趁现在还不会太迟。”

---

① 亨利八世（Henry Ⅷ，1491—1547），英国都铎王朝第二任国王（1509—1547 年），也是爱尔兰领主，推行宗教改革。

麦坎·雷恼怒地看着她："你不会转化成黑暗巫师的。别胡说八道了，她只是要你这样想而已。"他说到"她"的语气，就跟提到"盖林镇"是一样的。

玛丽安把她的杯子放回桌上："年轻人——老是把事情看得像世界末日似的。"

爱玛摇头："有些事情注定要发生，注定要采取一些行动，这件事还没有结束。"

我可以感觉到蕾娜握着我的手在发抖。

"没事的，蕾娜。一切都会没事的。"

她甩开我的手："没事？我的母亲是一名黑魔师，她一直想杀我，从一百多年前的异象得知我们全家在内战时期就遭受诅咒了。再过两个月就是我的十六岁生日，你就只会说没事？"

我重新拉住她的手轻轻握住，这次她不再甩开了："我也看到相同的异象。那本书会选择它要的孩子。也许它不会选择你。"我知道机会渺茫，但也只能这样说了。

爱玛看着玛丽安，把茶杯往桌上一扔，杯子在碟盘上发出碰撞声。

"书？"麦坎·雷转头直盯着我。

我很想避开他的目光，但是做不到："异象中有一本书。"

一句话都别说，伊森。

我们应该告诉他们，我们无法单独应付的。

"没什么，麦坎舅舅，我们甚至不知道那个异象代表什么意思。"蕾娜还不打算说出来，但是经过今晚的事，我觉得我们必须说了。一切都已经失控了，我觉得自己都快淹死了，又能拿什么拯救蕾娜呢？

"也许异象是要说明，你们家不是每个人都会转化成黑暗巫师。好比说黛阿姨？还有莱丝？想想可爱的莱儿，她可以治愈他人，怎么可能转化成黑暗巫师呢？"我靠近蕾娜身边。

蕾娜缩进她的椅子中："你对我们家的人一无所知。"

"他说的没错，蕾娜。"麦坎·雷恼怒地看着她。

"你不是莱德莉，你不是你妈妈。"我尽量以自信的口吻告诉她。

"你怎么知道？你又没见过我妈妈，对了，我也没见过她。只知道她几度攻击我，而且没有人能防范她。"

麦坎·雷试着向她保证："我们对这类攻击没有准备。我不知道她可以跨越，不知道她也拥有我的能力，这不是巫师所能拥有的法力。"

“好像没有人知道我妈妈的事，或者我的事。”

“所以我们才需要那本书。”这次我直视麦坎·雷的眼睛。

“你们一直在说的书到底是什么？”麦坎·雷失去耐性了。

别告诉他，伊森。

我们必须这么做。

“那本诅咒吉妮薇的书。”麦坎·雷和爱玛面面相觑。他们已经知道我要说什么了，“如果这本《月之书》能诅咒别人，或许我们可以在书中找到破解的方法，不是吗？”

整个房间鸦雀无声。

玛丽安看着麦坎·雷：“麦坎……”

“玛丽安，您别插手，您已经介入太多了。而且，再过几分钟就要日出了。”玛丽安很清楚，她知道要去哪里找那本书，可是麦坎·雷要她闭嘴。

“玛丽安阿姨，那本书在哪里？”我看着她的眼睛，“您一定要帮助我们，我妈妈还在的话，她一定会帮助我们的。您不该预设立场，不是吗？”这样并不公平，但我说的是实话。

爱玛高举双手，又放下来。她很少做出这种投降的手势：“事情做了就做了。他们已经开始抽丝剥笋了，麦基瑟德，陈年旧事注定要揭发出来的。”

“麦坎，我必须遵守一定的规则。如果他们问我特定问题，我是必须回答的。”玛丽安转头看着我，“《月之书》不在路那古书阁里面。”

“您怎么知道？”

麦坎·雷起身准备离去。他紧抿双唇，眼神充满愤怒，转身瞪着我们两个，当他终于开口说话时，声音在室内回荡不已，“因为这个图书馆就是以那本书命名的。那本书是超越阴阳两界，力量最强大的魔书，也是永世诅咒我们家族的一本书，这本书失踪已经超过一百年了。”

十二月一日　猎杀女巫

星期一早上林克和我开车上九号公路，在岔路口停下来接蕾娜。林克喜欢蕾娜，但要他开上岔路到雷老头家门口是不可能的。对他而言，雷氏庄园仍然是“鬼屋”的代名词。

可惜他不知道这两天的事，感恩节对他而言只是一个长周末而已。但我觉得过了好长一段时间。想到我在感恩节晚餐遇上时间暂停，花瓶在蕾娜和麦坎·雷之间飞来飞去，还有我们没有离开盖林镇的镇界，却深入地底进行一场冒险，这个周末真是够我受了。不像林克整个周末就是看足球，和堂弟打打闹闹，要不然就是决定今年吃奶酪球要不要加洋葱。

不过根据林克的说法，还有另一种麻烦正在酝酿中，所以今天早上显然同样危险。林克的母亲在过去二十四小时一直在运作，她关起厨房的门，抱着电话和三姑六婆讲个不停。史诺太太和亚瑟太太在晚餐后来到林肯家，她们三个就躲在厨房商议，那是她们的战情室。林克假装要拿山露汽水跑进去，他没办法听到太多，但也猜得出他妈打算怎么做。“不管用什么方法，我们要逼她离开学校。还有那条黑狗也一样。”

虽然只听到这些，但我清楚林肯太太的作风，这已经够令人担心的了。绝不能小看林肯太太这种女人的力量，为了保护子女，维护城镇，什么事都做得出来。她们最痛恨有人和她们完全不一样，我应该知道的。我妈妈曾告诉我她刚搬来镇上头几年的事情。

她的口气好像她是什么无恶不作的罪犯，连那些最虔诚的教会太太都懒得举报她的是非了。她在星期天做营销，她高兴上哪一派的教堂就去上，有时候一家也不去。她是个女性主义者（亚瑟太太好像搞不清楚女性主义和共产主义的分别），又是民主党员（林肯太太还特别用了"魔鬼"这个字眼来形容）。最糟糕的是我妈妈还吃素（这等于谢绝了史诺太太所有的晚宴邀请），此外我妈妈没有参加正确的教堂，也不是美国革命女儿会或美国步枪协会的成员，种种事实都让我妈妈成了圈外人。

但我爸爸是在这个镇上长大的，他被视为盖林镇的小孩。所以我妈妈去世的时候，所有曾经批评过我妈妈的太太都带着奶油炖菜、炖肉、热辣味意大利面来吊唁，感觉好像是来报复，来表达最后立场似的。我妈妈一定很痛恨她们这样做，她们心里也知道。那也是我爸爸第一次躲进书房，锁在里面好几天都不出来。爱玛和我把那些炖菜堆在外面的门廊，最后她们终于陆续把菜肴拿了回去，又开始继续批评我们的日子。

她们总要争论到最后一刻，证明自己才是对的。蕾娜可能不是很明白，但林克和我都很清楚。

蕾娜坐在我和林克中间，三个人挤在老爷车的前座。我看到她在手上写了一切陷入混乱，她随时随地都在写东西，就像有些人习惯嚼口香糖或玩头发一样。我觉得她根本是不自觉就写起来了。不知道她将来会不会让我看其中一首诗？不知道其中有没有一首诗是关于我的？

林克低头看了一眼："你什么时候要帮我写首歌？"

"等我先帮鲍勃·迪伦（Bob Dylan）[①] 写完这一首。"

"我的妈啊！"林克在停车场入口猛刹车。我不怪他，看到自己的母亲早上八点不到就出现在学校停车场，任谁也会当场吓着，但她就在那里。

停车场出现了比平常更多的人，除了学生还有父母。除了那次的破窗事件，

---

① 鲍勃·迪伦（Bob Dylan，1941— ），被认为是 20 世纪美国最重要、最有影响力的民谣、摇滚歌手，获 2008 年诺贝尔文学奖提名。代表作有《在风中飘荡》（Blowin' in the Wind）《大雨将至》（*A Hard Rain's A-Gonna Fall*）《来自北部乡村的女孩》（*Girl from the north Country*）。

还没有家长出现在学生停车场。唯一的例外大概是乔丝琳·沃克的母亲在我们观看人类生殖周期的影片时，跑来把她从学校带走吧。

一定有什么事情。

林克的母亲交给爱米莉一个盒子，她领着所有的拉拉队成员把传单夹在每一辆车的风挡玻璃上。包括校队和预备队的女孩都在发传单，色彩鲜艳的传单在风中摆动。但我从林肯的车上看出去，多少猜出上面的意思，他们好像在进行什么竞选活动，就差一个候选人了。

石墙高中拒绝暴力！

绝对不能容忍！

林克满脸通红："抱歉，你们最好下车。"他尽量把身体伏低，好像没人在开车似的，"我不想让我妈妈当着整个拉拉队的面把我骂得狗血喷头。"

我溜下车，同时帮蕾娜一把："里面见了，兄弟。"

我紧紧抓住蕾娜的手。

准备好了吗？

我会准备好的。

我们伏低身体在汽车之间闪躲前进，我们没有看见爱米莉，却在艾默里的车子后面听到了她的声音。

"请大家注意传单！"爱米莉走到凯莉·杰森的车子前面，"我们要在学校组织一个新社团，叫石墙中学守护天使。我们要协助校园安全，要站出来举报校园内有暴力或不寻常的行为，我个人认为这是每位学生的责任，如果各位想参加，第八节下课后我们会在学校餐厅开会讨论。"随着爱米莉的声音渐行渐远，蕾娜紧紧握住我的手。

那个活动是什么意思？

我也不知道，但他们简直疯了。我们走吧！

我试着拉走蕾娜，但她把我拉回来。她整个人缩在轮胎旁边："给我一分钟。"

"你还好吗？"

"看看他们，他们以为我是怪物，他们要成立一个社团。"

"他们只是无法忍受外地人。你是新来的学生，学校破了一扇窗户，他们要找个人来责怪，这只是……"

"猎杀女巫。"

我不是要说这个。

但你是这样想的。

我紧紧握住她的手，感觉我的头发都竖直了。

你不必这么做的。

我要这样，他们这种人把我赶出上一所学校，我不允许这种事情再度发生。

当我们离开最后一排车子，她们就站在那里。亚瑟太太和爱米莉正把多余的传单箱子放进车子的行李厢。依登和莎凡娜正在给拉拉队和经过的男生分发传单，许多男生只是为了多看她的长腿或乳沟一眼。林肯太太站在不远处和其他太太说话。好像只要她们愿意帮忙打电话给哈波校长，她就让她们家的房子也名列“南方遗产巡礼”的名单中。她交给厄尔的母亲一个记事板，上面还夹着一支笔。我花了点时间才明白这是怎么回事，没有其他可能了。

看来这像是一次请愿。

林肯太太注意到我们站在这里，随即把目光瞅准我们。其他太太也随着她看过来，一开始她们没说话，我以为她们或许替我觉得难过，她们会收拾传单，打包东西就开车回家。我常常在林肯太太家过夜，几乎和住在自己家的时间一样多。史诺太太应该算是我的远亲。我在十岁被鱼钩划伤手的时候，是亚瑟太太帮我包扎的。艾勒里太太是第一个真正帮我理头发的人。这些太太从我小时候就认识我了，她们不可能对我做出这种事，会退让一步才对。

如果我多说个几次，也许就会成为事实。

不会有事的。

等到我发现自己大错特错时，一切都太迟了。她们一下子就从看到我和蕾娜的震惊中恢复过来。

林肯太太眯起眼睛：“哈波校长……”她看看蕾娜又看看我，然后大摇其头，我大概很长一段时间不会受邀到她家吃饭了。她提高嗓门：“哈波校长已经答应会全力支持。我们不会忍受大都市那种校园暴力也蔓延到我们小镇上。你们年轻人做得很对，是应该保护你们的学校，身为关心子女的父母……”她看着我们两个，“我们会做任何事来支持你们。”

蕾娜和我手牵着手经过他们。爱米莉挡在我们前面，拿了一张传单想递给我，完全不理蕾娜：“伊森，今天留下来开会。守护天使真的需要你参与。”

这是好几个星期以来爱米莉第一次对我说话。我懂她的意思，你是我们的一分子，这是你的最后机会。

我把她的手推开：“石墙中学就需要你这种天使般的行为。你为什么不去虐待小孩、扯掉蝴蝶翅膀、打下小鸟的巢呢？”我拉着蕾娜经过她继续前进。

“你可怜的母亲会怎么说呢？伊森·魏特。她对你交往的对象会有什么看法呢？”我立刻转身，林肯太太就站在我后面，她还是一贯的打扮穿着，就像电影中那种呆板的图书馆馆员，戴着一副便宜的药房眼镜，梳了个看不出是棕是灰，看起来凶巴巴的发型，有时真纳闷林克怎么会有这种母亲？“我来告诉你，你妈会哭的，她在地下会死不瞑目。”

她真的太过分了。

林肯太太根本不了解我妈妈。她不知道我妈妈曾经寄信给学校督察，列出学校禁书所违反的所有条文。她不知道每次她邀请我妈妈去参加美国退伍军人协会妇女会或美国革命女儿会的会议时，我妈妈总是一脸痛苦。倒不是因为我妈妈痛恨这两个协会，而是她讨厌林肯太太所代表的小团体，也就是盖林镇那群心胸狭窄的优越女人，像林肯太太和亚瑟太太都是以此闻名的。

我妈妈总是说：“做正确的事和做容易的事并不一样。”此刻我非常清楚什么才是正确的事，但我也知道这是不太容易的事，至少后果就是如此。

我站在林肯太太面前直视她的眼睛：“林肯太太，我可怜的母亲会对我说‘做得好，伊森’。”

我拉着蕾娜转身朝行政大楼走去。我们只差几步路就到了，蕾娜看起来并不害怕，但她的手在发抖。我紧紧握住她，再度向她保证一切不会有事的。她的黑色长发又开始卷曲，伸直，好像随时要爆发似的。或许想爆发的人是我，我从没想过踏进石墙中学的大厅会这么高兴，只可惜没多久就看到哈波校长站在门口。他怒气冲冲地瞪着我们，好像希望自己不是校长，这样就可以亲自递传单给我们了。

当我们走过校长身边，蕾娜的头发简直狂舞起来，只是校长没有看到，他忙着看前方的状况。“这到底是……”

我转头去看，刚好看到一股强风吹过，拉拉队手上、箱子里，甚至夹在风挡玻璃的传单都飞了起来，几百张荧光绿的传单在空中飞舞，好像一群冲进云霄的小鸟，看起来自由、奔放、美丽无比。这情景有点像希区柯克[①]的电影《鸟》（*The Birds*），刚好相反，这群鸟是往上飞，而不是向下攻击。

在大楼厚重的金属门关上之前，我们还能听到外面一阵惊叫声。

蕾娜顺了顺头发：“你们这里的天气真是疯狂。”

---

① 阿尔弗雷德·希区柯克（Sir Alfred Hitchcock，1899—1980），原籍英国，著名电影艺术大师，擅长拍摄惊悚悬疑片，代表作《后窗》《西北偏北》《惊魂记》。

十二月六日　失而复得

到了星期六，我似乎觉得松了一口气。因为我只要陪几位老太太就够了，她们唯一拥有的神奇力量就是经常忘了自己的名字。当我抵达三姐妹家，梅西姨婆的暹罗猫正忙着在前院“运动”。三位姨婆喜欢看《我爱露西》[①]，所以这只猫叫露西贝儿。姨婆在前院架了晒衣绳，每天早上梅西姨婆会替露西贝儿系上皮带，将皮带钩在晒衣绳上，让它可以沿着前院做运动。我试着向她们解释，把猫放出去走动没有关系，它想回家的时候就会自己回家，但梅西姨婆看着我的表情像是我在建议她去勾搭有妇之夫。“我不能让露西贝儿独自在街上乱跑。我确定它会被别人抓走的。”镇上才没有什么绑架猫咪的事件，但我怎么争也争不赢姨婆。

我打开大门，预期里面大概和往常一样乱糟糟，但今天屋里出奇的安静，这不是一个好现象。

“普姨婆？”

屋后传来熟悉的拖长音：“我们在后阳台，伊森。”

---

①《我爱露西》（*I Love Lucy*）是 20 世纪 60 年代风靡美国的一部热播长篇情景喜剧，也是美国电视史上最受欢迎的喜剧剧集，生动地描绘了整整一代美国女性的生活。

我走到屋后门廊，三位姨婆正忙乱着，手上还抱着一堆很像无毛老鼠的动物。

“那是什么鬼东西？”我不经思考就脱口而出。

“伊森·魏特，小心你的用词，不然我要拿肥皂洗你的嘴了。别用那些亵渎的字眼。”葛瑞丝姨婆说话了，照她的标准，亵渎的字眼包括内裤、裸体和膀胱。

“抱歉姨婆，但手中那个是什么啊？”

梅西姨婆伸出双手，她捧着两只熟睡的小动物：“这是松鼠宝宝，露比上星期二在她的阁楼找到的。”

“野生的松鼠？”

“总共有六只，它们是世上最可爱的小东西对吧？”

我只看到随时会发生的意外，想到三位“老寿星”级姨婆要经手野生动物、婴儿等，感觉都是很可怕的事，“怎么得到的？”

“嗯，露比无法照顾它们……”梅西阿姨先开口。

“再加上她有个可怕老公。露比如果没有事先报备，就算只是去‘得速购’买个东西都不行。”

“所以露比把松鼠宝宝送给我们，反正我们已经有笼子了。”

三位姨婆曾经在某个飓风天救了一只受伤的浣熊，她们把它照顾到复原为止。后来浣熊吃掉普姨婆的爱情鸟桑尼和雪儿，于是黛玛把浣熊放生，从此不再提起这件事。但她们仍然留着当初那个笼子。

“知道松鼠会传染狂犬病吧？不能养！万一被它们咬了怎么办？”

普姨婆眉头一皱：“伊森，这是我们的宝宝，它们可爱极了，才不会咬人呢！我们是它们的妈咪啊！”

“它们都会乖乖听话的，对不对？”葛瑞丝姨婆摸摸其中一只。

我只会想到其中一只咬上姨婆的脖子，然后我要载她们去挂急诊的画面。医生会在她们的肚子打上二十针，因为如果被感染狂犬病的动物咬了，就是要打那么多针，以姨婆的年纪来看，光是打针就可能要了她们的老命。

我试着和她们讲道理，但这完全是浪费时间：“这很难说，它们是野生动物。”

“伊森·魏特，显然你不喜欢小动物。这些宝宝不会伤害我们的。”葛瑞丝姨婆不以为然地吼我，“不然你要我们怎么做？它们的妈咪不见了，如果没人照顾，它们会死掉。”

“我可以把它们带去防止虐待动物协会。”

梅西阿姨把它们捧在胸前保护着：“防止虐待动物协会？那些刽子手一定会

杀了它们！”

“别再提什么动物协会了，伊森，把那边的滴管递给我。”

“要干吗？”

“我们每四小时要用滴管喂它们一次。”葛瑞丝姨婆解释。普姨婆捧着一只小松鼠，它贪婪地吸吮着滴管，“而且每天要用棉花棒帮它们清理私处。这样它们以后才能学会自己清理。”

我怎么也想象不出那个画面。

“你们怎么会知道这些？”

“我们会上网查啊！”梅西姨婆骄傲地微笑着。

我不敢相信姨婆居然还知道网络，她们连烤面包片机都没有。“怎么上网？”

“黛玛带我们去图书馆，玛丽安小姐帮助我们的。那边有计算机，你知道吗？”

“你可以上网找任何东西，甚至连龌龊的照片都有。经常会突然跳出一些最肮脏下流的照片，天哪！”姨婆所讲的“龌龊”大概是裸照吧！光凭这一点，她们大概永远不会再上网了。

“我只想声明这么做不好。不能一直养它们。它们长大会越来越凶。”

“我们当然不会养它们一辈子。”普姨婆摇摇头，好像我的说法很荒谬，“等它们能自己照顾自己，我们就会把它们带到后院放了。”

“但这样它们就学不会怎么觅食。所以我才说不能随便豢养野生动物。一旦放走它们，它们会饿死的。”这样说应该能打动姨婆，也省掉日后送她们挂急诊的麻烦。

“那你就错了，网上都有数据。”葛瑞丝姨婆说。难道有个网站教人饲养野松鼠，然后用棉花棒清洗它们的屁股？

“你必须教它们如何找坚果，可以把坚果埋在后院，让它们去挖出来。”

我可以想象事情会怎么演变。接下来的时间，我在后院忙着替松鼠宝宝埋坚果，心想不知总共要挖几个小洞才能让三位姨婆满意。

我挖了半小时以后，开始找到一些东西。我找到一枚顶针、一把银汤匙、一个看起来不怎么值钱的紫水晶戒指，不过我总算有借口停止挖地埋坚果了。当我回到屋内，普姨婆戴着老花眼镜正在翻阅一些发黄的文件。

“您在看什么？”

“我在帮你朋友林肯的母亲查点东西。美国革命女儿会需要一些关于盖林镇的历史资料，好筹备南方遗产巡礼的活动。”她翻过一堆文件，“可是要找到不包括雷家的历史数据，实在很困难。”想也知道那群人最不愿意听见雷家的名字。

“什么意思？”

“嗯，少了雷家，几乎就没有盖林镇的存在了。所以很难撰写本镇的历史却完全不提雷家。”

“他们是最早来到这里的人吗？”我听玛丽安说过，但实在很难相信。

梅西姨婆拿起其中一张来看，几乎快贴到鼻子上了，这样想必看到的字会出现叠影吧！普姨婆把文件抢回去：“给我，我自己有一套系统的。”

“哼，你不需要帮忙就算了。”梅西姨婆转向我，“雷家是最早到此地的一批人没错。他们从苏格兰王得到封地，大概是一八〇〇年左右的事。”

“一七八一年，我找到了。”普姨婆挥舞着文件，“他们是农夫，盖林镇这里有南卡罗来纳州最肥沃的土壤，可以种烟草、棉花、稻米、蓼蓝等，通常这些植物不会生长在同一个地方，但这里全都可以种。人们发现到这一点，就追随雷家到这里定居，因而形成了一个城镇。”

“不管他们喜不喜欢，事实就是这样。”葛瑞丝姨婆停下手边的十字绣，抬头补充了一句。

这真讽刺，如果没有雷家，盖林镇可能根本不存在。镇上的人一直排挤麦坎·雷和他的家人，但其实应该谢谢他们造就了这个镇才对。不知道林肯太太听了作何感想？我敢打赌她早就知道了。说不定就是因为这样，她们才更加痛恨麦坎·雷。

我低头看着双手，上面就沾了那些不可思议的肥沃泥土，我手中还握着在后院挖到的小东西。

“普姨婆，这是你们的东西吗？”我把戒指拿去冲洗一下之后拿给她们看。

“这是我第二任老公华勒斯送我的戒指，庆祝我们第一年，也是最后一年的结婚纪念日。”她悄悄说，“他是个贪便宜的家伙，你在哪里找到的？”

“就埋在后院，我还找到一把汤匙和一枚顶针。”

“梅西，看来伊森找到你的田纳西州汤匙了，我就说我没拿吧！”普姨婆大喊。

“让我看看。”梅西姨婆戴上眼镜检查汤匙，“嗯，总算十一州的汤匙都齐全了。”

“美国不止十一个州呢！梅西姨婆。”

“我只收集南方联盟国的十一州。”葛瑞丝姨婆和普姨婆点头同意。

“说到埋东西，你们相信尤妮斯居然把她的食谱埋起来吗？她不让任何人知道她的酥皮水果馅饼配方。”梅西阿姨摇摇头。

“她和她姐姐一样卑鄙可恶。”葛瑞丝姨婆拿着田纳西州的汤匙撬开一罐惠特曼巧克力糖。

“而且她的食谱又不怎么样。”梅西姨婆说。

葛瑞丝姨婆把盒盖翻过来察看里面有哪些口味：“梅西，哪一种是奶油口味的？”

“我死的时候要带着我的毛皮长围巾和《圣经》下葬。”普姨婆说。

“这样上帝又不会特别给你加分，普登丝。”

“我不是要给上帝好印象，只是想在等待的时候有点东西可以读。不过如果要算分数，葛瑞丝，我的分数绝对比你高。”

把她的食谱埋起来……

如果《月之书》就埋在某个地方呢？如果有人不想让任何人找到它，所以把它藏起来呢？也许是吉妮薇，她比任何人都明白这本书的力量有多强。

蕾娜，我想我知道书在哪里了。

短暂的沉默过后，我的脑海出现蕾娜的声音。

你在说什么？

《月之书》，我猜在吉妮薇那里。

吉妮薇死了。

我知道。

你想说什么，伊森？

我想你知道我在说什么。

可怜的阿隆跳上桌子，它的脚还裹着纱布。梅西姨婆拿了块黑巧克力喂它。

“梅西，别给狗吃巧克力，你会害死它的！我在《欧普拉秀》看到的，狗不能吃巧克力，还是洋葱蘸酱？”

“伊森，要我把太妃糖口味留给你吗？”梅西姨婆在问我，“伊森？”

我没有注意听，只想着如何挖开一个坟墓。

十二月七日　掘墓

这全是蕾娜的点子。今天是黛阿姨生日，蕾娜在最后一刻才决定要在雷氏庄园替她举办一个生日聚会。蕾娜也邀请了爱玛，不过她知道那些有违上帝的巫术世界只会让爱玛对雷氏庄园更加敬而远之。她对麦坎·雷的反应，只比对那个链坠好一点点而已。

布芮德下午出现在我家门口，它嘴里叼着滚动条，上面以漂亮工整的书法写了生日邀请。爱玛连碰也不碰那玩意儿，还差点儿就不准我去。幸好她没看到我上了那辆黑色灵车时，还带了老妈整理花园的旧铲子，否则绝对会直接禁止我出门。

我很高兴能暂时离开家，即使是为了去挖坟。感恩节过后，老爸又把自己关在书房。自从爱玛和麦坎·雷抓到我们去巫师图书馆，爱玛每天都摆臭脸给我看。

蕾娜和我被禁止再去巫师图书馆，至少在接下来的六十八天都不准去。麦坎·雷和爱玛不希望我们再去挖掘那些他们一开始就没打算告诉我们的事。

“等二月十一日以后，你爱做什么都可以。”爱玛哼了一声，“在那之前，你只能做其他同龄小孩在做的事，听听音乐，看看电视，给我离那些书远一点就对了。”

居然不准我看书，老妈还在的话一定会笑翻的。事情显然不太妙。

这里更糟，伊森。现在阿布甚至睡在我的床脚。

听起来不算太糟啊！

它在浴室门口等我。

这只是雷式风格的关心吧！

感觉好像住在牢房！

是没错，我们两个心知肚明。

我们必须找到《月之书》，书一定在吉妮薇身边。她很可能就埋在绿屋那边。那个花园外面就有几个古老的墓碑，从我和蕾娜经常坐的石板地就能远远看见。那个石板地也可能是一处墓地，我嘴上虽然没说，但心里觉得一定是这样。除非吉妮薇在南北战争之后搬走了，否则她一定埋在那边。盖林镇的人向来不会离开故乡。

我总以为我会是第一个离开的人。

但现在我离开家里，只想着要怎么找到一本失落已久的魔书，这本书也许能救蕾娜一命，也许不能。它也许埋在吉妮薇的墓中，也许没有。而她的墓究竟是不是在雷氏庄园旁边的绿屋旧址呢？我去挖坟会不会先被蕾娜的舅舅抓住，进而受到阻挠，甚至被杀呢？

其他的就要靠蕾娜了。

“什么历史作业居然要学生在晚上去找坟墓？”黛阿姨好奇地问，差点儿被一丛藤蔓绊倒，“我的天哪！”

“妈，小心一点。”莱丝扶着母亲的手臂，帮她通过茂密的藤蔓。要黛阿姨在白天走这段路都很辛苦了，何况是晚上。

“我们正在教族谱，必须拓印一位祖先的墓碑。”嗯，这也算是事实。

“为什么要吉妮薇的？”莱丝一脸怀疑。

莱丝看着蕾娜，但蕾娜立刻把头转开。蕾娜警告过我千万别让莱丝看到脸，显然先知只要看你一眼就知道你是不是在说谎，对先知说谎甚至比对爱玛说谎还麻烦。

“她的画像就挂在屋里的大厅。我只是觉得如果用她来交报告会很酷。我们又不像镇上的其他人家，有大规模的家族墓园可以选择。”

从雷家传来的宴会音乐渐渐弱了，取而代之的是脚下踩到干燥树叶的沙沙声。我们已经走到绿屋的土地范围，离墓地越来越近了。天色暗了，但皎洁的满月很明亮，根本不需要手电筒。我记得爱玛对麦坎·雷说的话，半月适合施展白魔法，满月适合施展黑魔法。今晚我们不打算使用任何法术，至少我是这么希望的。但想到这点还是觉得很吓人的。

“麦坎一定不希望我们摸黑在坟地乱逛。你告诉过他我们要来这里吗？”黛阿姨有些担心，把上衣的蕾丝领子翻起来盖住脖子。

“我告诉他我们要去走走，他只要我跟着您。”

“我不确定我适合走这种路，我必须承认我有点喘不过气来了。”黛阿姨气喘吁吁，整齐的发髻也有些凌乱。

这时候，我闻到熟悉的香味：“我们到了。”

“谢天谢地。”

我们走向坍塌的花园石墙，学校窗户破掉的那天，我就是在这里找到正在哭泣的蕾娜。我低头穿过爬满藤蔓的拱门进了花园，这里晚上看起来很不一样。感觉不像休息看云的幽静之地，反而像埋着受诅巫师的坟场。

就是这里，伊森。她在这里，我可以感觉得到。

我也是。

你认为她的坟墓在哪里？

我们经过之前发现链坠的石板，石板后面不远处就有一块石头，那是墓碑，还有一个模糊的人影坐在墓碑上面。

蕾娜小声地倒抽一口气，但我听见了。

伊森，你能看到她吗？

可以。

那是吉妮薇。她像半透明的影子，好像是由薄雾和光线形成的，她的鬼影还会随着空气流动而改变轮廓。那是吉妮薇没有错，是画中的那个女子。她有相同的金色眼睛，还有一头飘逸的红色长发。她的头发在风中轻轻飘动，就像坐在候车亭等公交车的女子，一点也不像坐在墓碑上的幽灵，即使以她现在的形体来说，她还是很漂亮。不过也很吓人，我颈背的寒毛全竖起来了。

也许这是一个大错误。

黛阿姨愣在原地，她也看到吉妮薇了。但她显然以为其他人都看不到。她以为她只是同时看到此地两百年多来的情景，所以才看到这个幽灵。

“我想我们该回屋子里了，我觉得不太舒服。”黛阿姨显然不希望我们打扰在巫师坟场游荡的百年幽魂。

蕾娜被藤蔓绊了一跤，我伸手抓住她的手臂，但显然动作还是不够快：“你还好吗？”

她只抬头看了我一下，但才这么一秒钟时间就被莱丝看到了，短短的一秒就看穿了蕾娜的眼神、表情和想法。

“妈，他们在说谎！他们不是来做历史功课的，他们在找东西。”莱丝把手放在额头上，好像在调整看到的影像，“一本书！”

黛阿姨比往常显得更加困惑：“你们跑到坟场来找什么书？”

蕾娜转头避开莱丝的注视：“是一本吉妮薇的书。”

我拉开背在身上的帆布包拿出铲子，慢慢走到坟墓旁边，试着不去在意吉妮薇的鬼魂一直在注视我。我真怕突然有闪电打在我身上之类的，这是很可能的事，但我们都已经走到这里，也只能硬着头皮做下去。我把铲子往地上一插，挖出第一铲泥土。

“我的天！伊森，你在做什么？”显然，挖坟这一幕让黛阿姨重回现实。

“我在找书。”

“书在里面？”黛阿姨看起来快晕倒了，“什么样的书会埋在里面？”

“是一本关于巫术的书，很古老了。我们不确定是否真的埋在里面，只是凭直觉试试看。”蕾娜偷瞅了吉妮薇一眼，她仍然坐在墓碑上看着。

我试着不去看吉妮薇，她那忽隐忽现的身形会干扰我工作。她用那双金色的猫眼瞪着我们，感觉很恐怖。那双眼睛空洞，没有生气，就像是玻璃做的义眼。

以十二月的季节来看，花园的地并不算硬。没多久我就挖了大约三十厘米深。黛阿姨不安地来回踱步。每隔几分钟她就要看看四周，确定我们没有看到不该看的，然后她会偷瞅吉妮薇，至少我不是唯一看到吉妮薇而感到害怕的人。

“我们该回去了，这实在太倒胃口了。”莱丝试图接触我的目光。

“别这么听话好吗？”蕾娜跪在挖出的洞口旁边。

莱丝看到她了吗？

我想并没有。所以你千万别和她有眼神的接触。

如果莱丝从黛阿姨的表情看出来了呢？

她看不出来的。没有人看得穿黛阿姨。因为她同时看到太多时代的东西了，只有穿透师才有办法一层一层解读她所看到的一切。

“妈，您真的要让他们把坟墓挖开？”

“这实在太荒谬了，看在星辰的分上，快点停止这种蠢事，我们回宴会上吧！”

“不行，我们必须知道那本书是不是在这里。”蕾娜转头看着黛阿姨，“您可以带我们去看看。”

你在说什么？

她可以看到底下有什么东西，再把看到的影像投射给我们看。

“我不知道，麦坎会不高兴的。”黛阿姨咬着下唇，神情相当不安。

“您认为他会更喜欢我们乱挖坟墓吗？”蕾娜反问。

“好吧，伊森，你先离开坑洞。”

我爬出坑洞，把手上的泥土抹在牛仔裤上。我偷瞅一下吉妮薇，她的脸上有一种特殊表情，好像对于接下来会发生的事情很感兴趣，或许她纯粹是想把我们全消灭蒸发也说不定。

“你们先坐下来吧！否则看到可能会头晕。如果你们觉得反胃想吐，就把头放在膝盖之间。”黛阿姨给了我们一些指示，好像她是超自然世界的空服员一样，“第一次总是最不适应的。”黛阿姨伸出双手让我们握住。

“妈，我真不敢相信您也要插一脚。”

黛阿姨拉出发簪，让一头长发披散在肩膀上：“别老是当乖乖女，莱丝。”

莱丝翻了翻白眼，终于拉住我的手。我看着吉妮薇，她直视我的眼睛，同时把食指放在唇上，好像在说：“嘘。”

四周的空气像是消散了，我们急速旋转起来，就好像在游乐园搭乘那种高速旋转的游乐设施，转到整个人都想吐。

然后出现一阵闪光。

一个又一个的影像开了又关，好像有许多扇门一秒接着一秒打开。

两个穿着白色衬裙的小女孩在草地上奔跑。她们手拉着手笑得很开心，头发上系着黄色丝带。

另一扇门开了。

一名褐色肌肤的妇人在晒衣服，她静静哼着歌，微风让晒好的床单轻轻飘动。妇人转身朝一栋白色庄园呼唤：“吉妮薇！伊万杰琳（意为天使）！”

然后又换到另一个画面。

一名少女穿过林间空地，她回头张望看看是否有人跟踪她，红色的头发随之飘扬，是吉妮薇。她投入一个高高瘦瘦的男孩怀抱。一个可能像我这样的男孩。

“我爱你，吉妮薇。将来我一定要娶你，我才不管你的家人说什么。不可能真的行不通。”

她轻轻抵住他的嘴唇：“嘘，我们没有多少时间了。”

门又关上，另一扇门开启。

雨水、烟雾、熊熊大火吞没了一切，火焰发出噼啪声。吉妮薇站在黑暗中，脸上全是黑烟和泪水，她的手上拿着一本黑色皮面的书。上面没有印书名，只有一个浮凸的新月图案。她看着之前那个晒衣服的妇人，那个人正是艾维。“为什么这本书没有名字？”

老妇人的脸上充满畏惧：“书上没有印名字，不代表就没有书名。上面说得很清楚了，这是《月之书》。”

门再度关上。

艾维显得更苍老，悲伤。她站在刚挖好的坟地前，只见土坑深处放着一副松木棺材。

“我虽行经死亡的荫谷，但我一无所惧。”她的手中握着一件东西，黑色的书皮，封面上有个新月标记，“把这个带走吧！吉妮薇小姐，这样就不会再有其他人受害了。”她把书丢进坑里，那本书就掉在棺木上。

另一扇门再度关上。

我们四个坐在挖了一半的坑洞旁边。多亏黛阿姨的帮助，我们才看得到泥土之下有什么。那里有一个木盒，那本书就在木盒里面，木盒下方就是吉妮薇的棺木。里面就是吉妮薇的尸体。我看到她的眼睛闭着，皮肤白得像瓷器，看起来好像还在呼吸，而且保持完好，一头红色长发依旧垂挂在肩膀，一点都不像尸体会有的样子。

影像开始旋转倒退，我们又回到地面，又是四个人手牵手坐在挖开一半的坟地旁。吉妮薇的鬼魂坐在墓碑上低头望着我们。

莱丝尖叫了一声。最后一道门关上了。

我试着睁开眼睛，但觉得头很晕。黛阿姨说得没错，我感觉很不舒服。我试着找回平衡感，但眼前还是一片模糊。莱丝松开我的手往后退，一心只想离我远一点，离开吉妮薇和她那双可怕的金黄色眼睛。

你还好吗？

还好。

蕾娜把头搁在膝盖中间。

“大家都还好吗？”黛阿姨的声音很冷静，似乎不再像平常那么困惑了。如果我每次都要看到那么多影像，恐怕早就昏倒或发疯了。

“我真不敢相信您看到那么多东西。”我看着黛阿姨，视力逐渐恢复清晰。

“时光师的天赋是了不起的能力，也是沉重的负担。”

“那本书就在下面。”

“没错，显然那是属于这位女士的。”黛阿姨指着吉妮薇的幽魂，“你们两个看到她似乎不怎么惊讶。”

“我们以前看过她。”蕾娜承认。

“嗯，那么就是她自己选择让你们看见的。巫师的法力并不能看到亡灵，就算是自然师也一样。当然，凡人更不可能有这种能力。你们能看到亡灵，纯粹是因为她想让你们看到。”

我很害怕，这种害怕不是初次站在雷家门口那种害怕，或莱德莉差点儿把我冻死那种害怕。这种害怕更接近于每次从噩梦中醒来，想到会失去蕾娜的那种害怕，那是一种无助绝望的害怕。你知道眼前瞪着自己的幽魂生前是一名法力高强的黑暗巫师，她半夜坐在坟上看着你挖掘她的坟墓，想从她的棺材上方偷走一本书。我到底在想什么？我们到底在做什么？怎么会挑一个满月的夜晚来挖她的坟墓呢？

你试图纠正一个错误。我的脑海出现一个声音，但那不是蕾娜。

我转头看蕾娜，她脸色苍白，莱丝和黛阿姨都盯着吉妮薇的幽魂，她们也听到了。

我看着那双忽隐忽现的金色眼睛，她似乎察觉到我们来这里的目的。

拿去吧！

我看着吉妮薇，心中有些不确定。她闭上眼睛轻轻点了头。

“她要我们把书拿出来。”蕾娜开口。我猜刚才不是我的错觉。

“我们怎么能相信她呢？”她是黑暗巫师，她的金色眼睛和莱德莉的一模一样。

蕾娜看着我，露出兴奋的眼神：“我们无法知道。”

那就只有一件事可以做了。

继续挖。

那本书就像在异象中看到的一样。黑色书皮已经干裂了，上面有浮凸的新月图案。这本书相当危险沉重，不是实体的重量，而是压力的沉重。这是一本黑魔法的书，

我一拿在手上就感觉到了，它好像在烧灼我指尖的皮肤，好像我每次一呼吸，它就随之偷走我一点点的气息。

我把书举高伸出洞口之外，蕾娜把书接了过去，我赶忙爬出坑洞，一刻也不想多待。因为我很清楚自己是站在吉妮薇的棺木上。

黛阿姨倒吸一口凉气："我的妈呀！我从来没想过会亲眼看到《月之书》。小心点，这本书和宇宙一样古老，说不定还更古老。麦坎知道了一定……"

"不能让他知道。"蕾娜轻轻拂去封面上的灰尘。

"我想，你真的没搞清楚。这件事怎么能不跟麦坎舅舅说……"莱丝两手抱胸，活像一个恼怒的保姆。

蕾娜把书举到莱丝面前："说什么？"蕾娜凝视着莱丝的眼睛，莱丝在团聚日那天也曾经这样盯住莱德莉。这种凝视显然有某种用意。莱丝的表情改变了，她看来有些困惑，几乎有些不知所措。她看着眼前的书，却好像完全看不见它似的。

"你要说什么呢？莱丝？"

莱丝眯起眼睛摇摇头，好像要甩掉什么噩梦似的。她张开嘴巴想要说什么，却突然又闭上嘴巴。

蕾娜的脸上出现一抹笑意，然后慢慢转向黛阿姨："黛阿姨？"

黛阿姨看起来和莱丝一样迷惑。虽然她平常大概就是这个样子，现在却有点不一样，因为她也没有回答蕾娜的问话。

蕾娜慢慢转身，把书放在我的背包上。我看到她眼中绿光一闪，头发也随着月光自动卷曲飘动，又是施法的怪风。我几乎看到神奇的魔法在黑暗中流动，只不过我不明白是怎么回事。她们三个似乎在黑暗中进行一场我听不懂的无声交谈。

然后一切就结束了，月光又是正常的月光，夜晚还是平常的夜晚，我望向莱丝身后的墓碑，吉妮薇不见了，好像根本没出现过。

莱丝挪动了一下，又恢复了道貌岸然的严肃表情："我一定会告诉麦坎舅舅，你为了愚蠢的学校作业把我们拉来坟场也就算了，现在又打退堂鼓……"

她到底在说什么？莱丝的表情很认真，完全不记得刚才发生的事了。

你刚才做了什么？

麦坎舅舅和我一直在练习这个。

蕾娜拉开背包拉链把书放进去：“我知道，对不起，只是这里晚上实在好可怕，我们还是快点离开吧！”

莱丝转身朝雷氏庄园前进，黛阿姨跟在她后面慢慢走：“你真是个胆小的孩子。”

蕾娜对我眨眨眼。

练习什么？精神控制？

一些法术，像是时空瞬移、内在幻象、时间束缚等，不过那些都很难。

那这个很简单？

我只是洗掉她们对那本书的记忆，就像是把那部分擦掉一样。她们不会记得的，因为在她们的认知中，这件事根本没发生过。

我知道我们需要那本书。我知道为什么蕾娜要这么做。但我总觉得蕾娜似乎逾越了某种界线。现在我不知道我们的立场在哪里了。她在越界之后是否还能退回来和我站在同一阵线？她还会像原来一样吗？

莱丝和黛阿姨又回到了花园。即使我不是先知，也知道莱丝巴不得快点离开这里。

蕾娜跟了上去，但有件事情让我又停下脚步。

蕾娜，等等。

我走回刚刚挖的坑洞，伸手从口袋拿出手帕包着的链坠。我抚摸链坠上熟悉的姓名缩写，拉起系着链坠的链子，结果什么异象也没有。我感觉以后也不会再有任何异象了。

这个链坠一路领着我们来到这里，指引我们需要了解的过去。

我在坟墓上方握着链坠，这是场公平的交易，我应该把链坠放回去。当我正要放下的时候，又听到吉妮薇的声音。不过，这一次她的声音柔和多了。

不，这东西不属于我。

我回头看着墓碑，吉妮薇又坐在那里。虽然她的形体依旧缥缈，但看起来不再那么吓人了。

她只是一副心碎的表情，一看就知道失去了挚爱。

我很清楚那种感受。

十二月八日　深陷其中

我们的麻烦事太多了。多到明知还有更多麻烦威胁也无暇他顾。有时候真的别无选择，明知麻烦就在前方，还是要硬着头皮蹚浑水才有办法走到对岸。这是典型的林克哲学，只是我现在才开始明白这个道理。也许只有自己深陷其中才会明白吧。

隔天我和蕾娜的情形就是这样，深陷其中。一开始是用爱玛的二号铅笔伪造一张请假单，然后逃课去读一本偷来的书，我们根本不该拥有这本书的。再来就是一连串的谎言，说我们要一起交额外加分的“作业”。我以为我说出“额外加分”这几个字就会被爱玛抓住，但是她正忙着和卡罗琳阿姨打电话讨论我爸爸的“情形”。

我对这些谎言感到很内疚，更不用说偷书、伪造请假单，还有洗掉部分记忆的事。

但是我们没有时间去上学，我们真的需要用功读书。

因为我们拿到《月之书》了。它是真实的，我可以感觉它在我的手中……

“啊！”我的手又被烫了。好像摸到热炉一样。我失手把书掉在蕾娜房间的地板上。阿布从屋里某个角落吠叫了一声。接着就听到它上楼的脚步声。

“门。”蕾娜头也不抬地说。她正忙着查一本古老的拉丁字典，房门在她一声令下就关起来，及时挡住已经爬到楼梯口的阿布。它抗议地吠叫两声。

“待在房间外面，阿布，我们没做什么。我要开始练琴了。”

我吃惊地看着自动关上的房门，心想这又是麦坎·雷教她的小法术。蕾娜一点反应也没有，好像这种法术她已经做过上千次了，就像昨天对黛阿姨和莱丝施法的时候一样。

我开始觉得越接近蕾娜的生日，她就越像个真正的巫师了。

我尽量试着不去注意这点，但我越想忽视，就越会注意到她的改变。

我在牛仔裤上猛搓双手，因为手还是很烫。蕾娜看到我这个样子忍不住说：“巫术的书只有巫师能碰，你是哪一点听不懂？”

“对，我忘了。”

她打开破烂的黑色琴盒拿出中提琴：“快五点了，我必须开始练琴，不然麦坎舅舅起床会知道不对劲。他一定会知道。”

“什么？现在？”

蕾娜笑着坐在椅子上，用下巴夹着中提琴调音。把长弓搁在琴弦上，在演奏之前她先闭上眼睛，那架势好像在交响乐团一样，然后开始拉奏。音乐从她手中流泄而出，房间似乎弥漫着另一种魔力。白色的窗帘轻轻飘动，我听到那首歌——

> 十六个月亮，十六年岁月。
> 转化的月光，即将洒在你的身上。
> 黑暗净化了书扉，
> 火焰烙印了魔力无限……

我正在欣赏蕾娜拉琴，她却悄悄起身，轻轻把提琴放在椅子上。她停止了拉琴，但音乐还在继续演奏着。她把琴弓靠在椅子旁边，然后和我一起坐在地板上。

嘘。

这叫练琴？

“麦坎舅舅好像听不出差别。而且你看……”她指着门外，我看到一个影子，还听到打拍子的声音，那是阿布的尾巴，“它喜欢听，而我喜欢它坐在门口。它有点像是预防大人接近的警铃。”她说的很有道理。

蕾娜从地上拾起书，很轻松地把书捧在手中。她翻开书页，里面的内容我们已经看了一整天，有数以百计的法术，还有以英语、拉丁语、盖尔语[①]和其他语言写成的详细清单，有些弯弯曲曲的文字我根本没看过。这些薄薄的泛黄书页很脆弱，几乎已经呈现半透明的状态。书上的文字是以深棕色的墨水写的，字体相当古老优雅。我希望那是以墨水写成的，而不是鲜血。

蕾娜手里指着一排文字，同时把拉丁字典递给我：“这不是拉丁文，你自己看。”

“我想这是苏格兰的盖尔语，你以前看过这种文字吗？”我指着弯曲的字体。

“我没看过，也许是某种古老的巫术文字。”

“可惜我们没有巫术文字的字典。”

“是有这种字典，我舅舅应该有。他在楼下的图书室收藏了好几百本巫术书籍。或许没有路那古书阁那种规模，但里面应该有我们需要的工具书。”

“在他起床之前，我们还有多少时间？”

“时间绝对不够。”

我把袖子拉下来盖住手掌，把它当成爱玛在厨房戴的隔热手套，隔着衣服拿起那本书翻了几页，书本发出清脆的沙沙声，感觉这些不像纸张，更像干燥的树叶。

“里面有你看得懂的吗？”

蕾娜摇头：“我们家族的小孩在没有转化之前，是什么也不能学的。”她假装在仔细研读那些内容，“我想是预防我们转化成黑暗巫师吧！”我懂得这种顾虑，就不再提了。

我们翻过一页又一页，完全没有能够稍微理解的内容。里面还有插图，有些很吓人，有些很漂亮；有各种生物、符号、动物，不过书中有些人物的插图看起来完全不像人类。我觉得这简直是另一个世界的百科全书。

蕾娜把书拿过去放在腿上：“里面有好多我不知道的东西，这实在是让人……”

“一头雾水？”

我往后靠在蕾娜的床边，抬头看着天花板。上面到处都写了字，有些是新的，有些是数字。我可以看到蕾娜在墙壁写下倒数的数字，好像这是监狱牢房一样。

100、78、50……

---

① Gaelic，苏格兰最古老的语言。

我们还能像这样坐在一起多久？蕾娜的生日快到了，她的法力一直在增强，如果真被她说中，变成了一个我完全不认识的黑暗巫师呢？到时候她根本不认识我或不在乎我呢？我看着角落自动演奏的提琴，却越来越不想看，于是闭上眼睛听着奇幻的旋律，接着听到了蕾娜的声音。

——直到第十六个月亮之夜，黑暗带来转化的时刻，拥有法力者，即拥有意志与媒介的自由，去作出永恒之抉择。在此日结束之前，或在我们最后的一刻，在转化的月光……

我们面面相觑。

我凑过去看：“你怎么有办法……”

她指着其中一页：“这是英文，这几页是用英文写的，有人已经开始翻译了，你看后面这边，墨水的颜色完全不同。”她说得对。

就连那些英文字看起来都有几百年的历史。这几页是以另一种优美的笔迹写下的，和前面那些棕色墨水的笔迹不一样。

“再翻到后面。”

蕾娜捧着书继续往下读。

“一旦转化之后，就无法改变本质。一旦选择，就无法更改。拥有法力的巫师将进入光明或黑暗的领域，倘若光阴荏苒，最后第十六个月亮逃离束缚之力，万灵法则将乱了序，这绝不可发生，本书将封印所有未受束缚之力，直到永远。”

“所以转化这件事真的无法可想了？”

“我一直都是这样告诉你的。”

我看着那些文字还是似懂非懂：“但是转化到底是怎么回事？是月亮会放出某种魔法光芒吗？”

蕾娜继续看：“上面并没有说。我只知道一切都是在月光下发生的。在那天的午夜时分，‘在全能的黑暗中，在全能的月光下，我们由此转化’。但这可能发生在任何地方，而且是你看不到的，没有什么魔法光束，一切就自然发生了。”

“可是到底是怎么发生呢？”我想知道一切，感觉她还是有所隐瞒，她的眼睛直盯着书本，完全不看我。

“就像书上说的，大部分巫师转化的时候都有意识，有法力的巫师，自然能施法进行永恒的选择。这就是书上说的自由意志和媒介。就像凡人也能自行选择要当好人还是坏人。只不过巫师一旦作出选择就不能改变了。他们选择自己未来要的生活，选择和魔法世界的互动方式，这是他们和自然界与万灵法则所立下的承诺。我知道这听起来很夸张。”

“满十六岁的时候？你怎能认清自己，怎能知道你下半辈子要过怎样的生活？”

“嗯，那是别的巫师比较幸运，我根本连选择的机会都没有。”

我鼓起勇气继续问：“那你会发生什么事？”

“莱丝说会在瞬间改变。大概就一秒钟的时间，就像心跳一样，会感觉到一股能量贯穿全身，好像第一次活过来似的。”她看起来有些感伤，“至少莱丝是这样说的。”

“听起来还不算太坏。”

“莱丝形容转化就像一阵排山倒海而来的温暖。她说好像阳光照在身上，而且感觉只照在她一个人身上。她说在那一刻她就知道自己走上哪条道路了。”听起来太简单，一点痛苦也没有。我总觉得她还有什么没说。万一是转化成黑暗巫师，那又是怎样的感觉？我不想再继续问下去，但我们两人心里都在想同样的事情。

就这样？

就这样，完全不会痛，你不必担心这一点。

这只是我担心的其中一件事，不是全部。

我不担心。

我也是。

这次我们两个主动停止再继续想下去。

阳光洒在蕾娜房间的地毯上。地毯的流苏被阳光一映，出现上百种不同的金色。瞬间，蕾娜的脸庞、头发、眼睛等都笼罩在一片金光中，她看起来真是漂亮，感觉既古老又遥远，就像那本书中的人物插图，美得不像一般人类。

“太阳下山了，麦坎舅舅马上就会起床。我们必须把书收起来。”她把书合上又塞回我的背包。“你收着，万一被我舅舅找到，他会把书藏起来不让我看，你也知道他凡事都瞒着我。”

“我就是想不通他和爱玛在隐瞒什么事？如果这件事注定会发生，没有人能阻止，那为什么不干脆告诉我们？”

她不肯看着我，我把她拉进怀中，她靠在我的胸前，什么话也没说。但是隔着两人的衣服，我还是能感觉到彼此的心跳。

她看着墙角的提琴，音乐渐渐止息，就像窗外的夕阳逐渐西沉一样。

隔天到了学校，显然我们两个是唯一还想着书的学生。一整天上课都没有人举手发问。举手都是要去上厕所的。没有人拿笔在抄笔记，拿笔的人都是在写字条，讨论谁已经被邀走了，谁不太可能得到邀请，或是谁已经吃了“闭门羹”。

十二月在石墙中学只代表一件事：冬季舞会。我们坐在学校餐厅时，蕾娜第一次问起这件事。

“你邀好舞伴了吗？”大家都知道林克对于舞会邀伴一向不积极，只有蕾娜还不太清楚。林克只想借机和克罗斯教练搭讪。她是女子田径队的教练。林克以前就迷上了玛姬·克罗斯，五年前她从石墙高中毕业，当时我们还是五年级的学生。她大学毕业后就回来母校当田径队教练。

“不，我喜欢当独行侠。”林克微笑，嘴里塞满薯条。

“克罗斯教练是舞会督导，所以林克总是单独前往，才可以整晚缠着教练。”我解释给蕾娜听。

“我不想让女孩子失望啊！等他们在鸡尾酒里偷加伏特加，那些女孩可是全争着和我跳舞呢！”

“我从来没有参加过学校的舞会。”蕾娜低头看着她的餐盘，默默拿起三明治。她看起来似乎很失望。

我还没邀请她去舞会，我不知道她想去。最近我们之间发生了太多事，偏偏每件事都比学校舞会重要。

林克看我一眼，他早就警告过我会发生这种事：“每个女孩都希望得到邀请，兄弟，我不知道为什么，但就连我都知道这点。”林克追克罗斯教练的伟大计划从来没成功过，他这次还真的说对了。

林克喝光剩下的可乐：“像你这么漂亮的女孩？你可能当上雪后呢！”

蕾娜试着挤出微笑，但根本笑不出来：“雪后又是什么？别的学校不是都叫做返校皇后吗？”

“不是，因为这是冬季舞会，所以我们会选出冰后。以前每年都是莎凡娜的表姐苏珊赢得后冠，苏珊毕业后，去年终于轮到莎凡娜夺冠了，因此现在大家改称她为雪后[①]。”林克从我的餐盘取走一块比萨。

蕾娜显然希望我邀请她参加舞会，这又是另一件我不懂的女孩心事。即使她们不想参加舞会，却仍然希望男孩邀请她们。但我觉得蕾娜的情况不同，她

① Snow Queen，由莎凡娜的姓氏史诺（Snow）而来。

只是很想当一个平凡女孩，而这就是她想象中的高中活动，所以她决定要体验一下。这实在太疯狂了，毕竟我最不想参加的活动就是学校舞会。我们在学校又不是受人欢迎的一对，我不在乎别人总是在学校盯着我们看，不管我们是否牵着手都一样；我也不在乎他们正在说的闲言闲语，那些话可能都很难听。因为整个学生餐厅挤满了人，只有我们这张桌子空空的只坐三个人。我不在乎整个天使社团的人通通集结起来，就等着抓我们出错。

眼前的蕾娜是我唯一关心的人。我甚至开始纳闷，也许我自己真是中了某种魔法，才对她有这么强烈的感觉。

我没对你施法。

我没说你有啊！

你刚刚在心里说了。

我没说是你对我施法，我只是说，也许我自己中了某种魔法。

你以为我是莱德莉？

我认为——算了。

蕾娜更加认真地看着我，好像想读出我的想法。也许她现在也有这种法力了。

什么？

万圣节隔天早上，你在房里说的是真心话吗？蕾娜？

什么事？

写在墙上那些话。

什么墙？

你卧室的墙壁，别假装你不知道我在说什么。你说你的感觉也和我一样。

她开始转着胸前的项链。

我不知道你在说什么。

坠。

坠？

坠入——你知道的。

什么？

算了。

说呀，伊森。

我刚才说了。

看着我。

我正看着你。

我低头看着我的巧克力牛奶。

“懂吗？莎凡娜·史诺？冰后？”林克把香草冰激凌丢在薯条上面。

蕾娜和我四目交接，她脸红了。她把手放到桌子下面，我伸手握住她，但差点儿就抽手跳开，因为这次的电流很强。就像把手指插到墙上的插座一样。从她看我的表情，即使没有听到她内心的想法，我也已经知道了。

伊森，如果你有话要说，就直说吧！

对，那个。

说出来。

但我们无须说出口，感觉这个世界就只剩下我们两个。虽然我们置身人满为患的餐厅，还一边和林克闲聊着，但我们暗自进行对话，压根儿没注意林克在说什么。

“懂了吗？ 这样叫很有趣，因为这是事实。莎凡娜向来就是冰山美人。”

蕾娜放开我的手，拿了根胡萝卜丢给林克。她脸上有藏不住的笑意，林克还以为蕾娜在对他笑。“好，我懂了。冰后是这个意思，但还是挺愚蠢的。”林克将叉子插入那一团黏糊糊的食物中。

“真不合理，这里根本不下雪的。”

林克隔着那盘冰激凌薯条对我笑：“她在嫉妒，你最好小心点。蕾娜希望被选为冰后，这样当他们选我为冰王的时候，她就可以和我跳舞了。”

蕾娜笑了：“你？我以为你整晚要和田径教练跳呢！”

“我是啊，今年她一定会爱上我的。”

“林克整晚都在想些机智风趣的话，以便教练经过时有话可说。”

“她认为我很好笑。”

“是长得很好笑。”

“我感觉就是今年了。今年我会选上冰王，克罗斯教练会看到我上台，和莎凡娜·史诺一起领奖。”

“我实在看不出之后会怎么演变。”蕾娜剥了一个红橙。

“你知道的，她会被我的英俊外表和魅力吸引，还有我出色的音乐天分。如果你再帮我写一首歌就更棒了。然后她会投降，她会和我一起跳舞，等我毕业就一起到纽约，成为乐团一员。”

“那是什么？课后特别计划？”蕾娜把红橙的皮剥成螺旋状的长条。

“你女朋友认为我很特别呢！兄弟。”薯条从林克的嘴巴掉了出来。

蕾娜看着我，女朋友。我们都听到林克说的话了。

我是吗？

你愿意吗？

你在问我吗？

我不是第一次想到这件事。蕾娜早就像是我的女朋友了。我们一直都在一起，感觉就是这么回事，我也不知道为什么我从没问过她。不知道为什么此刻开口问她会这么难。

但是亲口说出来，会让这一切更真实。

我想我是在问你。

你听起来不是很确定。

我在桌子底下抓住她的另一只手，同时凝视着她的绿色眼睛。

我很确定，蕾娜。

那么，我想我就是你的女朋友了。

林克还在说个不停：“等教练和我在舞会翩翩起舞，你就会看到我有多特别了。”

林克起身去倒他的餐盘。

“你别找我的女朋友跳舞就行了。”我也把餐盘放回去。

蕾娜抬头看着我。我猜对了。她不但希望我邀请她，也真的想去参加舞会。此刻我毫不在乎她想尝试哪些普通女孩的活动，我只希望她想做的事都能做到。

“你们会去吗？”

我满怀期待地看着她，她紧紧握住我的手。

“应该会吧！”

这次她真的笑了：“这样好了，林克，我保留两支舞和你跳。我的男朋友不会介意的。他可别想命令我不准和谁跳舞。”

我翻了翻白眼。

林克举起他的拳头，我也和他碰了碰拳：“对，我想也是。”

铃响了，午餐时间结束。事情就是这样。我不但有了冬季舞会的舞伴，还有了生平第一个女朋友。我差点儿在学校餐厅当着林克面前，就要对蕾娜说出“爱”这个字。

好个热腾腾的午餐啊！

十二月十三日　融化

“我不明白她为什么不能过来和你会合，我想看看麦基瑟德的外甥女打扮起来的样子。”我站在门口让爱玛替我打领结。爱玛的个子很矮，必须站在高我三级的楼梯才能够到我的脖子。小时候星期日上教堂之前，爱玛会帮我梳头，打领结，总是一脸骄傲地看着我，就像现在她看我的眼神一样。

“抱歉，没时间拍照留念了，我要去她家接她，男孩应该去接女孩的。记得吧？”

别人通常都是租加长型礼车去接女孩，我却是要开林克的老爷车去。林克要搭肖恩的便车，虽然林克常和我及蕾娜一起吃中饭，但是球队的队友还是会帮林克保留一个座位。

爱玛笑了笑，把我的领结用力一拉。我不知道她到底在笑什么，但她的笑声让我紧张。

“太紧了！我快被勒死了。”我试着把手指伸进领口调整一下，但是连伸都伸不进去。我的礼服是从巴克晚礼服公司租来的。

“不是领结太紧，是你太紧张。你一定可以的。”

她赞赏地上下打量我。我想象如果老妈还活着，她应该也会这样看着我。

“现在让我看看你的胸花。”

我从身后拿出一个小盒子，里面装着玫瑰花配上满天星。我觉得这种胸花真丑，但是盖林镇只有一家伊甸园花店，这已经是能买到的最好花束了。

“这真是我看过的最寒碜的花束。”爱玛只看了一眼，就把花丢到楼梯底下的垃圾桶，然后转身走进厨房。

“您干吗丢掉我的花？”

爱玛打开冰箱，拿出一个小巧优雅的腕花，白色的联邦茉莉配上野生的迷迭香，绑在一圈小巧银色缎带上的腕花。银色和白色，正好是冬季舞会的主题，真是太完美了。

我知道爱玛并不认同我和蕾娜的交往，但她还是特地为我准备了腕花。这一切都是为了我。这是我妈妈才会做的事，我现在才知道自从老妈过世之后，我有多么倚赖爱玛。

她是支持我努力过活的唯一动力，没有爱玛，我可能早就像老爸一样沉溺绝望了。

“凡事都有自己的本质，不要试图驯服原本就是野生的东西。”

我把腕花拿到厨房的灯光下，以指尖顺着缎带轻轻抚过，却在缎带下发现一块小小的骨头。

“爱玛！”

她耸耸肩：“怎么了？不过是小小一块坟场骨头，有必要大惊小怪吗？亏你从小在这间屋子长大，亏你最近看过那么多事，难道你一点都不知道警觉吗？一点点保护措施无伤大雅——就连你也一样，伊森·魏特。”

我叹了口气，把腕花放进盒子里：“我也爱您，爱玛。”

她紧紧抱了我一下，我急忙跑下楼梯冲进夜色之中。

“你给我小心一点，听到没有？别神魂颠倒了！”

我不知道爱玛在说什么，但我还是转头对她微笑：“遵命，爱玛。”

我开车离开的时候，看到老爸书房的灯亮了。不知他是否知道今晚是学校的冬季舞会？

蕾娜打开门，光是看到她我的心跳就快停止了，而这次我连碰都没碰到她呢！她今晚的穿着打扮绝对和舞会上其他的女孩不一样。盖林镇的舞会服装只有两种，因为此区只有两家卖女性礼服的商店，一家是“俏女郎”，本地华丽礼服的供应中心；另一家是“南方佳丽”，邻镇的新娘礼服专卖店。

会去“俏女郎”买礼服的女孩，总是把自己打扮得像妖娆的美人鱼。衣服的开衩很高，领口的胸线很低，衣服还缀满亮片。爱玛最不屑这种女孩了，就连上教堂都不准我和她们坐同一张长凳，更何况是参加冬季舞会。她们通常是镇上特别骚首弄姿的女孩，再不然就是她们的老妈曾经如此，所以女儿也受到影响，例如依登就是，她妈曾经是南卡罗来纳小姐的亚军。不过更多女孩是因为她们的母亲希望自己年轻时可以这样风骚美丽，所以才帮女儿做这种打扮，这类女孩从石墙高中毕业后，通常不出几年就会结婚生子。

“南方佳丽”的服装就是打扮得像郝思嘉一样，那种礼服就像个巨大的牛铃。美国革命女儿会、美国退伍军人协会妇女会的成员就会替女儿做这种打扮。这包括爱米莉、亚瑟和莎凡娜·史诺。只要能忍受她们和那一身盛装，你可以带这种佳丽到任何场所。和她们跳舞就像和新娘子在她的婚礼上跳舞一样。

不管哪一种打扮，这两种女孩都会穿闪亮鲜艳的色系，礼服会有许多亮晶晶的点缀，还会搭配此地特殊的桃红色系，叫做“盖林红”。全国大概就只有盖林镇的伴娘会清一色穿上俗艳的桃红了。

男孩子的压力显然小一点，但也没有容易多少。我们必须搭配舞伴的服装，而她们身上可能都有盖林红的配色。虽然今年篮球队的队友选择银色的领结和腰封，不过总比系上粉红色、紫色或桃红色的领结好看，否则真是丢脸死了。

蕾娜这辈子绝对没穿过盖林红色系，我看着她，膝盖差点儿发软。我已经开始熟悉这种感觉了。她实在美得摄人心魄。

哇！

喜欢吗？

她转了一圈，黑色的鬈发在肩上舞动起来，她以闪亮的发夹将部分头发夹高，另一部分发丝则自然垂放下来，我很想用手指穿过她的柔亮发丝，但连一根发丝都不敢碰，蕾娜的衣服平滑服帖，下摆很自然地垂坠下来，完全不像“俏女郎”店里的衣服。

她的礼服是以银色细线织成，做工精巧得像银色蜘蛛网。

这是什么？银蜘蛛织的吗？

谁知道？可能！是麦坎舅舅送的。

她笑着拉我进屋，就连雷氏庄园的陈设都在反映冬季舞会的主题。今晚的大厅看起来就像昔日的好莱坞。地板是黑白相间的瓷砖，空中飘着银色雪花，窗户挂着闪亮的银色窗帘，窗前放了一张黑得发亮的古董桌，窗外似乎是一片闪闪发亮的海洋，令人难以置信。同时屋内所有家具上方都飘着点点烛火，感觉好像置身柔和的月光下。

“真的？蜘蛛？”

她的双唇被烛光一映更显得闪闪动人。我试着不要想入非非，试着不去亲吻她脸颊上的新月胎记。她的头发、肩膀、脸庞都笼罩在一片银光下，就连这淡棕色的新月胎记，今晚看起来也像是一弯银月似的。

“开玩笑的，可能是他从巴黎、罗马或纽约的某个小店找到的。麦坎舅舅喜欢美丽的东西。”她摸摸颈上的新月项链，就挂在那条充满回忆的银链上方，我猜这大概也是麦坎舅舅送的。

漆黑的走廊传来熟悉的拖长口音。麦坎·雷手里拿着一根银色的长蜡烛出现了：“是布达佩斯，不是巴黎。除此之外全被你说中了。”麦坎·雷穿了一件帅气的西装外套，再配上整齐的黑色长裤和白衬衫。衬衫上的银纽扣在烛光中闪闪发亮。

“伊森，我希望今晚你要尽力保护我的外甥女。你也知道我更希望她待在家里的。”他交给我一束腕花，是一串联邦茉莉扎成的，“尽一切可能保护她”。

“麦坎舅舅！”蕾娜听起来有点生气。

我仔细看着那串腕花，花圈的环扣有个银戒在晃动着。上面刻了我看不懂的文字，但我曾经在《月之书》看过类似的文字。我一看就知道，这是他一向戴在手上的银戒指。

我拿出爱玛准备的花束，两个几乎一模一样。这个银戒指大概有上百个巫师法力的加持，爱玛的花束则有诸位先灵的庇护。我想镇上绝对没有任何妖魔鬼怪敢找我们麻烦了。至少我是这么希望的。

“先生，有了你和爱玛的关注，我想蕾娜会安然度过石墙中学的冬季舞会的。”我笑着回答。

麦坎·雷没有笑：“我担心的不是冬季舞会，但我很感激爱玛莉也想到了。”

蕾娜皱着眉头看看她舅舅，又看看我。也许我们两个的表情都不像全镇最开心的人。

“换你了。”她拿了一束插在纽扣眼的花束，帮我别在胸前。是一朵白玫瑰加一小段细枝茉莉。“我希望你们都别担心了，否则真是越来越尴尬，我可以照顾自己的。”

麦坎·雷似乎无法安心：“我不希望发生任何事件，不希望任何人受伤。”

我不知道他指的是石墙中学的排斥运动，还是指法力高强的黑魔师莎拉·芬恩。不管是哪一种事件，最近这几个月我实在看得太多了，不能不正视像这样的警告。

“记得在午夜之前送她回来。”

“有什么魔法禁忌是吗？”

“不是，是她的门禁时间。”

我忍住不笑出来。

在我们前往学校的路上，蕾娜似乎有些担心。她坐得笔直，不断摸弄收音机、她的衣服和安全带。

“放轻松。”

“我们今晚跑去参加舞会是不是太疯狂了？”蕾娜满脸期待地看着我。

“怎么说？”

“我是说，大家都讨厌我。”她低头看着她的手。

“你是说，大家都讨厌我们。”

“好吧，大家都讨厌我们。”

“我们不一定要去。”

“不，我要去，因为……”她把手腕上的花束转了几次，“去年莱德莉和我本来要一起去的，结果……”

我实在不忍心听下去。

“事情开始出错了，莱德莉满十六岁，然后她失踪了。我又必须离开学校。”

“嗯，这不是去年，只是跳支舞，不会出什么错的。”

她皱着眉头盖上镜子。

是还没有出错。

当我们走进体育馆时，就连我都忍不住大吃一惊。学联会整个周末一定忙坏了，居然把整个体育馆变成“隆冬夜之梦”的场景。数以百计纸扎的雪花穿在钓鱼线上，挂满体育馆的天花板，有些雪花是白纸做的，有些是锡箔纸、亮片、亮粉等会发亮的材料做的。

粉状的肥皂屑做成的“假雪”洒在体育馆的角落，阶梯的立板部分挂满了一闪一闪的白色灯串。

“嘿，伊森、蕾娜，你们看起来真可爱。”克罗斯教练递给我们一人一杯水果鸡尾酒。她穿了一件有点短的黑色裙服，我想是为了林克吧！

我看着蕾娜，想到雷氏庄园大厅上空自动飘扬的雪花，完全不必穿钓鱼线，也不必包锡箔纸。但是她看到这里却依然两眼发光，还紧紧握住我的手，好像第一次过生日的小孩似的。我以前总不相信林克的鬼扯，他说学校舞会对女孩会产生难以解释的魔力，看来是真的，就连本身有魔法的巫师女孩也一样。

“真漂亮。”老实说并没有那么漂亮。这里只不过是石墙中学的老旧体育馆，但我猜对蕾娜而言，这样反而有另一种美，也许她从小在魔法的环境长大，反而不觉得那些美丽梦幻的东西神奇。

接着我听到熟悉的声音，这实在不可能。

“我们开始狂欢吧！”

伊森，你看……

我一转头，差点儿被一口水果酒呛住。我看到林克正对着我微笑。他穿了一套很像银色鲨鱼皮的晚宴外套，里面则穿着黑色T恤，一件正面印着晚宴服的T恤，脚上穿着黑色高筒靴，看起来活像街头表演的艺人。

“嘿，苦差事！嘿，表妹！”那个声音我绝不会认错。即使整个大厅都是人，即使DJ、喇叭的超重低音吵翻天，即使舞池挤满一对对跳舞的学生，我还是清楚地听到那个融合蜂蜜、焦糖、黑糖蜜、樱桃棒棒糖的声音。这是嗜甜如命的我生平第一次觉得太甜腻的东西。

蕾娜紧紧握住我的手。林克挽着的女孩正是莱德莉，她穿了一件短得不能再短的银色亮片小礼服，石墙中学的舞会从来没有人穿过这么大胆暴露的衣服，或许其他学校的舞会也不曾有过。她的衣服短得我不知该看哪里，那双长腿、凹凸有致的曲线、瀑布般的金发吸引了全场的目光，光是看着她就觉得室内的温度升高了好几度。舞池中的男孩纷纷停止跳舞，他们身边穿蛋糕裙的舞伴则气得火冒三丈，显然我不是唯一受到影响的人。在一个只能从两家店选舞会礼服的世界，莱德莉那身衣服实在太劲爆了。克罗斯教练和她比起来，简直就像圣洁的修女。换句话说，林克完全被蛊惑了。

蕾娜看看我又看看她表姐，脸色难看极了：“莱德莉，你在这里做什么？”

“表妹，我们总算可以一起参加舞会了！你不兴奋吗？这不是太棒了吗？”

我看到蕾娜的头发又卷曲飘动起来。她眨了眨眼，大厅的白色灯泡就熄掉一半。我必须快点行动才行。我把林克拉到鸡尾酒台那边："你怎么带她来了？"

"兄弟，你能相信吗？她是盖林镇最热辣的美女，第三级的热辣，我来这里的路上顺便去'得速偷'买牛肉干，居然遇到她。她甚至连舞会的衣服都有了！"

"你不觉得这有点怪吗？"

"你觉得我会在意吗？"

"如果她是某种疯子呢？"

"你以为她会把我五花大绑啊？"他面露微笑，已经想象起来了。

"我不是在开玩笑。"

"你总是在开玩笑。干吗？哦，我懂了。你在嫉妒。因为我记得上次你也是立刻跳上她的车。别说你曾经想把她……"

"当然没有，她是蕾娜的表姐。"

"随你怎么说，反正我只知道我和附近三县市最热辣的美女一起参加舞会，这种概率就像流星打中镇上一样低。这种事不会再有第二次的，别担心好吗？不要毁了我的美好夜晚。"他已经受到莱德莉的魔法影响，我说什么他都听不进去了。其实林肯这种男孩，无须太多魔法蛊惑，他也会是现在这个样子。

但还是要试一试："她是个坏坯子，兄弟。她会把你迷得团团转，等你没有利用价值以后，她会让你死得很惨。"

林克双手抓住我的肩膀："你走开！"

他过去揽住莱德莉的腰，两人走进舞池中央。当他们经过克罗斯教练时，他几乎没看她一眼。

我拉着蕾娜到另一边的角落。那里摆放着假的雪堆和雪人，学联会还准备了假的雪花从上空飘下来，好让摄影师替每一对学生拍照留念。我们和爱米莉碰个正着。

她看着蕾娜："蕾娜，你看起来——很闪亮啊！"

蕾娜看着她："爱米莉，你看起来——很蓬松啊！"

没错，痛恨伊森的爱米莉打扮成南方佳丽，那一身打着褶皱的蓬蓬裙，让她看起来真像加了桃红和银色内馅的奶油泡芙。那一头长鬈发非常可怕，像极了卷曲的黄色丝带。她的脸则是像刚拉过皮一样紧绷，八成是因为去美容院梳这个郝思嘉发型，夹了太多发夹的缘故。

为什么我以前没注意到这么可笑的打扮？

"我不知道你们这种人也跳舞。"

"我们当然会跳舞。"蕾娜瞪回去。

"围着篝火跳吗？"爱米莉一脸坏坏的微笑。

蕾娜的头发又开始卷曲起来："怎么说？你要找篝火是吗？打算烧了身上那件礼服？"

剩下另一半还在闪烁的灯泡也不亮了。我看到学联会的人正在忙着检查线路。

别让她得逞，她才是这里唯一的巫婆。

她不是唯一的，伊森。

莎凡娜随即出现在爱米莉旁边，还拉着厄尔一起过来。她的打扮几乎和爱米莉一样，只不过她的色系是银色配粉红，而不是银色配桃红而已。她的裙子同样蓬松得要命，事实上如果眯着眼睛看，几乎就可以看到她们两个结婚时的样子，想想还真可怕。

厄尔看着地上，避免和我有眼神上的接触。

"走吧，爱米莉，他们要宣布今晚的皇室名单了。"莎凡娜意有所指地看着爱米莉。

"我们不挡你们的路了。"莎凡娜指着排队拍照的人潮，"可是照片拍得出你的影像吗？蕾娜？"她说完就拉着蓬蓬裙离开了。

"下一组！"

蕾娜的头发还在卷曲飘动。

她们全是笨蛋，没关系，这些都不重要。

我听到摄影师再度喊人了："下一组！"

我拉着蕾娜来到人造雪堆旁边。她抬头看着我，眼神有些阴郁。但没多久阴郁就一扫而空，她恢复过来了。我可以感觉到一场风暴已经平息下来。

"准备撒雪花。"我听到工作人员的声音。

你说得对，那些都不重要。

我靠过去吻她。

你才是唯一重要的。

我们接吻了。摄影机的闪光灯咔嚓一亮。这一瞬间真是完美极了，好像世界上的其他人、其他事都不重要了。

可是在闪光灯之后，突然有黏糊糊的白色液体从天而降，淋了我们两个一身。

发生……

蕾娜倒吸了一口凉气。我忙着擦掉眼睛上的黏液，但我全身都是，怎么擦也擦不干净。

我转头看蕾娜，她的情况比我更糟。她的头发、她的脸、她的漂亮礼服，还有她的第一支舞全毁了。

那是一桶烘焙松饼用的面糊。原本我们头上的桶子应该是装人工雪花，拍照时撒下来才能制造下雪特效，不知道是谁换成了面糊，我抬头往上看，结果又被淋了一脸，桶也当啷一声掉在地上。

“谁在里面加的水？”摄影师很生气，但没有人回答。我敢打赌那些天使社团的成员什么也没看到。

“她在融化！”某个人突然大叫。我们站在一摊白色肥皂水或面糊中间，真希望可以挖个地洞躲进去。面对整个体育馆的学生围着我们嘲笑，这可能是蕾娜一生中最丢脸的时刻，莎凡娜和爱米莉却站在一旁，一副乐在其中的样子。

有个家伙在嘈杂声中大喊：“你们应该待在家里的。”

我走到哪里都认得出这个白痴的声音。我在球场已经听够他发号施令了，他也只有在球场上才会开金口。

只见厄尔揽着莎凡娜的肩膀和她咬耳朵。我冲了过去，动作快到厄尔根本没看到我。我举起满是肥皂泡的拳头朝他下巴挥了过去，厄尔被打倒在地，穿着蓬蓬裙的莎凡娜也被拉倒，露出裙箍底下的臀部。

“干什么？你疯啦！魏特。”厄尔试图起身，但我用脚抵住他，硬是不让他爬起来。

“你不必起来了！”

厄尔坐在地板上拉直领子，好像这样坐在体育馆的地上会比较酷，“你最好知道自己在做什么。”但是他没有再度尝试站起来，他想怎么说都行。但我们心里都很清楚，只要他想站起来，我绝对会再把他打倒在地。

“我很清楚我在做什么。”我把蕾娜拉出那摊越积越多的泥泞水坑。

“走吧，厄尔，他们要宣布王位排名了。”莎凡娜相当生气，厄尔起身掸了掸身上的灰尘。我揩一下眼睛，甩甩一头湿漉漉的头发，蕾娜站在那边发抖，假雪花随着白色污水不断从她身上滴下来，照样在地上形成小水洼，除了我以外，大家都不敢靠她太近，我试着用袖子替她擦脸，但她连连后退。

看来这永远不会改变。

“蕾娜。”

我早该知道了。

莱德莉出现在她身边，林克跟在她后面。看得出来她气炸了："我实在不懂，表妹，你为什么要和他们这种人打交道？"她吐出这几个字的时候，口气就和爱米莉一样不屑，"不管光明或黑暗，没有人可以这样对我们。他们一个也别想！你的自尊呢？蕾娜？"

"不值得的，至少不是今晚，我现在只想回家。"蕾娜觉得实在太丢脸，没办法像莱德莉那样火冒三丈。这种情况不是出击就是逃离，蕾娜选择逃离现场，"送我回家，伊森。"

林肯脱下他的银色外套，披在蕾娜肩上："全弄脏了。"

莱德莉无法保持冷静，或者她根本不愿意："他们全是坏蛋，除了这个苦差事，还有我的新男朋友顶克小子。"

"我告诉过你，我叫林克。"

"闭嘴，莱德莉，她已经受够了。"她的魔力对我再也起不了作用。

莱德莉望向我身后的体育馆，脸上浮现诡异的笑容："说到这里，我想我也受够了。"

我随着她的目光看过去。石墙中学的冰后正领着她的随从上台，在宝座上对全场微笑。莎凡娜再度成为这次舞会的雪后，公主照例又是爱米莉，一切都不曾改变。这个结果和去年完全一样。

莱德莉把墨镜稍微往下挪一点点，她的眼睛开始发光，几乎可以感觉有股热力发射出来。她手里出现一根棒棒糖，我又闻到令人作呕的甜腻味道。

莱德莉，别。

这不是为了你，表妹，这已经不是为了你那么简单了。我要改变这个该死的小镇。

莱德莉的声音同样出现在我的脑海，就跟蕾娜的声音一样清晰。

算了，莱德莉，你只会把事情弄得更糟。

你睁开眼睛瞧瞧，不可能更糟了。但她们可就不一定了。

她拍拍蕾娜的肩膀。

学着点！

她瞪着台上的宝座开始吸吮棒棒糖。我只希望现场灯光足够暗，免得有人看到那双可怕的猫眼。

不！她们会全部算到我头上的，莱德莉，别这样。

需要有人给这些盖林笨蛋一点教训。我就是来帮他们好好上一课的。

莱德莉踩着银色高跟鞋，大步往台前走去。

“嘿，宝贝，你要去哪里啊？”林克跟在她身后。

夏洛特正准备走上台。她身上那件亮面紫色礼服显然小了两号。她朝着那顶亮晶晶的塑料皇冠走过去。夏洛特今年还是输给依登，照样位居第四名，我想是叫冰宫侍女吧！那件紫色礼服的下摆钩到楼梯立板，当她要踏上最后一级台阶时，礼服后面就从接缝处整个裂开，夏洛特愣了一下才惊觉出了什么事，大半个学校的学生正盯着她的粉红色大内裤。那件内裤尺寸恐怕有田纳西州那么大，夏洛特发出惨烈的尖叫，意思就是“现在大家都知道我有多肥了”。

莱德莉笑了笑。

哎呀！

莱德莉，住手！

我才刚开始呢！

夏洛特还在尖叫，爱米莉、依登和莎凡娜忙着用自己的大蓬裙帮夏洛特遮掩走光。唱片好像跳针似的咔嚓一声，扩音喇叭突然改播滚石乐队的歌。

《同情恶魔》这首歌简直是莱德莉的主题曲。她正用盛大的方式介绍自己出场。

大家都以为八成是迪西·威克斯又搞砸了。他就快因为笨手笨脚成为各大学校舞会最出名的三十五岁老 DJ 了。不过这次可不是迪西出错，除了已经短路熄灭的灯泡以外，现在连台上的灯光和舞池的投射灯都像骨牌连倒似的，一个接着一个爆了。

莱德莉领着林克进入舞池，其他学生因为灯泡都在惊叫，只有林克带着莱德莉不停转圈，把那些忙着闪避的学生推向一边。我很确定其他学生一定以为是电路出了问题。

所以镇上唯一的电工雷德·史威大概会成为大家怪罪的对象。莱德莉仰头大笑，穿着那件短得像块布的小礼服，绕着林克舞动摇摆。

伊森，我们必须想想办法！

什么？

已经太迟了，蕾娜转身就跑，我紧紧跟在她后面。在我们冲到体育馆的出口之前，天花板所有的消防洒水器都打开了。整个体育馆下起雨来，那些音响设备开始短路出现噼啪的火花，好像随时都有触电而死的可能。湿湿的人造雪花掉在地上，就像泡软的松饼，而那些用肥皂粉假装的白雪，现在开始起泡打滑了。

所有的学生尖叫了起来。女孩脸上的化妆品和头上的美发用品一碰到水，现在都惨不忍睹。她们裹着湿湿厚厚的长裙往门口跑，如此混乱的场面已经没有“俏女郎”和“南方佳丽”的区别。她们看起来就像一群全身湿透的彩色老鼠。

我到达门边的时候听到大厅传来一阵巨响。台上的大型雪景广告牌整个往前倒，爱米莉闪得快，她连忙跳开跑下湿滑的台阶，同时尽量稳住脚步，继续对众人挥手微笑。但她的脚还是踩空打滑，整个人往体育馆的地板摔下，最后倒在一堆穿桃红色和银色礼服的女孩身上，克罗斯教练连忙跑过来。

我不会替她感到难过，但我确实替那些可能因此背黑锅的人感到难过。例如学联会的干部一定会被骂，因为他们立的背景广告牌太不牢靠。迪西·威克斯可能也会遭殃，说他利用过胖的拉拉队员出糗走光，还放那种讽刺的音乐。雷德·史威的专业更可能受到质疑，居然造成石墙高中灯泡短路和电线走火，危及学生的生命安全。

改天见了，表妹，这比单调的舞会好玩多了。

我把蕾娜推出体育馆大门：“快走！”

她浑身冰冷，我几乎无法碰触她。等我们冲到车子旁边，阿布已经赶上我们了。

麦坎·雷根本不必担心她的宵禁问题。

现在甚至不到九点半呢！

麦坎·雷气坏了，或者他只是担心，我也分辨不出来。因为他每次看着我，我就连忙避开他的眼光。就连阿布也不敢看他，它躺在蕾娜脚边，尾巴在地板上摇动着。

屋里不再是舞会的场景。我猜麦坎·雷绝对不允许屋内再出现一丁点银色雪花了。现在整个房间都是黑色的，包括地板、窗帘、天花板、家具通通是黑的。只有壁炉的熊熊火焰给房间带来些许温暖的光线。可能这个屋子的摆设是随着麦坎·雷的心情改变的，此刻他的心情想必很黑暗。

“厨房！”麦坎·雷的手上出现一个装热可可的黑色马克杯，他把热饮交给蕾娜。蕾娜裹着一条粗厚的羊毛毯坐在炉边，湿头发贴在耳后，两手紧紧握住马克杯取暖。麦坎·雷走到她面前，“你一看到她就该立刻离开了，蕾娜。”

“我那时候被淋成落汤鸡，还被全校同学嘲笑，实在忙得没时间离开。”

“嗯，以后你不必忙了。为了你好，在生日以前你都被禁足了。”

“这显然不是重点。”她还在发抖，但我觉得她不再是因为冷，而是气得发抖。

麦坎·雷瞪我一眼，他的眼神冰冷阴暗。我现在确定他是在生气。“你应该带她离开的。”

“我不知道该怎么做，先生。我不知道莱德莉会毁了体育馆。况且蕾娜以前没去过舞会……”我一说出口就觉得很蠢。

麦坎·雷又瞪我一眼，同时摇晃手中那杯威士忌：“说到这个还真有趣，你们甚至连一支舞都没跳呢！”

“您怎么知道？”蕾娜放下马克杯。

麦坎·雷在房间里踱步：“这不重要。”

“对我来说却很重要。”

麦坎·雷耸耸肩：“是阿布，这么说好了，它是我的眼睛。”

“什么？”

“它能看见我看见的东西，我也能看见它所看见的东西。你知道的，毕竟它是巫师养的狗！”

“麦坎舅舅！您一直在监视我！”

“没有特别针对你。不然你以为我如何在镇上离群索居？少了人类最忠实的朋友怎么行，阿布看到镇上的一切，所以我也看到一切。”我看着阿布，难怪常常觉得它有一对人类的眼睛，我早该猜到这点才对，或许我潜意识一直都知道，那是麦坎·雷的眼睛。

我发现阿布嘴里好像咬着一个圆圆的东西。我弯腰从它口中拿出来，是一台潮湿变形的“立拍得”。显然是它从体育馆一路衔回来的。

那是我们在舞会拍的合照。我和蕾娜站在雪花中央。爱米莉错了，照片可以拍出蕾娜，只不过她身上闪着微光，仿佛半透明似的。她的腰部以下已经化成幽灵般的形体，好像还没被雪水淋上身，她已经在融化了。

我拍拍阿布的头，把照片收进口袋。蕾娜不需要看到这种照片。至少现在不是时候，距离她的生日只剩下两个月，不用猜也知道我们快没有时间了。

十二月十六日　圣者的行进

当我开车抵达时，蕾娜已经坐在门廊等了。我坚持开车过来载她，因为林克要搭我们的车，但他不能被别人看到他搭雷家的黑色灵车。可是我也不要蕾娜自己走上一段路，我甚至不希望她去，但是我说不动她，她看起来似乎准备去打这场硬仗了。她穿上黑色高领毛衣、黑色布鞋，再套上一件黑色的兜帽背心，她很清楚自己要去面对一支指控她的大军。

舞会之后才三天，美国革命女儿会的太太们一点时间也没浪费，马上就在今天下午准备召开石墙中学的学生纪律审查会议。这种会议和古时候的女巫审判有什么两样？就算我不是巫师也清楚这一点。爱米莉脚上裹着石膏，在校园里一跛一跛地招摇。冬季舞会的惨事已经成为全镇的话题。林肯太太总算获得她需要的全面性支持，目击证人纷纷站出来，每个人都声称他们看到、听到或记得一些事，如果照他们扭曲事实的观点来看，逻辑很简单：那个蕾娜·杜凯要负全部的责任。

因为她还没到镇上之前，一切都好好的。

林克跳下车帮蕾娜开车门。他脸色青一阵白一阵的，对整件事感觉很内疚：“嘿，蕾娜，你还好吗？”

“我很好。”

骗人。

我不想让他难过，这不是他的错。

林克清了清喉咙：“我真的很抱歉。我整个周末都在和我妈妈争辩，她一直很疯狂，但这一次实在太离谱。”

“这不是你的错，不过我很感谢你努力和她沟通。”

“如果美国革命女儿会那些八婆不一直打电话来告状，或许事情就会不一样了。史诺太太和亚瑟太太这两天起码打了上百个电话给我妈妈。”

我们开车经过“得速偷”，就连费提都不在门口守候了。马路上空荡荡的，我们好像开车行经一座鬼城似的。纪律审查会议预备在下午五点召开，我们最好准时抵达。会议在体育馆举行，因为石墙中学只有那里足够大，可以容纳所有可能出席的人。这是盖林镇的另一个特色，任何事件都会牵涉到镇上的每一个人，没有“会议不公开”这回事。从镇上多数商店都关门打烊的情况来看，就表示大家都会出席这场会议。

“我只是没想到你妈居然能在这么短的时间内召集所有人。她过去的行动也没这么迅速积极。”

“就我所偷听到的部分，是亚瑟医生介入的关系。哈波校长和教育委员会的几位头头都是他的打猎伙伴。”亚瑟医生是爱米莉的老爸，也是镇上唯一的医生。

“这下可好了。”

“你们两个知道我大概会被劝退吧？我敢说一切都已经决定了，这场会议只不过是一场秀。”

林克一脸困惑：“他们必须先听听你的说法，不能凭一面之词就要你退学。你什么都没有做啊！”

“他们早就关起门作出决定了。我说什么都不重要。”

蕾娜说中了。我和她心里都清楚这一点。所以我没说什么，只是拉起她的手轻吻一下，再一次希望我能代替她面对整个教育委员会的质询。

但是怎么也不会轮到我。不管我做了什么、说了什么，我永远是盖林镇的一分子，蕾娜却永远也无法融入。这是让我最生气也最尴尬的一点。我因此更痛恨他们，因为他们还是把我归类为他们其中的一分子。就算我和雷老头的外甥女交往，又顶撞林肯太太，今年也没受邀去莎凡娜家的聚会，我依旧算是他们的一分子，我属于他们，怎么也无法改变这点。换个角度来看，如果他们也属于我，那么蕾娜需要挺身抗争的对象就不只是他们，也包括我在内。

这个事实让我饱受折磨。也许蕾娜在十六岁将要转化，我却是一生下来身份就注定了，我比她更不能控制自己的命运，或许我们没有人能够扭转命运。

我把车子开到停车场，但停车场已经客满了。一群人在门口排队等着进体育馆，自从上回电影院首播描写美国内战的《战役风云》[①]，我已经很久没看过这么多人排队要进入同一个地方了。那部电影又长又无聊，不过我有半数以上的亲戚都在片里担任临时演员，因为他们已经有自己的内战军服了。

林克低头躲在后座："我先溜了，等一会儿在里面见。"他打开车门溜了出去，"祝你好运。"

蕾娜搁在腿上的手微微发抖。

看她这么紧张真让我难受："你不必去的，我们可以马上掉头，我载你回家。"

"不，我要进去。"

"你为什么要让自己成为箭靶？你自己都说了，这不过是一场秀而已。"

"我不想让他们以为我害怕面对他们。我离开了上一所学校，但这次我不会再逃避了。"她做了一次深呼吸。

"这不叫逃避。"

"对我来说就是。"

"你舅舅至少会过来吧？"

"他不能来。"

"为什么？"她将要独自面对这一切，我只能默默在旁边陪她，"现在时间太早了，我甚至没告诉他。"

"太早？是怎样？他把自己锁在棺材里躲阳光吗？"

"不是那样的。"

现在不是讨论这个的时候，她即将面对的事情已经够棘手了。

我们走进学校大楼，外面开始下起雨来，我不禁看着她。

相信我，我已经在极力克制，否则现在大概是龙卷风扫过了。

---

① *Gods and Generals*，又译为《众神与将军》。

人们全盯着我们看，还有人指指点点，我一点也不惊讶。他们还真有礼貌啊！我环顾四周，有点希望布芮德就坐在门口守着。但今晚到处都没有那条黑狗的踪影。

蕾娜选择从侧门进入体育馆，这里碰巧是来宾入口。还真是选对了，因为当我们一进入体育馆，就发现大家不是站到前面等着进场开会，多数人只想来旁听会议，里面只不过是旁听的站席而已。

很像电视剧的法庭戏，只不过这样的大型陪审团显得可笑又可悲。体育馆前方放了一张大型的塑料折叠桌。几位老师坐在那边，当然少不了李老师，他戴了红色领结，也带着自己的偏颇观点前来出席。哈波校长也在列，其他几位大概就是教育委员会的委员。他们围着桌子坐成一排，看起来都很老了，而且还一脸不开心，好像宁可在家看购物频道或宗教节目，也不想来参加这个会议。

体育馆的看台座位则挤满了盖林镇的精英。林肯太太率领美国革命女儿会的成员占满前三排。其他如邦联姐妹会、卫理教会合唱团、历史协会的成员坐在中间几排，最后面的是石墙中学的守护天使社团，也就是一群想成为爱米莉和莎凡娜的女孩，和一群想追她们的男孩。他们身上都穿着刚做好的守护天使T恤。T恤正面图案是一个女孩，看起来倒很像爱米莉本人。只不过多了一对张开的雪白翅膀，背面就是一对简单的天使翅膀，还有一行他们的口号“我们会守护你”。

爱米莉坐在亚瑟太太旁边，脚上的石膏显得特别显眼，还故意把脚另外搁在一把椅子上。林肯太太看到我们就眯起眼睛，亚瑟太太连忙伸手拥着爱米莉，一副要保护她的架势，好像我们会突然拿着高尔夫球杆冲过去打她似的。我看到爱米莉拿出手机准备发短信，没多久她的手指就飞快地动个不停。今晚我们的体育馆大概是附近各大市镇的八卦中心。

爱玛坐在后面几排，手里把玩着脖子上的护身符，但愿那个符能让林肯太太露出隐藏多年的狡猾面目。我老爸当然没来，但三姐妹都来了，事情一定比我想的更糟。三姐妹上回这么晚还外出是二十世纪八十年代的事了。那次还是因为葛瑞丝姨婆吃了太多热辣味炖饭，自以为心脏病发作不舒服才紧急在晚上出来看医生。此刻她们坐在黛玛旁边，刚好和爱玛隔一条走道。梅西姨婆从座位上远远看到我，还对着我挥挥手帕。

我陪着蕾娜走到前方空着的座位上，那显然是为她保留的。座位就对着那群等着判她死罪的行刑队。

不会有事的。

你保证？

我听到外面的大雨噼里啪啦地打在屋顶上。

我保证不会有事的，这些人全是白痴。我保证不管他们说什么，我对你的感觉都不会改变。

这表示情况会很糟吧！

雨下得更大了，这不是好现象。我往蕾娜的手心塞了一个小东西，那是蕾娜背心的银纽扣，是我们在雨中初次见面后，我在林肯的老爷车上发现的，从那以后我一直随身携带这个小银扣。

拿着，它就像个幸运符，至少它带给我许多好事。

我看得出来她极力在避免崩溃。她一句话也没说就解下项链，将这颗银纽扣穿进那一大堆珍贵的收藏品中。

谢谢。如果她现在还笑得出来，她会对我微笑的。

我退回看台区，爬上爱玛和三姐妹她们那排座位，梅西姨婆拄着拐杖站起来："伊森，过来这里，我们帮你留了座位，孩子。"

"你坐下来好吗？梅西·史塔汉。"坐在后面的银发老太太忍不住说了她一下。

普姨婆转头说："管好自己的事吧！莎蒂·汉尼卡，不然别怪我不客气。"

葛瑞丝姨婆转头对汉尼卡太太笑笑："快过来吧！伊森。"

我挤在梅西姨婆和葛瑞丝姨婆中间："你还好吧？小伙子。"黛玛朝我笑笑，同时捏捏我的手臂。

外面开始闪电打雷。许多老太太惊呼起来。

一名坐在长桌中间，看起来有些拘谨的家伙清了清嗓子："只是上帝打嗝，没什么的。请大家都坐下，我们准备开始了。我叫巴伦·赫林，是教育委员会的主席，召集这个会议是有家长请愿，希望勒令一名学生退学，也就是蕾娜·杜凯同学，对吧？"

哈波校长对他点头，就像这场法庭戏的控方律师，更精确地说，他是林肯太太请来的刽子手。"是的，先生。几位深感忧虑的家长提出请愿，让我注意到这件事情，到目前为止全镇已经有两百多人签署请愿书了。他们都是盖林镇深受敬重的家长和市民，还有一些是石墙中学的学生。"想也知道。

"勒令她退学的理由是什么？"

哈波校长翻阅他的黄色拍纸簿，好像在读警方的前科记录似的。"攻击、毁损学校公物。我们目前已经让杜凯同学留校察看。”

攻击？我哪有攻击别人？

那只是他们的指控，不能证明什么的。

他还没说完，我就站起来了：“这些都不是事实！”

另一名坐在长桌的先生看起来很紧张。他提高嗓门企图压过屋外的雨声和在场二三十名老太太的窃窃私语，她们都在讨论我的突兀行为：“年轻人，坐下，这不是自由发言的会议。”

赫林先生大声压过全场的喧闹：“现场有没有证人能提出具体事证？”现在窃窃私语的人更多了。他们彼此在问有没有人知道“具体事证”是什么意思。

哈波校长尴尬地清了清嗓子：“是的，我最近收到一些数据，显然杜凯同学在她之前的学校也有类似的问题。”

他在说什么？他们怎么会知道我以前学校的事情？

我不知道。你以前的学校发生什么事了吗？

没什么。

一名教育委员会的女士翻了翻桌上的文件，“我想应该先听听石墙中学的家长会会长林肯太太的说法。”

林克的母亲站起来，大动作地走到盖林镇的“大陪审团”前面。她在电视里看过不少这类的法庭戏：“各位女士先生晚安。”

“林肯太太，由于您是最早提出请愿的家长之一，可否就您所知道的情形，向我们作个说明？”

“当然可以。这位雷同学，嗯，我是说杜凯同学，几个月前搬来这里。之后石墙中学就发生了各种问题。首先，她在英文课打破教室的窗户……”

“我的宝贝女儿差点儿要断手断脚了。”史诺太太激动得大叫。

“几个学生差点儿受到严重伤害，有些同学确实被碎玻璃割伤了。”

“那次只是意外，而且唯一受伤的同学就是蕾娜！”林克从体育馆后面的站席区大叫。

“韦斯利·林肯，你最好马上给我回家，别不知好歹！”林肯太太呵斥他。

她再度恢复镇定，顺了顺裙子，再转身面对纪律审查会：“杜凯同学似乎很懂得威吓女同学。”林肯太太笑了笑，“我刚说了，她在英文课打破教室窗户，吓坏许多同学，因此一些较有公民意识的女同学还自动发起石墙守护天使的活动，为的就是要保护学校同学的安全，有点像守望邻里的组织。”

那群“堕落天使”坐在位子上猛点头，好像有人拉着隐形细线在控制她们的头部活动。

其实这也是事实。

赫林先生在黄色的拍纸簿上写了几句，“这是杜凯同学牵涉的唯一事件吗？”

林肯太太装出一副震惊的表情：“天哪！当然不止。冬季舞会她拉下火警的警报系统，毁了一场舞会及价值四千元的音响设备。还不只如此，她甚至把亚瑟同学从台上推了下去，害她摔断了腿，医生说要好几个月才能复原。”

蕾娜直视前方，不肯看他们任何一个人。

“谢谢您，林肯太太。”林肯太太转头对蕾娜微笑。那当然不是真诚的笑容，但也不是讽刺的冷笑，而是一副“我打算毁了你的生活，而且我乐在其中”的笑容。

林肯太太走回她的座位，又停住看了蕾娜一下：“我差点儿忘了，还有最后一件事。”她从皮包中拿出几张纸，“我从杜凯同学之前在弗吉尼亚州的学校拿到一些数据。不过我想那应该不算学校，说是精神病院还比较贴切。”

才不是呢，那是一所私立学校。

“就像哈波校长说的，这已经不是杜凯同学第一次涉及暴力事件了。”

蕾娜在我脑海中的声音变得歇斯底里起来。我试着安抚她。

别担心。

其实我很担心，林肯太太如果没有证据，是不会公然这样说的。

“杜凯同学有严重的精神问题。她得了一种叫做……”林肯太太用手指在文件上滑动着，好像在寻找什么。我等着听她指控蕾娜的与众不同究竟是什么精神疾病。“有了，叫做躁郁症。亚瑟医生可以告诉各位，这是一种很严重的精神疾病。有这种病的人会有暴力倾向，他们的行为是无法预料的。这种病会遗传，她母亲也有相同的问题。”

这是不可能的。

大雨倾盆落在屋顶上，风开始变强了，体育馆的门被吹得嘎嘎响。

“事实上，她母亲在十四年前杀害了她的父亲。”

整座体育馆鸦雀无声。

比赛结束，胜负已出。

短暂安静后，所有的人立刻开始讨论起来。

“各位女士先生，拜托一下。”哈波校长试着让大家冷静下来，可就像在千燥树林里点燃一根火柴，一旦火烧起来了，任谁也没有办法阻挡这场大火。

体育馆在十分钟后才渐渐恢复平静，蕾娜却没办法平复过来。我可以感觉到她的心跳和我一样快。她哽咽地把眼泪往肚里吞。虽然从外面的天气来看，她的心情已经糟透了，但我很惊异她居然没有冲出现场。要不是她太勇敢，就是已经惊吓得无法移动了。

我知道林肯太太在说谎。我不相信蕾娜住过精神病院，就像我也不信石墙守护天使是要保护学校同学。只是我不知道蕾娜的母亲杀了她父亲的事，会不会也是林肯太太乱说的。

我只知道我真的很想杀了林肯太太。我从小就认识林克的母亲，但最近我实在没办法相信这是我从小认识的人。她几乎变了一个人，不再是那个从墙上扯掉电视盒的妇人，她不再拼命说教，老是对我们阐扬节欲的美德。这一点也不像是她致力追求的保守纯真。感觉她像是怀恨在心，要对蕾娜赶尽杀绝似的。我就是想不通她为什么这么痛恨蕾娜。

赫林先生试图重新控制局面："好了，请大家冷静下来。林肯太太，谢谢您今晚拨冗过来。现在我要仔细看一下这些文件，希望您不介意。"

我又站起来了："这整件事实在太荒谬了。你们为什么不干脆放火烧了她，看看她会不会死呢？"

赫林先生努力想掌控会议的进行。这场法庭闹剧已经扩大成《杰瑞开炮》[1]那种脱口秀了。"魏特先生，请你坐下，不然我就要请你离开了。会议进行中不能再爆发这种无秩序的发言。我已经仔细看过证人的证词，事情看来很简单，我想只有一个合理的解决办法。"

这时，传来一声巨响，体育馆后面的厚重金属门砰然打开。一阵强风夹杂着雨水吹进体育馆。

进来的不只是强风和雨水。

麦坎·雷悠闲地步入体育馆，穿了一件克什米尔黑色长大衣，里面是一套相当帅气的灰色条纹西装。他挽着玛丽安馆长，玛丽安手里拿着一把格纹雨伞。大概只够勉强遮住滂沱大雨。麦坎·雷并没有拿伞，但他身上完全没湿。阿布跟在他后面，背上的毛不但全湿还竖直起来，看起来更像狼了。

---

① Jerry Springer Show，是著名的脱口秀节目，主要是暴力、隐私、性等元素。

蕾娜回头看了一下，内心受伤的感觉在脸上一闪而过，随即出现如释重负的神情。我看得出来她忍住上前抱住舅舅大哭的冲动，极力克制自己，继续坐在椅子上。

麦坎·雷远远看着蕾娜，她重新坐稳了。麦坎·雷沿着走道走向教育委员会："抱歉我们来晚了，今晚的天气实在太糟。别让我打断你们，你们不是正要提出合理的解决办法吗？我应该没听错吧！"

赫林先生一脸困惑。事实上体育馆里的人大多是这种表情。他们都没有看过麦坎·雷本人。"抱歉，先生。我不知道你以为你是谁，但我们正在进行会议，你不能这样闯进来，还带着狗——只有导盲犬才可以进入校园。"

"我完全了解，所幸，布芮德正好就是我的眼睛。"我忍不住笑了。就技术上来说，他说得并没有错。阿布抖了抖庞大的身体，一身雨水全溅在走道两旁的人身上。

"嗯，你……"

"我姓雷，麦坎·雷。"

看台上传出一阵惊呼声，接着是一片窃窃私语的嗡嗡声。在我还没出生之前，全镇的人就在等待这一天，体育馆内的气氛变热烈了，显然好戏就要上场。盖林镇的居民最最喜欢的，莫过于有场好戏可看了。

"盖林镇的女士先生们，真高兴总算和各位见面了。相信你们都认识我的好朋友阿什克罗夫特博士。今晚她好心陪我过来，因为我对这个漂亮小镇的路实在不熟。"

玛丽安挥手致意。

"容我再度为我的迟到道歉，请继续。我确信你们正要解释对于我外甥女的指控是完全没有根据的。你们会鼓励这些孩子回家好好睡个觉，明天准时来上学。"

赫林先生一度似乎要照麦坎·雷的话去做。不知道这位麦坎舅舅是否也有莱德莉那种说服别人的法力。一名女士凑在赫林先生耳边说了几句，接着他似乎又恢复原来的想法。

"不是的，先生，那完全不是我打算做的。事实上对于你外甥女的指控都是一些相当严重的事件，我们有许多目击者能证明这一点。基于这些在会议中所呈现的数据，恐怕我们没有别的选择，只能勒令她退学。"

麦坎·雷指着爱米莉、莎凡娜、夏洛特和依登："她们就是你的目击者？几个想象力丰富，又充满酸葡萄心理的小女孩？"

史诺太太跳了起来："你在暗示我女儿说谎？"

麦坎·雷露出电影明星般的笑容："完全没有，这位太太，我是明确表示您女儿在说谎，相信您懂得这两者的差异。"

"你居然敢这样说！"林克的母亲像只暴跳如雷的野猫，"你没有权利在这里扰乱我们的会议。"

玛丽安上前一步："有位伟人曾经说过：'任何一处存在的不公平，都会威胁所有地方存在之公平。'而我看到目前这里所进行的，确实是非常不公平的处置。"

"你别把那套哈佛的道理搬到这里来。"

玛丽安收起她的雨伞："我不知道马丁·路德博士还念过哈佛。"

赫林先生用威严的语气开口了，"根据这些证人陈述的事实，确实是杜凯同学拉下火警的警报系统，导致石墙中学损失数千元财物，她还将亚瑟同学推下台，导致亚瑟同学受伤。基于这点，我们就有理由让她退学。"

玛丽安挥着雨伞重重叹了口气："将愚人从他们所崇拜的枷锁解放出来，是一件非常困难的事。"她严厉地看着林肯太太，"那是伏尔泰的名言，他也没有念过哈佛。"

麦坎·雷依旧十分冷静，他的从容似乎让在场的人更加恼怒："这位先生贵姓？"

"敝姓赫林。"

"赫林先生，如果您再继续进行这个行动，那就相当可耻了。要知道在南卡罗来纳州禁止青少年到学校上课是违法的。这可是义务教育，是政府要求如此的。您不能无故驱逐一位无辜的女孩离开校园。现在时代不同了，即使在南方也一样。"

"我刚刚解释过了，雷先生。我们有足够的理由，也有足够的权力要求你的外甥女退学。"

林肯太太站了起来："你不能这样突然跑过来插手镇上的事情！你有多少年不曾离开屋子了！你凭什么插手镇上的事？插手我们孩子的事？"

"您是指上面那一排提线木偶吗？那些木偶穿的衣服好像是……独角兽？请原谅我微弱的视力。"麦坎·雷指着那群守护天使。

"那是天使，不是独角兽！雷先生。不过你当然不认识上帝的信差。因为我可从来没看过你上教堂。"

"套句《圣经》的话，'你们中间谁是没有罪的，就可以先拿石头打他'，林肯太太。”

麦坎·雷停顿了一下，仿佛他认为林肯太太要消化一下才能明白他的意思，“至于您前面说的，我必须承认您完全说对了。我确实都待在家里，我一点也不介意，因为我家实在是一个迷人的地方。但或许我应该多花点时间到镇上走动，多花点时间和你们打交道，多管管镇上的闲事，免得你们说我缺乏参与感。”

林肯太太看起来吓坏了。美国革命女儿会那些太太也坐立不安。她们面面相觑，光是想到这点，就让人紧张起来。

“事实上，如果蕾娜不能回石墙中学，她只好在家接受教育，也许我该邀请她一些表哥表姐过来住。我不想让她错过学习社交活动的机会。她有些表姐妹还挺迷人的，我相信你们在那场冬季化装舞会应该看过其中一个吧？”

“那不是化装舞会……”

“抱歉，我八成以为那些礼服是装扮用的戏服，不然怎么那么夸张俗艳？”

林肯太太气得满脸通红。她不再是一个只想禁止不良书籍的女性，她是一个绝对惹不起的女人。我有点替麦坎·雷担心，我也替全部的人担心。

“坦白说好了，雷先生。你在本镇完全没有地位。你不属于这个小镇，你的外甥女也一样。我认为你没有资格提出任何要求。”

麦坎·雷的表情稍微变了，他转着手上的戒指。“林肯太太，我很感激您的坦率。我会试着和您一样坦白。如果您或是镇上其他人要追究这个，恐怕就大错特错了。要知道我什么没有，就是钱最多，我向来挥霍惯了。如果你们企图阻止我的外甥女到学校念书，那就等于在逼我花钱消消气了。谁知道呢？也许我会引进沃尔玛大卖场到镇上做生意。”

看台又传来一阵惊呼。

“这算是威胁吗？”

“一点儿也不。说起来就巧了，南方乐园旅馆那块地刚好是我的。如果旅馆关门大吉，对您应该很不方便吧？史诺太太。这样您先生就必须开车到更远的地方和他的女性友人幽会，恐怕以后他就会经常错过晚餐时间了。我们可不能让那种事情发生对吧？”

史诺先生涨红了脸，连忙缩在几个足球队员的身后。但麦坎·雷才刚开炮而已，“还有赫林先生，你看起来真面熟，你左边那位漂亮的南方佳丽也一样。”麦坎·雷指着坐在赫林先生旁边的女士，“我好像在哪里看过你们两个，对吧？我敢发誓……”

赫林先生有些动摇了："绝对不可能，雷先生，我已经结婚了！"

麦坎·雷把注意力转到坐在赫林先生右边的秃头男子："还有伊比特先生，如果我决定不再把土地租给猛犬酒吧，将来夫人以为你在夜间读经班用功的时候，你要去哪里喝几杯？"

"威尔森！你怎么可以！居然以全能的上帝为借口跑去喝酒！你会下地狱的，我要你好看！"伊比特太太收拾皮包，气冲冲地起身往走道移动。

"那不是真的，萝莎莉！"

"不是吗？"麦坎·雷微笑，"如果我们家阿布会说话，我还真不敢相信它会告诉我什么。这条狗可是走遍了全镇呢，我敢打赌它一定看到了不少事情。"我拼命忍着笑。

阿布听到它的名字，竖起了一边的耳朵。不少人开始坐立不安，好像阿布真的会说话，会抖出他们什么事情似的。经过万圣节的事件之后，真是这样我也不会太惊讶。以麦坎·雷在镇上的谣传来说，其他人也不会太惊讶才对。

"事情就是如此，镇上有不少人都不像表面上那么诚实。所以你们可以想象，当目击者只有四名少女，只有她们出来严厉抨击我唯一的亲人，为了大家好，你们不觉得应该忘了这回事？这才是正人君子应该做的事吧？"

赫林先生脸色很难看，他旁边的女同事甚至恨不得有个洞钻进去。伊比特先生已经离席了。我突然想到根本没人提过他的名字，但麦坎·雷还是能叫得出来。其他几位参与审查的人已经吓得要死，生怕麦坎·雷或他的狗接下来就要爆他们的料，整个小镇就会知道他们肮脏的小秘密。

"也许您是对的，雷先生。在继续追究这件事之前，也许我们应该先调查一下这些指控。或许不同人的说法会有些出入。"

"明智的抉择，赫林先生。这是非常明智的决定。"麦坎·雷走到蕾娜身边伸出手，"走吧，蕾娜。已经很晚了，明天你还要上学呢！"

蕾娜站起来，腰杆挺得比以往更直。

外面风雨转弱，现在只下毛毛雨了。玛丽安用丝巾包住她的头之后，三个人就一起步出体育馆。阿布尾随在后面，一行人全然不看馆内的人一眼。

林肯太太站起来指着蕾娜大叫："她妈妈是杀人凶手！"

麦坎·雷随即转身。两人四目交会。他的表情有些奇特，就好像我上回在他家把吉妮薇的链坠拿出来时一样。阿布满怀敌意地低吼起来。

"小心一点，马莎。您不知道我们什么时候还会碰面。"

“哦，但我确实知道，麦坎。”她脸上浮现出诡异的笑容。我不知道他们之间有什么过节，但麦坎·雷似乎不想再和她斗下去了。

虽然他们还没有离开体育馆，玛丽安却已经撑开雨伞。她圆滑地对大家微笑：“我希望在图书馆见到大家。别忘了，我们平日开放到晚上六点。”

她朝大家点点头：“‘没了图书馆，我们还有什么？那就没有过去和未来了。’这是雷·道格拉斯·布莱伯利[①]说的。或者可以去北卡的夏洛特市，这句话就写在公立图书馆的墙上。”麦坎·雷挽着玛丽安，但是她还没说完，“他也没念过哈佛。林肯太太，他甚至没念过大学。”

说完，他们就离开了。

① 雷·道格拉斯·布莱伯利（Ray Douglas Bradbury，1920— ），美国科幻、奇幻、恐怖小说作家，1977 年获得世界奇幻协会的终身成就奖。代表作《火星纪事》（*The Martian Chronicles*）。

十二月十九日　白色圣诞

经过纪律审查会的事件，大家都以为蕾娜隔天不会去学校了。只有我了解她，她还真的出现了。没人知道她曾经放弃过上学的权利，她不会再让任何人剥夺这项权利了。对其他人来说，学校就像一所监狱，对蕾娜来说却象征了一种自由。只不过会议结束后，蕾娜在学校就像幽灵，没有人会看她一眼或和她说话，不管在教室、体育馆或学校餐厅，没有人会坐在她附近。到了星期四，全校有一半的学生都穿上了石墙守护天使的T恤，全校看待她的方式，仿佛连半数的老师也想穿上T恤似的。到了星期五，我交出篮球队的运动服，因为我感觉和他们再也不像同队的队友了。

教练很生气。在他大吼大骂发泄完之后，很不以为然地摇摇头："你疯了，魏特。看看你这一季表现得多好！居然为一个女孩全放弃了。"他说"一个女孩"的口吻，意思就是指雷老头的外甥女。

不过没有人对我和蕾娜口出恶言，至少没有当面说些什么。如果林肯太太让大家对上帝心存畏惧，那么麦坎·雷让盖林镇的人更加畏惧另一件事，那就是事实真相。

蕾娜墙上和手上的数字越来越小，对那一天的感觉也越来越真实了。如果我们真的无法阻止怎么办？万一蕾娜真的说对了，在她生日之后，我所认识的女孩就消失了，仿佛不曾存在过呢？

我们目前只有一本《月之书》。这让我越来越担心一件事，我拼命不让这个想法进入我和蕾娜的心中。

我不确定光是有这本书，是不是足够应付即将面临的那一天？

“拥有法力的巫师之中，伴生两股力量涌现，黑暗与光明的力量。”

“我想，我们总算看完所有黑暗与光明的东西了。你觉得我们是否能找到一些漏洞？避掉你生日转化的漏洞？如何征服可怕的黑魔师？如何开启时光隧道？”我有些沮丧，蕾娜一言不发。

我们坐在冰冷的体育场看台上，学校空荡荡的。我们本来应该在参观科技展，看爱莉丝把蛋浸在醋中，或是听杰克森争辩没有地球变暖这回事，然后安妮会反驳他，提出如何让石墙中学变成一所绿能学校。也许那些守护天使应该开始回收那些传单了。

我盯着挂在书包外面的高级代数课本，此时此地再去看那种东西似乎没有意义。过去这几个月我真是看够了，蕾娜离我很遥远，她仍然在埋头苦读《月之书》。我必须冒险把这本书放在背包里带来带去。万一我人不在房间，被爱玛翻到就惨了，但是我顾不了那么多。

“这里有更多关于黑魔师的事。”

“最强大的黑暗力量已接近此界与冥界之力，亦即黑魔师。最强大的光明力量已接近此界与冥界之力，亦即自然师。唯此二者无法互为取代，因为没有黑暗，就没有光明。”

“看到了吗？你不会转化成黑暗巫师的，因为你是自然师。”

蕾娜摇头指着下一段：“不一定，我舅舅是这样想没错，可是你看这个……”

“时值转化之际，真相即将大白，看似黑暗的力量，极可能是最强大的光明，看似光明的力量，极可能是最强大的黑暗。”

她是对的，这是没有办法确定的事。

“接下来就变得很复杂，我不确定有没有看懂这些文字。”

“黑暗之物起黑暗之火，黑暗之火集结魔界之妖灵、黑暗巫师与光明巫师之力。缺少任一力量，即无力量。唯黑暗之火能创造最强大之黑暗与光明。所有力量皆为黑暗之力，因黑暗之力等同于光明。”

“黑暗之物？黑暗之火？这是什么，巫师界的大爆炸？”

“还有那个什么妖灵的，我从来没听过。不过话说回来，他们什么也不肯告诉我。我甚至不知道我妈妈还活着。”她试着装出挖苦的口吻，但我知道她是真的很难过。

“也许妖灵是巫师的古字之类的。”

“我发现读得越多，就越不了解这些深奥的东西。”

时间越来越少了。

别这么说。

铃响了，我站了起来：“你要一起走吗？”

她摇头：“不了，我还要多待一阵子。”蕾娜最近老是喜欢一个人待着。纪律审查会议之后，她几乎不正眼看我，好像我也是他们其中一个。想到整个学校和镇上大半的人都把她当做住过精神病院，有躁郁症，母亲杀了父亲的怪女孩，我实在不能怪她。

“你迟早要回去上课的，别让哈波校长更借题发挥。”

她回头看着学校大楼：“我想，现在应该无所谓了吧！”

接下来一整个下午，蕾娜都不见人影。就算她人在，也没有在听我密语传音。今天的化学课要考元素周期表，她也没出席。

你不是黑暗巫师，蕾娜。我很确定。

历史课她也没上。我们重现林肯和道格拉斯当时的辩论。李老师要我站在拥护奴隶的一方，好像是事先惩罚我一样，他知道我交的作业一定会以“宽大为怀”为论点。

别因为他们就这样折磨自己。他们不值得的。

手语课的时候她也不在。我独自上台去表演《小星星》，其他的篮球队员都坐在下面窃笑。

我哪里也不去，蕾娜。你不能这样把我挡在外面。

这时候我终于知道，其实她有能力将我的密语传音拒于门外。

到了午餐时间，我再也无法忍受了。我等她从三角学下课，一把拉着她跑到走廊旁边。我把书包往地上一丢，捧起她的脸靠近我。

伊森，你在干什么？

这个。

我捧着她的脸贴上去。当我们双唇一碰触，我身上的温暖迅速渗入她冰冷的身体，感觉她的身体在我的怀中融化了。我们之间一开始就有这种难以言喻的牵引，如今这股力量又把我们拉在一起。蕾娜丢了手中的书，伸手环住我的脖子，回应我的抚触。我开始头晕目眩。

铃响了，她喘着气把我推开。我弯腰捡起她的布考斯基诗集《指责的乐趣》，以及她的活页笔记本。这本破烂的笔记本真的快四分五裂了。不过，她最近又拼命写了不少东西。

你不该那样做的。

为什么？你是我女朋友，而且我想你。

只剩五十四天了，伊森。那是我仅有的时间。该是停止假装我们能改变一切的时候了。如果我们两个都能接受这个事实，彼此都会好过一点。

她说话的方式怪怪的，好像不是在说她的生日，而是其他我们不能改变的事情。

她转身想走，但我及时拉住她。如果她想说的真如我想的一样，那么我要她看着我的眼睛当面说清楚。

“你是什么意思，蕾娜？”我几乎无法开口问她。

她避开我的目光：“伊森，我知道你认为我们之间会有美好的结局，有阵子我也这样以为，但是我们活在不同的世界。在我的世界就算极度渴望某件事情，也不可能让它实现的。”她不肯看我，“我们之间差异太大了。”

“现在才说我们的差异太大了？亏我们一起经历了那么多！”我的嗓门大了起来。

一些人转头看着我，但他们看也不看蕾娜一眼。

我们是不一样的人。你是普通的凡人，我是巫师。这两个世界也许有一些交集，但永远不会是相同的世界。我们是无法同时住在两个世界的。

她是在说，她不能同时住在两个世界。那个有莎凡娜、爱米莉、篮球队、林肯太太、哈波校长、石墙守护天使的世界，现在这批人总算称心如意了。

是因为纪律审查会议的事，对不对？别让他们……

不只是那个会议，是所有的一切。我不属于这里，伊森。但你属于这里。

所以，我现在是他们之一？这就是你要说的？

她闭上眼睛，我几乎可以看穿她纠结紊乱的心思。

你当然不会像他们那样，但你是他们其中之一。这是你从小生长的地方，当一切结束之后，我是说在我转化以后，你还是会在这里，还是会走过学校走廊，走过镇上的街道，到时候我可能已经不在了。可是你还会在这里住上好几年，你自己也说过，盖林镇的人绝对不会忘掉任何一件事的。

两年。

什么？

我只会在这里再住上两年。

两年都要忍受全镇的漠视，这依然是很难熬的。相信我，我知道。

有一刻，我们都没开口。她只是站在那边收拾笔记本散落的页面，“我厌倦再去抗争，厌倦再假装我很正常了。”

“你不能放弃。不能现在放弃。我们都经历过那么多事了。你不能真的让他们赢。”

“他们早就赢了。我打破窗户的那天，他们就已经赢了。”

从她的口气当中，我感觉她放弃的不只是石墙中学。“你要和我分手吗？”我屏住呼吸。

“你别让我更加为难。这也不是我愿意的。”

那就别这么做。

我无法呼吸，无法思考。感觉时间再度暂停，就像上回的感恩节晚餐一样。但这次不是魔法，而是和魔法全然无关的感觉。

“我只是觉得这样会比较容易。这不会改变我对你的感觉。”她抬头看着我，那双绿色的大眼睛闪着泪光。然后她转身默默离开。四周一片静寂，即使有支铅笔掉到地上，我都能听得见。

圣诞快乐，蕾娜。

但我听不到任何回应。她已经走了，这是我完全没料到的事，不管是五十三天、五十三年，甚至五十三个世纪都没料到的事。

五十三分钟过去了，我独自坐在餐厅看着窗外。以学校餐厅中午拥挤的程度来看，这就代表被人排挤的意思。盖林镇整个灰蒙蒙的，天空积了不少云层，倒不像有什么暴风雨要来，这里好几年不曾下雪了。幸运的话偶尔会刮一阵疾风，也许一年有一两次吧！

但是，自从我十二岁那年以来，这里的冬天不曾下过一天的雪。

我真希望今年会下雪。我希望可以顶着雪花，和蕾娜双双走进学校的走廊。

我真希望能告诉她，我不在乎全镇的人都痛恨我，因为那些都不重要。因为在我梦到她以前，我的生活是迷失的，然后她在雨中找到我。我知道感觉上是我要拯救蕾娜，但其实她也拯救了我。我完全没有心理准备她就这样喊停了。

“嘿，兄弟。”林克溜过来坐在我对面，“蕾娜呢？我想谢谢她。”

“谢什么？”

林克从口袋抽出一张从笔记本撕下来的纸：“她帮我写了一首歌，很酷吧？”

我甚至无法看它一眼。她愿意和林克说话，却不肯理我。

林克从我盘中拿了一块我碰也没碰的比萨：“听着，我要请你帮个忙。”

“好啊，什么忙？”

“莱德莉和我想趁假期去纽约，如果有人问你，就说我去参加沙瓦纳的团契营。”

“沙瓦纳才没有什么团契营呢！”

“对，但我妈妈不知道。我告诉她我之所以报名，是因为他们有一个福音摇滚乐团。”

“她会相信你的鬼话？”

“她最近有点古怪，但是我能拿她怎么办？反正她说我可以去。”

“不管你妈妈怎么说，你不能去。我没有把莱德莉的事情告诉你，她是——她是危险人物，你可能会出事的。”

林克的眼睛一亮。我从来没看过他这个样子。不过话说回来，最近我也不常看到他。我忙着陪蕾娜或是想念蕾娜，想那本书，还有她的生日。我的世界都围绕着这些，直到一小时前才结束。

“我就是希望出事啊！我好像感染了她的坏，她真的影响我很大！你懂吧？”林克拿走我餐盘上的最后一块比萨。

我几乎要把一切事情告诉林克。我们以前一向无话不谈的。我想把蕾娜和她的家庭、莱德莉、吉妮薇和伊森·卡特的事情通通告诉他。林克已经听说过开头的事，但我不知道他会不会相信后来的发展。有些事情实在太匪夷所思了，即使他是我最好的朋友，我也不确定他是否会相信我。然而现在我不能冒险再失去林克这个好朋友。我不能告诉他，但我总要想想办法。我不能让他去纽约，不能让他和莱德莉去任何地方。“听我说，林克，你一定要相信我。别和她纠缠不清，她只是在利用你，你会受到伤害的。”

他压扁一个可乐空罐：“哦，我懂了。如果镇上最热辣的美女看上我，她一定是在利用我对吧？我猜，你以为只有你才能追到美女。你什么时候变得这么自大啊？”

“我没那个意思。”

林克站了起来：“你我都知道是怎么回事。算了，当我没问吧！”

已经太迟了。莱德莉已经把他迷得团团转，不管我说什么都无法改变他的心意。我不能在同一天失去女朋友，又失去我最好的朋友。“听着，我真的没那个意思。我会守口如瓶的，反正你妈又不会和我说话。”

“那就好。你一定很难找到一个像我这样又帅又有才华的好朋友。”他从我的餐盘拿起一块饼干，将它掰成两半，就像小时候在校车上分我一半海绵夹心蛋糕那样。我们之间没事了，没有任何一个女孩，甚至女妖，能破坏我们之间的友谊。

爱米莉在偷瞅他：“你最好快点走，免得爱米莉去和你妈告状，到时候，你就别想去任何真实或虚构的团契营了。”

“我才不怕她呢！”说归说，林克还是担心。他可不想整个冬季假期都和老妈困在家里，更不想被篮球队和学校的每一个人排挤。不管他是太愚笨或太忠实，他都明白这个情况。

星期一我帮爱玛把圣诞装饰的箱子从阁楼搬下来，灰尘弄得我眼睛湿了。至少我是这样告诉自己的。我发现一整组小镇模型，上面挂了许多白色小灯，以前老妈每年都会把这组模型放在圣诞树底下。我们还会铺上棉花，假装那是白雪。这组小镇模型是她祖母的。老妈很喜欢这些，所以我很爱这些。虽然这组小镇模型不过是厚纸板、胶水和亮片构成的，而且每次我试着把它立起来，它多半还是东倒西歪。“旧东西比新东西好，因为这里面充满故事，伊森。”老妈会捧着一辆小汽车告诉我，“想想我的曾祖母也玩过这辆小汽车，也曾经把这组小房子和小汽车安置在圣诞树下，就像我们现在一样。”

我有多久没看到这组小镇模型，就有多久没看到老妈了。它看起来比以往更小，纸板也变得更弯曲破烂。我在箱子里找不到搭配的小人偶和动物。整个镇看起来非常寂寞，这让我觉得有点难过。老妈走了以后，这组小镇房屋的神奇魔力也不见了。

一切都不见了。盒子在这里，但东西全不对了。她不在，这玩意儿甚至不像个小镇，她也没有机会认识你了。

但是我的脑海没有浮现任何回应。蕾娜消失了，或许把我隔离在外。我不知道这两种哪一种比较糟。我真的是孤单一人，但是比孤单一人更糟糕的，就是让每个人看到我有多孤单。于是我决定去一个地方，在那里绝对不会遇到任何人，我要去盖林镇图书馆。

“玛丽安阿姨？”

图书馆冷得像冰窖，照旧是空荡荡的。在纪律审查会议之后，我想镇上没人会到图书馆拜访她了。

“我在后面。”她穿着长大衣坐在地上，周围堆了许多摊开的书本，几乎堆到及腰的高度。乍看之下真像从书架上掉落下来的模样。她手里拿着一本书正在大声朗读，我又听到熟悉的引经据典。

我们见他为人降临，
他用阳光，还有甘霖，
让久候大地繁花似锦。
他为世人所爱……

她合上书本：“罗伯特·赫里克[①]，这是一首圣诞颂歌，他在伦敦白厅为国王演唱的诗歌。”她的声音听起来非常遥远，就像蕾娜最近一样，我现在才感觉出来。

“抱歉，我没听过这个人。”这里真的很冷，玛丽安说话的时候，我都能看到她呼出的白气。

“这让你想到谁？让大地繁花似锦，为世人所爱？”

“您是指蕾娜？我敢打赌，林肯太太会有不同的说法。”我把书往走道推开，在玛丽安身边坐下。

“林肯太太，多么悲哀的一个人。”她摇摇头，然后拿起另一本书，“狄更斯认为人们在圣诞节应该‘打开封闭的心扉，多想想在自己之下的人，应该把他们视为同赴人生终点的伙伴，而不是另一种族类’。”

“您的暖气坏了吗？要不要我帮您打电话给电力公司？”

“我一直没开。我想，我有点心不在焉。”她又把书丢回旁边的书堆，“可惜

① 罗伯特·赫里克（Robert Herrick,1591—1674），英国“骑士派”诗人之一，以田园抒情诗和爱情抒情诗著称，诗集有《西方乐土》。

狄更斯从没来过盖林镇。这里有太多颗封闭的心了。”

我拿起一本理查德·威尔伯[①]的书，打开来将头埋进去闻闻书本的味道。书上刚好有一句“一对的反义词是什么？一个孤独的你，一个孤独的我”。真奇怪，这完全是我现在的感受。

我连忙合上书，转头看玛丽安。

“谢谢您去参加会议，玛丽安阿姨，希望没给您带来麻烦，我总觉得这都是我的错。”

“并不是。”

“感觉就是这样。”我把书丢回书堆里。

“怎么？你现在要替所有无知的人负责？是你教林肯太太去仇恨？或者是你教赫林先生去害怕？”

我们两个就坐在堆积如山的书本中。

“这场战争不是你引起的，伊森。恐怕也不会因为你或我就结束。”她的神情很严肃，“我今天早上走进图书馆，这些书就堆在地板上，我不知道是谁放的，又为什么要放在这里。我昨晚离开时门都上锁了，而今天早上来开门的时候，门也锁得好好的。我只知道我坐下来就开始看这些书，这里的每一本书都在暗示着某些信息，暗示关于那个会议、盖林镇，关于蕾娜、你，甚至关于我的事情。”

我摇摇头：“那只是巧合，书不都是这样？”

她随便从中抽一本书递给我：“你自己试试，打开吧！”

我把书拿过来：“这是什么？”

“莎士比亚的《恺撒大帝》。”

我打开其中一页开始念：“‘人有时是命运的主人：若我们受制于人，那错并不在命运，而是我们自己。’这和我有什么关系？”

玛丽安看我一眼：“我只是图书馆员，所以只能给你书本，不能给你答案。”她照旧笑了笑，“这是在探讨命运。你要做命运的主人，还是要让命运做你的主人？”

“您是在说蕾娜，还是恺撒大帝？我必须坦白告诉您，我没看过这本书。”

“你自己告诉我吧。”

接下来，我们沉浸在这堆书当中，轮流读出我们看到的句子。最后我终于知

---

① 理查德·威尔伯（Richard Wilbur，1921— ），美国当代著名诗人。1957 年及 1989 年曾两次获普利策奖，1987 年当选为美国第二届桂冠诗人。代表作《尘世之事》。

道我为什么来这里了，“玛丽安阿姨，我想，我必须进入后面那间档案室。”

“今天？你不需要帮忙做家事吗？至少帮忙圣诞节的采购？”

“我不逛街购物。”

“说得真理智啊！至于我自己，‘我确实喜欢圣诞节的一切——它以笨拙的方式传达了和平与善念，但似乎一年比一年更笨拙。”

“又是狄更斯？”

“爱德华·摩根·弗罗斯特。”

我叹了一口气：“我无法解释，我想，我需要和我妈妈在一起。”

“我知道，我也想她。”我不曾想过会对玛丽安说出此刻我对这个小镇的感觉，好像没有一件事情是对的。我的话全哽在喉咙，我像是变成另外一个人，结结巴巴说出心中的感受：“我只是在想，如果我可以接近她的书，也许可以找回以前的感觉。也许我可以和她说说话。我去过她的墓地一次，但感觉她不在那里。”我低头看着地毯上的一块污渍。

“我明白。”

“我还是无法想象她埋葬在那边。这实在没道理。为什么将我们深爱的人孤零零地埋进土里？那里又冰冷又肮脏，而且还有一堆虫子！不该是这么结束的，在她经历一切，度过她的一生之后，不该这样结束。”我试着不去想这件事，想到我妈妈的身体化为白骨，在地下渐渐归于尘土，我痛恨她必须在地下独自承受这样的过程。就如同我现在必须自己承受眼前的事情一样。

“不然你希望是怎样的结束？”

“我不知道，应该帮她建个纪念碑之类的。”

“像广场的将军？你妈可能会大笑不已。”玛丽安揽着我的肩膀，“我知道你的意思，她不在墓地那边，她在这里。”

她伸出手让我把她拉了起来。两人一起来到后面的档案室。就像小时候老妈在忙，玛丽安阿姨就会权充保姆，拉着我的手到处走。她抽出一把厚实的钥匙打开门，但并没有陪我进去。

我再次进入这间档案室，坐在老妈书桌前的椅子。这张木椅有杜克大学的校徽，好像是学校奖励老妈以优异的成绩毕业所送的礼物。椅子并不是特别舒适，但是坐在上面感觉很安心、很熟悉。我闻着木椅上的亮光漆味道，说不定小时候我还咬过这把椅子呢！

光是这样，我的感觉就已经比过去几个月以来好多了。我同时闻到成堆包在塑料套中的书本味，以及老旧滚动条、灰尘和阳春档案柜的味道。我闻到的是老妈独特世界中的奇妙氛围。这种气味和我七岁时来这里，坐在老妈腿上，把头埋在她肩膀的味道是一样的。

我想回家，少了蕾娜，我没有别的地方可以去。

我从老妈的桌上拿起一个几乎被书本淹没的小相框，照片是她和老爸在家里的书房拍的。不知谁帮他们两个拍了这张黑白照片。看起来应该是很久以前的事，或许是为了他们早期著作的封面所拍的吧！当时老爸还是历史学家，和老妈一起从事相同的研究工作。那个时间他们的发型真好笑，裤子也很丑，但他们脸上洋溢着幸福快乐。要我看着这样的照片心里实在很难受，可是要我把相框放下更难。当我走回老妈的书桌，靠近那堆尘封已久的旧书时，有一本书突然吸引了我的注意力。它被一本内战武器百科和南卡罗来纳州植物目录压在下面。我把它抽出来，我没看过这本书，不过书中夹着一枝长茎迷迭香，我不禁笑了，至少老妈这次不是拿袜子或用过的布丁汤匙当书签。

那是盖林镇食谱书《炸鸡与炖煮水果》，书自动翻开其中一页“贝蒂波顿的黄油奶油炒西红柿”，那是老妈最爱的一道菜。书中飘出迷迭香的味道，我把那枝迷迭香拿起来仔细看，花是新鲜的，好像昨天才从花园剪下来一样，这不可能是老妈放的，但是其他人不会拿迷迭香来当书签。老妈最爱的一道菜，夹着代表蕾娜的熟悉香味，或许这些书确实想告诉我什么。

“玛丽安阿姨？您是否在找炒西红柿的食谱？”

她从走道探出头来：“我连西红柿都不碰了，你认为我还会去煮它吗？”

我看着手中的迷迭香：“我也是这样想的。”

“我想，西红柿是我和你妈唯一没有共同点的地方。”

“这本书可以借我几天吗？”

“伊森，你不必问我，那些都是你妈的东西，这个房间的所有东西她都会给你的。”

我很想问问玛丽安食谱中的迷迭香是怎么回事，但是我不能，或许我这辈子都不会做炒西红柿这道菜，但是我无法忍受把这本书拿给别人看，或是和别人分享，我把书夹在腋下，玛丽安送我到门口。

“如果你需要我，我随时都在这里。你和蕾娜都一样，我愿意为你们做任何事。”

她帮我拨开遮住眼睛的头发，给我一个微笑。虽然那不是老妈的笑容，不过是她最喜欢的笑容。

玛丽安抱了我一下，然后揉揉鼻子：“你闻到迷迭香的味道了吗？”

我耸耸肩，走出图书馆，外面的天空还是灰蒙蒙的。也许恺撒大帝说得对，不管人生是由我们或命运主宰，我总不能坐着等到最后一刻才发现。

当我走到外面，居然开始下雪了。我简直不敢相信。我仰头看着天空，让雪花落在我冰冷的脸上，粗粗的雪花没来由地从空中飘落。今天完全没有暴风雪，这是一份礼物，或是奇迹，一个银色圣诞，就像那首歌一样。

当我走到我家门口，发现她就坐在门廊的阶梯上。她没有戴上兜帽，任凭雪花落在头上。我一看到她就知道这场雪确实是一份礼物，和解的礼物。

蕾娜对我微笑。原本失魂落魄的我，现在又一一归位。原本感觉一切都不对劲，现在觉得一切都对极了。嗯，也许不是一切，但这样已经足够了。

我在她旁边坐下：“谢谢你，蕾娜。”

她靠在我身上：“我只想让你觉得好过些。我真的很困惑，伊森。我不想看你这么难过，万一你发生什么事，我真的不知道该怎么办。”

我把手穿进她潮湿的头发：“别拒绝我，求你了。我不能忍受再失去一个我真心在乎的人。”我拉下她的雪衣拉链，将她拉到我怀中。我们深情长吻，感觉再不停下来，前院的雪就会被我们的热度融化了。

“这是怎么了？”她喘着气。我再度吻她，直到快要无法呼吸才放开她。

“我想，这就叫做命运。自从冬季舞会之后，我就一直等着这么做，我决定不再等下去了。”

“不再？”

“没错。”

“嗯，恐怕你还要再等久一点，我还在禁足中呢！麦坎舅舅以为我在图书馆。”

“我才不管你是不是禁足呢！反正我没有，必要的话，我可以搬去你家，我愿意和阿布睡在它的狗屋。”

“它有自己的卧室，还是睡在四柱床上。”

“那更好。”

她笑着握住我的手，雪花落在我们温热的皮肤上，一下子就融化了。

“我很想你，伊森·魏特。”她回吻我，雪下得更大了。我们简直就像热辐射体，雪花纷纷从我们身上迅速落下。“也许你是对的，我们应该把握在一起的时间，趁我还没……”她停住了，但我知道她在想什么。

“我们总会想出办法来的，蕾娜，我向你保证。”

她依偎在我怀中，不太带劲地点点头。我可以感觉我们两个的心情都平静下来了。

“反正我今天不想那些事。”她淘气地离开我的怀抱，整个人又活泼起来。

“是吗？那你要想什么？”

“雪天使啊！我从来没尝试过。”

“真的？你们巫师不做雪天使吗？”

“不是不做，而是我们只在弗吉尼亚住了几个月，我住过的地方都不下雪。”

一小时以后，我们全身湿淋淋地坐在餐桌旁。爱玛去“得速偷”采买还没回来。本来我只能孤单地在家里喝着可悲的巧克力，现在却能两个人一起喝，感觉真是太好了。

“热巧克力是这样煮的吗？”蕾娜忍不住笑我，因为我只是把一碗微波加热过的巧克力碎片加到热牛奶中，结果就弄出咖啡色的结块在牛奶中载浮载沉，但我觉得好极了。

“不然呢？你知道怎么煮吗？你只会说‘厨房，请给我热巧克力’。”我用低沉的嗓子学她高八度的声音，听起来就像破掉沙哑的假音。她笑了，我真想念她的笑容。虽然我们只分开几天，但只分开几分钟我都想念这样的笑容。

“说到厨房，我真的该走了。我跟舅舅说我去图书馆，现在图书馆已经关门了。”

我把她拉过来坐在我腿上。我无时无刻不想碰触她，如今终于又可以了。我发现自己很爱找机会搔她痒，摸她的头发、她的手、她的膝盖。我们两个之间的拉力就像磁铁一样。她靠在我的胸前，我们就这样静静坐着。直到楼上传来脚步声，她马上从我腿上跳起来，好像一只受惊吓的猫。

“别担心，那是我爸爸，他只是去洗个澡。这是他唯一会离开书房的时候。”

“他的情况越来越糟了，对不对？”她握住我的手，我们都知道这不算真正的问题。

“我爸爸以前不是这样的，是我妈妈死后他才整个变了一个人。”别的我不用多说，她早就从我的脑海中听过好几次了。她知道自从我妈妈死后，我们家就不再做炒西红柿这道菜。还有那组圣诞小镇，我们找不到一些小配件。少了老妈，就少一个人站出来对抗林肯太太，一切都不一样了。

“我很遗憾。”

“我知道。”

“所以你今天才去图书馆？去缅怀你妈？”

我看着蕾娜点点头，帮她把头发从脸上拨开。我从口袋拿出那枝迷迭香，将它小心地放在桌上。“走吧！我有个东西要让你看。”我拉着她起身，穿着湿袜子走过老旧的木头地板，手牵手来到书房门口。我抬头看着楼上老爸的卧室，还没有听到水声，我们应该有足够的时间，于是我试着转动房门。

“门锁上了。”蕾娜皱起眉头，“你有钥匙吗？”

“等等，等着看下。”我们站在那里盯着房门，这样呆呆站着实在有点傻，蕾娜忍不住扑哧笑了。正当我也要笑出来的时候，门后传来开锁的声音。她停止嬉笑。

那不是法术，不然我会感觉到的。

我想我应该进去，或者我们都应该进去。

我后退了一步，门锁果然自动开了。蕾娜举起她的手，好像要用法力帮我开门。我轻轻碰了一下她的背：“蕾娜，我想我应该自己来。”

我再次伸手握住门把一转，房门顺势而开。多年后我第一次踏入书房，这里仍然是个阴暗吓人的地方。那幅以床单盖住的画依然挂在沙发上方，窗户下方的红木书桌摆满了老爸最近在写的小说稿。不仅如此，连计算机、椅子和地上的波斯地毯也小心摆放着一摞摞稿件。

“别碰任何东西，他会知道的。”

蕾娜蹲下来看她脚边的稿件，然后拿起一张纸，打开桌上的黄铜台灯：“伊森。”

“别开灯，我不想让他跑下来对我们大呼小叫的。如果他知道我溜进来，铁定会杀了我。他只关心他的书而已。”

她一言不发，只是把纸递给我。我拿过来一看，上面写满了东西。不是写满文字，只是随便的涂鸦。我就近抓过一整摞稿件，发现全都是歪七扭八的线条和图形，以及更多的涂鸦。我从地上拿起一张纸，上面画了成排的圆圈，居然一个字也没有，就只有一排又一排的小圆圈。我疯狂地翻过书桌和地板上的一摞摞稿件，全都是鬼画符的线条和图形，完全没写半个字。

于是我明白了，根本就没有什么小说。

我爸爸不是作家，甚至不是吸血鬼。

他只是个疯子。

我两手撑着膝盖弯下腰，好像生病了。我应该知道会这样才对。蕾娜轻轻揉着我的背。

没关系，他只是正在经历一段难熬的时期。他会慢慢复原的。

他不会的，他已经不在了。我失去了我妈妈，现在连爸爸也失去了。

这段时间老爸到底在做什么？躲我？他白天一直睡觉，整个晚上埋头工作，这就是美国最伟大的小说？就只是画着一排又一排的圆圈？他就为了这个，逃避他唯一的孩子？爱玛知道这件事吗？是不是只有我一个人被蒙在鼓里？

这不是你的错，别这样折磨自己。

这一次轮到我情绪失控了。我内心的愤怒整个爆发出来。我把老爸书桌上的笔记本电脑推到地上，把稿件丢得满屋飞扬。我碰翻了黄铜台灯，然后想也没想，就伸手扯掉盖住油画的被单。那幅画掉下来打到旁边的矮书柜。里面的书全掉出来，摊开散落在地板上。

“你看那幅画。”蕾娜指着躺在书堆中的画像。

画中的人物居然是我。

南军制服，一八六五年的画像，但画中的人确实是我。

不必看画框背面用铅笔写的字，我们两个都知道他是谁。他甚至也有一撮老是盖住脸的棕发。

“总算见到你了，伊森·卡特·魏特。”我说话的同时，刚好听到老爸从楼上下来的声音。

“伊森·魏特！”

蕾娜惊慌地看着房门。“门！”房门应声关上，而且自动上锁。我惊讶地睁大眼睛，不知以后是否能习惯这类的事。

接着传来敲门声。“伊森，你还好吗？里面发生什么事了？”我不理他，因为我想不出还能怎么做，我现在无法面对他。然后我注意到了那些书。

“你看！”我蹲下来看脚边那本书。书翻开在第三页，当我把书翻到第四页，它又自动翻回到第三页，就像自动开锁的房门那样，“这是你做的吗？”

“你在说什么？我只知道我们不能整晚待在这里。”

“我之前一直和玛丽安待在图书馆，听起来很疯狂，但她认为这些书是要告诉我们一些事情。”

“什么事情？”

“我不知道，像是命运、林肯太太和你的事情。”

“我？”

“伊森！快点开门！”老爸开始用力敲门了，但他长久以来漠视我，现在轮到我不理他了。

“我在图书馆的档案室找到一张我妈妈在这间书房的照片，还有一本食谱，食谱夹着一枝迷迭香当书签，而那一页又是我妈妈最爱的一道菜。最奇特的是那朵迷迭香是新鲜的，你懂吗？这件事一定和你有关，可是好像也和我妈妈有关。现在我们来到这里，好像有谁希望我们进来一样。”

“你会这样想，也许是因为看到她的照片。”

“也许，但你看这个。”我翻开前面那本《宪法历史》，把它从第三页翻到第四页，结果它真的又自己翻回第三页。

“这真的很奇怪。”蕾娜转身去看下一本书《南卡罗来纳：从出生到死亡》，她把书翻到第十一页，书又自动翻回原本打开的第十二页。

我拨开遮住眼睛的头发：“但这一页并没有提到什么，只是一个图表，玛丽安的书在特定页数翻开来，是为了告诉我们一些事，像是要传递信息。这里的书不像那样。”

“也许这是某种密码。”

“我妈妈是作家，她的数学糟透了。”我以为这足以解释一切，显然我错了，我妈妈比任何人都清楚。

蕾娜对着下一本书沉吟起来：“第一页，上面只有书名，根本没有任何句子可以当信息。”

“她为什么要留密码给我？”我绞尽脑汁地想，但蕾娜已经知道答案了。

“因为你总是知道电影的结局。因为爱玛把你带大，你熟悉悬疑小说和猜字游戏，也许你妈妈认为你能解开别人猜不透的谜题。”

老爸敲门的声音没那么积极了。我看着下一本书，是第九页。再下一本是第十三页。这些数字都没有超过二十六，其中有许多书厚达……

“英文字母总共有二十六个吧？”

“对。”

“那就对了。我小时候陪三姐妹上教堂总是坐不住，我妈妈会发明一些游戏让我在教堂后面玩。像是拼字游戏、单字重组，还有就是这个，字母密码的游戏。”

“等等，让我找支笔。”她从桌上抓了支笔。

“如果A代表一，B代表二……让我写下来。”

“小心，有时我会倒着排，Z代表一。”

蕾娜和我坐在书堆中，一本一本拿开好记录页数，全然不理会老爸在外面敲门。我不理他，就像他之前也不理我一样。我不打算回应，也不想对他解释什么。就换他体会一下这是什么感觉吧！

“三、十二、一、九、十三……”

“伊森！你在里面做什么？那些吵闹声是怎么回事？”

“二十五、十五、二十一、十八、十九、五、十二、六。”

我看着蕾娜，把写出来的字拿给她。我已经早一步知道是什么了：“我想这是给你的信息。”

感觉就像老妈站在书房，用她自己的声音和口吻告诉我们一样。

转化自己。

这是给蕾娜的信息。

老妈就在这里，她以某种形式存在于某个宇宙之中。老妈还是没变，她只是存活在书本、门锁、炒西红柿和旧纸张的味道之中。

她还是以某种形式活着。

我终于打开了房门，老爸就穿着浴袍站在外面。他看着我身后的书房，当然也就看到那本想象中的小说散落一地。还有伊森·卡特·魏特的画像，我们把它放在沙发上，并没有把它盖起来。

“伊森……”

“怎么？您要告诉我把自己锁在里面几个月，就是为了这个？”我手里抓着一张涂鸦的纸张。

他低头看着地上。老爸可能疯了一阵子，但他还是有足够的理智明白我已经发现了真相。蕾娜坐在沙发，看起来十分不安。

“为什么？我只想知道为什么！您到底是为了写书，还是为了逃避我？”

老爸慢慢抬起头来，他的眼睛布满血丝，看起来很疲倦。他非常苍老，好像人生顿时只剩下空虚和失望，“我只想更靠近她一点。当我在这里，看着她的书本和物品，会让我觉得她还没有走，仿佛还可以闻到她的气息。炒西红柿……”他的声音拖得很长，好像已迷失在自己的世界里，那片刻的清醒已经不见了。

他经过我身边走进书房，弯腰捡起那些画满圆圈的纸张。他的手在颤抖。“我试着要写。”他看着老妈的椅子，“只是不知道自己还能再写些什么。”

并不是因为我，从来都不是因为我，而是因为老妈。几小时之前我在图书馆也有相同的感觉。坐在老妈的私人物品之中，感觉她就在我身边。但现在我知道她还没有走，这让一切变得不一样了。老爸并不知道这一点，她打开房门不是为了他，她没有留任何信息给老爸，他甚至没有得到我所得到的。

接下来那个星期就是圣诞夜了。那组破烂的小镇模型看起来不会太小了。教堂的尖塔依旧斜向一边，农场房子只要放对了，还是可以自己站得好好的。白色的亮片胶水和底下的棉花雪地依旧能固定住整个小镇，一切都和往年一样。

和往年一样，我趴在地板上，把头缩在那棵白松的枝丫下方，任由青绿色的松针撒在脖子上，小心拉着一排圣诞串灯，将一个个小灯泡放入那组破旧房子背后的凹洞中。然后我坐起来欣赏，灯光就从小镇屋子的窗户透了出来。我们还是找不到搭配的人偶、小车子和小动物。整个小镇依旧空荡荡的，但这次看起来不会孤独萧索，因为我不再孤单了。

我就坐在那边，耳中听着爱玛削铅笔的声音，还有老爸的老唱片正在播放的圣诞歌曲。我突然注意到某个黑黑的小东西，就夹在层层的棉花假雪中间。那是一颗星星，大概是一分钱大小，漆着金色和银色的星星，星星上面还有一圈歪歪扭扭的光圈，感觉像是用曲别针折出来的。这是从小镇模型的圣诞树上掉下来的。那棵圣诞树已经遗失好几年了，是老妈小时候在沙瓦纳用烟斗通条做出来的。

我把星星放进口袋，打算下回看到蕾娜送给她当项链坠饰。这样最保险了，只要这颗星星不遗失，我就不会再迷失了。

老妈会希望我这么做的，我很肯定。就像她希望蕾娜那么做一样。

转化自己。

答案其实一直都在我们眼前。它就锁在老爸的书房里，就夹在老妈的食谱中。

就藏在尘封已久的雪地里。

一月十二日　承诺

俗话说："空气中好像弥漫着什么。"这句话通常不代表空气中真的有什么东西，但是越接近蕾娜生日，我越怀疑空气中似乎真的弥漫了什么。长假结束后我们回到学校，发现有人用喷漆到处涂鸦。走廊的墙壁和储物柜都是一些鬼画符，而且不是普通的涂鸦，那些文字不像英文字母，事实上如果没有看过《月之书》，根本不会想到那些会是文字。

一个星期之后，英文教室的每一扇窗户都破了。这当然可能是风的缘故，只是这阵子连一丝微风都没有，而且风怎么可能只针对一间教室？

现在我不打篮球，就只能上普通的体育课，这简直是石墙中学最糟的一门课。经过一小时的短跑冲刺，以及一路攀绳攀到体育馆的天花板后，我好不容易才回到我的储物柜前，却发现柜门被打开了，我的作业散落一地，书包也不见了。幸好几小时以后，林克在体育馆外面的垃圾桶找到了我的书包。我从此学到一个教训，把《月之书》带到石墙中学是不安全的。

我们决定把书藏在我的衣柜里，我总认为爱玛迟早会发现，然后训我一顿，在我房间撒满盐巴之类的，但是她没有。这六个星期以来不管有没有蕾娜相陪，我仍然不断地查找老妈的旧拉丁文字典，仔细研读这本《月之书》。爱玛的厨房隔热手套帮了我一个大忙，免得再被这本魔书烫着。书上有好几百种法术，只有少数是以英语书写的，其余文字我都不认识，还有一些巫师语言根本不可能去译解。我们把这本书摸得越熟，蕾娜就越不安。

“转化自己，这不代表任何意义。”

“当然有意义。”

“书中没有任何一个章节提到这个，里面完全没有关于转化的描述。”

“我们只能继续研究，因为这又没有现代文解析版可以参考。”这本书里面一定有答案，要是我们能找到就好了。我们没有心思想别的事情，因为再过一个月，我们很可能就会失去一切。

晚上我们经常躺在各自的卧室聊上一整夜，因为我们开始觉得每个夜晚都代表我们更接近那个命运之夜了。

你在想什么？蕾娜？

你真的想知道？

我一直都想知道。

是这样吗？我看着贴在墙上的地图，上面的绿色细线连接了所有我读过的地方。我梦想的城市都在上面，我未来要去的地方，都用胶带、签字笔、图钉标示在上面了。这半年的改变真大。如今地图上的绿色细线并不能引导我去探索未来，这一切的改变全因为一个女孩。

此刻她的声音非常微弱，我必须非常专注才能听见她在说什么。

有时，我会希望我们不曾相遇。

你在开玩笑吗？

她顿了一下，没有马上回答。

因为这样让事情变得更复杂艰难了。以前我总以为，反正我也没什么东西好失去的，但现在我有了你。

我懂你的意思。

我把床头灯的灯罩拿掉，眼睛直盯着灯泡，因为强光会刺痛我眼睛，避免我的眼泪流下来。

我可能会失去你。

不会的，蕾娜。

她静默不语。短暂的强光让我的眼睛花了，即使我躺在床上，也看不到上头的蓝色天花板。

你保证？

我保证。

她知道我也许无法信守这个承诺，但我还是拍胸脯保证了，因为我一定要找到方法实现这个承诺。

我伸手去关掉夜灯，却忘了灯罩已经拿掉，手指又被烫了。

二月四日　梦魇

再过一个星期就是蕾娜的生日了。

只剩最后七天。

一百六十八个小时。

一万零八十分钟。

转化自己。

蕾娜和我都累坏了，但我们还是逃课继续研究《月之书》。我现在很会模仿爱玛的签名，而海丝特小姐又不敢向蕾娜要雷老头的签名条，所以我们逃课不难。天气很冷，但是很晴朗。我们两个躲在绿屋花园，把林克那辆老爷车里的睡袋拿来铺在地上，两个人缩在里面看书，希望从这本翻过上千遍的天书里找出能帮助我们的线索。

我感觉蕾娜已经开始放弃了。她的天花板早已布满签字笔写的字，墙壁上也出现许多她说不出口，以及她不敢表达的想法。

黑暗之火，光明黑暗／黑暗之物，重要吗？黑暗吞噬光明，吞噬我的人生／巫师／超

级女孩／自然之前／最后七天七天七天7、7、7、7、7、7、7、7、7、7、7、7、7、7、7。

我不能怪她，确实挺让人绝望的，但我还不准备放弃，我就是没办法放弃。蕾娜颓然靠在石墙上，机会已经相当渺茫，“这简直是不可能的任务，里面有太多法术了。我们甚至不知道要找什么。”

书中有各种想象得到的法术，像蒙蔽不忠、向海借水、古文施咒，等等。

但里面就是没有一种法术是“替遭受黑暗魔法诅咒的家庭解咒”，或是“取消曾曾曾曾祖母吉妮薇企图让战时情人复活的行动”，甚至是“避免转化成黑暗巫师的咒语”，而我最想找到的法术是“在时限以内拯救女朋友（好不容易有一个）”。

我回头去看《月之书》的目录索引：**祝祷、解除魔咒、束缚、诅咒、邪术。**

“别担心，蕾娜。我们总会想出办法来的。”我嘴里虽然这样说，但一点把握也没有。

这本魔书摆在衣柜越久，我的房间就越像着了魔。我们两个都受到影响，每天晚上总是做噩梦，而且那些梦越来越糟。我一天睡不了几小时，每次一闭上眼睛噩梦就开始。等待的感觉更糟。我一直做着同样的噩梦，每天晚上一次又一次失去蕾娜，简直痛苦死了。

唯一能对抗噩梦的办法就是不睡觉。每天猛灌可乐和红牛，靠糖分和咖啡因提神，然后拼命打电玩、看书。我把能看的书都看了，从《黑暗之心》看到最喜欢的一期《银色冲浪手》，就是银河王吞噬了宇宙那一期，看了一次又一次。但是常熬夜的人就知道，连熬了三四个晚上，就会累得连站着也会睡着。

就连银河王也没办法让我保持清醒了。

燃烧。

到处都是熊熊大火。

还有烟，我被烟和灰烬呛得无法呼吸。四周黑压压一片，根本什么也看不见。热气让我的皮肤炙痛无比，简直就像拿砂纸在刮磨一样。

我什么也听不见，只听到大火的怒吼。

我甚至听不见蕾娜的尖叫，只能从我脑海中听到她的尖叫声。

放手！你必须出去！

紧紧抓住我手腕的手指一一松开了，就像吉他的弦一根根断掉一样。她放开我的手腕，仿佛准备好要让我放弃她。但是我怎么也不肯放。

别这样，蕾娜！别放手！

让我走！求求你——救救你自己！

我绝对不会放手的。

我能感觉到她的手从我的手指滑脱，我试着再抓紧一点，但她还是滑掉了……

我从床上跳了起来，还咳嗽不已。实在太真实了。我依然闻得到烟味，但是我的房间并不炙热，反而冷得要命。窗户又打开了，窗外的月光让我很快就适应了室内的漆黑。

接着，我从眼角瞥见有东西在移动，看到某个黑影。

有人在我的房间里面。

“天哪！是谁？”

他企图在我发现以前离开，只可惜还不够快。他知道我看见他了，所以干脆转身过来面对我。

“居然以这么不优雅的方式退场，我可不认为自己可以和老天相提并论。”麦坎·雷露出加利·格兰特般的笑容走到我的床尾。他穿着黑色长大衣和长裤，看起来好像要出席世纪交替的盛大宴会，这完全不是现代小偷的服装。

“你好，伊森。”

“您在我的卧室做什么？”

他似乎有些不知所措，一时竟找不到优雅的方式提出解释。他只是说：“这有点复杂。”

“那您就把它简单化。因为您大半夜爬进我的窗户，所以要不是吸血鬼之类的，就是某种变态，还是两者都是？”

“你们这些凡人真是的，一切都要这么黑白分明才行。我既不猎食人类，也不伤害人类。你可能把我和我哥哥汉亭搞混了。我对鲜血没兴趣。”麦坎·雷似乎很厌恶这种想法。他点了一根雪茄拿在手上转动着，明天早上爱玛闻到烟味一定会发怒，“事实上，这让我有些烦心。”

我已经失去了耐性。毕竟我已经好几天没睡了，受够了大家总是闪躲我的问题。我要知道答案，而且立刻就要知道：“我受够您的神秘了。回答我的问题，您在我的房间做什么？”

他在书桌前那张便宜的旋转椅坐了下来："你可以说我是在偷听。"

我把丢在地上的篮球队T恤捡起来穿上："偷听什么？这里又没别人，我在睡觉。"

"不，事实上你在做梦。"

"您怎么知道？这又是你们巫师的法力之一？"

"恐怕不是，严格来说，我并不是巫师。"

我倒吸了一口凉气。麦坎·雷白天不曾离开过屋子，但可以随时现身在任何地方，通过那条像狼的黑狗观察外界。他眼睛眨也不眨，就几乎要了一个黑暗巫师的命。如果他本身不是巫师，那就只有一种解释。

"所以您是吸血鬼。"

"我当然不是。"他看起来很恼怒，"这真是老掉牙的猜测，太损人了。世界上并没有吸血鬼这种生物。我想你也相信狼人和外星人吧！这都是电视的错。"他深深吸了口雪茄，"我不想让你失望，我是'梦魔'。我想爱玛迟早会告诉你的。看来她打算和盘托出我的秘密。"

梦魔？我甚至不知道该不该害怕。我八成一脸困惑，因为麦坎·雷觉得有必要再解释一下，"像我这样的人确实有一些魔力。但这些魔力会影响我们的精神力气，所以必须经常补充。"他说"补充"的口吻实在让人有些不安。

"您的'补充'是什么意思？"

"我们靠凡人来补充我们的气力，抱歉，我找不到更好的说辞。"

整个房间摇晃起来，还是麦坎·雷在摇晃？

"伊森，坐下。你的脸色看起来很差。"麦坎·雷走过来扶我到床边，"我说过，我找不到更好的说辞，但只有嗜血梦魔才会以人类的鲜血为食。虽然这两者都属于黑暗魔界的妖灵，但我绝对比嗜血梦魔进化许多。我只取走凡人大量拥有，而且甚至不需要的东西。"

"什么东西？"

"你们的梦。梦境片段，任何想法、渴望、恐惧、记忆等，你不会怀念的东西。"

麦坎·雷好像在念魔咒似的，我很难听懂他的意思。感觉头很重，一时间会意不过来。

然后我突然懂了。我渐渐把脑中零散的拼图拼凑出来了，"那些梦……所以您取走我们的梦？从我的脑海把梦吸走？所以我醒来才不记得完整的梦境？"

他露出微笑，把抽剩的雪茄塞进桌上的可乐空罐里："就是这样，只不过我不用‘吸’，这种说法太不优雅了。”

“如果您吸——偷走我的梦，那么应该知道我完整的梦境，知道最后究竟发生什么事。您可以告诉我们，让我们阻止这件事。”

“恐怕不行，我刻意选择了其中某些片段。”

“为什么您不让我们知道发生了什么事？如果我们知道梦的结果，就能事先预防不幸的事情。”

“你已经知道得太多了。我自己并没有完全明白这个梦。”

“别再这么高深莫测了。您一直说我可以保护蕾娜，说我有某种能力。为什么不能告诉我这到底是怎么回事？雷先生，我真的累了，我厌倦大家总是为难我们。”

“我自己都不知道的事情，当然没办法告诉你，孩子。你本身就是一个谜团。”

“我不是你的孩子。”

“麦基瑟德！”爱玛的大嗓门吓了我们一跳。

麦坎·雷失去一贯的优雅。

“没有我的允许，你怎敢进入这间屋子！”她穿着睡袍站在门口，手里握着一串珠子. 要不是我很了解爱玛，我大概会以为那只是一串项链。爱玛握着手中的珠链符咒愤怒挥舞，“我们有过协议的，这栋房子是禁地，请你去别的地方做那些龌龊勾当。”

“事情没有那么简单，爱玛莉。这孩子在他的梦中看到一些事情，对他们两个都是相当危险的事情。”

爱玛眼睛睁得非常大：“你偷到我家小子身上？是这样吗？难道我该觉得好过些吗？”

“冷静下来，别这么一板一眼。我是基于保护他们的目的才这么做。”

“我太清楚你的为人了，麦基瑟德。一旦时候到了，你还是会和恶魔打交道的。别把那种邪恶的事带进这间屋子。”

“我很早以前就作出抉择了，爱玛莉。我努力对抗自己的命运，每天晚上都在为我的人生奋战。只要还有个孩子值得我关心，我就不属于黑暗魔界。”

“这还是不会改变你的本质。这件事是由不得你选择的。”

麦坎·雷眯起眼睛。显然他们两个之间的协议非常清楚，但他还是冒险跑到这里。不知道他来过几次了。我完全不知道。

“您为什么不告诉我梦境的结局是什么？我有权知道，那是我的梦。”

"那是威力强大、令人不安的梦，蕾娜不需要看到这些。她还没准备好去看到这些。你们两个有着不可思议的联结，她可以看到你看到的东西。所以希望你能了解为什么我要取走你的梦。"

我内心的愤怒整个爆发了出来。我非常生气，比那天林肯太太在会议中诋毁蕾娜更生气，甚至比发现老爸在书房鬼画符那天更生气。

"不，我不明白。如果您知道一些能帮助她的事，为什么您不告诉我们？至少请您停止控制我和我的梦，让我自己看个清楚好吗？"

"我只是想保护她。我爱蕾娜，我绝对不会……"

"我知道，这些我都听过了。您绝对不会做伤害她的事。只是您做了一件事——您居然不肯做一些能够帮她的事。"

麦坎·雷紧咬着唇，现在换他生气了。我现在已经懂得分辨他的愤怒表情。但是他不为所动，"我只是在保护她，也是在保护你，伊森。我知道你关心蕾娜，你确实能给她某种程度的保护，但有些事情你们现在还不知道，那是我们都无法控制的事情，总有一天你会明白的，你和蕾娜的差异实在太大了。"

又是非我族类的问题，就像另一个伊森写信给吉妮薇所提到的。我完全明白。事情即使经过了一百多年还是一样。

他的眼神变柔和了。或许他是在可怜我，但我总觉得还有别的原因，"到最后，总是你必须承担苦果，一直以来都是凡人要受这种苦。相信我，我很清楚。"

"我不相信您，您错了。我们没有太大的不同。"

"你们这些凡人有时真让我羡慕。总以为自己可以改变一切，可以阻止宇宙的运行，可以纠正早在你们出生以前就发生的事。你们真是一种美丽的生物。"他虽然对着我说话，但感觉不是在说我了，"很抱歉这样闯进来，我这就离开让你们睡觉吧！"

"请您离开我的房间，雷先生，不要再碰我的梦了。"

他走向门口，这让我颇为意外，我以为他会像进来的时候一样，从窗户进出的。

"还有一件事，蕾娜知道您的身份吗？"

他笑了："当然，我们之间是没有秘密的。"

不过我没笑。他们之间的秘密才多呢！即使这件事不算，他们彼此还是隐瞒着许多秘密，麦坎·雷和我都清楚这一点。

然而他没说什么，只是转身离开，长大衣随之飘扬起来。

二月五日　蜂蜜冈之役

隔天早上我醒来，感觉头痛欲裂。但是我没有故事书中常见的反应，我不认为整件事情根本没发生过，麦坎·雷没有在半夜进出我的卧室，一切只是一场梦。自从老妈发生意外，我每天醒来都相信自己只是做了场噩梦，现在我绝不再犯相同的错误了。

到了此时此刻，我知道如果感觉一切都变了，那是因为事实就是如此；如果感觉事情变得越来越怪，那是因为事情就是那么怪；如果感觉蕾娜和我就快没有时间了，那是因为我们时间真的不多了。

剩下六天的倒数，事情看起来并不乐观，当然我们都没有说出口。在学校我们照常过每天的生活，手牵着手走过走廊，躲在储物柜的门后接吻，吻到我们的嘴唇发痛，吻到觉得自己快要触电身亡才停下来。我们待在自己的小圈子里假装一切如常，尽量享受我们剩下的每一分钟。我们一整天都在聊天，每节课的每一分钟都不放过，就算两人不是上同一节课，照样用密语传音聊下去。

我在上陶艺课捏陶碗时，蕾娜告诉我她在巴贝多的生活，那里海天一色，几乎分不出天空和海洋的交会处。

我们在英文课写《变身怪医》化身博士的作业时，莎凡娜·史诺不停地嚼着口香糖吹泡泡，蕾娜聊到她的外婆让她用红甘草棒当吸管喝七喜汽水。

蕾娜告诉我从她有记忆以来，麦坎·雷每年都会帮她过生日。

那天晚上我们熬夜研究《月之书》，然后一起看日出。只不过她是躺在雷家看，而我是在自家的卧房。

伊森？

我在这里。

我很害怕。

我知道，你该睡一下，蕾娜。

我不想浪费时间睡觉。

我也是。

但我们都知道原因不是这样，我们两个都不喜欢那个梦。

转化之夜即最微弱之夜。黑暗沉醉于黑暗虚无之际，拥有魔法之人投入黑暗之中，撤除一切保护、咒束、封印和豁免。死亡，在转化之际，是最终与永恒的……

蕾娜合上书："我没办法再读下去了。"

"完全同意！难怪你舅舅一直这么担心！"

"看来我光是转化成某种恶魔还不够，可能还会遭遇到永恒的死亡。把这个加进厄运清单吧！"

"没问题，恶魔、死亡、厄运。"

我们又坐在绿屋的花园里，蕾娜把书递给我，躺下来望着天空，我希望她可以继续玩天上的云，不要去想我们花了那么多个下午的时间，从书中得到的信息却那么少。我并没有请蕾娜帮我翻页，而是戴着爱玛的园艺手套翻页，只不过它们对我来说实在小了一点儿。

《月之书》有上千页的内容，有些页面就记载了不止一种的法术，而且排列完全没有规律，至少我完全看不出来。所谓的目录根本就是骗人的，那只是约略指出部分确实能找到的内容，我快速翻阅一页又一页，希望能扫到一些有用的数据，但多数的页面是一些鬼画符，我只能茫然盯着那些看不懂的文字。

伊——达岗弗——曰——罕——赛——阿——葛尔

达托——依——克伦，托力齐——阿——索齐——艾夫

布力——依——鲁伊敏——温——

费——依——卡——岗夫

曰——罕——鲁恩——戴——阿达诺

曰——罕——鲁恩—伊——杰西欧

突然有个词映入眼帘。我在爸妈书房的墙上看过一句拉丁格言“佩特——埃特——伊凡尼”，意思就是“寻找，你就会发现”。我就看到这个词“伊凡尼”，意思就是发现。

育特——伊凡尼——夸德——阿贝斯特

伊贝地——诺丁·托戈——艾——康佛

伊力思——霍克——凡居朗

育特——伊凡尼

夸特——迪西德罗

夸特——佩多

我连忙翻出老妈的拉丁字典，把这些词抄下来翻译，原本“鬼画符”的文字终于有了意义。

找到所失去的，
解开束缚与纠葛，
施以此法，
我将发现，
我所渴望的事物，
我所追求的事物。

“我找到一点线索了！”

蕾娜坐了起来，半信半疑地靠过来：“你在说什么？”

我把手写的潦草翻译拿给她看："这是我翻译的，看来好像可以用这个找答案。"

蕾娜凑近仔细审视我的翻译，她的眼睛睁得很大："这是一种定位咒。"

"听起来好像可以利用这个找到答案，这样我们就知道如何解开你们家的诅咒了。"

蕾娜把书拿过去开始研读那一页。她指着咒文上面的其他文字："这是相同的咒语，只是用韦尔斯语写的。"

"这个能帮助我们吗？"

"我不知道，我们甚至不知道应该找什么。"她皱着眉头，突然间泄了气，"况且念咒语并不是那么简单的事。我以前从来没试过，这很可能会出错的。"

她在开玩笑吗？

"可能会出错？会比你在十六岁生日转化成黑暗巫师更糟吗？"我把书从她的腿上抢过来，原本附着在园艺手套上的雏菊花瓣，就这么被这本魔书烧焦了，"如果我们连试都不试，那干吗费事把书从坟里挖出来，还浪费这么多星期试着了解上面在说什么？"

我一直抓着书，直到手套开始冒烟。

蕾娜摇摇头："把书给我。"她做了一次深呼吸，"好，我来试试，但我不知道会发生什么事。通常我不是这么施法的。"

"施法？"

"你知道的，就是施展法力，我一向都是自然而为。这就是重点所在，不是吗？一切都是自然发生的，有大半时候，我根本不知道自己在做什么。"

"好吧，但这次不一样，你得试试看，我来帮你。我该怎么做？画一个魔力圈，还是点一些蜡烛？"

蕾娜一副被我打败的样子："麻烦你坐在那里，以防万一。"她指着两百米远的地方。

我还以为要做许多准备工作呢，不过我只是凡人，哪里知道什么。我没有理会蕾娜要我远远退开的要求，但还是退后了一两步，让蕾娜开始她的第一次念咒。蕾娜用一只手拿着书，这已经很不容易了，因为那本书真的很重。她做了一次深呼吸，开始逐字慢慢读下去。

解开束缚与纠葛，

施以此法，
我将发现，
我所渴望的事物……

她抬头看着我，然后清晰有力地念出最后一句。

我所追求的事物。

刚开始什么事也没发生，天空依然飘着云，天气照样很冷。蕾娜耸耸肩，法术不灵。我们心里大概都这么想。然后我们突然听到飕飕的风声，我身后的大树就着火了。大火真的从大树底部点燃，然后向树干蹿烧，接着吞噬所有的枝叶。我没看过这么快就起火燃烧的东西。

林木开始冒烟了，我咳个不停，连忙把蕾娜拉离火源，“你还好吗？”她也在咳嗽。

我把她的黑色鬈发从脸上拨开：“嗯，显然这个并不管用。除非你是想要烤些特大号的棉花糖来吃。”

蕾娜虚弱地笑笑：“我就说很可能会出错的。”

“出错还算是保守的说法呢！”

我们呆呆地看着燃烧中的丝柏树，只剩下倒数最后五天了。

倒数最后四天，暴风雨的云层开始累积。蕾娜生病待在家里。桑蒂河淹了起来，小镇以北的道路都淹水了。当地新闻热烈讨论全球暖化导致气象异常，但我很清楚真正的原因。我人在代数课的教室，却和蕾娜通过密语传音在争辩那本书，这对课堂上的突击小考当然没有帮助。

忘了那本书，伊森。我受够了。它根本没有用。

我们不能放弃，这是你最后的机会。你舅舅说过的，这是巫术界法力最强大的一本书。

也是诅咒我们全家的书。

别放弃，答案一定在书中某处。

我听不到她的回答，她不肯听我说。这学期的第三次小考我又要不及格了，这下可好了。

对了，你会简化 7x−2(4x−6) 吗？

我知道她会，她已经上到三角数学了。

这和整件事有什么关系？

没有，只是我考试快不及格了。

她叹了口气。

有个巫师女朋友还是有不少好处的。

倒数最后三天，泥石流从北边田野灌进体育馆，拉拉队恐怕有一阵子都不能练习了。纪律审查会势必要找个新场地来举行他们的公审。蕾娜还是没有回学校，但是她一整天都在我的脑海中。她的声音越来越小，小到我在学校的嘈杂环境里几乎听不到。

我独自坐在学生餐厅里，却什么也吃不下。自从遇见蕾娜以来，这是我第一次看着周遭的人，感到一股疼痛。是什么？嫉妒吗？他们的生活如此简单容易，他们的问题只是凡人的芝麻小事，就像以前的我一样。我发现爱米莉在注意我，莎凡娜坐在爱米莉腿上，两人又开始大呼小叫地嬉闹。不，不是嫉妒。我才不肯拿蕾娜交换这个呢！

我无法想象再回到每天只有芝麻小事的生活。

倒数最后两天。蕾娜不肯和我说话。美国革命女儿会的屋顶被强风吹掉大半边。林肯太太和亚瑟太太多年来建置的会员资料，还有远溯自“五月花”号登陆美洲和独立战争的族谱，现在通通毁了。盖林镇这群爱国烈士的后代又要从头开始找资料，证明他们的血统比我们优秀了。

我开车去学校时顺便绕弯到雷家。可是任凭我再怎么用力敲门，蕾娜就是不肯出来。当她总算愿意来开门之后，我终于知道为什么了。

雷家又整个改变了。现在里面就像一座高度戒备的监狱。窗户外面都加了铁条，墙壁变成坚固的水泥墙。只有入门的大厅例外，加了衬垫保护，而且到处都是橘色的。蕾娜穿了一件橘色的连身裤，上面印着号码 0211，那正是她的生日，她的手上写满了字。蕾娜一头乱发披在肩上，事实上看起来挺酷的。就算她穿着囚装，还是那么漂亮。

“怎么回事？蕾娜？”

她随着我的目光看看屋内：“这个？没什么，只是开个玩笑。”

“我不懂麦坎·雷的笑话。”

她拉着袖子上的线头：“不是他弄的，是我开的玩笑。”

“从什么时候开始，雷家的装潢由你控制啦？”

她耸了耸肩：“我昨天起床就看到这里变成这样。我想大概是我心里有这个念头，结果被房子听到了。”

“我们出去吧，监狱只会让你更沮丧。”

“再过两天，我可能就变成莱德莉了，这确实让人沮丧。”她悲伤地摇摇头往门廊的玄关一坐，我也在她身边坐下来。她没有看我，而是低头看着脚上那双犯人穿的白布鞋。我不知道她从哪里得知犯人的布鞋长这样。

“鞋带，你弄错这个部分了。”

“什么？”

我指着鞋子：“真正的监狱会拿走你的鞋带。”

“你必须放手了，伊森。一切都结束了。我无法阻止生日的到来，当然也无力阻止诅咒。我无法再假装我是个普通女孩。我不像莎凡娜·史诺或爱米莉·亚瑟。我是巫师。”

我从楼梯底层抓起一把石头，然后把其中一块用力抛出去。

我不会和你说再见的，蕾娜。我办不到。

她从我手中拿了一块石头抛出去。她的指尖传来一阵让人悸动的温暖，我努力想记住这种感觉。

你不会有机会的。我很快就不在了，我甚至不会记得曾经在意过你。

我十分固执，不肯听这种话。这一次我丢出的石头打中一棵树，“任何事情都改变不了我们对彼此的感觉。这是我唯一确定的一点”。

“伊森，我也许连感觉的能力都没有了。”

“我不相信。”我把剩下的石头全丢到杂草丛生的院子里。完全看不到石头落在哪里，它们落地时连一点声响也没有。但我还是远远盯着那个方向，咽下喉咙哽咽的话。

蕾娜对我伸出手，但马上迟疑了一下，还没碰到我又把手放下：“别生我的气，我也不想变成这样。”

我忍不住激动起来：“也许是吧，但如果明天是我们在一起的最后一天呢？我本来可以和你一起度过的，可你偏偏要躲在这里，好像已经转化了一样。”

她站了起来：“你不了解。”我听到门砰的一声，她已经走回屋内，或者说是她的牢房里面。

我以前没有交过女朋友，所以不知道如何应付这种情形。我甚至不知道这种情形应该称为什么。我实在不知道该怎么办，只好放弃努力，起身开车去学校，当然我又迟到了。

倒数最后二十四小时，有个低气压笼罩着盖林镇，但一时还看不出会刮大雪还是下冰雹，反正天空看起来就是不对劲。今天任何事都可能发生。历史课的时间我望向窗外，好像看到送葬的队伍经过。只不过这场葬礼还没有发生，我只是看到麦坎·雷开着黑色灵车经过，后面还跟着七辆黑色的林肯轿车。没有人在听李老师讲解蜂蜜冈的战役重演活动。这场战役在南北战争时期并不是特别有名，却是盖林镇人最引以为荣的战事。

"在一八六四年，谢尔曼将军命令约翰·哈契少将率领军队切断查尔斯顿和沙瓦纳之间的铁路。好让南军无法干扰他的'向大海前进'作战计划。但是因为几次'错估情势'，导致北军被迫延后计划。"

老师自豪地微笑，把"错估情势"写在黑板上。好吧，北军很笨，我们懂，这就是蜂蜜冈之役在南北战争中的意义。我们在幼儿园的时候就学过了。打仗当然不能大意。虽然北军最后还是赢得胜利，但是盖林镇的人总认为是南方人更温和有礼，最后有风度地退让了。不过根据李老师的说法，南军在历史上确实曾经攻下部分公路。

但是今天没有人在看黑板，大家都转头看着窗外。几辆黑色林肯轿车尾随着灵车，鱼贯驶过运动场后面的街道。麦坎·雷自从现身以后很喜欢搞这种声势浩大的排场。对于一个只在晚上出来活动的人而言，这样的阵仗还真引人注目。

我感觉有人在踢我小腿。林克伏在桌子上，免得李老师看见他的脸，"兄弟，你觉得那些车子里面都坐了哪些人啊？"

"林肯同学，请你告诉我们接下来发生什么事？尤其你爸明天还要在重演活动率领骑兵队呢！"李老师两手抱胸瞪着我们。

林克假装咳了一下。林克的老爸外表相当威武，因为比尔·伊顿去年过世了，所以今年就由他接任重演活动的骑兵队队长。这种角色的替换是非同小可的事，总是必须等到有人去世，另一个人才有办法替补。这要是发生在莎凡娜家，可能是全家重视奔忙的大事。但林克对这种历史重现的活动实在没什么兴趣。

"让我想想，李老师。等等，我记起来了。我们赢了这次战役，但是输掉整场战争。还是刚好相反？因为在这里有时候实在很难说。”

李老师不理会林克的意见。他也许终年都在自家屋外挂上南方邦联的星条旗。“林肯同学，当哈契少将率领北军到达蜂蜜冈的时候，可库可上校……”班上的同学在窃笑。

李老师狠狠瞪着我们：“对，那是他的真实姓名，可库可上校率领手下的南军及民兵，组成滴水不漏的防线，他们靠着七支枪封锁公路。”

我们到底要听几次七支枪的故事？真像奇迹，像上帝的鱼与面包。

林克看着我，朝主街的方向点点头：“你说呢？”

“我想是蕾娜的亲戚来了，应该是来帮她过生日的。”

“对，莱德莉提过。”

“你们还在一起吗？”我实在不敢问。

“对，你可以保守秘密吗？”

“我不是一向如此吗？”

林克拉起上衣的袖子，露出手上的刺青，看起来像是可爱版的莱德莉，穿着教会女孩的短裙和长袜。我曾经希望林克对莱德莉的迷恋会逐渐消失，但是内心深处也知道除非莱德莉好心放了他，而且没有让他去跳崖送命，否则林克永远也不可能清醒。就算莱德莉放了他，他还是会一直念念不忘吧！

“我在圣诞假期的时候刺的，很酷吧？莱德莉亲自帮我画的。她的艺术才华超级棒。”我相信“杀”的部分，别的我可不敢说。我能说什么呢？你把卡通版的黑暗巫师刺在手臂上，她还对你下了迷咒，而这个黑暗巫师刚好就是你的女朋友？

“你妈妈看到会发怒的。”

“她不会看到的。我用袖子遮住了，而且我们家有新的隐私条款，她必须先敲门。”

“然后才能闯进来，照样为所欲为？”

“对，但至少她敲门了。”

“希望如此。”

“总之，莱德莉和我要给蕾娜一个惊喜。别让莱德莉知道我偷偷告诉你，她会杀了我的。但我们明天要帮蕾娜办生日聚会，就在雷家那一大片空地中间。”

“你最好是在开玩笑。”

“是惊喜。”他看起来很兴奋，好像这个聚会真的可以举办，或蕾娜真的会去，还是麦坎·雷会允许她去似的。

“你在想什么？蕾娜不会喜欢的。她和莱德莉根本不讲话。”

“那要看蕾娜了，兄弟，她应该会释怀的。毕竟她们是一家人嘛！”我知道他是受到莱德莉的蛊惑，但这句话还是惹恼了我。

“你不知道自己在说什么，反正你别插手就对了，相信我。”

他打开牛肉干咬了一口：“不管怎样，我们只想替蕾娜做点事。又没有什么人会替她办生日聚会。”

“所以更没有理由办了，因为根本没有人会来。”

他笑着继续把牛肉干往嘴里塞：“每个人都会来，他们已经来了。至少莱德莉是这么说的。”

当然了，莱德莉咬着棒棒糖就能让全镇围着她团团转，像童话中的吹笛人一样。

林克是无法明白这些的。

“我的乐团‘神圣摇滚’就要借机展开我们的‘处女秀’了。”

“你的什么？”

“我的新乐团。我在团契营成立的，你懂吧？”我不想知道他在圣诞假期发生了哪些事，他能平安回来我就很高兴了。

李老师拍了一下黑板强调重点。他用粉笔画了一个大大的数字：“到最后哈契少将无法击退南军，只好撤退他所率领的北军。而且还造成八十九个北军死亡，六百二十九人受伤。南军大获全胜，只损失了八个人。”李老师重重拍了一下黑板上的数字 8，神情颇为自豪，“因此，你们明天都要加入我举办的蜂蜜冈重演活动。”

活生生的历史，镇上的人特别喜欢李老师举办的内战重演。这可不是在扮家家酒，重演活动的每个细节都是正确无误的。军队制服、武器配置、战场上的士兵部署等都不能马虎。

林克对我笑了笑，仍然是满嘴牛肉干：“别告诉蕾娜。我们要给她一个惊喜。算是我们两个送她的生日礼物。”

我只是呆呆地看着他，心里想的是蕾娜灰暗的心情和那身橘红色的囚服。然后又想到林克的烂乐团、石墙中学的聚会、爱米莉和莎凡娜、堕落天使、莱德莉和雷氏庄园，更别提蜂蜜冈的重演活动会在远处炮声隆隆。麦坎·雷看到这一切肯定满脸不以为然。还有蕾娜其他疯狂的亲戚、一直想杀她的亲生母亲，以及那条担任麦坎·雷眼线，监视我们一举一动的黑狗。

下课铃响了。惊喜不足以形容蕾娜会有什么样的感觉。我必须事先告诉她。

“别忘了到重演活动的现场签到，没有签到就没有成绩！记得要待在绳索之内的安全区，真的中弹并不能帮助你拿高分。”大家争先恐后离开教室时，李老师还在后面大叫。

这个时候，中弹似乎不是最糟糕的事。

内战重演活动，真是一种奇怪的现象。蜂蜜冈之役的重演也不例外。谁真的有兴趣穿上古装军服？那些简直就像又厚又臭的万圣节戏服。谁会想在田野间奔跑，发射那些古董级的枪炮？谁都知道这种老式枪炮很不稳定，一发射很可能会轰掉某人的手脚。比尔·伊顿就是这样死掉的。谁真的在乎重现一百五十年前的战争场景？事实上南方还输了呢！谁想玩这种游戏啊？

对盖林镇和南方多数城镇来说，答案只有一个。你的医生、律师、牧师、修车工、邮差，可能连你的老爸、你的叔叔伯伯、堂兄弟，甚至历史老师都参加了（特别是李老师，那是一定的）。当然镇上唯一经营枪械商店的老板更是非参加不可。每年二月的第二个星期，不管晴天或雨天，盖林镇民心里想的，嘴里谈的，每天烦恼瞎忙的都是蜂蜜冈之役的重演活动。

蜂蜜冈是我们的战役。我不知道这是谁决定的，好像和那七支枪有关。镇上的人几个星期以来都在准备这场重演，现在一切都已经就绪。全镇的南军制服烫得笔挺，空气中都是温热羊毛的味道。魏渥斯步枪已经清干净，佩剑也擦亮了。镇上半数的男人周末都跑去毕佛家制造重演用的弹药，因为毕佛太太不在意那个味道。寡居的太太们忙着清洗床单，冷藏上百个派饼，以便应付前来见证活生生历史的大批观光客。美国革命女儿会的成员忙着准备她们自己的活动，也就是南方遗产巡礼，她们家的女儿连续两个周六都会在家里烤蛋糕，当做导览活动结束后的点心。

这个活动特别好笑，因为这些女儿会的成员，包括林肯太太在内，都会穿上那个年代的衣服来带领导览团。她们把自己挤进束腰和层层叠叠的蓬蓬裙中，就像快硼开的香肠。她们的女儿也会做同样的打扮，包括莎凡娜和爱米莉这些下一代的革命女儿会成员。她们的穿着就像从《草原小屋》[1]走出来的人物，负

---

① *Little House on the Prairie*，迪斯尼于2005年春季推出的迷你电视影集。

责在导览行程中的历史性庄园漫步。导览团总是从美国革命女儿会的总部开始，因为那是盖林镇历史第二悠久的房子。不知道她们的屋顶能不能及时修好？我无法想象那些太太穿梭在盖林镇历史协会，指着鲜艳的拼布花纹解说，却浑然不知脚下有无数的巫师滚动条和古书，正等着下一个公定假日开馆。

美国革命女儿会也不是唯一热衷这个重演活动的组织。南北战争通常被视为“第一场现代战争”，但是如果早一个星期在盖林镇走一圈，放眼望去根本看不到现代景观。每一件内战时期的纪念品都摆出来了，包括军马拉的武器、榴弹炮等。连镇上的幼儿园孩童都知道榴弹炮是装在双轮推车上。三姐妹甚至把压箱底的邦联旗帜拿出来钉在大门口，因为我拒绝帮她们挂在门廊。虽说这全是为了这场重演活动，但这已经超过我的底线了。

在重演活动的前一天有场大游行，让那些参加重演的人有机会穿上全套服装在观光客面前展示一番。因为隔天重演活动一开始，他们就会置身于烟雾尘土之间，再也没有人会注意到那些闪亮的铜扣和逼真的军服了。

游行过后，还有一场盛大的园游会，会中有烤猪摊、亲吻亭，还有古早味的派饼特卖，爱玛在厨房烘烤了好几天，除了郡县办的市集，这是她最大的派饼特卖会，也是她向竞争对手展现胜利的绝佳机会。爱玛的派总是销路最好的，这让林肯太太和史诺太太气得牙痒痒的。这也是最初爱玛愿意花时间烘烤的动力。能够把革命女儿会那些二流派饼比下去，是爱玛最得意的一件事了。

所以每年二月的第二个星期，日常生活似乎暂停，全体镇民回到一八六四年的蜂蜜冈之役，今年也不例外，只是又增加了一些噱头，他们动员卡车拉来许多内战时期的双管炮和运马拖车。每位扮演骑兵的镇民都会有自己的马匹。今年还有完全不一样的筹备工作在暗地进行，为的是打一场完全不同的“战役”。

只不过这场“战役”不是从盖林镇第二古老的建筑物开始，而是在最古老的那栋建筑物揭开序幕。这场“战役”没有枪炮和马匹，却没有减少一丝火药味，事实上这才是镇上唯一的战争。

至于蜂蜜冈的八名伤亡将士，我完全无心比较，我关心的只有一个人而已，因为如果失去她，我也会从此迷失。

所以忘了蜂蜜冈之役吧！对我来说，这更像事关成败的诺曼底登陆。

二月十一日　甜蜜的十六岁

通通走开！我告诉过你们了！你们帮不上忙的！

蕾娜的声音把我从打盹中惊醒。我穿上牛仔裤和灰色T恤，脑海里不断想到一件事：就是今天。我们终于不必再等待结果了。

今天就是结果揭晓的日子。

没有轰然巨响，只有呜咽啜泣；没有轰然巨响，只有呜咽啜泣……

天还没完全亮呢！蕾娜已经快失控了。

我忘了拿那本书，可恶，只好又跑回房间拿。我伸手摸摸衣柜最上层藏书的地方，准备承受这本魔书的灼热感。

并没有被烫，因为书不在那里。

我们那本《月之书》不见了，偏偏今天是我们最需要它的日子。我的脑海不断传来蕾娜的声音。

世界就是这样结束的，没有轰然巨响，只有呜咽啜泣……

蕾娜在背诵艾略特的诗句，这不是好现象。我抓了沃尔沃汽车的钥匙就冲了出去。

当我开车经过多弗街时，太阳才刚升起。蜂蜜冈之役马上就要在绿屋旧址展开。对镇上的人来说，这里只是盖林镇唯一的空地而已。不过我居然没听到车窗外的炮火声，因为我脑海中的声音率先开炮了。

当我快步跑上雷家门廊的楼梯时，发现阿布就坐在那边等我。它朝我吠了几声。拉金靠着柱子也坐在一旁，穿着皮夹克在玩那套手臂变蛇的游戏。一开始那还是手臂，接下来变成一条蛇，他不时变换这两种形体，就好像发牌师在洗扑克牌的样子。如此奇幻的一幕确实让我出了一下神。他的动作引得阿布连连吠叫，想到这点，我还真分不清阿布是对着我吠叫？还是对拉金吠叫？阿布是麦坎·雷的狗，而我和麦坎·雷之间一向不算友好。

我说："嗨，拉金。"他点点头，一副不感兴趣的样子。天气很冷，他吐出一口白色烟圈，接着白色烟圈伸展开来，变成一尾小小的白蛇。小白蛇咬住自己的尾巴，将自己一寸寸吞食，最后整个消失了。

"我要是你，就不会进屋。你的女朋友有一点儿……该怎么说呢？恶毒？"蛇爬上拉金的脖子，又变成皮外套的领子。

黛阿姨打开大门："你总算来了，我们正等着你。蕾娜把自己关在房间，不让任何人进去。"

黛阿姨的样子很狼狈。她的围巾垂在一边的肩膀，眼镜同样歪向一旁，一向整齐的发髻也乱了。我上前给她一个拥抱，她身上的味道很像三姐妹代代相传的古董皮箱，里面因为放着熏衣草小香囊和旧亚麻布而有一股特殊的味道。莱丝和莱儿站在她后面，感觉真像站在医院大厅等消息的神情忧郁的一家人。

雷家又因为蕾娜的心情整个改观，或许这是反映蕾娜和麦坎·雷共同的心情。但是我没有看到麦坎·雷，所以无从判断。大厅的墙壁被泼上愤怒的色彩，狂暴沸腾的怒火从吊灯宣泄而下，厚重的地毯交织着浓浓的怨气，仇恨在每个灯罩底下闪烁。地板有一层阴影蔓延开来，这团奇特的阴影从地板上升，逐渐渗入墙面，也漫过我的脚。我完全看不到脚上的球鞋，那是全然漆黑的阴影。

我说不上来这房子变成什么样子，只知道它给我的感觉相当糟糕。我试着踏上通往蕾娜卧室的回旋楼梯。这座楼梯我爬过好几次了，我并不是不清楚它会通往哪里，但是今天感觉完全不一样。黛阿姨看着莱丝和莱儿，三个人默默跟在我后面，好像我要带领她们踏上未知的作战前线。

当我踏上第二级阶梯，整栋房子动摇起来，我头顶的几千个古老烛台也随之摇晃，蜡油纷纷滴到我脸上。我吓得往后退了一步。然后在毫无预警的情况下，整座螺旋梯居然往上收缩。我脚下一空，屁股重重摔在地上，还顺着光滑的地板滑到大厅入口处。黛阿姨和莱丝及时闪开了，但可怜的莱儿闪避不及，就像打保龄球一样被我硬生生撞开。

我站起来对着楼梯大喊：“蕾娜·杜凯，如果你再敢用楼梯摔我，我会亲自去纪律审查委员会告你一状。”

我又踏上第一级楼梯，然后是第二级，没有怪事发生。“我要打电话给赫林先生，亲自证明你是一个危险的疯子。”我一次踩过两级阶梯，一路冲到楼梯平台，“你敢再这样对我试试看，听到没有？”

然后，她的声音就在我脑海中浮现。

你不明白。

我知道你很害怕，蕾娜。但是把每个人通通挡在外面并不能让情况好转。

你走。

不。

我是说真的，伊森。你快走，我不希望你出什么事情。

我办不到。

我来到她的卧室门口，脸颊贴着冰冷的白色木门，我想和她在一起，离她越近越好。如果她只允许我站在这里，至少这样也好。

你在外面吗？伊森？

我就在这里。

我很害怕。

我知道，蕾娜。

我不想害你受到伤害。

我不会的。

伊森，我不想离开你。

你不会的。

如果我会呢？

我会等你。

即使我变成黑暗巫师？

即使你是超级黑暗的巫师。

她打开房门把我拉了进去。音乐放得震天响，我知道这首歌，虽然听起来像一首愤怒的重金属歌曲，但我知道是同一首歌。

十六个月亮，十六年岁月。
十六年最深刻的恐惧。
十六次你梦见我的泪水。
坠落，坠落这些年的穿越——

看来她哭了整晚。我伸手抚摸着她的脸，上面依旧布满泪痕。我拥她入怀，随着音乐轻轻摇摆。

十六个月亮，十六年时光。
耳中传来轰雷巨响。
十六里，她的芳踪将至。
十六年的探寻，十六年的恐惧——

我从蕾娜的肩头望过去，她的房间凌乱不堪。墙上的灰泥干裂剥落，柜子也翻倒在地。就像小偷翻箱倒柜后的景象，连窗户的玻璃也破了，只剩下铁栏杆的窗户很像古代城堡的监狱。这座“监狱”里的“囚犯”紧紧抱着我，沉浸在音乐之中。

音乐继续不停。

十六个月亮，十六年岁月。
十六次你梦见我的恐惧。
十六次企图的宇宙封印。
十六次的尖叫，却只有一人听见……

上次我来的时候，天花板浮现的是蕾娜内心深处的想法。但现在房间看得到的地方都是蕾娜独特的黑色手写文字。天花板边缘现在写的是：

寂寞拥抱你所爱的人／你自知可能无法再拥抱他。

墙壁上写的是：

即使迷失在黑暗中／我的心会找到你。

门框上则写了：

灵魂在掌握它的人手中死去。

镜子上是：

如果我能逃到一个地方安全地躲藏，我今天就要待在那边。

就连倒在一旁的柜子上也有文字：

最黑暗的日光找到了我，等待我的人都在注视着。

其中有一句话最能代表她的心声：

如何能逃避你自己？

我从房间看到她的故事，从音乐听到她的心事。

十六个月亮，十六年岁月。
转化的月光，即将洒在你的身上。
黑暗净化了书扉，
火焰烙印了魔力无限……

电吉他的声音缓慢下来，我听到新的歌词出现在这首歌的结尾。这件事总算就要结束了。我尽量把充满地水火风的魔幻梦境抛诸脑后，仔细倾听最新的歌词。

十六个月亮，十六年岁月。

如今来到你最恐惧之夜。
转化或被转化，
流着血，洒着泪，
月亮或太阳——毁灭，敬畏。

吉他的声音渐渐止息。我们在寂静中相拥。

“你认为……”

她伸手抵住我的唇，完全不想讨论这件事。我不曾看过她这么脆弱。一阵冷风朝蕾娜吹过来，也吹开我身后的房门。蕾娜两颊通红，不知道是因为冷风还是哭了一夜的关系，我没有问她。我们倒在她的床上，两人紧紧缠绵拥抱，几乎已经分不出是谁的手和脚。我们没有接吻，但感觉就像在接吻，我从来不知道两个人可以如此贴近，就像合二为一。

我想，真心爱一个人就是这样吧！即使她就在你怀中，你还是生怕会失去她。

蕾娜全身在发抖，我可以感觉到她身上每一根骨头的震颤。她似乎没有意识到自己在发抖。我松开环住她脖子的手臂，以便够到床尾那条拼布被。我把被子拉过来盖住我们两个人。她把头埋在我的胸前，我再把被子拉高盖过头，两人躲进暗暗的被窝中。

小小的被窝很快就因为我们的呼吸而暖和起来。我吻上她冰冷的唇，她也回应我的吻，我们之间的电流增强了。她在黑暗中吻着我的脖子，靠在我的肩膀上。

我们可以永远像现在这样吗？伊森？

你想怎么样都行，今天是你的生日。

她的身体僵硬了。

别提醒我。

但我买了礼物给你。

她稍微拉开被子，让一点光线透进来：“你买了？我叫你别买。”

“我什么时候听过你的话了？况且，林肯说女孩嘴巴上说不要礼物，就表示最好记得买礼物给她，而且一定是珠宝。”

“不是所有的女孩都是那样的。”

“好吧，那就算了。”

她再度拉下被子，蜷缩在我的怀里。

真的是那个？

哪个？

珠宝。

你不是说不要礼物？

我只是好奇嘛！

我笑着拉开被子，冷空气马上包围我们，我连忙从裤袋掏出一个小盒子，然后又双双躲回被子里。我稍微拉高被子，让她能看见那个盒子。

“把被子放下来，很冷！”

于是，我们再度遁入黑暗中。那个盒子却开始发出绿光，我看见蕾娜正用纤细的指尖拆掉银色缎带。温暖而明亮的绿光持续扩散，最后我甚至能看清楚她的脸庞。

“又学到新法术了。”我对着绿光中的蕾娜一笑。

“我知道，今天早上我起床就这样了，好像我想到什么事都会自动发生。”

“那不错啊！”

她满怀渴望地看着盒子，好像迫不及待要打开它。我这才想到这可能是蕾娜今天唯一收到的生日礼物。那个惊喜聚会除外，我想尽量拖到最后一刻才告诉她。

惊喜聚会？

哎呀！

你最好只是在开玩笑。

你去告诉林肯和莱德莉。

哦？看来这个惊喜不会是聚会了。

你先打开盒子吧！

她瞪我一眼，然后打开盒子。光线比刚才更亮了，只可惜并非盒中的礼物发出这种强光。她的表情柔和了许多，我知道我不会因为聚会的事被骂了。想不到又被林肯说对了，珠宝对女孩的确有一股难以抗拒的魔力。

她拿起那条精致闪亮的项链，链子上挂了一枚戒指，戒指由三种不同颜色的金属编织成一圈，分别是玫瑰金、黄金和白金。

伊森！我非常喜欢！

她拼命亲我，我说着话，她还是亲个不停。但我觉得在她戴上之前，应该先把事情说清楚，“这原本是我妈妈的，我从她的旧珠宝箱找到的。”

“你确定要送给我吗？”

我点点头，无法假装这不是什么大不了的事。蕾娜知道我对我妈妈的感觉。我是非常认真才会送她这份礼物。幸好我们两个都很清楚这点。我感觉松了一口气，“这不是什么贵重的珠宝或钻石，不过对我来说很重要。我认为我妈妈会同意我送你这个，你应该知道的。”

什么？

哎呀！

“你一定要我亲口说出来吗？”我的声音听起来有些古怪不自然。

“我不想泼你冷水，但你再怎么闪躲都是没有用的。”她知道我已经在扭捏不安，却还是要逼我说出来。我更喜欢我们用心灵静静沟通，对于像我这样的男孩来说，这种沟通方式远比真的开口说出来简单多了。我拨开她脖子后面的头发，替她把项链系上。链坠在她胸前闪着亮光，刚好悬在那条她从来不曾取下的项链上方。

“因为你对我来说非常特别。”

有多特别？

我想，答案已经挂在你的脖子上了。

我的脖子上挂了太多东西了。

我摸摸那条挂满链坠的长项链，真像挂着一堆杂物，不过是全世界最重要的杂物。如今上面也挂了不少和我有关的杂物。那个穿洞的硬币是电影院的食品贩卖机所吐出的零钱，用来纪念我们的第一次约会。那根红色毛线来自她穿过的红色毛衣，那天我们在水塔后面停车，打算在车上亲热，结果成为我们之间的笑谈。还有那颗银色纽扣，我在纪律审查会时送给她的幸运符。还有一个就是我妈妈用回形针折出来的小星星。

那么你应该已经知道答案了。

她靠过来又亲了我一下，而且是深深的一吻。像这样的吻会牵动全身，吻到整件被子都掉到地上也无所谓。就在我们深情接吻的时候，窗户的玻璃又完好如初，桌椅再度回到正确的位置，散落一地的衣服也好好地挂回衣架上了。冷得不行的房间变得温暖起来。卧室那个冰冷的壁炉迸出火花。可这些都比不上我身体的滚烫炙热。我感觉电流比我以往更强，我的心跳加快不少。

我放开蕾娜，差点儿喘不过气来：“当我需要莱儿的时候，她人在哪里？我们必须解决这个问题。”

“别担心，她就在楼下。”她拉着我又躺回床上。壁炉的噼啪声更大了，炉火挟带着轻烟要一起冲出烟囱了。

我说真的，珠宝的魔力真的很强，还有爱。

也许，还有危险。

“马上来了，麦坎舅舅。”蕾娜对着我叹了口气，“看来无法继续躲在这里了。我们必须下楼去见见我的家人。”她看了房门一眼，门就自动开锁，我摸摸她的背做了一个鬼脸。缠绵的时间结束了。

当我们离开蕾娜的房间时，居然已经是黄昏了。我原以为午餐的时候必须溜到厨房一趟的，但蕾娜只是闭上眼睛，马上就有一台装满食物的推车自动滑进卧室里。我猜今天连厨房也替她感到难过。要不然就是和我一样，无法抗拒蕾娜最近发现的法力。

我吃光了巧克力碎片松饼，还淋了巧克力糖浆，再喝掉一大杯巧克力牛奶。蕾娜吃了一个三明治和苹果。然后我们继续回去温存亲吻。

我们都知道，这可能是我们最后一次像这样躺在她的房间了。我们已经想不出办法，情况大概就是这样。如果今天就是最后一天，至少我们没有白白虚度。

事实上，我同时感到恐惧和狂喜。虽然还没到晚餐的时间，但是这一天已经算得上我这辈子最美好的一天，也是最糟的一天。

我和蕾娜手牵着手一起下楼。房间外面依旧很温暖，看来蕾娜心情好多了。她脖子上的项链闪闪发亮，空中飘浮着银色和金色的蜡烛。我不太习惯看到雷氏庄园出现这么欢乐明亮的景象，让我一度以为这是一个真正的生日聚会，好像大家开心热烈地要帮她庆祝生日，但这只是瞬间的错觉。

然后我看到麦坎·雷和黛阿姨。他们手里都拿着蜡烛，他们背后的雷氏庄园就显得阴影幢幢。后面还有一些黑黑的人影也拿着蜡烛，更糟的是麦坎·雷和黛阿姨都穿着黑色长袍，好像某些神秘宗教的修道士，或是督伊德教的僧侣。这真的不像一场生日聚会，更像一场可怕的丧礼。

甜美的十六岁生日，难怪你一直不想离开房间。

现在你总算知道我在说什么了。

当蕾娜走到最后一级阶梯时，停下脚步回头看我一眼。她穿着旧牛仔裤和我的兜帽运动衣，和这个地方格格不入。我的运动衣对她来说实在太宽松了，我怀疑她这辈子没有做过这种打扮，但她只想尽可能保留一部分的我，能保留多久就多久。

别害怕，这只是封印，保护我直到月亮升起。我要等到月亮高挂天空才会转化。

我不害怕，蕾娜。

我知道，我是在对自己说话。

她放开我的手走下最后一级阶梯。当她的脚一踏上光滑的黑色地板，整个人马上就变了样。黑色长袍盖住她婀娜的身形，黑发配上黑袍，让她从头到脚都是一片黑，只有她的脸苍白得像月光一样。她摸摸脖子，我妈妈的戒指还挂在那里，希望这能提醒她我一直都陪在她身边。就像我也觉得老妈一直都陪在我身边，试着要帮助我们。

他们要怎么做？这不会是那种异教徒的性仪式吧？

蕾娜忍不住大笑，把黛阿姨吓坏了。莱丝伸手拉平身上的长袍，看起来高高在上。莱儿开始咯咯笑。

“正经一点。”麦坎·雷呵斥了一声。穿上黑袍的拉金还是和穿皮夹克一样酷。他也在窃笑。蕾娜拼命忍住笑，低头顺了顺身上的长袍。

我在烛光中看到参与的成员：麦坎·雷、黛阿姨、蕾娜、拉金、莱丝、莱儿和巴克雷。还有几个人我不太熟，像麦坎·雷的母亲爱蕾莉亚，还有另一个年纪更大，布满皱纹的老太太。她长得和蕾娜很像，我立刻就知道她是谁了。

蕾娜和我同时看到她：“外婆！”

“生日快乐，宝贝！”蕾娜冲过去抱住白发苍苍的外婆，打破了原本站成一圈的圆。

“没想到您会来！”

“我当然要来，只是想给你一个惊喜。巴贝多又不远，我一眨眼就到这里了。”

她真的一眨眼就跑过来了？她是哪一种巫师？像你舅舅一样的梦魔？时空旅行者？

她只是联合航空的飞行常客，伊森。

我能感觉到蕾娜暂时放松了一下，我自己的感觉却越来越怪。好吧，就算我爸爸可能是疯子，我妈妈过世，抚养我长大的老妇人又懂一点巫毒，照理说我应该能接受这些光怪陆离的事才对，可是站在这一群手持蜡烛、身穿长袍的巫师之间，我感觉自己的准备还是不够。看来光是和爱玛一起生活，并不足以明白这里正在进行的一切，尤其他们还用拉丁语念起了咒语。

已经太迟了。麦坎·雷往圆圈中心站了一步，举高手中的蜡烛：“库鲁那哈，汶斯盾康梵尼摩斯？”

黛阿姨上前一步站在他身边，举高蜡烛在一旁翻译：“为什么在此月夜，我们前来封印？”

围成一圈的众人也高举手中的蜡烛，以拉丁语吟诵回应。

西斯特西玛——路那，西斯特西玛——亚诺，伊拉——卡皮杜尔。

蕾娜用英语响应，她手上的烛火蹿得很高，几乎要烧到她的脸，“在第十六个月亮，第十六年，她即将转化。”蕾娜站到圆圈中央，头抬得高高的。烛火从四面八方照亮她的脸，她自己手上的蜡烛则发出奇怪的绿色火焰。

怎么回事？蕾娜？

别担心，这只是封印过程的一部分。

如果封印的规模已经是这样，我想，我还没准备好要见识转化的阵仗。

麦坎·雷开始吟唱一段咒文，我记得在万圣节听过，但一时忘了这叫什么。

桑吉斯——桑古尼斯——梅，杜特拉——杜瓦——埃斯特。
桑吉斯——桑古尼斯——梅，杜特拉——杜瓦——埃斯特。
桑吉斯——桑古尼斯——梅，杜特拉——杜瓦——埃斯特。
血浓于水的保护，保护你！

蕾娜的脸色变得苍白，这是圣血环，我想起来了。她把蜡烛高举过头，同时闭上了眼睛。绿色烛火喷发成巨大的橘红火焰。然后每一个人手中的蜡烛都随之爆炸喷发，火光照亮了他们的脸。

“蕾娜！”我压过爆炸的声音大吼，但是她没有回答。火焰蹿升到漆黑的上空，我看到那样的火焰高度，这才明白雷氏庄园今晚根本没有屋顶或天花板。由于火光实在太强、太烫了，我连忙以手遮住眼睛，心里只想到万圣节的情景。如果同样的事情再度发生呢？我试着回想那天他们是怎么对抗莎拉·芬恩，当时吟诵了什么？麦坎·雷的母亲是怎么说的？

是“桑吉斯”，但我不记得正确文字，我不懂拉丁文，这时候真后悔没加入古典社团。

前门传来砰砰的敲门声，火焰瞬间熄灭。那些黑袍、蜡烛、黑暗和光明都不见了，一切就这样瞬间消失，屋里又是平常的一家人，围着一个普通的生日蛋糕在唱歌。

到底发生……

“祝你生日快乐！”生日歌唱完最后一句，外面的敲门声还没停。大厅中央如今是一张咖啡桌，上面放着粉红色、白色和银色的三层蛋糕，旁边还有成套的茶具和白色餐巾。蕾娜吹熄了蜡烛，把眼前的白烟挥开，她的家人纷纷鼓掌。蕾娜又穿回我的运动衣和牛仔裤，看起来就像普通的十六岁女孩。

“我们的寿星女孩！”蕾娜的外婆放下她的针线活，走过来切蛋糕。黛阿姨开始倒茶。莱丝和莱儿拿出一堆礼物，麦坎·雷坐上维多利亚式的高背椅，给自己和巴克雷先生各倒了一杯威士忌。

到底怎么回事？蕾娜？

门口有人，他们只是小心一点。

我跟不上你们家人的快动作。

吃点蛋糕吧！这应该是个生日聚会，记得吧？

外面的人还在继续敲门。拉金捧着一大块三角形的红色天鹅绒蛋糕，那是蕾娜最喜欢的口味，“没人去开门吗？”

麦坎·雷掸掉克什米尔外套上的蛋糕屑，“当然！你去看看谁在敲门，拉金。”

麦坎·雷看着蕾娜摇摇头，她今天不能去应门。蕾娜点头退回外婆身边，隔着蛋糕对大家甜笑，像个备受宠爱的孙女，事实上她确实也是。她拍拍身旁的沙发，这下好了，轮到我要上前见见外婆了。

然后我听到门口传来熟悉的声音。我知道我宁可见任何人的外婆，也不要应付门外的人。因为那是莱德莉和林克，莎凡娜、爱米莉、依登和夏洛特，后面是她们的粉丝群和石墙中学的篮球队。今天他们都没有穿守护天使的T恤。然后我才想起来为什么。爱米莉脸上有一块污泥，是历史重演的活动。我和蕾娜都没去报到，看来我们的历史课要不及格了。现在重演已经结束，只剩下晚上的枪炮和烟火活动。想想真有趣，以前要是有一科不及格，那是多么严重的事情，但今天我们都无所谓了。

“惊喜！”

惊喜还不足以形容。我又一次把危险和混乱带到雷氏庄园了。面对这么一大群人突然挤进大厅，外婆只是坐在沙发上挥了挥手。麦坎·雷啜了一口威士忌，外表看起来依旧镇定，只有认识他的人才会知道他情绪快失控了。

事实上，我后来才想到为什么拉金会让他们进来。

不会有这种事吧？

那个惊喜聚会，我完全忘了。

爱米莉挤到最前面来：“寿星女孩呢？”她满心期待地张开手臂，好像打算给蕾娜一个大大的拥抱。蕾娜退缩了，但爱米莉不会轻易打退堂鼓。

爱米莉伸手抱住蕾娜，好像她们是失散多年的朋友。“我们花了整整一星期在筹备这场聚会。不但有现场乐队，夏洛特还租了户外照明，让大家都能看到，不然雷家的空地实在太暗了！”爱米莉压低了声音，好像在黑市贩卖什么走私品，“我们还准备了桃子鸡尾酒呢。”

“你一定要来看看。”夏洛特拖长了声音。她真的是屏着气在说话，因为她的牛仔裤实在太紧了。“我们还租了激光的机器呢！我们要在雷氏庄园办狂欢晚会，很酷吧？ 就像桑莫市那些大学生的聚会一样呢！”

狂欢晚会？莱德莉一定使出了浑身解数。爱米莉和莎凡娜居然要帮蕾娜办聚会，还把蕾娜当成“雪后”一样奉承？这绝对比叫她们从悬崖跳下去还难。

“现在我们上楼去你的房间，帮寿星女孩好好打扮一下！”夏洛特的口吻比平常更像拉拉队，一副过度热情的样子。

蕾娜脸色铁青。她的房间？里面大半墙壁可能都在写她们的事。

“你在说什么？夏洛特，她看起来可爱极了。你不这样认为吗？莎凡娜？”爱米莉亲热地搂了一下蕾娜，同时投给夏洛特一个不以为然的眼光。好像她应该少吃点派，多努力维持身材才对。

“你开什么玩笑？我特别想要有这样的头发呢！”莎凡娜抚摸一下蕾娜的鬈发，“真是不可思议的——黑。”

“我去年的头发也是黑的，至少底下的头发是。”依登抗议。去年依登把底下的头发染黑，上面再挑染金色，想要突显自己却弄巧成拙。莎凡娜和爱米莉无情地讥笑她，隔天她又把头发染回来了。

“你染得像臭鼬一样。”莎凡娜对蕾娜赞许地点点头，“她这样真像意大利人。”

“我们走吧！大家都在等你呢！”爱米莉抓住蕾娜的手臂，蕾娜把她甩开了。

这其中一定有诈。

当然有诈，但恐怕不是你想象的那样，而是和那个吃棒棒糖的女妖比较有关系。莱德莉，我早该猜到的。

蕾娜看着麦坎·雷和黛阿姨。他们两个都吓坏了，就算念再多的拉丁咒语，他们也没料到这一刻。外婆仍然面带微笑，她还不熟悉这群特别的“天使”，“急什么？你们这些孩子不过来喝杯茶吗？”

“嗨！外婆！”莱德莉从门口呼唤，她站在外面门廊拼命吸吮棒棒糖，这让我觉得如果她停止吸吮，这整个欢迎大队就会像扑克牌搭的纸屋一样，一碰就全散开了。这次她并没有利用我来开门，她离拉金只有一步之隔。拉金似乎觉得怪有趣的，但还是稳稳站在莱德莉面前。莱德莉穿了一件低腰牛仔裙，上衣是紧身蕾丝背心，看起来很像女性内衣，或者是男性杂志的封面女郎才会穿的衣服。

莱德莉倚着门框：“惊喜，好个惊喜啊！”

外婆放下茶杯，又拿起她的针线活儿：“莱德莉，真高兴见到你，亲爱的！你这身新造型真合身啊！我敢说一定迷倒了不少男孩。”

外婆对莱德莉笑了笑，但眼神一点儿笑意都没有。

莱德莉嘟起嘴，但还是继续吸吮棒棒糖。我走到她旁边：“你需要舔几次棒棒糖呢？莱德莉。”

“什么意思？苦差事。”

“才能让莎凡娜和爱米莉替蕾娜办生日聚会？”

“比你想的还要多呢！男朋友。”她伸出舌头给我看，上面染满了紫红色的色素，真是触目惊心。

拉金叹了一口气望向屋外：“外面有一百多个小孩在田里。那边搭了舞台还有扩音机，路边停了一堆车。”

“真的？”蕾娜从窗户往外看，“他们在木兰树那边搭了一座舞台。”

“我的木兰树？”麦坎·雷站了起来。

我知道整件事变成一出闹剧。莱德莉一口一口舔着魅惑的棒棒糖，弄来这么一个活生生的聚会，蕾娜知道这是怎么回事，但是我从她的眼神也知道，她其实有一点点想去。学校每个同学都会出席的惊喜聚会。蕾娜想体验的普通女孩生活清单中，一定也有这一项吧？她可以接受自己是巫师的事实，但是她一定很厌倦老是像个圈外人。

拉金看着麦坎·雷：“您没办法赶走他们的，交给我们处理吧！我会全程陪着她，我或是伊森都行。”

林克也挤到前头来：“兄弟，走啦！这可是我的神圣摇滚乐团在石墙中学的首演呢！一定会很棒的。”我从没看过林克这么开心，让我不禁怀疑地看着莱德莉，她只是耸耸肩，继续咬着她的棒棒糖。

“我们今晚哪里都不去，今天晚上就是不行。”我不敢相信林克会出现在这里。他妈妈要是知道了准会心脏病发作的。

拉金看着一脸怒气的麦坎·雷，黛阿姨则是一脸惊慌，这是最后一个晚上了，他们两个都不希望蕾娜离开他们的视线范围。

“不行。”麦坎·雷不假思索就拒绝了。

拉金再度努力：“五分钟？”

“绝对不行。”

“下一次同学再帮她办生日聚会，不知道是什么时候的事了。”

麦坎·雷毫不让步：“最好永远没有下一次。”

蕾娜的脸沉下来了。我猜对了，即使这个聚会不是真心的，她还是跃跃欲试。就像她也去了舞会和篮球赛一样。这也是她排除万难，不管同学怎么对待她，她也非要上学的原因。所以她每天都去学校，就算只能在体育馆看台自己吃午餐，就算上课独自坐在地雷区，她都愿意忍受。不管是不是巫师，她都只是一个十六岁的女孩，她就是想要这样的一个夜晚。

麦坎·雷不是唯一固执的人。以我所了解的蕾娜，她的舅舅今晚根本拗不过她。

她走到舅舅面前伸手揽住他：“我知道听起来很疯狂，麦坎舅舅，但是我可以去一下聚会吗？只要一下就好，只是去听一下林肯的乐团演唱？”我等着看蕾娜的头发飘动起来，通常她在施展法术时就会这样。但这次头发完全没动，她并不是用巫师的魔法去打动麦坎·雷。她必须采用更古老、更强大的魔法才行，也就是最古老的爱。自从她搬到雷氏庄园，这就是对麦坎·雷最管用的魔法了。

“他们那样对你之后，为什么会想和他们一起去什么聚会呢？”我发现他的语气柔和了一点。

“我知道一切都没有改变，我也不想和那些女孩一起玩，但我还是要去。”

“这没有一点道理。”麦坎·雷相当沮丧。

“我知道，我知道这么做很蠢，但我只想体验当一个普通女孩的感觉。我想真正去跳支舞，而不会毁了整场舞会；我想去参加我确实受邀的聚会，我知道这是莱德莉做的，但如果我不在乎呢？”她咬着下唇，抬头看着麦坎·雷。

“就算我想答应，我也不能让你去。这实在太危险了。”

他们定定地看着对方："伊森和我还不曾一起跳过舞，麦坎舅舅，您自己也这样说过啊！"

有那么一瞬，麦坎·雷看似软化了，但就只有一瞬而已："有些话我还没说，你要学着习惯。我从来没有到学校上过一天课，也没有在星期日午后到镇上散步，我们难免会有失望的时候。"

蕾娜祭出最后一张王牌："但今天是我的生日。任何事都可能发生。这可能是我最后的机会……"她拖长尾音没往下说。

和我男朋友跳支舞，当我自己，快乐一次。

她不必说出口，我们大家都知道。

"蕾娜，我了解你的感受，但我有责任要维护你的安全。特别是今天晚上。你必须待在我身边，凡人只会让你受到伤害，或是带给你痛苦。你无法当一个普通的女孩，你一点也不普通。"麦坎·雷不曾这样对蕾娜说话，我不知道他说的到底是聚会，还是我？

蕾娜的眼里闪着泪光，但是没有掉下来："为什么不行？我想拥有他们有的东西，这样有什么不对吗？您有没有想过，也许他们也有对的时候？"

"那又怎样？重要吗？你是个自然师，有一天你所到达的地方，是伊森永远也跟不上的，你们现在相处得越融洽，越会加重你日后的不舍与痛苦。"

"他不会成为我的负担。"

"哦，他会的。他会使你软弱。所以对你来说，他很危险。"

"不，他让我变得坚强。对您来说，他才是危险的。"

我站到他们两个中间："雷先生，请别这样，别在今晚提这些。"

但是麦坎·雷已经说了。蕾娜非常生气："再说，您又知道什么了？您从来不曾承担过一段感情，甚至连一个朋友也没有。您根本就不明白。您怎么有办法明白？您白天躲在房里睡觉，晚上在图书馆游荡。您讨厌每一个人，自认为比别人优秀，如果您不曾真正去爱一个人，又怎么可能知道这是什么感觉？"

她转身跑上楼，阿布跟在后面，卧室的房门砰地关上，声音在大厅回荡。阿布在她的房间门口躺了下来。

麦坎·雷看着她冲回去，过了一会儿才慢慢转过来看我："我不能答应。我相信你会明白的。"

我知道这可能是蕾娜这辈子最危险的夜晚，但我也知道过了今晚，我和麦坎·雷深爱的女孩可能从此就消失了。我当然明白他的顾虑，我也知道此刻我不想和他待在同一个房间。

林克走到那群同学前面："所以现在呢？还要不要开聚会啊？"

拉金抓住他的外套："聚会早就开始了，我们出去吧，出去替蕾娜庆祝一下。"

爱米莉挤到拉金身边，其他人全跟在后面。莱德莉依旧站在门廊，她看着我耸耸肩。

"我试过了。"

林克在门边等我："伊森，我们走吧！"

我望着楼梯。

蕾娜？

"我要待在这里。"

外婆放下她的针线活儿："我想，短时间她不会下楼了，伊森。你先和朋友去吧！晚一点再回来看她好吗？"但是我不想离开。这可能是我们在一起的最后一晚，就算只能待在蕾娜房间，我还是想和她在一起。

"至少去听一下我的新歌嘛！老兄。然后你再回来等她下楼。"林克手里已经握着鼓槌了。

"我想这是最好的做法。"麦坎·雷又倒了一杯威士忌，"你可以晚点再回来，同时我们有一些事情必须讨论一下。"事情已经决定了，他这是在赶我出去。

"就一首歌，然后我要回来门口等她。"我看着麦坎·雷，"我很快就回来。"

雷家后院的空地已经挤满了人。那里搭了一座临时舞台，还有些手提式照明，就和蜂蜜冈之役夜间活动所使用的灯光是一样的。扩音喇叭传来震耳欲聋的音乐，不过远方的炮声隆隆，很难听清楚在唱什么。

我跟着林克来到舞台边。他的神圣摇滚乐团已经就绪，总共有三位团员，都是三十多岁。吉他手正在调弦，他的手臂上都是刺青，脖子上还戴了一条很像脚踏车链的东西。贝司手的眼睛画了黑色的眼影，刚好配合他的黑色刺猬头。第三个团员身上到处穿了洞戴上金属环，光是看着他就觉得很疼。莱德莉跳上舞台，坐在舞台边缘对林克招手。

"你等着听吧！我们非常炫，真希望蕾娜也能来。"

"我不会让你失望的！"蕾娜就站在我们后面，两手环抱着我的腰。她的眼睛红红的，好像哭过了。但是在黑夜中，她看起来就像其他人一样。

"怎么回事？你舅舅改变主意了？"

“也不是，不过他不知道就不会发怒。反正我不在乎。他今晚实在太可恶了。”我没说话，我永远也搞不懂蕾娜和麦坎·雷的关系，就像她也无法明白我和爱玛的关系。但我知道蕾娜事后一定会觉得很内疚，她向来受不了任何人批评她舅舅，就连我也一样。

更何况现在是她自己开口批评？这种感觉只会更糟而已。

“你偷溜出来的？”

“对，拉金帮我的。”拉金走向我们，手里拿着一只塑料杯，“人生只有一次十六岁，对吧？”

这不是个好主意，蕾娜。

我只想跳支舞，然后我就回去。

林克走向舞台，“我特地写了首歌帮你庆祝，蕾娜，你会喜欢的。”

“什么歌？”我有些狐疑。

“《十六个月亮》，记得吧？突然从你 iPod 消失的那首歌。上个星期我灵感一来，整首歌就浮现在我脑海，莱德莉也帮了一点忙。”他面带微笑，“你可以说我找到一位缪斯女神。”

我完全说不出话来，但蕾娜握住我的手，林克也抓住麦克风，没办法阻止他了。他调整了一下麦克风架，让麦克风靠近他的嘴，不过老实说，他都快把麦克风吃下去了，看起来有点恶心。林克在厄尔家看了太多音乐录像带，这下他会抓着麦克风不放的，不管这个乐团神圣与否，这是他上台高歌的机会，他肯定全力以赴。这方面，他可是相当勇敢的。

他闭上眼睛，坐在套鼓后面，两手举起鼓槌预备：“一、二、三。”

戴颈链的吉他手一脸自信，弹奏了第一个音符，听起来很可怕，两侧喇叭发出嗡嗡声，我畏缩了一下，这场音乐会恐怕不怎么样。他又弹了一两个音。

“各位女士先生，在场的不是女士就是先生吧？”林克在台上挤眉弄眼，台下爆出一阵笑声，“首先我要祝蕾娜生日快乐。然后请大家把手举起来，掌声欢迎我的新乐团展开世界首演，我们是神圣摇滚！”

林克对莱德莉眨眨眼。这家伙自以为是迈克尔·杰克逊呢！我真替他感到难过。我握住蕾娜的手，好像把手伸进冬天的湖水，湖水的表面因为阳光的照射，所以还算有温度，但是再往下一点，简直就冷得像冰块一样。我打了个冷战，但仍然紧紧握住她：“希望你最好有点心理准备，他真的惨不忍听。我们五分钟后就回你房间，我保证。”

她若有所思地看着他："我不这么认为。"

莱德莉坐在舞台边缘，好像歌迷那样微笑挥手。她的头发在风中飘动，粉红色和金色的发丝披散在肩膀上。

然后我听到熟悉的旋律。扩音器强力放送《十六个月亮》的音乐，只不过这首歌完全不像林克之前录的试唱带，他们真的唱得很好，太棒了。观众为之疯狂，好像石墙中学终于有场像样的舞会了，只不过我们是站在雷家的草坪上。这里是盖林镇最臭名昭著、最让人害怕的古老庄园，但此刻现场真的是热力四射。每个人都在跳舞，多数人还跟着哼唱起来，这实在太疯狂了，他们以前又没有听过这首歌。就连蕾娜也忍不住微笑，我们真的情不自禁，也跟着观众摇摆起来。

"他们在演奏我们的歌。"蕾娜握住我的手。

"我刚刚也在想这个。"

"我知道。"我们十指交握，一阵战栗传遍我的身体。"而且他们唱得很好。"她大声吼着，企图压过观众的热情呼喊。

"很好？他们太棒了！这是林克表现最棒的一天。"神圣摇滚、林克和聚会，整件事真是疯狂。莱德莉在舞台上随着节拍点头，嘴巴咬着她的棒棒糖。这或许不是今天我见过最疯狂的事，但依然很疯狂。

所以我和蕾娜跳起舞来，五分钟过去了，二十五分钟过去了，再来是五十五分钟，但我们两个都没有注意时间，也不在意这些。时间好像暂停了——至少我们感觉这样。我们跳了一支舞，如果这就是我们最后能拥有的，这支舞跳得越久越好。

拉金一点也不着急，他和爱米莉整晚在一起厮混。现场用几个大型垃圾箱升起篝火，他们就躲在其中一处亲热。爱米莉穿着拉金的皮衣，拉金不时凑近爱米莉的脖子吻舔，动作看起来真可怕，看来他的确是一条蛇。

"拉金！她才十六岁。"正在和我跳舞的蕾娜连忙隔着篝火对他大叫。拉金伸了伸舌头，他的舌头可以一直往下伸，凡人绝不可能那样。

爱米莉似乎没有注意到。她离开拉金的怀抱走过去找莎凡娜，她正和夏洛特、依登那群人在跳舞，"来吧，女孩们，该送礼物给蕾娜了。"

莎凡娜从银色手提包拿出一个银色的小礼物盒，上面还绑着银色缎带："只是一点小东西。"她伸手递出礼物。

"每个女孩应该都要有一个。"爱米莉有些口齿不清了。

“金属质感和什么颜色都很搭！”答案呼之欲出，依登就差没自己撕开包装纸了。

“刚好够装你的手机和唇彩。”夏洛特把礼物塞给蕾娜，“快点，打开它。”

蕾娜收下礼物，对她们一笑，“莎凡娜、爱米莉、依登、夏洛特，你们绝对不知道这对我有什么意义。”她们听不懂蕾娜的反讽，只有我完全清楚这种亮面小皮包对蕾娜的意义。

简直是蠢上加蠢的意义。

蕾娜不敢正视我的眼睛，否则我们两个会开始大笑。等我们走回跳舞的人群时，蕾娜顺手把这个银色小包包丢到篝火当中，橙黄的火焰很快就吞噬掉银色的包装纸，没多久，连里面的小包也化成了灰烬。

神圣摇滚乐团中场休息一下，林克跳下舞台，享受初次登台的胜利滋味。“我说过我们很棒吧！马上就有唱片公司找我们签约了。”他用手肘拐我一下，就像往常的互动一样。

“你说得对，林克，你们真的很棒。”我必须老实承认，即使可能只是因为有棒棒糖在旁边加持。

莎凡娜跑过来，几乎要冲上去抱住林克：“嘿，林克。”她对林克抛了个媚眼。

“嗨，莎凡娜。”

“你可以留一支舞给我吗？”我真不敢相信，校花莎凡娜就站在面前，看林克的眼神好像真当他是摇滚巨星一样。

“没有和你跳舞，我实在不知道该如何是好。”她又抛给他一个舞会皇后的微笑。

我觉得自己好像深陷于林克的梦境，或者该说是莱德莉的梦境。

说曹操，曹操就到。“你给我走开，舞会皇后！他可是我的巨星。”莱德莉揽着林克的手臂，几乎贴在他身上，摆明了在宣示主权。

“抱歉了，莎凡娜，也许下一次吧！”林克把鼓槌插进后面的裤袋，搂着莱德莉走向舞池中央。莱德莉的舞步性感煽情，这肯定是林克一生中最美好的时刻，让人以为这是他的生日聚会。

等播放的歌曲结束后，他又跳回台上：“我们还有最后一首歌，这是我的好朋友写给我的歌，歌曲写的是石墙中学一群特别的朋友，你们听了就知道。”舞台暗了下来，林克拉开运动外套的拉链，灯光随着吉他声再度亮起。他穿着一件袖子已经拆掉的守护天使T恤，林克故意要让这件衣服看起来很荒谬。要是他妈妈在这里就好玩了。

他靠近麦克风，开始施展这种属于他自己的魔力。

四周全是堕落的天使，
四处散播苦难，
你的断箭刺伤了我。
为什么你看不见？
你的憎恨化为命运，
堕落天使，这是你命中注定的厄运。

那是蕾娜写给林克的歌。

那群标准的“天使”随着她们的主题曲摇摆。也许这全是因为莱德莉，也许并不是。只是等到歌曲唱完，林克就把身上那件T恤脱下来丢到篝火中。火焰中似乎有什么力量，长久以来无法逾越的界线、无法打破的偏见，此刻似乎全部化为轻烟。

神圣摇滚乐团已经唱完很久了，林克和莱德莉也不知道跑去哪里了。莎凡娜、爱米莉她们依旧对蕾娜很好。整个篮球队又和我讲话了。我到处寻找那根魔力棒棒糖在哪里，那是眼前现象的唯一解释。

可是我找不到，只找到月亮、星星、音乐、灯光和一群人。蕾娜和我虽然停止了跳舞，却仍然紧紧拥抱，前后摆动着脚步。一阵阵温暖、冰冷、触电、恐惧的感觉在我的脉搏中跳动。只要周围还有一点音乐在，我们就沉醉在自己的小世界中，这并不是两人得以独处的小被窝，但依然是相当完美的一刻。蕾娜轻轻离开我的怀抱，她每次心里有事就会这样。她怔怔地看着我，好像第一次见到我似的。

“怎么了？”

“没什么……”她紧张地咬着下唇，然后做了一次深呼吸，“只是有件事想告诉你。”

我想从她的表情猜出她的心思，因为此刻的感觉很像又回到圣诞节之前的那个星期。只不过当时我们是站在石墙中学的走廊，而现在是绿屋的空地。我的手依然环抱着她的腰，而此刻的我只想紧紧搂住她，以确保她不会从我身边溜走。

“到底是什么事，你可以告诉我任何事。”

她把手放在我的胸口：“万一今晚发生什么事，我要你知道……”

她凝视着我的眼睛，我在脑海里清楚听到她的耳语，这比她大声说出口更有意义，她以我们独特的沟通方式郑重表白，我们从刚认识就能通过这种独特的方式交谈了。

我爱你，伊森。

我一下子不知道该说什么，因为光是“我爱你”还不足以表达我的千言万语。她把我从这个镇，从单调的生活，从我爸爸的漠视中拯救出来。她拯救了我，光这三个字怎么够呢？但我还是说了，因为那是我的真心话。

我也爱你，蕾娜。我想，我一直都是爱你的。

她重回我的怀抱，把头靠在我的肩膀上，头发柔柔地贴着我的下巴。我还感觉到其他部分，以往我总觉得她内心有一个部分完全对外界封锁起来，是我怎么也无法触及的，但现在我觉得她完全敞开心扉，她总算愿意让我走进她的内心深处，把自己最隐秘的一部分交给我，那是最真实的她。我想记住这个感觉，也希望能用快照拍下此时此刻，以便随时拿出来回味。

我希望永远停留在这个时刻。

这个永远，只维持了五分钟。

二月十一日　棒棒糖女孩

蕾娜和我依然随着音乐摇摆。林克从人群中挤了过来："嘿，兄弟，我一直在找你。"

林克双手撑着膝盖，弯下腰拼命喘气。

"你在急什么？"

他一脸担忧，今晚他不但成功摆脱老妈，还追到最热辣的美女，这样忧虑的神色实在不寻常。"是你爸爸，他跑到忠烈馆的阳台那边，还穿着睡衣。"

根据《南卡罗来纳州观光指南》的记载，忠烈馆是一个南北战争博物馆。但那里其实就是盖伦·伊凡的家，他收集满满的战时纪念品，死后就把屋子和收藏品传给他的女儿薇拉。薇拉一直渴望加入美国革命女儿会，于是她让林肯太太那伙人重新整理这间屋子，把它变成盖林镇唯一的博物馆。

"这下可好了。"尴尬的事在自家上演还不够，现在我爸爸又决定出来丢人现眼。林克有些困惑，他以为我知道我爸爸穿睡衣跑出来会大吃一惊，但他可能不知道睡衣已经是我爸爸的日常穿着了。虽然林克是我最好的朋友，几乎也是唯一的朋友，可他对我最近的生活也所知有限。

“伊森，他跨出了阳台，好像要跳下去似的。”

我僵在原地，虽然听到林肯说的话，但不知所措。最近我简直以爸爸为耻，但我仍然爱他，毕竟他是我唯一的亲人。

伊森，你还好吗？

我看着蕾娜，她的绿色眼眸满是关切。今晚我可能也会失去她，我无法同时失去两位挚爱。

“伊森，有没有听到我在说什么？”

伊森，你必须去看看，我不会有事的。

“走吧，兄弟。”林克拉着我离开，那个“摇滚巨星”不见了，现在他只是我的好朋友，他尽力想帮我一把。

我不能丢下你一个人，你不能落单。

我从眼角看到拉金朝我们走来。他总算没有黏在爱米莉身上：“拉金！”

“什么事？”他似乎察觉到有事发生，那一向冷漠的脸上，难得出现真正关心的神色。

“我要你带蕾娜回屋子里。”

“为什么？”

“答应我你会护送她回屋子。”

“伊森，我没事的，你快走！”蕾娜推了我一把。她看起来很害怕，我不肯走。

“好吧，我马上带她回屋子。”

林克推了我最后一把，我们穿过人群往前冲，因为我们两个都很清楚，再过几分钟，我很可能成为父母双亡的孤儿。

我们穿过雷家杂草丛生的空地，朝着通往忠烈馆的小路跑过去。空气中布满迫击炮的浓烟，这是蜂蜜冈之役的夜间活动，每隔几分钟，我们就听到一阵步枪扫射的声音。

夜间活动的火力已经展开。我们跑到了雷氏庄园的边缘，接近雷家和绿屋的交界。在夜空中，我可以清楚看到标示安全区域的黄色警戒线。

如果我们已经太迟了呢？

忠烈馆漆黑一片，林克和我三步并作两步跑上去，企图一口气冲到四楼的阳台，当我冲到三楼的楼梯平台，突然出于本能停下了脚步。林克和我有绝佳的传球默契，我一停步他就感觉到了。“他在上面。”

但是我无法移动，林克看着我，知道我很害怕。在我妈妈的葬礼上，他站在我身边，帮忙将白色康乃馨递给宾客，让大家放在棺材上致意，而我和我爸爸只是呆呆地看着棺材，好像我们也死了一样。

“如果——如果他已经跳了呢？”

“不会的，我让莱德莉陪着他，她不会让那种事情发生的。”我突然觉得脚下一软。

如果她对你施法，要你去跳悬崖，你就会真的跳下去。

我推开林克继续往上冲，注意察看走廊动静，四楼每一扇门都是关的，只有一扇例外。月光从那边照在斑驳的松木地板上。

“他在这里。”林克说。我已经知道了。

当我走进房里，感觉真像回到旧日时光。美国革命女儿会确实把这里整理得很好。屋内有一座石砌的巨型壁炉，上面嵌着长形的木头壁炉架，架上放了很多蜡烛，点燃后烛油就往下滴。屋里挂了许多深褐色的阵亡军人肖像，画中的人物都在瞪着我。壁炉对面有一张老式的四柱床，不过感觉就是有哪里不对，有股浓稠的香甜气味破坏了如此逼真的怀旧风情。那味道真的太甜了，是一种融合危险与天真的甜味，可莱德莉和天真完全沾不上边。

莱德莉就站在敞开的阳台门前，她的金发在风中飘动。门窗通通打开了，好像有一股强风从外面灌进来，尘封已久的窗帘被吹得像一阵阵波浪。我感觉我爸爸好像已经跳下去了。

“我找到他了。”林克对莱德莉说。他又跑得上气不接下气。

“我看到了，你还好吗，苦差事？”莱德莉对着我甜甜一笑。那种甜让我也想报以微笑，又腻到很想吐。

我慢慢走到阳台门口，担心我爸爸可能已经不在那边。但是他还在，他站在阳台栏杆外面的狭窄边缘，光着一双脚，身上穿着法兰绒睡衣。

“爸！不要动。”

老爸的睡衣上面有水鸭的图案。想到他很可能就要跳下去，突然让人觉得这些鸭子图案很不适合。

“不要再靠近了，伊森，不然我就跳下去。”感觉他心意已决，而且神志比过去浑浑噩噩的几个月都要清醒。他说话的语气几乎又是我熟悉的老爸，因此我知道这不是他在说话。一定又是莱德莉在搞鬼，她肯定用了唆使他人的那套法术。

“爸，你不想这样做的，让我帮你。”我朝他走了几步。

“你别过来！”他朝我大吼，还伸出一只手强调他的立场。

“你不需要他的帮助，米契。你只想要一点平静，你只想再见到莱拉。”莱德莉靠着墙，手上已经拿着棒棒糖，准备好了。

“不准你提到我妈妈的名字，巫婆！”

“莱德莉，你在做什么？”林克站在门口。

“你别管，小子，别不自量力。”

我走到莱德莉和我爸爸中间，好像用身体就能挡掉她的法力：“莱德莉，你为什么要这么做？他和蕾娜或我都没有关系。如果你想伤害我，就应该来找我，别扯上我爸爸。”

她仰头大笑，笑声既撩人又邪恶：“我才懒得伤害你呢！苦差事，我只是在做我的工作，并不是针对你！”

我的血液瞬间凉掉了。

她的工作。

“你在替莎拉·芬恩办事。”

“苦差事，不然你希望我怎样？你也看到我舅舅是怎么对我的。整个家族的态度让我根本无从选择。”

“莱德莉，你在说什么？谁是莎拉·芬恩？”林克走到她身边。她看了他一眼。那一瞬间我好像看到莱德莉的脸上流露出真情，虽然一闪即逝，却像是真诚的感情。

但莱德莉很快就恢复过来：“你想回聚会上吧？林克。乐团准备开唱第二场了。记住，我们要录下演唱会来制作你的试唱带。我会亲自把带子送到纽约各家唱片公司的。”

莱德莉愉快地注视着他。林克看起来犹豫不决，似乎不确定想不想回聚会上。

“爸，你听我说。你不需要这样做。她在控制你，她有能力影响别人。这是她在作祟。妈不会要你这样做的。”我看着我爸爸，希望他可以把我的话听进去。但是我看不到任何征兆，他只是瞪着外面的一片漆黑，远方可以听到刺枪的铿锵声和中年士兵的嘶吼声。

“米契，你没有活下去的意义了。你失去了太太，你写不出东西来，伊森再过几年就要上大学了。你何不问问他在床底下的鞋盒里装了多少大学简章？到时候你就要孤单一人了。”

“闭嘴！”

莱德莉转头看我，打开樱桃棒棒糖的包装纸：“我觉得很遗憾，苦差事。我是说真的。但每个人都有自己要扮演的角色。这就是我的角色，你爸今晚将会出点小意外。就像你妈的意外。”

“你刚才说什么？”我知道林克在说话，但我听不见他的声音，我脑子里一遍又一遍重复她刚才说的话。

就像你妈妈的意外。

“你杀了我妈妈？”我往前逼近，我已经不在乎她有什么法力了。如果她杀了我妈妈……“冷静下来，小子，不是我做的。那时我还没出道呢！”

“伊森，这到底是怎么回事？”林克就站在我身边。

“她不是你想象的那样，她是……”我不知该怎么解释才能让林克明白，“她是女妖，就像巫婆一样。她一直在控制你，就像此刻她也在控制我爸爸一样。”

林克笑了出来：“巫婆？你疯啦！”

我的眼睛一直盯着莱德莉，她笑着抚摸林克的头发：“别闹了，宝贝。你知道你爱上了一个坏女孩。”

我不知道她的法力有多强，但是经过她在雷家的小试身手，我知道她绝对有能力杀死我们三个。我不应该把她当做某个无伤大雅的聚会女孩，我真是昏了头。现在才开始意识到事情的严重性。

林克看看她又看看我，不知道该相信什么。

“我不是开玩笑的，林克。我应该早点告诉你的，但我发誓我现在说的是事实。不然，她为什么想杀了我爸爸？”

林克开始走来走去。他不相信我，或许他以为我疯了。我自己说出口的时候都觉得很疯狂。“莱德莉，是真的吗？你一直对我用了某种魔法？”

“你真要这么追究细节，确实就是这样。”

老爸放开一只手平举，好像在走钢索似的平衡自己。

“爸爸，不！”

“莱德莉，别这么做。”林克慢慢朝她走过去，我听到他皮夹克上的链子发出叮当声。

“你没听到你朋友说的吗？我是巫婆，是坏蛋。”她拿掉太阳眼镜，露出金色的猫眼。林克倒吸一口凉气，好像这是头一次看到她似的，但他的惊讶一闪即逝。

“也许你是巫婆，但没有那么坏。我知道的，我们相处过不少时间，分享了许多事。”

“那只是计划的一部分，摇滚巨星。我需要一个媒介让我能接近蕾娜。”

林克的脸色很难看。不管莱德莉对他施了什么法，他对莱德莉的感情恐怕不只这样，“所以一切都是骗人的？我不相信。”

“随便你信不信。事实就是，我确实有这种能力。”

我看着老爸在调整他的重心，他的一只手臂还是往外平伸，然后上下摆动，好像要试飞。重演活动的子弹打到几米外的地上，扬起一片灰尘。

“你不是告诉，我你和蕾娜一起长大吗？就像姐妹一样？为什么想伤害她？”

她的脸上闪过一丝异样，我不太确定那是什么，好像有些后悔。这可能吗？

“这件事由不得我决定。策划这一切的人不是我。我说过了，我只是在做我的工作，把伊森从蕾娜身边调开。我和这个老头没有过节，但他的心志很薄弱，刚好是我需要的。”她舔着棒棒糖，“他是最容易下手的目标。”

把伊森从蕾娜身边调开。

整件事只是为了把我们分开。我仿佛还能看见爱蕾莉亚跪在我身边，她的声音是如此清晰。

能保护她的不是这间房子，而是那个男孩。没有任何一位巫师可以介入他们两个之间。

我怎么会这么笨呢？问题不在于我有没有法力，那个强大的法力和我无关，是我们两个在一起才能产生这么特殊的力量。

我们之间一直存在着这样的力量。这股力量让我们在滂沱大雨的九号公路相遇，也让我们在那条岔路转弯，我们不需要任何魔法的力量就能紧紧相系。现在他们刻意把我们分开，我就失去这股力量了，今天晚上是蕾娜最需要我陪伴的时候，但现在她一个人在外面。

我无法冷静思考，快没有时间了，但是我不想再失去任何一个我爱的人。我跑向老爸，虽然只有几步远，感觉却像跑过流沙一样艰难。我看到莱德莉往前站了一步，她的头发在风中扭曲飘动，好像美杜莎的蛇发一样。

林克上前抓住莱德莉的肩膀：“莱德莉，别这么做。”

我不确定那一瞬间发生了什么事，感觉一切都像慢动作。

老爸回头看我一眼。

我看到他的手从栏杆放开了。

我看到莱德莉金色夹杂着粉红色的发丝在扭动飞舞。

我看到林克站在她面前，直视她那双金色猫眼，低声说了些我听不到的话。她看着林克，没说一句话就把手中的棒棒糖往外一扔。棒棒糖以抛物线从栏杆飞出去，最后落在地上像炸弹碎片一样。一切总算结束了。

老爸本来已经转身要往外跳了，可又快速转身回来抓住栏杆。我抓住他的肩膀，把他拉进阳台，他一屁股摔在阳台地板上，躺在那里看着我，像个受惊的小孩。

“谢谢你，莱德莉。不管怎样，还是谢谢你。”

“你不需要谢我。”莱德莉哼了一声，推开林克，调整一下上衣的肩带，“我可不是要帮你们两个什么，只是今天刚好不想杀他。”

她试着装出一副凶狠的样子，最后听起来却孩子气十足。她扭着一绺粉红色的发丝：“不过有个人肯定不会太高兴。”她不必说是谁，我可以从她眼中看到恐惧。我仿佛看到她的行为举止其实是一些烟幕幻影，都是装出来的。

我试着扶老爸起来，有点替莱德莉难过。莱德莉可以勾引到任何一个男孩，但我看得出来她还是很寂寞，她内心深处并不像蕾娜那么坚强。

我猛然想起蕾娜。

蕾娜，你还好吗？

我很好，怎么回事？

我看着老爸，他的眼睛几乎睁不开，而且站都站不稳。

没事，你和拉金在一起吗？

对，我们正要回雷氏庄园。你爸没事吧？

他没事了。我过去再解释。

我架着老爸的手臂，林克架住另一边，两人一起搀扶着他。

跟着拉金，快点回到你家人身边，你单独在外面不安全。

我们正要离开，莱德莉又跑回敞开的阳台，她的长腿跨出了门槛：“抱歉，我要走了。或许回纽约避避风头。”她耸耸肩。

虽然她是个魔女，但林克还是忍不住要目送她离去：“嘿，莱德莉？”

她停下来，转头看着林克，脸上闪过一丝悲哀，好像是一条身不由己的鲨鱼。

如果她不是鲨鱼就好了……

“什么事，小子？”

“你并没有那么坏。”

她直视着他，几乎泛起微笑：“你知道那句俗语，也许我不坏，是大家把我画坏了。”

二月十一日　家庭重聚

等我把老爸带到重演活动的医疗中心后，就以最快的速度冲回聚会那边。我推开一群石墙中学的女孩，她们脱掉外套，身上只穿着背心或紧身T恤，随着神圣摇滚的音乐狂舞，看起来非常庸俗。再加上“一炮而红”的林克就跟在我身边，四周真是吵得不行。现场乐团的喧闹，加上重演活动的炮火，我几乎听不到拉金在喊我。

“伊森，在这里！”拉金站在几棵树旁边，那里已经超过标示安全区域的黄色封锁线了。荧光黄的封锁线上面还写着：**超越此线，小心被炸翻天**。拉金跑进树林做什么？他为什么要进入危险区呢？为什么他们不回屋子？我向他招手，他却示意我过去，然后隐身在山丘后面。通常我不会没事去跨越安全警戒线，但今天例外。我别无选择，只能跟着拉金过去。林克一路跌跌撞撞的，不过还是像往常一样跟在我后面。

“嘿，伊森。”

“什么事？”

“关于莱德莉的事——我应该听你的。”

“没关系，林克。这又不是你能控制的。我也应该早点把所有的事告诉你才对。”

“别安慰我了，那时的我根本不会相信你说的。”

子弹从我们头上咻咻飞过。我们本能地低下头来。

“希望那是空包弹。”林克紧张地说，“如果那是我爸爸开的枪，岂不是太夸张了吗？”

“照我最近的运气看来，如果他对我们两个同时开枪，我也不会太意外的。”

我们爬上山丘顶端，我看到下面有些灌木丛，还有几棵橡树。我们的背后则是浓烟密布的炮兵轰炸区。

“我们在这里！”拉金从灌木的另一侧喊我们。他说“我们”，我只能假设另一个人是蕾娜。所以我加快速度跑过去，好像蕾娜的安危就在此一举，据我所知情况很可能就是这样。

我发现我们跑到了绿屋花园的拱门那边。拉金和蕾娜站在花园外面的林间空地上，我们几个星期以前就是在这里挖开吉妮薇的坟墓的。他们身后有个人影从暗处走出来，天虽然全暗了，但今晚是满月，所以我们还是看得很清楚。

我眨了眨眼，那是……那是……

“妈，您怎么会跑到这里来？”林克一脸茫然。

因为站在我们面前的正是他妈妈，林肯太太。也是我最糟的噩梦，嗯，至少是前十大噩梦之一。她看起来很奇怪，或者说穿着很不合时宜，她穿了好几层的蓬蓬底裙，上半身的白色胸衣紧紧束在腰间，而且就站在吉妮薇的墓前。“现在你知道我对亵渎有什么感觉了吧？年轻人。”

林克抓抓头，一头雾水，我也一样。

蕾娜，这到底是怎么回事？

蕾娜？

我得不到回答，事情不太对劲。

“林肯太太，您还好吗？”

“我好极了，伊森。这场战役不是很棒吗？而且蕾娜告诉我，今天还是她的生日。我们一直在等你们，嗯，至少是在等你们其中之一。”

林克上前一步：“现在我来了，妈，我会带您回家。您不该越过安全警戒线的，这么做很可能会被子弹轰破头，您也知道老爸的枪法有多差。”

我抓住林克的手臂把他拖回来。事情不太对劲，林肯太太对我们微笑的样子也不太对劲。蕾娜一脸的惊慌更是不对劲。

到底怎么了？蕾娜！

为什么她不回答我？我看到蕾娜把我妈妈的戒指从上衣里面拉出来，紧紧抓住。我看到她的嘴唇在动，但几乎听不到声音，只有在脑海里听到非常细微的悄悄话。

伊森！快离开！快去找麦坎舅舅！快跑！

但是我没有动，我不能离开她。

"林克，好孩子，你真是个贴心的儿子。"

林克？站在我们眼前的不是林肯太太，不可能是她。

林肯太太总是叫他韦斯利·林肯，要她叫儿子"林克"，简直就像要她在街上裸奔一样困难。每次我们到林克家，只要不小心说成要找"林克"，林肯太太就会训我们："为何要用那么可笑的绰号？他的名字是那么高贵正直，我简直无法想象。"

林克注意到我抓住他，就停下脚步。他也开始发现古怪，我从他的表情就可以看得出来。

"妈？"

"伊森，快离开这里！拉金、林克，你们快去找我舅舅！"蕾娜无法克制住大声尖叫，看得出来她很害怕。我从没见过她这么惊恐的模样，于是赶忙跑过去。

远方的大炮发射一枚炮弹，然后就是轰然巨响。

我的背好像被什么硬的东西撞了，然后一阵头昏眼花，眼前一片模糊。

"伊森！"我听得见蕾娜在叫我，但是动不了。我确定自己被炮弹打中了。我努力撑着，不让自己晕过去。

过了几秒钟之后，我渐渐又能看清楚了。我躺在地上，背部靠着一棵巨大的橡树。炮弹一定是把我往后炸飞，我的背才会撞到大树。我摸摸身上，想找出被打中哪里，但是我没有流血，也找不到子弹穿入的伤口。林克也撞上离我几步远的另一棵大树，表情反应和我一样。我挣扎着站起来朝蕾娜走过去，脸却立刻撞到什么，整个人又倒在地上，就像有一回我去三位姨婆家，不小心撞上玻璃门的感觉。

我没有中弹，是别的东西，我被另一种武器攻击了。

"伊森！"蕾娜还在尖叫。

我起身慢慢往前摸索，前面是有一扇玻璃门没错，只不过是隐形的。有道隐形的围墙把我和大树包围起来，我握拳敲敲墙面，却完全没有声音。我一次又一次伸手去推，但就是被隐形的墙挡住了。然后我转头看林克，他似乎也被一个无形的牢笼困在里边。

林肯太太在对我微笑，笑容比莱德莉还要邪恶几万倍。

“放他们走！”蕾娜尖叫。

无缘无故天空似乎破了个洞，大雨就这样倾盆而下，雨势之大真的就像有人拿着水桶从上面倒水下来。是蕾娜。她的头发疯狂飞舞，大雨转变成冰雹斜斜落下，从四面八方攻击林肯太太。没多久我们全淋成了落汤鸡。

林肯太太只是站在那里微笑着。她的微笑很古怪，好像是一种自豪的神情。“我不会伤害他们。我只想找机会和你单独聊聊。”天空雷声隆隆，闪电打在她头上，“我希望有机会见识一下你的法力。不能陪你精进这些能力，我是多么遗憾啊！”

“住口！你这巫婆！”蕾娜口气很严厉。我从来没看过她的绿色眼睛变成这样。她的眼神如钢刃般射向林肯太太，坚决而刚硬，而且充满痛恨与愤怒。感觉她恨不得扯掉林肯太太的头，而且好像真的办得到。

我总算了解蕾娜这些年来为什么那么担心了。她确实有毁灭的力量，然而过去我只看到那股爱的力量。当发现自己拥有两种力量，谁知道该怎么应付才好？

林肯太太转向蕾娜：“你终究会了解自己真正能做什么，知道如何运用这些自然力。这是自然师的天赋，也是我们所拥有的共通点。”

她们所拥有的共通点。

林肯太太抬头看着天空，雨水从她的身旁落下，完全没有淋到她，好像她撑了伞似的，“你现在能召唤小雨了，不久之后也能学会控制火。我来示范一下，让你看看我是怎么玩火的。”

小雨？她在开玩笑吗？我们根本是站在暴雨中！

林肯太太举起她的手掌，闪电划过云层，照亮整个天空。接着她举起三根修剪整齐的手指轻轻点击，闪电随着她的手势瞬间迸裂。轻点一下，闪电打中地面，扬起一阵尘土，距离林克被困住的地方不过几米远。轻点两下，闪电打在我背后的橡树起火燃烧，大树几乎被劈掉半截。轻点三下，闪电劈中蕾娜，然而她只是举起一只手，闪电的火花就自动跳开，打在林肯太太的脚边，周围的草地开始燃烧冒烟。

林肯太太笑着挥挥手，草地上的火就熄了。她一脸骄傲地看着蕾娜："还不错，很高兴看到你学得那么快。真是有其母必有其女。"

这是不可能的。

蕾娜怒视着她，两手掌心向外，形成一种保护的姿势："是吗？说不定是坏坯子呢。"

"不可能的，谁敢这样说真是不要命了。"林肯太太的发辫垂在背后，拉起一身束腰蓬裙转而盯着我和林克，金色眼睛闪着奇异的光芒。"很抱歉，伊森，真希望我们初次见面是在不同的情况下。难得我终于见到女儿的第一个男朋友了。"她转头看着蕾娜，"也是我第一次和女儿见面。"

我猜对了。我就知道她是谁，知道我们面对的究竟是何方神圣。

是莎拉·芬恩。

没多久，林肯太太的脸孔、服装和身体整个从中间裂开，好像剥掉糖果纸一样，突然有另一个人从她的身体里钻了出来。

"我没有母亲。"蕾娜大吼。

莎拉·芬恩的表情抽搐了一下，好像要装出很受伤的样子。因为她正是蕾娜的母亲，这是错不了的，她们同样有着一头乌黑卷翘的长发，只不过蕾娜美丽得惊人，莎拉·芬恩可怕得惊人。她和蕾娜一样有细致优雅的五官，但是蕾娜拥有美丽的绿色眼眸，而莎拉·芬恩的黄眼珠就像莱德莉和吉妮薇的一样。眼睛的差异，就让整个人看起来完全不一样了。

莎拉·芬恩穿了一件深绿色的天鹅绒洋装，脚上穿着黑色的高筒靴。融合现代、哥特风和旧时代风格。她就这样走出林肯太太的身体，没多久林肯太太的身体又融合回去，好像有人帮她缝起来一样。真正的林肯太太倒在草地上，撑起蓬蓬裙的裙箍往上翻，露出里面的及膝袜和衬裙。

林克吓呆了。

莎拉·芬恩往前直走，身体抖动了一下："凡人的身体实在让人受不了，既别扭又不舒服。他们每隔五分钟就往嘴里塞食物，真是恶心死了。"

"妈！妈，醒醒啊！"林克拼命捶着那道隐形的墙。不管林肯太太再怎么凶，她总是林克的母亲。看到她像垃圾一样被弃置在地上，林克心里一定很难过。

莎拉·芬恩挥挥手，林克的嘴巴还在动，却发不出一点声音。

"这样好多了。算你幸运，幸好这五个多月来我不必一直待在你妈的身体里面，要不然你现在早就死了。每次吃晚饭，老是听你谈那个愚蠢的乐团，有好几次我真想动手杀了你呢！”

现在想想一切都合理了。排斥蕾娜的运动、石墙中学的纪律审查会议、谎称蕾娜的学校记录、万圣节送来我家的古怪布朗尼蛋糕。莎拉·芬恩到底假扮林肯太太多久了？

她躲在林肯太太的身体里。

我到现在才意识到我们面对的是谁，她可是当今最邪恶的黑暗巫师。莱德莉和她比起来根本不算什么。难怪蕾娜一直在害怕这一天。

莎拉·芬恩转头看着蕾娜：“也许你以为你没有母亲，蕾娜。但那是因为你的外婆和舅舅把你从我身边带走。我一直都深爱着你。”莎拉·芬恩的情绪转换得非常快，让人感到相当不安。她时而真诚、悔恨，接着马上又充满不屑、鄙视，感觉每一种情绪都是空洞、不真实的。

蕾娜的眼神充满苦涩：“所以您才想要杀我是吗？妈？”

莎拉·芬恩试着装出一副关心的样子，或者是想假装大吃一惊，因为她的表情实在太不自然，我也看不出个所以然。“他们是这样告诉你的？我只是想试着联络你——我想和你说说话。如果没有那些结界封印，我想和你取得联系又怎么会造成危险？他们应该很清楚这点。当然，我明白他们的顾虑，我是黑暗巫师，还是黑魔师。但是你应该比任何人更清楚，蕾娜，这不是我能选择的事情，是命运替我作的决定，这却不会改变我对你的感觉，你永远是我的独生女啊！”

“我不相信你！”蕾娜呸了一口。她看起来有些动摇。虽然嘴里这样说，但她不知道自己该相信什么。

我看了一下手机，现在时间是九点五十九分，再过两小时就午夜了。

林克靠着树干坐倒，两手抱着头。我忍不住看着躺在地上动也不动的林肯太太，蕾娜也在看她。

“她没……那个吧？”我必须帮林肯问清楚。

莎拉·芬恩试着表现出同情，但我看得出来她对我和林克已经不感兴趣了，这表示我们两个的情况不妙了。“她会恢复以前那个单调无趣的模样，真是个令人作呕的女人。我对她和她的儿子没兴趣。我只想让我的女儿知道凡人的本质是这样。他们太容易受人影响，太不懂得宽恕了。”她看着蕾娜，“只要林肯太太说几句话，全镇的人就一起仇视你。你不属于他们的世界。你应该和我在一起。”

莎拉·芬恩对拉金说："说到单调无趣的模样，拉金，你何不让他们看看你金光灿烂的真面目？"

拉金笑着闭起眼睛，双手往上伸展，好像刚睡了一个长觉醒来。当他再度睁开眼睛，感觉就不一样了。他用力眨着眼睛，每眨一次眼睛就产生不同的变化，好像分子重新组合了。拉金变形成一堆蛇，那些蛇开始缠绕爬动，最后拉金又从这一堆蛇的中间现身。两尾响尾蛇吐着芯子爬上他的皮夹克，最后又化为他的手臂。当他最后一次睁开眼睛时，他的眼珠不再是绿色的，而是和莎拉·芬恩、莱德莉一样的金色。

"绿色一向不是我的颜色。这是身为幻术师的好处之一。"

"拉金？"我的心往下一沉。他和她们是一伙的。他也是黑暗巫师，事情比我想象的还糟。

"拉金，你到底转化成什么？"蕾娜看起来很困惑，但瞬间即逝，"为什么？"

答案就在眼前，拉金的眼睛说明一切："为什么不行？"

"为什么不行？让我想想，难道你对家庭没有一点点的忠诚吗？"

拉金摇摇头，脖子上那条粗厚的金链子又变成一尾吐着芯子的蛇："我对忠诚实在没啥兴趣。"

"你背叛了每一个人，包括你自己的母亲，你怎么对得起自己呢？"

他伸出芯子，脖子上的蛇爬进他的嘴巴里就消失了。他吞咽了一下："黑暗比光明好玩多了，表妹。你马上就会知道了。这就是我们的本性，我注定就是这样，何必费事去抵抗呢？"他吐着芯子，芯子还分岔，就像蛇在他体内一样。

"我不知道你为什么这么排斥，看看莱德莉吧！她玩得可开心了。"

"你是个叛徒！"蕾娜情绪失控了。闪电又轰隆响起，大雨再度倾盆而下。

"他不是唯一的叛徒，蕾娜。"莎拉·芬恩走向蕾娜。

"你在说什么？"

"你最亲爱的麦坎舅舅。"她的口气愤愤不平。好像还在气麦坎·雷偷走她的女儿。

"你说谎。"

"他才是一直对你说谎的人。他让你相信你的命运是上天注定的——他让你以为你别无选择。但是今晚，在你十六岁生日的午夜，你可以自行决定要转化到光明还是黑暗的一边。"

蕾娜固执地摇头。她举起双手，天空又开始雷雨交加，她在风雨中大吼：

“事情就是这样，莱德莉、拉金、莱丝都是这样转化的。”

“你说得对，但你不一样。今晚你不必被动接受转化。你可以转化自己。”

这几个字就停留在半空中。**转化自己**，好像这句话自己有法力可以让时间暂停。

蕾娜面如死灰，我还以为她会昏倒的。“你在说什么？”她小声问。

“你可以自己选择。我相信你舅舅一定没有告诉你。”

“那是不可能的。”蕾娜的声音在风中发抖，让人不忍心听下去。

“因为你是我的女儿，你得到了这个选择权。杜凯家族诞生的第二位自然师将得到选择权。我现在也许是黑魔师，但我是杜凯家族诞生的第一位自然师。”

莎拉·芬恩停顿了一下，然后念出一个句子。

第一位将投入黑暗，但第二位可选择回到光明。

“我不懂。”蕾娜双腿一软跪倒在泥泞的草地上，湿漉漉的头发贴在脸上。

“你一生下来就有这个选择权了，你舅舅一直都知道的。”

“我不相信你！”蕾娜举起双手，她们之间的泥土从地面飞起，卷入暴风之中。飞扬的土石从四面八方打过来，我只好闭上眼睛。

我试着在暴风雨中大叫，但蕾娜听不见我的声音：“蕾娜，别听她的。她是黑暗巫师，她不关心任何人，你自己告诉过我的。”

“麦坎舅舅为什么不把真相告诉我？”蕾娜看着我，好像我是唯一知道答案的人。但我不知道，我不知道该说什么。

蕾娜用力一跺脚，地面开始振动，进而摇晃起来。盖林镇有史以来第一次出现地震。莎拉·芬恩微微一笑。她知道蕾娜情绪失控，知道自己赢了。雷电交加的风暴逼近我们的头顶。

“够了！莎拉·芬恩！”麦坎·雷的声音在林间回荡，然后突然现身，“放开我的外甥女。”

今晚他站在月光下看起来有点不一样。不太像人类，或许更像他的真实身份吧！他的脸看起来更年轻瘦削，一副要开战的神情。

“你指的是我女儿吗？你从我身边偷走的女儿？”莎拉·芬恩开始伸展她的手指头，就好像士兵在开战之前先清点武器一样。

“说得好像她对你有任何意义似的。”麦坎·雷镇定地说。他拉拉身上向来平整的外套。阿布从灌木丛中冲出来，仿佛一直急着要赶上麦坎·雷的脚步。今晚阿布也露出它的真面目——一只真正巨大的黑狼。

“麦坎，我感到很荣幸。只是听说我错过了聚会。我女儿十六岁的生日聚会。不过没关系，反正今晚就要转化了。我们还有几小时，再怎么样我都不会错过的。”

“恐怕要让你失望了。因为没有人邀请你。”

“真可惜，我倒是邀请了一个人。他可是等不及要见你呢！”她弹弹手指，另一个男人也像麦坎·雷那样瞬间现身。他靠着一棵柳树，前一秒那里明明就没有人。

“汉亭？她从哪里把你找来的？”

那个人长得很像麦坎·雷，只是更高，更年轻。他同样有一头滑顺的黑发，肤色也一样苍白。麦坎·雷看起来像南方上一个年代的绅士，这个人却完全是时髦现代的品位。他穿了一身黑，黑色套头毛衣、牛仔裤和皮外套。麦坎·雷看起来像昔日的巨星加利·格兰特，他则像经常出现在八卦杂志封面的电影明星。不过有件事情是肯定的，他也是梦魔。如果梦魔也有正邪两派之分，麦坎·雷就是好的那一派，这个汉亭显然刚好相反。

汉亭·雷似笑非笑，开始上下打量麦坎·雷：“亲爱的兄弟，真是好久不见了。”

麦坎·雷可没有笑：“还不够久呢！我早该想到你会和她这种人在一起！”

汉亭大笑：“不然你以为我会和谁在一起？一大帮光明巫师？就像你一样？那真是太可笑了。你以为你可以就这样否认你自己？否认我们家族的传统？”

“我做了选择，汉亭。”

“选择？这就是你的说法？”汉亭又笑了，他朝麦坎·雷走近了一些，“真像神话啊！你没有办法选择你的身份，兄弟。你是梦魔，不管你选择要不要吸取人类的鲜血，你仍然是黑暗灵界的魔物。”

“麦坎舅舅，她说的是真的吗？”蕾娜对麦坎·雷和汉亭·雷的重逢没兴趣。

莎拉·芬恩的笑声尖锐刺耳：“麦坎，这辈子至少就这么一次，告诉这女孩事实真相吧！”

麦坎·雷神情倔犟地看着蕾娜：“蕾娜，事情没有那么简单。”

“但是，她说的是真的吗？我真的可以选择？”她的头发湿漉漉地纠缠在一起。当然，麦坎·雷和汉亭·雷身上都是干的。汉亭笑着点了一根烟，他很享受眼前这一幕。

“麦坎舅舅，是真的吗？”蕾娜拼命恳求。

麦坎·雷有些恼怒地看着蕾娜，然后转头避开蕾娜的目光：“你确实可以选择，蕾娜，一个非常复杂的选择。你的选择会导致严重的后果。”

突然间雨整个停了。四周完全静止，如果这是一场强烈台风，我们此刻就处在台风眼。蕾娜的情绪剧烈震荡。我不必听她说话就知道她的心情。快乐，因为她总算得到她一直想要的东西，她可以选择自己的命运。愤怒，因为她一向信任的亲人，原来是无法信任的。

蕾娜看着麦坎·雷的眼神不同了。她的脸上蒙上一层阴影：“为什么您不告诉我？害我这辈子一直在担心转化成黑暗巫师。”闪电又划过天际，天空下起毛毛雨，就像眼泪一样。但是蕾娜没有哭，她非常生气。

“你确实可以选择，蕾娜，但你的选择会导致不同的后果。那个后果是你小时候无法理解的，即使现在的你也不可能理解。我穷极一生，每天都在推敲这个结局要如何化解。这件事早在你出生以前就开始了，你亲爱的母亲也知道这场交易的条件在很早以前就注定了。”

“什么样的后果？”蕾娜怀疑地看着莎拉·芬恩。她的态度相当谨慎，好像试图开始接受新的可能性。我知道她在想什么，如果她不能相信麦坎·雷，如果他一直对蕾娜有所隐瞒，或许她妈妈说的才是实情。

我必须让她听我说。

别听她的！蕾娜！你不能相信她……

但是没有用，有莎拉·芬恩在场，我们的密语传音完全被阻绝了。就像她把我们之间的电话线切断一样。

“蕾娜，你不可能明白因为迫于情势而作的选择。这是事关生死存亡的事。”

毛毛雨又转成雷声轰隆的倾盆大雨。

“他说了那么多谎话，你还能相信他吗？”莎拉·芬恩瞪了麦坎·雷一眼，然后转头对蕾娜说，“我希望可以有多点的时间和你聊聊，但你必须作出选择，我会解释这其中的风险。你所作的选择确实会导致不同的后果，这点你舅舅倒是没有说谎。”她顿了顿，“如果你选择成为黑暗巫师，家族中所有的光明巫师都会死亡。”

蕾娜脸色苍白：“我怎么可能同意这样的事？”

“但是如果你选择成为光明巫师，家族中全部的黑暗巫师和妖灵都会死亡。”莎拉·芬恩看着麦坎·雷，“我所说的全部，当然也包括一手把你养大的舅舅。这个就像你爸爸的亲人将无法存活，你会因此毁灭他。”

麦坎·雷瞬间移动到蕾娜的面前：“蕾娜，听我说，我愿意作这样的牺牲，这就是为什么我一直不把这件事告诉你的原因。我不想让你因为放弃我而觉得内疚。我一直都知道你会怎么选择。你尽管作出决定，让我走没有关系。”

蕾娜震惊不已。如果莎拉·芬恩说的是实话，她真要因此毁了麦坎舅舅吗？如果这是事实，她还能有什么选择？麦坎·雷是唯一的黑暗妖灵，但也是她深爱的亲人。

“我可以提供你其他选择。”莎拉·芬恩补充。

“你还能提供我什么选择？要我杀了外婆、黛阿姨、莱丝和莱儿？”

她往前走向蕾娜：“伊森，我们有办法让你们在一起。”

“你在说什么？我们已经在一起了。”莎拉·芬恩微偏着头，眼里闪过恍然大悟的神色。

“你们还不知道是吗？”莎拉·芬恩看着麦坎扑哧一笑，“你没有告诉她，这样就要她选择是不公平的。”

“知道什么？”

“你和伊森是永远无法在一起的。就生理构造而言，巫师和妖灵是没有办法和凡人结合的。”她面带微笑，很享受这一刻，“凡人会承受不住而死亡的。”

二月十一日　转化

巫师无法和凡人在一起，否则会杀了他们。

一切都说得通了。我们之间猛烈的感应力。那股触电般的电流，还有每次我们接吻，我就会喘不过气来，好像心脏病发作一样。我们在生理上是永远无法结合的。

我知道这是事实，我记得麦坎·雷那晚和爱玛在沼泽区，还有在我卧室都说过类似的话。

他们两个根本不可能有未来。

有些事情你们现在还不知道，那是我们都无法控制的事情。

蕾娜在发抖，她也知道这是真的。“你说什么？”她小声问。

“你和伊森永远不可能真正厮守在一起。你们不可能结婚，也不可能有小孩。你们绝对不可能有未来，至少不是实质的未来。我不敢相信他们没有告诉你，他们把你和莱德莉也保护得太好了。”

蕾娜看着麦坎·雷：“您为什么不告诉我？您明知道我爱他。”

“你以前没交过男朋友，更别说是凡人男朋友了。我们认为这不是认真的，没想到你和伊森之间如此强烈，等我们发现不对时已经太迟了。”

我听到他们在说话，但是完全听不进去。心里只想到我们永远无法在一起，我永远不能亲近她。

风开始增强，雨水被狂风一扫，打在身上像玻璃一样刺痛。石破天惊的闪电让地面都震动起来，我们显然已经不在台风眼了，我知道蕾娜快要克制不住了。

“您什么时候才告诉我？”她在风中大叫。

“等你转化以后。”

莎拉·芬恩看到机会来了：“你看不出来吗？蕾娜。我们还有一个办法让你和伊森这辈子可以永远在一起。你们可以结婚生子，想怎么样都可以。”

“她绝对不会允许的，蕾娜。”麦坎·雷插嘴，“就算真的可能，黑暗巫师鄙视凡人，他们绝不允许自己的血脉被凡人玷污。这是我们和凡人最大的区别了。”

“是没错，但总可以有例外。蕾娜，我们愿意让你破例，这也是不得已的。但至少我们找出可行的方法了。”她耸耸肩，“总比死亡好吧！”

麦坎·雷看着蕾娜：“为了和伊森在一起，你能杀掉家里的每个人？黛阿姨？莱丝？莱儿？你自己的外婆？”

莎拉·芬恩张开双手，调整她的法力：“等你转化以后，你甚至不会再关心那些人了。你还有我，你的母亲、你的舅舅，以及伊森。他不是你生命中最重要的人吗？”

蕾娜的眼神迷惘，大雨和雾气包围着她。暴风雨的声音之大，早已盖过蜂蜜冈之役的炮弹声。我都忘了我们站在这里很可能送命。这两场交错在一起的战役，今晚都有可能害我们丧命。

麦坎·雷抓住蕾娜的双手：“她说得对。如果你同意那样做，你会失去懊悔的感觉。因为你不再是你自己了。现在的你到时候就死了。她没有全部说完，到时候你也会忘了你对伊森的感觉。只要几个月时间，你的心就会变得黑暗无比，他对你再也不具任何意义。自然师的转化会产生不可思议的力量。你甚至可能亲手杀了他，你就是有可能变得那么邪恶。不是吗？莎拉·芬恩。告诉蕾娜她爸出了什么事，你不是一向坚持要说实话吗？”

“你爸把你从我身边偷走，蕾娜。很遗憾发生了那样的意外。”蕾娜震惊无比，听到林肯太太在纪律审查会指控她母亲杀死父亲是一回事，但发现这件事情是真的，那又是另外一回事。

麦坎·雷试着扭转情势："告诉她啊！莎拉·芬恩，解释一下你如何纵火，让她爸在自己家里活活被烧死。大家都知道你多么爱玩火。"

莎拉·芬恩眼里冒着怒火："你已经插手了十六年，我认为这次你该袖手旁观了。"

汉亭突然现身，离麦坎·雷只有一步之隔。他现在露出恶魔本色，看起来几乎不像人类了，那头滑顺的黑发都立了起来，就像野狼要发动攻击时，颈背的毛会竖起来一样。他的耳朵变尖了，嘴里露出野兽般的尖牙，然后他的形体瞬间消失。

等汉亭再度现身，他已经压住麦坎·雷了。动作之快，几乎让人无法看见是怎么发生的。麦坎·雷一把抓住他的夹克，将他甩去撞树，没想到麦坎·雷的力气居然那么大。汉亭·雷飞了出去，但他并没有撞到树，反而直接穿过大树，在地上滚了两圈。麦坎·雷瞬间出现在汉亭·雷身旁，将他抓起来摔到地上，力量之大连地面都碎裂凹陷了。汉亭·雷躺在地上动弹不得。麦坎·雷转身去找蕾娜，但他一转身，汉亭·雷就起身跟在他后面，脸上浮现邪恶的微笑。我急得大叫想警告麦坎·雷，但四周狂风肆虐，没有人听得到我的声音。

汉亭·雷凶狠地咆哮，露出尖牙咬上麦坎·雷的颈背，活像一条正在打架的狗。

麦坎·雷从喉间发出怒吼，然后消失不见了。汉亭也跟着消失，接着他们两个再度出现在林间空地的边缘，汉亭·雷还紧紧咬住麦坎·雷的脖子。

他在做什么？吸他兄弟的血吗？我不太清楚这类的事情。但不管汉亭在做什么，似乎是在榨干麦坎·雷的气力。蕾娜吓得尖叫，那是声嘶力竭、令人毛骨悚然的尖叫。

汉亭·雷终于离开麦坎·雷的脖子，麦坎·雷倒在泥地上，大雨落在他的身上。另一轮霰弹枪的枪声响起，我畏缩了一下，重演活动朝我们这边前进了，眼见炮火渐渐朝着绿屋的方向飞过来，南军准备最后进攻了。

嘈杂声中突然出现熟悉的咆哮声，是布芮德。它吼了一声就往汉亭·雷的方向跳过去，准备替主人展开反击。但拉金的身体也开始扭曲变形，化为一堆盘踞的毒蛇挡在阿布面前。毒蛇嗞嗞吐着芯子，彼此不断攀爬滑行。

阿布不明白这些蛇只是幻象，它其实可以直接冲过它们，但它被吓住了，还往后退了几步，拼命吠叫。它的注意力完全被毒蛇吸引住了，这给汉亭·雷一个大好机会，他马上消失，随即又在阿布的后面现身，以超乎寻常的力道给阿布重重一击。阿布努力跳起来继续打斗，不过没有用，汉亭·雷实在太强了，他抓起阿布软弱无力的身体，朝麦坎·雷身边一扔，阿布也因此倒地不起。

狗儿和主人都躺卧在泥地中，一动也不动。

“麦坎舅舅！”蕾娜尖叫。

汉亭·雷摇摇头，用手梳理一下头发，一副生气蓬勃的样子。拉金又变回穿着皮夹克的人类相貌，他们两个就像吸了毒处在亢奋状态的“毒虫”一样。

拉金看看月亮，又看看他的手表。“十一点，午夜马上就到了。”

莎拉·芬恩高举手臂，好像要拥抱天空一样：“第十六个月亮，第十六年。”

汉亭·雷冲着蕾娜一笑，脸上沾了泥土和鲜血：“欢迎加入这个家庭。”

蕾娜无意加入这个家庭，我从她的表情就知道了。她从地上站起来，浑身都湿透了，她招来的狂风暴雨让她身上沾了不少烂泥，也让她在狂风中几乎站不住，一头黑色长发在风中疯狂舞动。感觉她随时会被狂风吹走，就消失在夜空之中。也许她真的可以飞起来，因为现在已经没有任何事情能让我感到惊讶了。

汉亭和拉金默默走到莎拉·芬恩的两旁，三人一起面对着蕾娜，莎拉·芬恩往前走了一步。

蕾娜伸手阻止：“别过来。”

莎拉·芬恩没有停下来，蕾娜握住拳头，茂密的杂草顿时燃起一道火墙，熊熊的火焰阻隔了这对母女。莎拉·芬恩停下脚步，她大概没料到蕾娜除了会召唤风雨，还可以来这么一招。她在毫无防备下吓了一跳。“我绝对不会隐瞒你任何事情，不像我们家族的其他人那样。我向你解释过你可以有的选择，也告诉你所有的实情，你可能会恨我，但我仍然是你的母亲。我能给你他们无法给你的条件——让你和凡人还能拥有未来。”

火焰燃烧得更旺盛了。整道火墙就包围着莎拉·芬恩、拉金和汉亭·雷，好像火焰有自己的意志似的。蕾娜笑了，她的笑容很邪恶，就像她妈那样，虽然我隔着空地遥望，她的笑容仍然让我打了个冷战：“不必假装你关心我。我们都知道您有多可恶，妈妈。我想这是我们都同意的。”

莎拉·芬恩撅嘴吹了一口气，好像要送个飞吻似的。只是那道火墙被她这么一吹，瞬间改变燃烧的方向，转而去包围蕾娜。“你想说什么就说吧！最好再多加把劲，亲爱的。”

蕾娜微笑：“烧死女巫？这太老套了。”

“如果我想烧死你，蕾娜，你早就死了。要知道，你不是这里唯一的自然师。”

蕾娜慢慢伸出手去碰触火焰，她面无表情，没有丝毫畏缩，接着她把另一只手也伸进火焰中。她双手举高，把火焰握在手中，好像握着一个球似的，然后用尽全部的力气，将火球对着我丢过来。

火焰打在我身后的橡树上，树枝迅速燃烧起来，简直比干枯的柴火还快，火焰很快就往底下的树干蔓延，我连忙往前走，试着逃离燃烧的大树，我以为我会碰到前面那道困住我的隐形墙，但这次并没有，我继续踩着泥地前进，当我回头看林克，发现他也一样，他身后那棵大树甚至比我这边燃烧得更旺盛，火焰直冲天际，再向旁边的田野延烧。

我跑向蕾娜，完全无法思考其他事情，林克跑向他妈妈。如今只剩那道火墙挡在莎拉·芬恩和我们之间，但是就目前来说，这样已经足够了。

我伸手碰触蕾娜的肩膀，在黑暗中她原本可能吓得跳起来。但她知道是我，甚至不必费事多看我一眼。

我爱你，蕾娜。

别说话，伊森，她听得见我们交谈的每句话。我不是很确定，但我想她一直都知道。

我望向对面，但是火焰那头看不到莎拉·芬恩、汉亭或拉金。我知道他们在那边，可能打算杀了我们几个，但至少我和蕾娜在一起，这一刻其他事都不重要了。

“伊森！快去找莱儿，麦坎舅舅需要她的帮助，我没办法阻挡她太久。”我马上拔腿狂奔，不需要她再多说一个字。不管莎拉·芬恩是否能侵入我们的对话，这些都不重要了。蕾娜又回到我的心中、我的脑海。我穿过崎岖不平的田野，心里只在意这件事。

一想到午夜即将到来，我跑得更快了。

我也爱你，快点……

我看了一下手机，十一点二十五分，我用力敲着雷家大门，慌乱按下门框上的新月图案。毫无动静，拉金一定动了什么手脚封住大门，我实在一点办法也没有。

“莱儿！黛阿姨！外婆！”我必须找到莱儿，麦坎·雷受伤了。蕾娜很可能就是下一个，我不敢想象蕾娜拒绝投靠黑暗以后，莎拉·芬恩会怎么对付她。

林克跌跌撞撞跟了过来。

“莱儿不在这里。”

“莱儿是医生吗？我们要想办法救救我妈妈。”

“不，她……我以后再解释。”

林克在阳台上喘个不停：“刚才的一切都是真的吗？”

我必须想一想，现在只能靠我自己了。雷氏庄园今晚就像铜墙铁壁，任何人都无法闯进去。至少凡人不行，但我不能辜负蕾娜所托。

我打电话给唯一不怕应付两个黑暗巫师和一个嗜血梦魔，也不怕超自然龙卷风的人。我打给爱玛，她本身就像一股超自然的龙卷风了。

我听着电话响了几声，“没有响应，她可能还在照顾我爸爸。”

十一点半了，只剩下一个人可以帮我，但希望实在很渺茫。我打电话到盖林镇图书馆。

“玛丽安也不在，她应该知道怎么做的。到底怎么了？平常她不会离开图书馆，即使闭馆以后她还是能待上好几小时。”

林克也是惊魂未定：“今天没人开门做生意，你忘了今天是蜂蜜冈之役吗？全镇放大假了。也许我们应该回到安全区的医疗中心看看。”

我灵光一闪。“今天没人开门做生意，今天是假日。”我喃喃自语。

“对啊，我刚才说过了，现在我们要怎么办？”他一脸悲惨的样子。

“林克，你真是天才，太天才了。”

“我知道，但这和目前的情况有什么关系？”

“你开老爷车来了？”他点点头。

“我们要快点上路。”

林克发动引擎，引擎一如往常传来嘎嘎怪声。扩音喇叭传出神圣摇滚的演唱，说真的，这一次他们唱得奇烂无比。莱德莉必定施展了所有的女妖魅力才能那样化腐朽为神奇。

林克开车上路，转头问我：“我们要去哪里？”

“图书馆。”

“你自己不也说它关门了？”

“我说的是另一个图书馆。”林克像平常一样似懂非懂地点点头。我们开着老爷车直冲，就好像每次星期一上学快要迟到那样，只不过这次情况不同。

已经十一点四十分了。

我们把车子停在历史协会门口，林克甚至懒得追根究底弄清楚了。我还没等他关掉神圣摇滚的音乐就跑下车。他连忙追上我，我走过转角，来到盖林镇第二古老建筑物的后面。“这里不是图书馆。”

“对。”

“这里是美国革命女儿会。”

“对。”

“你最讨厌这里。”

“对。”

“但我妈妈每天都到这里来。”

“对。”

“兄弟，那我们来这里干什么？”

我靠近地上那道栅门，把手伸过去。我的手就直接穿过金属栅栏，至少那里看起来确实像是栅栏，乍看之下好像我的手从手腕处截肢了。

林克抓住我：“天哪，莱德莉一定在我的汽水里面加了东西，我发誓，我刚才看到你的……算了，大概是我的幻觉。”

我把手伸回来，在他的眼前动动我的手指：“说真的，林克，你今晚看过那么多事以后，现在还会以为这是你的幻觉？”

我看了一下手机，十一点四十五分。

“我没时间解释了，但是从这里下去只会越来越古怪。我们要到下面的图书馆，不过这不是普通的图书馆，你可能会被吓坏，所以如果你想回车上等，那也没关系。”我说得很快，林克试着明白，只是这恐怕很难。

“你来吗？”

林克看着那道栅门，没说一句话就伸手穿过去，他的手也像截肢似的消失了。看来他是打算加入了。

我弯身来到入口处，开始爬下古老的石梯：“来吧，我们要去弄本书。”

林克神经质地笑笑：“对，图书馆，借书。”

我们沿着楼梯往下爬，墙上的火炬自动点燃。我从金属架上拿下一支火把给林克，自己又拿了一支，然后走到底下的墓室。室内的火炬也随着我们的进入亮了起来，而石柱在火光的跳动下，在地上形成了巨大的阴影。入口处依旧写着“路那古书阁”，就像我上次来的时候一样。

“玛丽安阿姨！您在这里吗？”她从后面拍了拍我的肩膀，把我吓了一大跳，还撞到旁边的林克。

林克惊叫一声，连火把都掉到地上，我连忙把火踩熄，“天哪，阿什克罗夫特博士，我差点儿被您吓死了。”

“抱歉，韦斯利——还有伊森，你疯了吗？你不知道这孩子的母亲是谁吗？居然还带他来这里。”

“林肯太太此刻昏迷不醒。蕾娜有麻烦了，麦坎·雷又身负重伤，我必须进入雷氏庄园，我找不到爱玛，找不到路进去，我必须穿过隧道。”

我又像个小孩子讲话结结巴巴的。和玛丽安讲话就像和自己母亲讲话一样。

“我没办法，我无法帮你。午夜就要转化了，我不能让时间暂停，我无法拯救麦坎或韦斯利的母亲，我不能牵扯进去的。”她看着林肯，“你妈妈的事我很遗憾，我无意失礼。”

“阿什克罗夫特博士。”林克看起来很沮丧。

我摇摇头，从墙上抓过一支火把递给玛丽安：“您不了解，我们不要您做任何事，您只要谨守巫师图书馆管理员的本分就行了。”

“什么？”

我意味深长地看着她：“我需要送一本书到雷氏庄园。”我从身边的书架随手拿了一本书，指尖马上传来烧灼感，“就是这本《魔药配方大全》。”

玛丽安一脸狐疑：“今晚？”

“对，今晚。麦坎·雷要我在午夜以前亲自把书送过去。”

“巫师图书馆的馆长是唯一知道那些隧道怎么走的凡人。”玛丽安敏锐地看着我，从我手上把书接过去，“幸亏那刚好就是我。”

林克和我随着玛丽安穿过路那古书阁的曲折隧道。本来我还试着计算经过几道门，后来数到第十六道门就懒得再算下去了。底下的隧道简直就像迷宫一样。而且每一个都不一样，有的通道天花板很低，林克和我还要弯腰才能通过，有的通道天花板又高得看不见，让人怀疑到底上面有没有屋顶。这里简直就是另一个世界，有些通道相当朴拙，就只是由古老的石块砌成，什么装饰也没有。但有些通道又像城堡或博物馆的走廊，墙上挂着壁毯、装框的古地图、油画等。如果是在其他时候，我肯定会驻足研究这些油画下方的铜牌。也许这些都是很有名的巫师，谁知道呢！这些隧道唯一的共同点就是充满古老和泥土的味道。玛丽安摸索着挂在腰间的钥匙串，拿出那把新月形的图书馆钥匙。

穿越重重的隧道之后，我们总算抵达门口，手中的火把也快熄灭了。我必须把火把举得很高，才能看到门框上面刻着“雷氏庄园”。玛丽安把钥匙插进锁孔转了一下，大门应声而开，出现通往上面的楼梯。我从楼梯口往上可以看到天花板的一角，所以知道这道楼梯是通往一楼大厅的。

我转身对玛丽安说：”谢谢您，玛丽安阿姨。”我伸手要拿书，“我会把书交给麦坎·雷的。”

“别这么急。你可没有借书证呢！伊森·魏特，我要亲自送书过去。”

我看了一下手机。还是十一点四十五分。这怎么可能呢？“为什么现在还是我们抵达图书馆的时间？”

“这是月亮时间，你们这些孩子总是不注意听。底下的事物不像上头那样。”

林克和玛丽安随着我来到大厅。雷氏庄园还是我们离开时的样子。盘子上摆着切好的蛋糕，茶具组也在，一堆礼物都还没拆开。

“黛阿姨！莱丝！外婆！有人在吗？人呢？”我大喊大叫，她们全都跑了出来。黛阿姨站在楼梯口，手里高举着台灯，好像想从玛丽安的头上敲下去。外婆站在门口，双手护着莱儿，莱丝躲在楼梯下方，手里挥舞着切蛋糕的刀子。

她们几乎在同一时间开口说话：“玛丽安！伊森！我们非常担心。蕾娜不见了，当我们听到隧道的铃声响了，还以为……”

“你看到她了吗？她在外面吗？”

“你有没有看到蕾娜？麦坎出去找她一直没回来，我们就开始担心了。”

“对了，拉金呢？她没有伤害拉金吧？”

我不敢置信地看着她们，从黛阿姨手中拿下台灯，把它交给林克：“一盏灯？您真的认为一盏灯能拯救您？”

黛阿姨耸耸肩：“巴克雷去阁楼把一些窗帘杆和节日装饰品变成武器，我只能找到这些。”

我跪倒在莱儿前面。时间不多了，只剩下十四分钟而已：“莱儿，记得我受伤的时候，你怎么帮助我吗？我需要你再帮一次忙，麦坎舅舅在绿屋那边受伤了，他和阿布都伤得很重。”

莱儿快哭出来了：“阿布也受伤了？”

林克在后面清了清嗓子：“还有我妈妈，我是说她好像很痛苦的样子，不知道她……她是不是也可以帮助我妈妈？”

“还有林克的母亲。”

外婆把莱儿推到她身后，拍拍她的脸颊，帮她顺了顺毛衣和裙子："那么我和小黛去吧！莱丝，在这里陪着你妹妹，告诉你爸爸我们去哪里了。"

"外婆，我需要莱儿。"

"今晚我就是莱儿，伊森。"她拿起她的袋子。

"没有莱儿我不走。"我非常坚持，这当中的风险太高了。

"我们不能让还没转化的小孩去那里，不能在第十六个月亮的夜晚。她可能会送命的。"莱丝看着我，好像我是白痴。我再度成了巫界的圈外人。

黛阿姨抓住我的手臂向我保证："我妈妈是一位神入师。她对别人的法力非常敏感，可以借用他人的法力，现在她已经借到莱儿的灵疗技能了。虽然不能持续很久，但是莱儿会的我妈妈现在也能做到。而且她已经转化很久了，这是显而易见的吧？所以我们两个和你过去。"

我看着手机，十一点四十九分。

"如果我们赶不及呢？"

玛丽安笑着举起手中的书："我还没送书去过绿屋呢！小黛，你可以带路吗？"

黛阿姨点头戴上她的眼镜："时光师总是可以找到古代失传的入口。倒是全新的门才让我们伤脑筋。"她下楼进入隧道，玛丽安、外婆、林肯和我通通跟在后面。

"以这群太太的年纪来说，她们走得还真快。"林克喘着气在后面追赶。

这次的通道狭窄曲折，墙上和天花板长了许多黑斑和青苔，或许地上也一样，只是在阴影中我看不清楚。除了我们手上的五支火把，四周几乎一片漆黑。因为我和林克走在最后面，火把的黑烟一直往后飘，熏得我们直流眼泪。

当我们快靠近绿屋的时候，上头的烟开始渗透到隧道底下，那不是火把的烟，而是从某个隐藏出口飘进来的烟尘。

"就是这里。"黛阿姨咳了起来，摸到石墙有长方形的切口。玛丽安刮掉上面的青苔，果然露出一扇门。路那古书阁的钥匙插进去刚好，转了一下门就打开了，感觉好像几天前才有人开过，根本不像尘封上百年的样子。这可不是木门，而是一道石门，真不敢相信玛丽安有那个力气推开它。

黛阿姨站在楼梯口示意我先通过，她知道我们快没有时间了。我低着头穿过长满青苔的潮湿天花板，爬上楼梯出了隧道。但是当我到达上面，整个人就愣住了。我看到墓室那张石桌，《月之书》在一百多年前就是放在这张桌子上的。

我知道是同一张石桌，因为此刻那本书就摆在桌子上面。

今天早上从我衣柜中消失的魔书，不知为什么跑到这里来了，但是我没时间去问。

我还没看到就先听到熊熊大火的声音。

火的声音原来这么大，充满愤怒、混乱和毁灭的声音。我的四周都是火，空气中浓烟密布，我马上呛得不能呼吸。热度把我手臂上的汗毛都烧焦了。这里就像我从链坠看到的异象，或许还更糟。很像噩梦最后的结局，我做过蕾娜被大火吞噬的噩梦。

我正在失去她，事情正在发生。

蕾娜，你在哪里？

帮帮麦坎舅舅。

她的声音很微弱。我挥开浓烟，以便查看手机的时间。

十一点五十三分，再过七分钟就是午夜了。我们没有时间了。

外婆抓住我的手："别光站在这里，我们需要麦坎。"

外婆和我手牵手跑出火场。通往坟场和花园的一整排柳树和拱门全烧起来了。那些灌木丛、老橡树、矮棕榈、迷迭香、柠檬树通通着火了。我听见远方传来最后一轮炮火声。蜂蜜冈之役的活动即将结束，很快就要放烟火了，只不过在安全区施放的烟火，根本比不上这里正在进行的烟火壮观惊人。整个花园和外面的空地都烧起来了，古墓室被熊熊大火包围住。

外婆和我跌跌撞撞地穿过浓烟，最后来到那棵燃烧的老橡树旁边。麦坎·雷依旧躺在那边，外婆靠过去抚摸他的脸颊："他很虚弱，但他会没事的。"阿布朝我们四个跳了过来，在主人的身边躺下。

麦坎·雷挣扎着转头看外婆："蕾娜呢？"

"伊森会去找她，你好好休息。我过去帮林肯太太。"

林克跑到他妈身边，外婆一言不发就赶过去。我在大火中搜寻蕾娜的身影。但是我到处找不到他们，没有汉亭、拉金、莎拉·芬恩——半个人影也没有。

我在上面，在墓室的顶端，但是我好像困住了。

撑下去，蕾娜。我来了。

我冲回火场，试着回忆我和蕾娜走过的绿屋小径。可是我越接近墓室，火焰的温度就越高，我好像被剥了一层皮，我知道其实是被大火烧掉的。

我爬到一块没有名字的墓碑上面，发现倒塌的石墙还有一小块站立的地方。

我赶忙从那里尽量把身体往上撑，墓室上方好像有一尊类似天使的雕像，她的上半身已经断了，我紧紧抓住剩下的部分，可能是她的膝盖吧！终于爬上了墓室屋顶的边缘。

快点，伊森！我需要你。

站在我面前的居然是莎拉·芬恩。

她握着一把小刀插进我的腹部。

一把真实的刀，插在我真实的腹部。

他们不准我看的梦境结局原来是这个样子。只不过这次不是梦，我很清楚，因为我的腹部插着一把刀，我可以感觉到刀刃在我体内的痛楚。

惊讶吧？伊森？你以为这个频道只有你和蕾娜能通话？

莎拉·芬恩的声音开始转弱。

现在让她试着成为光明巫师吧！

在我昏昏沉沉之际，我只想到如果我穿着南军制服遇害，那我简直就是另一个伊森·卡特·魏特了。我们都是在腹部受伤，口袋里装着同一个链坠。只不过我是脱离石墙中学的篮球队，而他是脱离李将军的军队。

我和另一个伊森一样，憧憬一个我永远深爱的巫师女孩。

伊森！不！

不！不！不！

前一分钟我还在尖叫，下一分钟我已经哽住说不出话。

我记得伊森在坠落，我妈妈在微笑，刀子在闪闪发光，还有好多血。

伊森的血。

不可能发生这种事的。

一切都静止了，所有的事物一动也不动，就好像蜡像馆的一幕。四周仍是浓烟密布，但是这些灰烟既没有往上飘，也没有向下落。它们就停留在半空中，好像是纸板搭出来的背景效果。火舌依旧透明，依旧灼热，但是大火没有吞噬任何东西，也没有发出声音。就连空气都是静止不动的。

外婆正要救治林肯太太，她伸出手打算抚摸她的脸颊却停留在半空中。林克跪在泥地上握住他妈妈的手，像个被吓坏的小男孩。黛阿姨和玛丽安正要走出墓室的门口，捂着脸在躲避浓烟。

麦坎舅舅躺在地上，阿布躺卧在他身边。汉亭靠在不远处的树干，正在欣

赏他的杰作。拉金站错了方向，身上的皮衣都着火了。他站在通往雷氏庄园的小径上，从他的动作来看应该是跑离雷家，而不是跑向雷家。

至于我的母亲莎拉·芬恩，手上握着一把有雕刻纹路的匕首。那是黑暗巫界的法器。她把刀子高举过头，脸上充满愤怒和憎恨。刀刃上还滴着伊森的血。伊森动也不动地躺在刀刃下方，刀尖滴下的鲜血也停在半空中。

伊森的手臂从墓室屋顶的边缘垂下来，直指底下的坟场。

就像我们做的梦，只不过刚好相反。

不是我从他的手中滑掉，是他从我的指尖溜走。

我在墓室下方推开火焰和浓烟，拼命踮起脚，但只能勉强够到他的手。我伸手穿过伊森的手指，和他紧紧交握。

伊森，我爱你，不要离开我。没有你我一个人办不到。

要是有月光就好了，这样我就能看到他的脸庞。但是天上没有月亮，至少现在没有。

四周唯一的照明就只有火光。整个天空漆黑无比，没有半点星辰，好像整个被掏空了，真的什么都没有。今晚我也失去了一切，什么都没有了。

我哭到无法呼吸，我的手指滑过他的指尖，知道再也感觉不到他的手穿过我的头发了。

伊森。

我很想大声喊出他的名字，只是没有人听得见。我也喊不出声音了。我记得异象中那些字句，每个字我都记得清清楚楚。

我心之血。
我生命之生命。
我身体之身体。
我灵魂之灵魂。

“别这样做，蕾娜·杜凯。不要又拿出《月之书》开启邪恶黑暗的事端，你不能从头再来一遍。”我睁开眼睛，爱玛就站在我身边的大火中。我们周围的世界依旧停止不动。

我看着爱玛：“是先灵暂停了时间？”

“不，孩子。这次是你做的，先灵只是帮助我来到这边。”

“我怎么可能有这种法力？”

她在我旁边的泥地坐下来：“你还是不知道自己的法力有多强？至少麦基瑟德说对了一点。”

“爱玛，你在说什么？”

“我总是告诉伊森，总有一天他会把天空捅出个大洞，结果是你才有这个能耐。”

我想把眼泪擦干，只是有更多眼泪又流出来。当泪水流过我的嘴唇时，我可以尝到煤灰的味道，“我……我变成黑暗巫师了？”

“还没有，至少现在不是。”

“所以我是光明巫师？”

“不，恐怕你也不是。”

我抬头看着天空。浓烟遮蔽了一切，树木、天空、星星和月亮都不见了。整个天空像一条漆黑厚重的黑毯。四周只有烟尘和火光，其他什么都没有。

“爱玛？”

“什么事？”

“月亮在哪里？”

“孩子，如果你不知道，我就更不知道了。前一分钟我还仰头看着你的十六岁满月，但是你没有站在月光底下，你只是瞪着天上的星辰，好像唯有上帝能帮你一把。你掌心向上高举，好像要捧住整个天空，接着天上什么也没有了，就像现在这样。”

“那转化的事呢？”

她想了一下：“嗯，你十六岁生日的午夜没有月亮，我不知道这代表什么，这是以前没有过的事。对我来说如果没有第十六个月亮，就不能完成转化。”

我应该觉得松了一口气，觉得开心或困惑，但是我只感觉到痛苦：“那么一切结束了？”

“我不知道。”爱玛伸手把我拉起来。我们两个站在一起，她的手掌温暖厚实，我的思路突然清晰起来。我们两个都知道我要做什么。我猜一百多年前的艾维也一样，她在当下就知道吉妮薇会怎么做。

当我们打开那本封面干裂的古书，我立刻知道该翻到哪一页，仿佛我一直都知道似的。

"你知道这么做是违反自然的，会招来严重的后果。"

"我知道。"

"你也知道这不保证一定会奏效。上一回的结果就不太好。但是我可以告诉你，我已经请先灵把我的曾姨婆艾维一起找来了。他们会尽一切可能帮助我们的。"

"爱玛，求您了，我没有别的办法了。"

她凝视我许久，最后终于点头："我知道再怎么说都无法阻止你。因为你爱我家小子，而我也爱他，所以我会帮你。"

我看着她立刻恍然大悟："所以今晚您才把《月之书》带到这里来。"

爱玛缓缓点头。她伸手拉出我脖子上的项链，上面挂的链坠是伊森母亲的戒指，而我身上穿的还是伊森的运动服。"这是莱拉的戒指，他一定非常爱你，才会把这个戒指送给你。"

伊森，我爱你。

"爱是非常强的力量，蕾娜·杜凯。母爱是不容小觑的，在我看来莱拉一直努力想帮助你们。"

她把戒指扯下来，当链子应声而断时，我感觉脖子上被压出一道痕迹。爱玛把戒指戴在我的中指上，"莱拉一定会喜欢你的。吉妮薇在使用那本书时，就欠缺你现在所拥有的力量。你有两个家庭的爱。"

我闭上眼睛，感受冰冷的金属贴住我的皮肤，"希望您是对的。"

"等等。"爱玛从伊森的口袋拿出吉妮薇的链坠，链坠还包在她的家族手帕中，"你只要记得每一个已经受到诅咒的亲人。"她不安地叹了口气，"我不想看到同样的罪孽再发生第二次了。"

她把链坠放在《月之书》上面："这一次我们要做对。"

接着爱玛从自己的脖子上取下古老的护身符，把它放在书上和链坠并排。那个金色的圆碟很像一个金币，上面的图案因为太过老旧已经看不清楚了。"这是要提醒每一个人，如果他们想动我家小子，就是和我过不去。"

她闭上眼睛，我也照做。我摸着古老的页面开始吟唱，刚开始很缓慢，然后声音越来越大。

库洛——佩托利——梅，杜特拉——杜瓦——埃斯特。

维塔——维塔——梅伊，柯里平斯——杜姆，柯里平斯——梅因。

我充满自信地念出这些古文。那是将自己的生死置之度外，决心要成功的自信。

科普斯——科波利——梅，美杜拉——孟斯克。
阿尼摩——阿尼梅——梅伊，阿尼姆——诺斯楚——康尼特。

我对着时间冻结的四周念出这些字句，唯一能听见我声音的只有爱玛。

库洛——佩托利——梅，路那——梅，阿斯楚——梅斯。
库洛——佩托利——梅，法顿——梅姆，梅——莎勒斯。

爱玛用温暖厚实的大手握住我颤抖的双手。我们一起再把咒文念一次。这一次我们用英语念，这是伊森、他母亲莱拉、麦坎舅舅、黛阿姨、爱玛、林肯、小莱儿，以及每一个深爱伊森、深爱我们的人都听得懂的语言。这一次我们吟唱的咒文变成了一首歌。

一首爱之歌，献给伊森·劳森·魏特的歌。由两个最爱他的人吟唱，如果这次失败了，她们将是全世界最想念他的两个人。

我心之血，保护他！
我生命之生命，拿走你的，带走我的。
我身体之身体，活力与精神。
我灵魂之灵魂，结合你我之灵魂。
我心之血，我的浪潮，我的明月。
我心之血，我的救赎，我的厄运。

闪电击中了我，也打中《月之书》、墓室和爱玛，至少我以为是这样。然后我想起吉妮薇当时也以为自己被雷打中。爱玛被撞飞到墓室边，头部撞到石墙。

我感到一道电流在我体内流窜。但我全然放松，准备接受死亡的命运。至少这样我就能和伊森在一起了。我感觉得到他就在我身边，他离我是那么近，我又是那么爱他。我感到手上的戒指烧灼起来，伊森也是那么爱我。

我的眼睛也是一阵烧灼，放眼所及都是如此，我看见一道金光，好像是从我身上发出来的。

我听到爱玛轻声说："我的孩子。"

我转头看着伊森，他沐浴在金色光芒之中，金光笼罩着整间墓室。但伊森还是一动也不动，我惊慌地看着爱玛："不灵啊！"

她靠着祭坛闭上眼睛。

我声嘶力竭地大叫："没有用啊！"

我放开书本踉跄地走到泥地中央。我抬头看着夜空，月亮又出现了，我高举双手朝向天际，全身的血液都沸腾了。我满腔怒火无处宣泄，感觉自己快被这股怒气吞噬了。

我知道再不想办法发泄出来，我就会被这股怒火毁灭。

汉亭、拉金、莎拉·芬恩。

掠夺者、懦夫和我那杀人成性的母亲，她一心想毁掉自己的小孩。这三个是我们家族中的污点。

伊森是我最在乎的人，当他们判了他死刑，我又怎么能转化自己？我体内的怒火从双手蹿出，好像有它自己的意志。闪电划过天际，我甚至知道它会打向哪里。

我的罗盘出现这三个点，无须任何指北针的导引。

闪电同时击中三个目标，随即爆炸起火。他们今晚夺走了我的一切。我本来应该转头不忍目睹的，但是我没有，原本我那位静止如美丽雕像的母亲，如今在月光下被熊熊火焰吞没。

我放下双手拭去眼中的泥尘和伤痛，但是当我再次抬起头来，她不见了。

他们三个都不见了。

雨又开始下了。我模糊的视力渐渐恢复过来。大雨浇熄冒烟的橡树、田野和灌木丛。眼前的一切变得很清晰，我从来不曾看得这么清楚。我转身走向墓室去看伊森。

但是伊森不见了。

刚才伊森还躺在这里，现在躺在同一个地方的居然是别人，是麦坎舅舅。

我不懂这是怎么回事，我转头去看爱玛，希望她有答案，但是她的眼睛睁得很大，而且充满惊恐。

“爱玛，伊森呢？到底发生什么事？”

但她没有回答我。爱玛头一次说不出话，只是呆呆看着麦坎舅舅的身体。“麦基瑟德，多年来我们共同背负着沉重的负担，没想到居然是这样的结果。”她在对麦坎舅舅说话，好像舅舅听得见似的。爱玛的声音小到我几乎听不见，“以后我要如何一个人背起这个重担？”

我紧紧抓住她的肩膀：“爱玛，到底怎么了？”

她缓缓看着我，声音细如蚊蚋：“你向那本书提出要求，就不能不付出代价。”泪水从她布满皱纹的脸庞流下。

这不可能是真的，我跪在麦坎舅舅身边，缓缓伸手去抚摸他那张修饰整洁的脸庞。原本他的脸庞应该是出奇的温暖，那里面灌注了凡人的能量、希望和美梦，但今天不是，他的皮肤冷得像冰，像莱德莉，像死亡的气息。

不能不付出代价。

“不……请不要。”我甚至还没转化，就杀了麦坎舅舅。我还没有选择要当光明巫师，麦坎舅舅就因我而死了。

我体内的怒火又旺盛起来。狂风围绕着我们翻腾旋转，就像我的情绪一样。我开始觉得这一切好熟悉。那本魔书承诺了一场可怕的交易，一场不是我所要求的交易，现在我懂了。

这就是代价。

原本躺在这里死掉的是伊森，如果现在死掉的人换成了麦坎舅舅，那么伊森可能在某处已经活过来了？

我站起来跑到空地，眼前冻结的大地也笼罩在金光中。我看到伊森躺在阿布旁边的草地上，刚才麦坎舅舅就躺在那里。我赶忙跑过去抓住伊森的手，但他的手依旧冰凉。

伊森还是死了，现在连麦坎舅舅都死了。

我做了什么？我同时失去他们两个。我在泥地中跪倒，整个人埋在伊森胸前哭了起来。我把他的手拉过来贴住我的脸颊，我经常想到伊森可能会拒绝接受我的命运，拒绝放弃，拒绝和我说再见。

现在却轮到我了：“我不要说再见，我不说。”我的低语在烧焦的田野间化为一阵呢喃。

我感觉到了，伊森的手指动了起来，然后握住我的手。

蕾娜？

我不敢相信我的耳朵。我又哭又笑，抓过他的手猛亲。

你在吗？蕾娜？

我和他手指交握，发誓再也不放开手了。我仰起头让雨水冲净脸上的煤灰。

我在这里。

别离开我。

我哪里都不去，你也一样。

二月十二日　一线希望

我看着手机，它已经摔坏了。

上面的时间还停留在十一点五十九分。

但我知道已经过了午夜，因为蜂蜜冈之役已经接近尾声，虽然天空下着雨，闭幕烟火还是照样施放着。下一次的活动要等到明年了。

我躺在泥地中，任由雨水落在我身上，烟火在下着毛毛雨的夜空绽放。到处都是灰蒙蒙的。我还有点神志不清，我记得我摔下来，除了撞到头，好像还撞到其他地方。我的肚子、臀部，整个左侧身体都痛得要命。这样一身是伤地回家，一定会被爱玛修理得很惨。

我只记得前一秒我还抓着那个破掉的天使雕像，接下来我已经平躺在泥地上了。我猜大概是我使力想爬上墓室，结果弄断天使雕像才摔了下来。我不是很确定，应该是林克在我摔倒以后把我扛到这里，除此之外我的脑袋一片空白。

所以我才不知道为什么玛丽安、外婆、黛阿姨都围在墓室那边哭泣。我毫无心理准备，等我摇摇晃晃走到那里，才知道发生了什么事。

麦坎·雷死了。

也许他本来就不是活人，我不知道，但现在他真的走了。蕾娜伏在他身上痛哭，大雨洒在他们两人身上。

这一次麦坎·雷终于被雨淋湿了。

隔天早上我渐渐拼凑出蕾娜生日那晚的事情。麦坎·雷是唯一遇害的人。显然在我昏过去以后，汉亭·雷击败了麦坎·雷。外婆解释吸取鲜血能量的梦魔，法力远远胜过吸取梦境的梦魔，看来他要对抗汉亭根本没有机会赢，不过他还是尽力一试了。

麦坎·雷总说他愿意为了蕾娜牺牲一切，最后证明他果然说到做到。

大家看起来似乎还好，至少表面上如此。黛阿姨、外婆和玛丽安一起回到雷氏庄园，阿布跟在她们后面像条迷路的小狗呜呜悲鸣。黛阿姨不知道拉金出了什么事。大家不敢把真实情况告诉她，她一定很难接受家里出了两个黑暗巫师，所以没有人敢说什么。

林肯太太什么都不记得了。林克很难向他妈解释为什么她会穿着蓬裙和束袜倒卧在重演活动的战场。当她醒来发现四周都是雷家的亲戚，惊恐自然不在话下，不过她还是保持应有的礼貌，直到林克扶着她坐上老爷车。林克有一大堆问题想问，但是不急，我想可以等到上代数课的时候再说，至少当一切恢复正常以后，我们还有一些不寻常的话题可以聊聊。

还有莎拉·芬恩。

她和拉金、汉亭都不见了，我醒过来的时候他们就已经消失了。只有蕾娜靠在我身上，我们一起走回雷氏庄园。细节我有些记不清楚了，显然我和麦坎·雷都低估了蕾娜的法力，她确实是自然师，她能及时阻挡月亮出现，所以她完全没有转化。既然她没有转化，想必莎拉·芬恩、汉亭及拉金就逃走了，至少暂时是这样。

蕾娜还是不肯多提这件事。她几乎不开口说话。

我倒在她的卧室地板睡着了，我们的手指依然紧紧交握。等我隔天醒来，她已经不在床上，我独自在她房间。原本墙上总是写满文字，几乎没有一处是空白的。但现在四周几乎一片空白，只有窗户对面的那面墙壁例外，那边从墙壁到天花板写了满满的文字，只不过上面不像蕾娜的笔迹，那种娟秀的笔迹不见了，我摸着墙感觉那些文字，知道她整晚没睡，一直在这里写字。

麦坎　伊森
我把头贴在他的胸口哭泣因为他本来活着
因为他本来死了
我的情绪如干涸的大海　如沙漠
我的心里交织着快乐悲伤　黑暗光明　伤心愉快
我听见声音却不懂意义
这才明白那是我崩溃的声音
在那一刻　我感受到一切　也什么都感觉不到了
我心碎了　我得救了　我失去一切 我得到
其他的一切
有部分的我已经死去　有部分的我又重生 我只知道
我不再是以前那个女孩
不管我现在是谁　我变不回以前那个女孩
世界就是这样结束的　没有轰然巨响 只有呜咽啜泣
转化自己转化自己转化自己
转化感激　愤怒　爱恨　绝望　希望
初绿变成金 绿色再也不常青
绿
色
的
事
物
难
久
留

艾略特和弗罗斯特的诗句。我从她的书架和墙壁认出部分诗句，但是蕾娜把弗罗斯特的诗句改了，原本应该是“黄金事物难久留”才对。

不是绿色。

或许对她来说，现在都一样了。

我下楼走到厨房。黛阿姨和外婆正在低声安排事情。我记得我妈妈死的时候，亲戚就是用这种语气在安排后事的。我讨厌那种感觉，明明心里如此伤痛，日子却要照常过下去，阿姨和奶奶忙着筹划葬礼，打电话给亲戚，清理一些小东西，弄得我真想也爬进棺材算了。或者我可以种一棵柠檬树，炒一盘西红柿，还是徒手帮老妈盖一座纪念碑。

“蕾娜呢？”我并没有压低声音说话。黛阿姨颇受惊吓，不过没有任何事情能吓住外婆。

“她不在房间吗？”黛阿姨慌乱地说。

外婆冷静地倒了一杯茶：“我相信你知道她在哪里，伊森。”

我确实知道。

蕾娜躺在墓室上方，也就是我们发现麦坎·雷的地方。她瞪着清晨灰色的天空，身上的衣服还粘着前一晚的湿泥。我不知道他们把麦坎·雷的尸体放到哪里去了，但是我明白，她会想来这里，就像和他在一起，即使他已经不在了。

她知道我来了，但是没有转头看我：“我对他说了那么多难听的话，现在都收不回来了。他永远不会知道我有多么爱他。”

我在她身边躺下，身体立刻又是一阵疼痛。我转头看她，她的黑发依旧卷曲，但脸上爬满脏的泪痕。她甚至没有试着擦干眼泪，我也没有，只是静静地看着她。

“他是因为我才死的。”她瞪着灰色天空，眼睛眨也不眨。我真希望能说些什么安慰她，但是我比任何人都清楚这时候说什么都没有用。所以我只是亲亲蕾娜的手指，亲到硬的金属，我仔细一看，老妈的戒指就戴在蕾娜的右手上。

我把她的手拉过来。

“我怕弄丢，昨晚链子断掉了。”

乌云聚了又散，暴风雨或许还没结束，我只知道这么多。我紧紧握住蕾娜的手，“我从来不曾像此刻这么爱你，将来也一样，绝不会少爱一点点。”

一场暴风雨永远改变了我们的生活，此刻的灰色天空只是没有阳光的宁静片刻，我们知道暴风雨还有回来的一天。

“你保证吗？”

我捏捏她的手。

别放手。

我永远也不放。

我们双手紧紧交握，她转头看着我，当我凝视她的眼睛，这才注意到她有点不一样了。她一边的眼睛是绿色，另一边却是淡褐色，几乎像是金色的。

当我走路回家的时候，几乎已经接近中午了。蓝色的天空出现灰色和金色的云彩。低气压似乎正在累积，不过应该还要好几小时才会变天。我想蕾娜依然处在惊吓中。

但我对于即将来临的暴风雨已经有心理准备。等这场暴风雨真的来了，相形之下盖林镇的飓风季简直就像春天的毛毛雨。

黛阿姨本来要开车送我回家的，可我想走路。虽然我浑身酸痛，但是我需要让脑袋清醒一下。我伸手插入口袋，摸到那个熟悉的链坠。蕾娜和我应该要找个方法把链坠还给另一个伊森·魏特。吉妮薇就是希望我们这样做，也许这样能给伊森·卡特·魏特带来一些平静。我们欠他们两个太多了。

我走下通往雷氏庄园的陡坡，发现自己又来到岔路的路口。在认识蕾娜以前，岔路的另一头曾经让我怕得要命。那时候我还不懂真正的恐惧，也不懂真正的爱。

我穿过田野来到九号公路。想到我第一次开车，第一次在暴风雨的夜晚遇到蕾娜，我想到好多事，想到我差点儿同时失去我爸爸和蕾娜。当我睁开眼睛，发现蕾娜正看着我时，心里还想着自己是多么幸运的人啊！只可惜后来才知道我们失去了麦坎·雷。

我也想到麦坎·雷，想到他那些用牛皮纸和细绳包扎的书，还有他笔挺无瑕的衬衫，优雅完美的举止态度。蕾娜失去他一定很难过。她一定希望可以再一次听到舅舅的声音。不过我会陪着她，当我失去我妈妈的时候也曾希望有人可以陪着我。但是经过这几个月，还有我妈妈以那么特殊的方式传递信息给我之后，我并不觉得麦坎·雷真的走了。也许他仍在某个地方看顾着我们。他为了蕾娜牺牲生命，我相信他不会丢下她不管的。

对的事从来就不是容易的事，没有人比麦坎·雷更清楚这一点了。

我抬头看着天空，灰云已经全部散去，天空蓝得就像我的天花板一样。我真怀疑这样的蓝色真的能防止花蜂筑巢吗？花蜂真的会以为那是天空吗？

想想真是疯狂。

我从口袋拿出 iPod，打开之后，播放清单出现了一首新歌。

我盯着它看了许久。

十七个月亮

我按下播放键。

> 十七个月亮，十七年岁月。
> 黑暗或光明由眼中显现。
> 金色为是，绿色为非。
> 是与非的揭晓就在十七岁。

图书在版编目（CIP）数据

美丽生灵 /（美）加西亚 (Garcia,K.)，（美）斯托尔 (Stohl,M.) 著；陈彬彬译．
— 长沙：湖南文艺出版社，2012.1
书名原文：Beautiful Creatures
ISBN 978-7-5404-5197-4

Ⅰ．①美… Ⅱ．①加… ②斯… ③陈… Ⅲ．①长篇小说—美国—现代
Ⅳ．① I712.45

中国版本图书馆 CIP 数据核字（2011）第 212832 号

著作权合同登记号：图字 18-2011-302

上架建议：外国流行小说

美丽生灵

作　　者：[美] 卡米·加西亚（Kami Garcia）& 玛格丽特·斯托尔（Margaret Stohl)
译　　者：陈彬彬
出 版 人：刘清华
责任编辑：丁丽丹　刘诗哲
监　　制：吴成玮
特约编辑：薛　婷
版权支持：辛　艳
封面设计：SARTORI 韩捷
版式设计：崔振江
出版发行：湖南文艺出版社
（长沙市雨花区东二环一段 508 号　邮编：410014）
网　　址：www.hnwy.net
印　　刷：三河市鑫金马印装有限公司
经　　销：新华书店
开　　本：880mm × 1230mm　1/32
字　　数：400 千字
印　　张：12
版　　次：2012 年 1 月第 1 版
印　　次：2012 年 1 月第 1 次印刷
书　　号：ISBN 978-7-5404-5197-4
定　　价：29.80 元

（若有质量问题，请致电质量监督电话：010-84409925）

《暗月传说之夜曲》
（美）布莉·德斯佩恩
湖南文艺出版社
ISBN：9787540446734
定价：29.80元
在乌头草盛开的月明之夜，上演暗黑世界里的绝美爱情。
《暮光之城》之后欧美最流行的超级畅销小说。

《就说你和他们一样》
（美）乌文·阿克潘
江苏文艺出版社
ISBN：9787539937915
定价：26.00元
如果觉得生活太痛苦，是因为我们距离死亡还太远！
奥普拉2009年年度选书。

《承诺一辈子做女孩Ⅱ》
（美）伊丽莎白·吉尔伯特
湖南文艺出版社
ISBN：9787540446147
定价：29.80元
承诺，是一种幸福的勇气，与婚姻无关。

《失落的玫瑰》
（土）沙尔达·奥兹坎
湖南文艺出版社
ISBN：9787540446246
定价：26.80元
你过着自己想要的人生，还是别人期望中的？
土耳其文学史上唯一超越诺贝尔文学奖得主奥罕·帕慕克的作品。

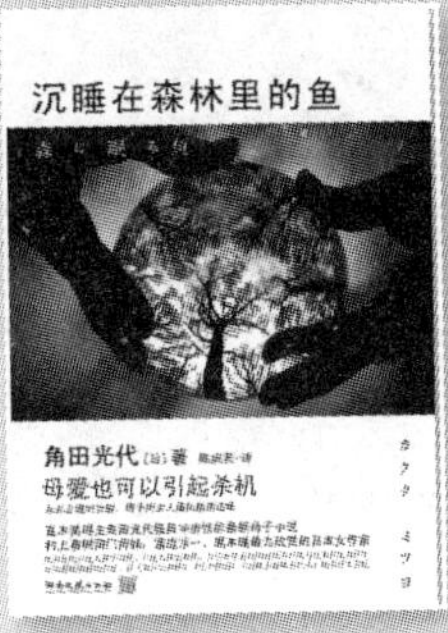

《沉睡在森林里的鱼》
（日）角田光代
湖南文艺出版社
ISBN：9787540446680
定价：26.00元
母爱也可以引起杀机！
直木奖得主角田光代极具冲击性的最新母子小说！

《带我回去》
（爱尔兰）塔娜·法兰奇
湖南文艺出版社
ISBN：9787540447755
定价：29.00元
二十二载怨愤轰然间灰飞烟灭，为什么，最想逃离的，总是最思念？悲情悬疑天后塔娜·法兰奇巅峰之作，令无数读者动容的希望与回归之书。

《我的家在蜜糖湾》
（美）海伦-库伯
江苏文艺出版社
ISBN：9787539939902
定价：29.80元
有太多美好过往，却再也回不去的地方。以无比真诚讲述的成长故事。
入选《今日美国》十大年度好书。

《忽然七日》
（美）劳伦·奥利弗
湖南文艺出版社
ISBN：9787540446857
定价：29.80元
我们平凡却可贵的人生，错了不会再重来。
一本让全美年轻人集体
静的书，亚马逊书店201
最佳青年读物。

博集天卷最佳译文

《牵手之初》
（英）玛姬·欧法洛
湖南文艺出版社
ISBN：9787540449803
定价：29.00元
一次牵手，彻底改变我们的人生！
2010年英国柯斯塔小说奖
英美亚马逊网络书店双料优选

《妹妹》
（英）罗莎蒙德·勒普顿
湖南文艺出版社
ISBN：9787540450120
定价：29.80元
2010年英国亚马逊书店最佳小说
令英伦三岛魂牵肠断的至爱亲情

《我的守护天使》
（英）卡罗琳·杰斯-库克
湖南文艺出版社
ISBN：9787540449810
定价：29.80元
一个柔婉深沉的人生故事
给所有珍爱生命和不放弃希望的人

《总有你陪伴》
（新西兰）海伦·布朗
湖南文艺出版社
ISBN：9787540450007
28.00元
一次改写命运的别离，一场重拾希望的相遇
感动整个大洋洲的生命传奇

《爱是一种病》
（美）劳伦·奥利弗
湖南文艺出版社
ISBN：9787540450205
29.80元
撼人心魄的奇想与激情之书 青春版《1984》
愈禁愈烈的炽爱真情，要怎样奔向那浩瀚的自由天地？

《喀布尔女孩》
(美)盖尔·雷蒙
湖南文艺出版社
ISBN：9787540450175
28.00元
哪怕被全世界遗忘，也不要放弃希望！
一个震撼心灵的真实故事
一段在塔利班统治下挣扎生存的传奇

《我亲爱的小王子们》
（美）康纳·葛瑞南
湖南文艺出版社
ISBN：9787540449216
29.80元
我不只是志愿者，我是你的朋友，亲人
你也不是孤儿，你是我最尊贵的小王子！
一个年轻人在尼泊尔创造的不可思议的感动

《且听岛语》
（美）艾伦·布洛克
湖南文艺出版社
ISBN：9787540450151
29.80元
每一段时光，只要放在心上，就是地久天长。
一粒沙就是一日思念，它成就了爱。